Jerry B. Jenkins / James S. MacDonald

Ich, Saulus

Thriller

Deutsch von Renate Hübsch

BRUNNEN
Verlag GmbH · Giessen

Die Originalausgabe erschien unter derm Titel „I, Saul“
bei Worthy Publishing, 134 Franklin Road, Suite 200,
Brentwood, TN 37027, USA.

Aus dem Amerikanischen von Renate Hübsch

MIX
Papier aus verantwortungsvollen Quellen
FSC® C014496
www.fsc.org

www.brunnen-verlag.de
Umschlaggestaltung: Kirk DouPonce, DogEared Design/Daniela Sprenger
Satz und Druck: GGP Media GmbH, Pößneck
ISBN 978-3-7655-0932-2

Für meine Brüder

Jim, Jeoff und Jay

I

Zerrissen

Texas

Mittwoch, 7. Mai

„ruf an. ver2felt."

Die Nachricht erschien um 8.55 Uhr auf dem Display von Dr. Augustin Knox' Handy, nur wenige Sekunden, bevor er das Gerät ausschalten musste – das war Vorschrift für Dozenten am Theologischen Seminar von Arlington, bevor sie einen Seminarraum betraten.

Augustin hätte ein rasches „sekunde" abschießen können, aber die Nachricht war nicht signiert und die Nummer war in seinen Kontakten nicht erfasst. Die Vorwahl 01139-6 war die von Rom. In seinen achtunddreißig Lebensjahren war er viel in der Welt herumgekommen und die Ewige Stadt hatte er mehr als einmal besucht. Aber ein Text wie dieser konnte auch auf einen dieser „Bin-beklaut-worden,-brauche-Geld"-Telefontricks hinweisen. Was immer das hier war, es würde warten müssen, bis er die Examensklausur in Systematischer Theologie eröffnet hatte und sich mit dem Handy wieder auf den Gang zurückziehen konnte.

Augustin war schon seit Langem fasziniert davon, welch ein nervöses Geschnatter seine Studenten vor Klausuren von sich gaben. Jetzt begrüßte ihn jemand mit: „Ich hab Sie im Who's Who nachgeschlagen, Doc, und jetzt weiß ich, wie Sie mit richtigem Namen heißen."

„Meinen Glückwunsch. Da haben Sie etwas entdeckt, was Sie schon vor vier Jahren in den Campus-Infos hätten lesen können."

„Nein! Dort steht ja nur Dr. Augustin A. Knox! Jetzt weiß ich, was das A bedeutet."

„Schön für Sie. Also, zu Beginn ein paar Hinweise, wie ..."

„Aquinas! Augustin Aquinas Knox! Mensch, Sie hatten bei der Berufswahl wohl keine Chance, was?"

„Ich bin Ihnen sehr verbunden, dass Sie den Stachel in meinem Fleisch öffentlich enthüllen. Wenn Sie es unbedingt wissen wollen, diese Namenswahl geht auf das Konto meines Vaters." Augustin verfiel in den monotonen Bass seines Vaters. „‚Namen sind wichtig. Sie können über ein ganzes Leben entscheiden.'"

Viele Studenten grinsten. Sie hatten Dr. Knox senior noch gehört, bevor er im vergangenen Jahr krank geworden war.

„Da stand auch, dass Sie adoptiert sind. Tut mir leid, aber es ist ja ohnehin veröffentlicht."

„Ist auch kein Geheimnis", sagte Augustin.

Jetzt meldete sich noch jemand. „War das ein Tipp für die Klausur? Geht es um Paulus und den Stachel in seinem Fleisch?"

„Dieses Geheimnis hat er ja in jeder Seminarstunde höchstens einmal erwähnt", kommentierte jemand.

Augustin hob die Hand. „Sie sind sicher alle auf jede Eventualität vorbereitet."

„Moment noch. Wie heißt denn Ihr Vater?"

„Ed!", rief jemand. „Das weiß doch jeder."

„Schlagen Sie nach", bemerkte Augustin. „Vielleicht finden Sie es aufschlussreich."

Nachdem die Klausurbögen verteilt waren, ging Augustin leise aus dem Raum und schaltete das Handy ein. Der Hilferuf aus Rom war inzwischen auf Platz drei der Anrufliste gerückt. Ganz oben war eine Sprachnachricht von Dr. Moore, dem derzeitigen Fachbereichsleiter, der für Augustins Vater eingesprungen war, als dieser einen Schlaganfall erlitten hatte und gepflegt werden musste.

Augustin hätte eigentlich zuerst diese Nachricht abhören müssen. Aber die nächste Nachricht auf der Liste war von Sofia Trikoupis, seiner Freundin. In Athen war es acht Stunden später, also jetzt schon gut fünf Uhr nachmittags. „Ruf mich an, wenn du Feierabend hast", sagte sie. „Ich bleibe auf." Das würde dann bei ihr schon gegen Mitternacht sein, aber wie es schien, brauchte sie seine ungeteilte Aufmerksamkeit. Das würde ihn den ganzen Tag nicht loslassen. Wie sehr er sich danach sehnte, mit ihr zusammen zu sein.

Das Handy vibrierte. Wieder Rom. „dringend. ruf an. bitte."

Augustin presste die Lippen zusammen und tippte: „wer da?"

„vertrau mir. bitte."

„nur wenn ich weiß wer anruft." Augustin wartete gut eine Minute auf eine Antwort, dann schnaubte er: „Wie ich vermutet habe." Aber als er in den Seminarraum zurückging, vibrierte das Handy wieder.

„zionist."

Augustin blieb abrupt stehen und spürte, wie ihm die Hitze in den Nacken stieg. Rasch tippte er: „90 min, okay?

„sofort. lage kritisch."

Nur wenige Menschen hatten in Augustins Leben eine wichtigere Rolle gespielt als Roger Michaels, der schmächtige Südafrikaner mit einer James-Earl-Jones-Stimme und einem grauen Vollbart, in dem sein blasses, zwergenhaftes Gesicht fast unterging. Augustin würde niemals eine Tour in irgendeiner antiken Stätte unternehmen, bei der Roger nicht der Guide war.

„2 min", textete er. Hastig ging er in Richtung des früheren Büros seines Vaters. An der Tür hing noch das Namensschild von Dr. Knox senior. Augustin klopfte und trat ein. „Les, ich muss dich um einen Gefallen bitten."

Dr. Moore ließ sich Zeit, bevor er von seinem Schriftstück aufblickte. „Erstens, Dr. Knox, habe ich Sie nicht zum Eintreten aufgefordert."

„Tut mir leid, aber ..."

„Zweitens habe ich Sie gebeten, mich mit Dr. Moore anzusprechen."

„Ja, auch mein Fehler, aber hören Sie ..."

„Und drittens", sagte sein Vorgesetzter und studierte dabei betont genau seine Armbanduhr, „wissen wir beide, dass Sie in eben diesem Moment ein Examen ..."

„Dr. Moore, ich muss einen dringenden Anruf machen – ein Notfall – und ich wollte Sie bitten, mich ein paar Minuten zu vertreten."

Moore seufzte, erhob sich und griff nach seinem Jackett. „Ich kann mir schon vorstellen, worum es geht. Lassen Sie sich alle Zeit der Welt."

Augustin folgte ihm den Gang entlang. „Sie wissen, worum es geht?"

„Haben Sie meine Nachricht nicht erhalten?"

„Oh, tut mir leid. Ich hab gesehen, dass Sie gemailt haben, aber ..."

„Aber Sie nahmen an, andere Dinge seien wichtiger. Ich sagte ja schon: Wenn Sie Ihr erstes Examen hier abgenommen haben, müssen wir uns einmal unterhalten."

„Selbstverständlich. Ich stehe zur Verfügung."

„Unter anderem müssen wir über Ihren Vater reden. Betrifft Ihr Anruf ihn?"

„Was ist mit meinem Vater?"

„Wir reden nachher darüber."

„Aber ist ihm ..."

„Es gab da gewisse Entwicklungen, Dr. Knox. Aber er ist ja noch unter uns."

Während Dr. Moore sich in den Seminarraum begab, bog Augustin ins Treppenhaus ab, das weniger Fenster hatte und ihm etwas Schutz bot – die Wetterpropheten hatten angekündigt, am frühen Nachmittag würde die Temperatur etwa zehn Grad über dem sommerlichen Durchschnitt liegen und dem bisherigen Monatsrekord von 41 Grad Konkurrenz machen.

Aber dort war der Empfang zu schlecht, also kehrte er in den Gang zurück und ging schließlich ins Freie, weil er immer noch schlechten Empfang hatte. Draußen waren sicher jetzt schon über 30 Grad. Während ihm die Sonne den Kopf verbrannte, lauschte er auf das wiederholte Signal seines Handys.

Augustin ging für einen Moment nach drinnen und genoss die Klimaanlage, bevor er es wagte, wieder ins Freie zu treten, um es erneut zu versuchen. Er wartete zwei Minuten, wählte noch zweimal und hatte dann das Gefühl, jetzt müsse er wirklich zurück in den Klausurraum.

Bei einem dritten Versuch, kurz vor der Eingangstür, wurde klar, dass jemand abgenommen und dann wieder aufgelegt hatte. Augustin wählte die Nummer noch zweimal, während er zurückging, um Dr. Moore abzulösen. Als er gerade die Tür zum Seminarraum öffnen wollte, erschien eine Nachricht.

„sorry. später. wirf dein handy in den müll. ernsthaft."

Augustin konnte sich keinen Reim darauf machen. War das eine Fangschaltung gewesen? Oder wurde sein Handy abgehört? Wenn er sich ein neues zulegte, woher sollte Roger dann wissen, wie er zu erreichen war?

Dr. Moore stand direkt hinter der Tür und verließ den Raum, sobald er Augustin erblickte. „Haben Sie mit Ihrer Mutter gesprochen?", fragte er.

„Nein, sollte ich?"

Moore seufzte und verdrehte die Hände. „Sie unterbrechen mich in meiner Arbeit und erkundigen sich dann nicht einmal nach Ihrem Vater?"

Augustin griff wieder zum Handy, zögerte aber dann. Würde er auch das Handy seiner Mutter gefährden, wenn er es benutzte?

„Rufen Sie sie an, sobald wir miteinander geredet haben, Dr. Knox. Jetzt muss ich wirklich zurück zu meinen eigenen Verpflichtungen."

Augustin hielt es kaum bis zum Ende der Klausur im Seminarraum. Bevor er zu seinem Gespräch mit Dr. Moore ging, deponierte er die Klausurbögen in seinem eigenen Büro und nutzte das Festnetz, um seinen Kontakt im Theologischen Seminar von Dallas etwas weiter oben in der Straße anzurufen. Arlington selbst lag etwa in der Mitte zwischen Dallas im Osten und dem massiven Southwestern Baptist Seminar im Westen – ein Stiefkind, über das niemand sprach, ein einziges Gebäude für ein paar Hundert Studenten und im Schatten dieser beiden renommierten Institutionen immer im Kampf ums Überleben. Wenn Augustin einmal sehr schnell etwas brauchte, erhielt er es vermutlich eher bei der Konkurrenz. Wie zum Beispiel ein neues Handy.

Wie schon sein Vater war Augustin in Arlington auch das Reisebüro. Es gab kein Extrapersonal, das sich um die Logistik kümmerte, wie am Dallas und am Southwestern. Der Cheftechniker von Dallas war Biff Dyer, eine Bohnenstange von einem Kerl, ein paar Jahre älter als Augustin, mit einem Adamsapfel, der seinesgleichen suchte. Augustin konnte immer auf ihn zählen, wenn sein Handy für einen Auslandsaufenthalt umprogrammiert werden musste.

„Du rufst vom Büroapparat an, wie ich sehe", sagte Biff. „Was ist mit dem Handy, das ich dir besorgt habe?"

„Jemand hat versucht, es abzuhören."

Biff grinste. „Als ob du das mitkriegen würdest. Wie kommst du darauf?"

„Ich brauch ein neues. Glaub mir."

„Ich tausche einfach die SIM-Card aus. Wann brauchst du's?"

„Möglichst schnell."

„Warum überrascht mich das jetzt nicht? Ich bring's dir aber nicht auch noch vorbei. Kannst du zu normalen Zeiten vorbeikommen?"

Es klopfte an Augustins Tür und er verrenkte sich, um in das mürrische Gesicht von Les Moore zu sehen. „Ich muss los, Biff."

„Sorry, Les. Bin schon unterwegs. Oder wollen wir uns hier unterhalten?"

„Das wäre nicht weniger angemessen als Ihr Beharren darauf, mich mit Vornamen anzusprechen", sagte Dr. Moore und ließ seinen Blick durch den winzigen Raum schweifen, in dem ein Stuhl für Besucher in der Ecke stand und offensichtlich nur im Notfall benutzt wurde.

„Ach, kommen Sie schon, Les. Sie waren doch nur ein paar Jährchen über mir. Wir haben doch auch etliches zusammen unternommen."

„Kaum. Sie haben die meiste Zeit im Stadion verbracht mit den – na – vielleicht sechs anderen Sportfanatikern, die sich da immer einfanden."

Es stimmte. Und jeder wusste, dass der Ort, an dem man Les Moore garantiert fand, die Bibliothek war.

Augustin sah auf die Uhr. Die nächste Abschlussklausur war um elf. Er folgte seinem Interims-Boss in das frühere Büro seines Vaters. Es war nicht sehr viel größer als seines, aber wenigstens stand der Besucherstuhl nicht im Weg.

„Sollen wir mit meinem Vater beginnen?", schlug Augustin vor, als sie sich gesetzt hatten.

„Ich hätte gedacht, Sie hätten inzwischen mit Ihrer Mutter gesprochen, aber nun gut. Sie rief heute Morgen an, weil Sie wusste, dass Sie im Examen sein würden. Ihr Vater ist ins Koma gefallen."

Augustin nickte langsam. „Ist sie okay?"

„Ihre Mutter? Ja, sicher. Sie war nicht außer sich oder so etwas. Sie dachte nur, Sie möchten ihn heute Nachmittag vielleicht besuchen."

„Danke."

„Nun, Dr. Knox, ich habe hier einige Papiere, die Sie bitte unterschreiben wollen. Offen gesagt ist es keine erfreuliche Sache. Aber man erwartet hier von uns, dass wir als Teamplayer unterwegs sind, und ich will also annehmen, dass Sie den administrativen Wünschen entsprechen werden."

„Worum geht es denn?"

„Sie sollen den Sommerkurs in Homiletik übernehmen. Er startet vier Tage nach Beginn des Sommertrimesters."

„Ja, das wäre heute in einer Woche."

„Und wir haben dafür dieses Gehalt vereinbart, ist das richtig?"

Warum Les es für nötig hielt, die Summe auf die Rückseite einer Visitenkarte zu schreiben und ihm mit dramatischer Geste hinüberzuschieben, blieb Augustin ein Rätsel.

„Hmhm. Das ist genau das Vermögen, mit dem ich mit vierzig in den Ruhestand gehen kann."

„Spaßvogel. Es ist meine unangenehme Pflicht, Sie zu bitten, den Kurs auch für zwei Drittel dieses Betrags zu halten."

„Das meinen Sie im Ernst?"

„Ich meine es immer ernst."

Das allerdings stand fest.

„Les – Dr. Moore, Sie wissen ja, dass wir diese Kurse bereits jetzt als eine Gefälligkeit für das Seminar halten. Und jetzt sollen wir das ernsthaft für noch weniger Geld tun?"

„Die Entscheidung liegt ganz bei Ihnen."

„Ich kann auch ablehnen?"

„Wir werden nicht darauf bestehen, dass Sie den Kurs halten, wenn wir selbst unsere Vereinbarung nicht erfüllen können."

„Gut. Ich glaube nämlich nicht, dass ich es für diese Summe tun kann."

„Ich werde Ihre Entscheidung weitergeben. Wir sind dann vermutlich gezwungen, auf eine außerordentliche Lehrkraft …"

„Wie diesen Jugendpastor von Arlington Bible ..."

„Er ist graduiert, Dr. Knox."

„Das weiß ich. Ich habe ihn ja selbst unterrichtet. Ein famoser Kerl. Aber Homiletik war nun wirklich nicht seine Stärke und es gibt auch gute Gründe dafür, dass sie ihn nur ein paarmal im Jahr predigen lassen."

„Er wird sich glücklich schätzen, den Kurs für dieses Gehalt zu übernehmen. Wahrscheinlich sogar für noch weniger."

„Und die Studenten müssen es ausbaden."

Les legte den Kopf schief. „Natürlich hätten wir lieber Sie gehabt ..."

Augustin angelte nach seinem Kugelschreiber und winkte Les, ihm die Dokumente zu reichen.

„Freut mich, dass ich auf Sie zählen kann, Dr. Knox. Nun, wo wir schon dabei sind, es gibt da noch etwas. Sie sollten ja eigentlich mit Beginn des Herbsttrimesters eine Gehaltserhöhung von vier Prozent erhalten."

„Lassen Sie mich raten: Die hat sich vermutlich auch erledigt?"

„Schlimmer."

„Wieso? Geht es jetzt um eine vierprozentige Kürzung?"

„Wenn es nur so wäre."

„Oh, nein."

„Dr. Knox, wir beobachten einen alarmierenden Rückgang der Studentenzahlen und die Verwaltung erwartet für den Herbst eine Einschreibungsquote, die uns ins Minus treiben wird, selbst bei massiven Budgetkürzungen. Wir sind alle gefragt, eine Gehaltsreduzierung von zwanzig Prozent zu akzeptieren."

Augustin sackte zusammen. „Les, ich will im Herbst heiraten. Hatte ich zumindest gehofft. Ich kann jetzt schon kaum die Miete für mein Häuschen aufbringen."

„Es betriff das gesamte Kollegium, Dr. Knox. Den Präsidenten, den Dekan, die Fachbereichsleiter, alle. In manchen Bereichen wird es auch Stellenstreichungen geben. Das Budget für die laufenden Kosten wird halbiert und jeder von uns muss eben aushelfen, so gut es geht."

Arlington hatte jahrzehntelang finanziell immer auf dünnem Eis operiert, aber diesmal war es wirklich ernst. „Seien Sie bitte ganz offen, Dr. Moore. Ist das jetzt der Anfang vom Ende? Sollte ich vielleicht doch die Angebote von Dallas annehmen, die ich immer wieder bekommen habe?"

„Oh, nein. Die Treuhänder wollen, dass wir die Krise meistern, mit doppeltem Einsatz unsere spezifischen Qualitäten vermarkten, und sie versprechen, den Gehaltsverzicht sobald wie möglich mehr als auszugleichen. Außerdem: Ihr Vater hat sein Leben lang kein gutes Haar an Dallas und Southwestern gelassen. Sie würden es ihm doch nicht antun wollen, dorthin zu wechseln, oder?"

„Er hat an nichts und niemand ein gutes Haar gelassen, Les. Das wissen Sie sehr gut."

„Er war kein sehr umgänglicher Mensch. Mit Verlaub."

Augustin zuckte die Schultern. „Sie haben für ihn gearbeitet. Ich habe mit ihm gelebt."

„Wissen Sie, dass ich kein einziges Wort von Ihrem Vater mehr gehört habe, seitdem man mich gebeten hat, vorübergehend seinen Platz einzunehmen? Kein Hinweis, kein guter Rat, keine Information, kein bisschen Ermutigung. Nichts. Ich nahm an, er sei verärgert, dass man Sie nicht gefragt hatte ..."

Das brachte Augustin zum Lachen. „Für ihn bin ich noch immer ein Highschool-Kid. Vergessen Sie meine akademischen Titel. Aber nein – ich wollte seinen Job, oder Ihren, gar nicht haben. Das entspricht mir nicht."

„Das weiß ich nur zu gut. Ich meine, Sie sind einfach nicht der typische Professor. Und schon gar kein Fachbereichsleiter."

„Das lässt sich nicht bestreiten."

Augustin konnte nicht gewinnen. Er war zwar im College und am theologischen Seminar immer unter den Besten gewesen, aber er war eben auch seit Highschool-Zeiten ein Sportfanatiker gewesen, hatte Basketball und Football gespielt und sich ausgiebig für die sportlichen Großereignisse interessiert, sodass er unter echten Akademikern ein Außenseiter blieb. Man hatte ihn ein paarmal zu oft gefragt, ob er nur deswegen akademischer Lehrer geworden war, weil sein Vater es so wollte.

Dr. Moore schob den neuen Arbeitsvertrag über den Schreibtisch.

„Sorry, Les, aber darüber muss ich erst noch nachdenken. Und beten."

Sein Vorgesetzter erstarrte. „Lassen Sie sich nicht zu viel Zeit. Wenn der Eindruck entsteht, man könne im Herbst nicht auf Sie zählen, erinnert man sich vielleicht daran, dass viele andere in der gegenwärtigen Wirtschaftslage nur zu gern Ihre Stelle einnehmen würden."

„Ja, das würde uns sicher voranbringen. Die Fakultät mit lauter jungen Hilfspfarrern zu besetzen."

„Höre ich im Lauf des Tages von Ihnen?"

„Wohl kaum. Aber Sie werden als Erster erfahren, wie ich mich entschieden habe."

Zurück in seinem Büro nahm Augustin die SIM-Karte aus seinem Handy und steckte sie in eine eigene Hülle. Er telefonierte per Festnetz mit seiner Mutter und versicherte ihr, er werde sie am Spätnachmittag im Krankenhaus sehen. Dann rief er Biff an, um seinen Besuch auf dem Heimweg anzukündigen.

„Was ist denn eigentlich so dramatisch?", fragte Biff.

„Roger Michaels steckt in irgendeinem Schlamassel."

„Erzähl's mir, wenn du kommst."

Während der Elf-Uhr-Klausur rief man Augustin wegen eines Notfall-Anrufs in die Verwaltung. Unterwegs schaute er bei Les rein, um zu fragen, ob der noch einmal für ihn einspringen könnte, aber das Büro war dunkel. Die Examensklausur würde ein paar Minuten ohne Aufsicht auskommen müssen.

„Wissen Sie, woher der Anruf kommt?“, fragte er das Mädchen, das ihn geholt hatte. Wenn es seine Mutter war …

„Jemand aus Griechenland.“

Schließlich hatte er das Telefon erreicht und stellte fest, dass es Sofia war. „Ich dachte, ich sollte dich später anrufen, Cherie. Alles in Ordnung?“

„Roger versucht wie der Teufel, dich zu erreichen.“

„Ich weiß. Er …“

„Er hat mir eine neue Nummer gegeben und du sollst ihn unbedingt sofort anrufen, aber nicht von deinem Handy.“ Sie las ihm die Nummer vor.

„Hast du irgendeine Ahnung, was los ist, Sof?“, fragte Augustin, während er die Nummer hinkritzelte. „Das sieht ihm so gar nicht ähnlich.“

„Nein, ich weiß nicht, Augustin. Aber er klang zutiefst verstört.“

„Klingt auch gar nicht nach ihm.“

„Du kannst mir später sagen, was los ist, aber jetzt solltest du ihn wirklich sofort anrufen.“

Augustin rannte geradezu in sein Büro und wählte die Nummer in Rom. Es läutete sechs Mal, bevor Roger abnahm. „Augustin?“

„Ja! Was …“

„Hör gut zu. Ich habe nur ein paar Sekunden. Ich brauche dich in Rom, so schnell du kommen kannst.“

„Rog, was ist denn passiert? Das ist der absolut ungeeignetste Zeitpunkt für mich, um nach …“

„Gib Sofia deine neue Handy-Nummer und simse mir deine Ankunftszeit. Ich gebe dir eine Nummer, unter der du mich von Fiumicino aus erreichen kannst, sobald du gelandet bist.“

„Ich weiß nicht, wann ich da sein könnte, Rog. Hör mal, ich muss …“

„Augustin! Es geht um Leben oder Tod. Sonst würde ich nicht fragen, das weißt du.“

2

„Vor allem …“

Rom im ersten Jahrhundert nach Christus

Erinnerungen an jene gespenstische Mahnung seines besten und geliebten Freundes raubten dem schon älteren Arzt den Schlaf. Er drehte sich vorsichtig auf die Seite, damit die hölzernen Bohlen seiner Lagerstätte nicht knarrten und die Familie weckten, die alles riskiert hatte, um ihn bei sich aufzunehmen. In seinem Versteck, einer winzigen Kammer im zweiten Stock ihres bescheidenen und überfüllten Hauses, lauschte er seinem rhythmischen und tiefen Atem.

Er war erschöpft von der Reise und dem fast viertägigen Eilmarsch in die bedrängte Hauptstadt, vom entsetzlichsten Abend, den er als Arzt je erlebt hatte, ganz zu schweigen, und er wusste, dass er in dieser schwülen Nacht keinen Schlaf finden würde.

Die Augen in der Dunkelheit weit geöffnet, warf Lukas die dünne, kratzende Decke ab, setzte sich auf und schwang die Beine aus dem Bett. Den Kopf in die Hände und die Ellenbogen auf seine Knie gestützt, hörte er, wie sich der fadenscheinige Vorhang hinter ihm bauschte. Ein feuchter Wind trug beißenden Rauchgeruch und den Duft von verkohltem Holz heran. Bis in die Morgenstunden hinein vernahm er noch immer von weither Schreie und laute Rufe.

Auf der Suche nach seinem lebenslangen Freund – den man in Troas (wieder einmal) verhaftet und für den Prozess nach Rom verschifft hatte – hatte eine verzweifelte Verfolgungsjagd Lukas über das Mittelmeer und vor drei Tagen früh am Morgen in die seltsam übel riechende Stadt Puteoli geführt. In seinem gehetzten Bemühen, eine Reisemöglichkeit über Land in das einhundertsiebzig Meilen nordwestlich gelegene Rom zu finden, hatte Lukas noch kaum begonnen, sich nach reisenden Kaufleuten und Karawanen zu erkundigen, als ihn die schreckliche Nachricht erreichte. Rom stand in Flammen.

Der Hafen schwirrte von Gerüchten und Klatsch, aber die Behörden machten unverzüglich klar, dass nur dringend benötigte Güter und Helfer für diese Notsituation einen Passierschein über die lange, mit Steinen gepflasterte Via Appia in die Hauptstadt bekommen würden. Es hieß, die Feuersbrunst, die inzwischen fast die gesamte Stadt erfasst hatte, sei vor ein paar Tagen, während der heißesten Nacht des Jahres, ausgebrochen. Das Inferno, von dem man bereits als „Neros Feuer“ sprach, hatte im Herzen des Römischen Imperiums so gewütet, dass drei der vierzehn Stadtbezirke vollständig vernichtet und sieben weitere stark betroffen waren.

Flüchtlinge strömten aus der Stadt nach Puteoli, beladen mit dem wenigen, das sie tragen konnten. Mit noch immer ungläubigem Blick verbreiteten sie Geschichten von der Verwüstung, erzählten von Straßen, die übersät waren mit verkohlten Körpern, die man unter dem Schutt hervorgezerrt hatte. Bisher waren alle Versuche, das Feuer einzudämmen, fehlgeschlagen und nach wie vor verwüsteten die Flammen die Stadt.

Als ehemaliger Sklave aus Antiochia in Syrien, der zuerst die Freiheit und schließlich auch das römische Bürgerrecht erhalten hatte, war Lukas der Festnahme von Christen im Imperium entgangen. Die Sekte der Christen machte der Kaiser nämlich für den Brand verantwortlich. Viele Flüchtlinge – und bei Weitem nicht nur Christen – waren sich aber sicher, dass Nero den Verdacht von sich selbst abzulenken versuchte. Jedermann spekulierte darüber, warum der selbstverliebte junge Herrscher sein eigenes Reich verbrennen sollte. Die häufigste Theorie war, dass er schlicht ganz von vorn beginnen und Rom nach eigenen Vorstellungen neu erbauen wollte. Wie sonst sollte man sich erklären, dass in der ganzen Stadt Horden randalierender Brandstifter gleichzeitig beobachtet worden waren?

Was war mit den Gefängnissen? So, wie die Dinge standen, war Lukas' Freund zum Tod durch Enthauptung verurteilt worden – aber war er nun vielleicht auf eine noch qualvollere Weise umgekommen? Niemand schien Genaues zu wissen und Lukas konnte ohnehin nicht sagen, in welchem trostlosen Verlies der Mann festgehalten wurde.

Lukas schwang seinen schweren Reisesack mühsam über seine knochige Schulter und ging eilig zu einer Gruppe von Zenturios, die die Straße absperrten und nur einen kleinen Teil der Menge passieren ließen, die lautstark verlangte, nach Rom durchgelassen zu werden. „Ich bin römischer Bürger – und ich bin Arzt!", rief er laut. „Ich habe chirurgische Gerätschaften und Medikamente dabei!"

„Beweise es", sagte einer der Wachposten. Lukas setzte den Sack wieder ab und begann, ihn zu öffnen. „Nein! Dein Bürgerrecht! Beweise es!"

Lukas vergrub die Hand tief in einer speziell für diesen Zweck eingenähten Tasche und zog seine Professio hervor – ein kleines Diptychon aus zwei lose verbundenen Holzplatten mit der Inschrift seines römischen Namens (Lukanus) und seiner Urkunde. Der Wachposten studierte alles und wies dann auf ein zweirädriges Gefährt mit zwei Pferden und Platz für einen Fahrer, vier Fahrgäste und eine kleine Ladung. „Sie fahren gleich ab, Alter. Beeil dich!"

Lukas eilte zu dem Wagen, wo die anderen Fahrgäste ihm halfen, einen Platz für seinen Sack zu finden, und ihn dann auf einen Sitzplatz hochzogen. Der Wagenlenker gab den Pferden die Peitsche und das Gefährt ratterte mit hoher Geschwindigkeit über das Steinpflaster; ein stundenlanges Geschüttel und

Gedränge begann. Sie hielten nur an offiziellen Stationen, um die Pferde zu wechseln, etwas zu essen, sich zu erleichtern und dem Fahrer Zeit zu lassen, die Achsen mit Tierfett neu zu schmieren.

Spätabends mieteten sie sich in schäbigen Gasthäusern ein und waren schon vor Tagesbeginn wieder unterwegs. Drei Tage später um die Mittagszeit erreichten sie Rom. Erschöpft und mit schmerzenden Knochen konnte Lukas seinen Blick kaum von den schwarz-orangefarbenen Flammenwirbeln und Rauchwolken abwenden, die über der ganzen Stadt lagen. Jemand rief dem Fahrer atemlos zu: „Wir dachten, es sei vorbei! Sechs Tage und dann verlosch das Feuer. Aber letzte Nacht ist das Monster noch einmal erwacht und jetzt ist es schlimmer als vorher." Als Lukas den Wagenlenker bezahlen wollte, sagte dieser: „Du bist im Interesse des Imperiums hier, Medicus. Mögen die Götter dich schützen."

Sobald sich Lukas bei den örtlichen Behörden ausgewiesen hatte, verlangte man auch schon seine Dienste. Die Vigiles, zugleich Nachtwächter und Feuerwehr von Rom – die viele ihrer Leute bei der Katastrophe verloren hatten –, schickten ihn zu einem Behelfslazarett, das nur vier Häuserblöcke vom Inferno entfernt in einer Straße errichtet worden war. Man wies Lukas die schlimmsten Fälle zu. Überall lagen oder saßen Opfer der Flammen herum, die dringend Hilfe brauchten.

Das Militär tat angesichts der Tragödie sein Möglichstes, um die Pax Romana aufrechtzuerhalten, aber der innere Friede Roms fiel von Minute zu Minute mehr in sich zusammen. Während der Tag in den Abend überging und Lukas mechanisch weiterarbeitete, fragte er jeden, der eine Uniform trug, wo er wohl einen Freund finden könnte, der zu Gefängnishaft verurteilt war. Schließlich, es war schon kurz vor Mitternacht, hörte ein massiger Uniformträger seine Frage. „Nach wem suchst du denn, Medicus?"

„Paulus aus Tarsus“, antwortete Lukas. Der Römer kniff die Augen zusammen und trat einen Schritt näher. „Folge mir zur Straße.“

In der Dunkelheit, in der im schwachen Schein der Flammen nur einige Schatten über die Mauern huschten, bat der Mann Lukas, seine Professio sehen zu dürfen. Dann schüttelte er Lukas die Hand und stellte sich selbst vor: „Primus Paternius Panthera, Torwache im Kerker. Und – was hast du mit unserem berüchtigtsten Gefangenen zu tun? Bist du auch einer von ihnen, wie er?“

Lukas zögerte. Dies konnte leicht das Ende seiner Freiheit bedeuten. „Ich habe noch nie meine Loyalitäten verleugnet; ich werde jetzt auch nicht damit anfangen. Ja, er ist mein Freund.“

„Es wäre klug, wenn du das nicht bekannt werden lässt.“

„Ich habe es gerade getan, und zwar gegenüber jemandem, der mich dafür büßen lassen kann.“

„Ich bewundere deine Geradlinigkeit, Lucanus. Aber du musst wissen: Deinem Freund sind Besuche nicht mehr gestattet. Vor einigen Wochen war noch jemand einige Tage lang immer wieder bei ihm, aber …“

„Ich weiß nichts von Paulus seit seiner mitternächtlichen Verhaftung in Troas. Man schleppte ihn direkt aufs Schiff, nur mit dem, was er am Leibe trug. Das letzte Mal, als er in Rom gefangen war, hat man ihn wenigstens respektvoll behandelt, und …“

„Du darfst das damalige Urteil nicht mit dem jetzigen verwechseln, Medicus. Damals stand er unter Arrest, aber man ließ ihm viele Freiheiten, zum Beispiel die, Besucher zu empfangen. Diesmal sitzt er in Ketten im dunkelsten Verlies, in das Tag und Nacht kein Licht fällt. Und die, die ihn zuletzt besucht haben, haben ihn anscheinend aufgegeben.“

„Es ist also aussichtslos zu glauben, man könnte mir gestatten …“

„Nichts ist aussichtslos, Medicus. Mit ein wenig sorgfältiger Planung lässt sich manches bewerkstelligen."

„Was sagst du da?"

„Nichts weiter, als dass ich dir vielleicht einen Vorschlag machen möchte."

„Ich verfüge über keine Mittel ..."

„Ich rede nicht davon, Medicus. Wo bist du untergekommen?"

„Noch nirgends. Seit meiner Ankunft war ich hier beschäftigt."

„Du siehst aus, als könntest du ein gutes Essen und ein Bett gebrauchen."

„Das könnte ich in der Tat."

„Und du möchtest deinen Freund sehen?"

Lukas nickte. Was wollte dieser Mann ihm eigentlich sagen?

„Lucanus, meine Mutter hat bei dem Feuer schwere Verbrennungen erlitten. Zwei Ärzte haben bestätigt, dass es für sie keine Hoffnung mehr gibt. Sie meinen, das Beste, was ich für sie tun könne, sei, sie zu mir nach Hause zu holen und dort sterben zu lassen. Meine Frau und meine Kinder sind jetzt bei ihr, aber als Bediensteter des Imperiums muss ich natürlich meine Pflicht tun. Könntest ... kannst du irgendetwas für sie tun?"

„Ich müsste sie sehen", antwortete Lukas.

„Ich würde dir jedes Bemühen um sie vergelten."

„Ich werde tun, was ich kann."

Der Kerkerwächter begleitete Lukas, der seine Sachen holte, und dann schleppten sie sich durch die Straßen. Oft mussten sie die Richtung wechseln, um den Flammen auszuweichen. Lukas betete schweigend, dass Gott das Leben der Mutter dieses Mannes bewahrte. Was immer es kosten würde, die Gunst des Primus Paternius Panthera zu gewinnen, es würde Paulus zugutekommen.

In dem winzigen Häuschen fand Lukas die ältere Frau im Delirium vor. Auf mehr als der Hälfte ihres Körpers, darunter Gesicht und Hals, hatte sie Brandwunden davongetragen. Unverzüglich trug er reichlich Salben und Heilöle auf die verletzte Haut auf, aber er wusste, dass dies nur geringfügige Erleichterung schaffen würde.

„Darf ich für sie beten?“, fragte er.

„Ich habe aufgehört zu beten“, gab Panthera zurück. „Ich weiß noch nicht einmal, ob ich noch an die Götter glaube.“

„Ich würde zu dem Gott Abrahams, Isaaks und Jakobs beten. Ich denke, das kann nicht schaden.“

Lukas kniete sich neben der Frau nieder und hob das Gesicht zum Himmel. „Gott, du Vater meines Herrn und Retters Jesus Christus. Ich bitte dich: Berühre diese Frau mit deiner heilenden Hand. Segne sie durch deine Gegenwart und Nähe. Im Namen deines Sohnes Jesus, des Christus. Amen.“

Die Frau wurde deutlich ruhiger und schlief wenig später ein. Die schmerzverzerrten Züge entspannten sich und sie lag so still und friedlich da, dass Lukas sich vorbeugte, um auf den Atem zu lauschen. War sie überhaupt noch am Leben?

„Ist alles in Ordnung, Lucanus?“, fragte der Kerkerwächter, während seine Frau hinter ihm auf Zehenspitzen hereinkam.

„Das ist das erste Mal seit Stunden, dass sie so ruhig ist“, sagte die Frau. „Die Kinder haben nur geweint und sich die Ohren zugehalten.“

„Wird sie leben?“, fragte Panthera.

„Ich kann nichts versprechen. Aber es gibt Hoffnung. Ruhe ist jetzt das Wichtigste und Beste für sie. Und ich werde alles tun, was ich kann.“

Der Kerkerwächter flüsterte seiner Frau etwas zu, sie nickte und er führte Lukas die Treppe hinauf in eine winzige Kammer, wo er schlafen könnte. „Ich danke dir“, sagte Lukas. „Aber bringst du dich damit nicht in Gefahr?“

„Weil ich einen Arzt für meine leidende Mutter bei mir aufnehme? Nein, das schadet mir nicht – es sei denn, jemand würde herausfinden, wer du bist. Aber jetzt kocht meine Frau dir erst einmal ein gutes Essen. Und dann kann ich dich noch heute Nacht zu deinem Freund bringen."

Lukas weinte fast, so dankbar war er. Er verschlang seine Mahlzeit geradezu, fragte, ob er einige Reste für Paulus einpacken dürfte, und machte sich dann wieder mit Panthera auf den Weg. Sie stiegen von Nordosten her auf den Kapitolshügel, den das Feuer in der Entfernung gespenstisch erhellte, und näherten sich dem Gefängnis. „Das sieht wirklich trostlos aus."

Panthera nickte. „Das größte und düsterste Gefängnis in der Stadt."

Lukas betete stumm: Herr, schenke mir Kraft und Frieden, damit ich Paulus trösten kann. Die Wache am Nachteingang schaute überrascht, nickte aber dann Panthera zu, der mit Lukas eilig an ihm vorbeiging und flüsterte: „Ein Arzt." Drinnen griff der Kerkerwächter sich eine Fackel aus einer der Wandhalterungen und führte Lukas an den Zellen der gewöhnlichen Gefangenen vorbei, von denen her ihn Ausdünstungen anfielen, die nicht einmal ein Verurteilter hätte ertragen sollen. Die meisten Gefangenen lagen stöhnend in ihrem eigenen Unrat und Lukas schielte im Flackern der Fackel auf dunkle Augenhöhlen und eingefallene Wangen.

„Bekommen diese Männer zu essen?"

Panthera zuckte die Achseln. „Zweimal am Tag eine Schale dünnen Getreidebrei, ungefähr die Hälfte von dem, was Sklaven bekommen. Sie dürfen keinen Besuch empfangen, geschweige denn irgendeine andere Art von Fürsorge."

Lukas tat das Herz weh angesichts dieser Unglücklichen, aber als er auf einen erbarmungswürdigen Schrei hin kurz zögerte, schob Panthera ihn sanft, aber bestimmt weiter. In einer Ecke der letzten bewohnten Zelle lagen drei Körper leblos übereinander und warteten darauf, hinausgeschafft zu werden. „Da liegen sie seit vier Tagen", flüsterte Panthera ihm zu.

Als Lukas endlich ein kleines Podest erreichte, in dessen Fußboden ein Loch eingelassen war, durch das ein Mensch hindurchpasste, raste sein Herz und sein Atem ging schnell. Er musste mit aller Kraft gegen die Übelkeit ankämpfen, die der Gestank ihm verursachte.

Wachposten, die das Loch im Boden umstanden, wiesen Panthera darauf hin, dass dem Gefangenen da unten kein Besuch gestattet war. „Ein Arztbesuch einmal am Tag ist ihm gestattet", sagte Primus. „Ihr wisst ja, der Kaiser will, dass er bis zur Hinrichtung bei Kräften bleibt, damit er ein besonders abschreckendes Beispiel abgibt."

Panthera zeigte Lukas, wie er sich in das Verlies hinunterlassen konnte. „Als wir den Gefangenen hinunterließen, war er nicht fähig, früh genug die Kante zu umklammern, um seinen Fall abzumildern. Er hat sich den Knöchel verstaucht, als er unten landete."

„Wie tief ist es?"

„Nur knapp zwei Meter. Aber in der Dunkelheit hat man natürlich keine Vorstellung." Panthera wandte sich an eine der Wachen. „Wenn ich unten bin, reich mir die Fackel."

„Licht ist ihm auch nicht erlaubt. Du weißt das sehr gut."

„Soll der Arzt ihn im Dunkeln untersuchen? Tu einfach, was ich dir sage!"

Panthera beugte sich herunter und legte beide Hände an den Rand der Bodenöffnung. Er stützte sich mit den Händen ab, sprang und hing kurz in der Luft, bevor seine Füße den Boden erreichten. Lukas tat es ihm nach, allerdings nicht ganz so geschickt; beim Hinunterlassen verfing er sich in seinem Umhang.

Er fand Paulus schlafend auf einem schmalen Felsvorsprung, an den Knöcheln an die Wand gefesselt. Der Boden war kalt und feucht, und die Fackel erleuchtete die grauenvolle Zelle. Sie war von knapp ein Meter fünfzig langen Kalksteinmauern umgeben, die eine schleimige Feuchtigkeit absonderten. Die Decke war kaum eine Handbreit über Lukas' Kopf. Sein Freund lag auf der

Seite, das Gesicht zur Wand, und Lukas nickte Panthera zu, er solle die Fackel halten, damit er den Knöchel untersuchen konnte, den ein übertrieben schwerer Eisenring an einer Kette mit schweren Gliedern umschloss. Jedes einzelne Glied war dicker als der Knöchel des Gefangenen. Lukas hob die Eisenkette an und schätzte das Gewicht auf knapp zehn Kilo. Der Knöchel war immer noch geschwollen, vermutlich von einem Mangel an Bewegung und dem Gewicht der Fessel. Vom Schweiß war der Eisenring rostig geworden und hatte die Haut darunter aufgerieben. Lukas holte eine Salbe hervor. Als er sie auf die wunde Stelle auftrug, erwachte der Gefangene.

„Mein Freund", krächzte Paulus. „Du bist gekommen. Der Himmel vergelte es dir."

Lukas ergriff Paulus' Hand, presste seine Handfläche fest dagegen und verhakte ihre Daumen, sodass er Paulus helfen konnte, sich aufzusetzen. Panthera steckte die Fackel in eine Halterung in der Wand, die anscheinend kaum je benutzt wurde. „Ich lasse euch ein wenig allein", sagte der große Mann und streckte die Arme aus, um den Rand der Deckenöffnung zu umfassen und sich hochzuziehen.

Paulus war immer klein gewesen, aber als Lukas ihn vor Jahrzehnten kennengelernt hatte, war er drahtig, muskulös und kräftig gewesen. Bis zu seiner letzten Gefangenschaft hatte er immer noch Männer, die halb so alt waren wie er selbst, mit seinem festen Händedruck, seiner Fähigkeit, erstaunliche Strecken zu Fuß zurückzulegen und sogar zu rennen, wenn es nötig sein sollte, in den Schatten gestellt. Und das war nur allzu oft nötig gewesen.

Aber jetzt verfiel der Mann sichtlich. Paulus war nur zwei Jahre älter als Lukas, aber nun sah man ihm tatsächlich jedes seiner mehr als fünfundsechzig Lebensjahre an. Die Knochen standen hervor, sein Händedruck war kraftlos und er saß mit vornübergebeugten Schultern da. Lukas schob mit dem Fuß den Abfalleimer in eine Ecke, was keineswegs half, den Gestank zu vermindern. „Vergiss nicht, ihn wieder in meine Reichweite zu ziehen, bevor du gehst", sagte Paulus. „Die Dinge stehen auch so schon schlecht genug." Er hatte sich nicht waschen können, und er schlief, wie er Lukas berichtete, in seinen Kleidern und benutzte sie als Decke.

Lukas holte das Essen aus seinen Taschen. Paulus griff nach dem Brot und hustete, während er anscheinend gleichzeitig kaute und schluckte und ein Dankgebet sprach. „... gib uns heute unser tägliches Brot und vergib uns unsere Schuld ..."

„Langsam, mein Freund. Mach dich nicht krank."

„Zu spät", sagte Paulus mit einem leeren Lächeln und zerkaute jetzt Feigen. „Ich verhungere bei den Gefängnisrationen."

„Wie schläfst du?"

Paulus zuckte die Schultern. „Du hast mich geweckt."

„Aber nach wie langer Zeit?"

„Das lässt sich hier schwer sagen, Lukas. So gegen Mittag kommt ein wenig Sonnenlicht durch eine Spalte in der Decke, die ungefähr auf Straßenniveau liegen muss. Das wirft einen spärlichen Strahl auf die Wand hinter mir und wandert in vielleicht zwanzig Minuten über den Fußboden, bevor es wieder verschwindet. Und meist wird mir kurz danach meine Ration kalter Grütze gebracht. Und dann sitze ich wieder im Dunkeln. Oft bete ich oder ich singe. Ich fühle mich so nutzlos und ich sehne mich danach, von der Botschaft zu reden, von Christus. Ich habe mich nach anderen Gefangenen erkundigt und wünschte, sie könnten mich hören. Die Wachen hören mir schon gar nicht mehr zu, und als sie es noch taten, haben sie sich natürlich geweigert, meine Botschaft an die anderen weiterzugeben. Sie sagen mir höchstens, ich solle meinen Atem sparen, und dass die anderen sterben, lange bevor ihr Todesurteil vollstreckt werden kann. Lukas, das darf mir nicht geschehen. Versprich mir, dass du das nicht zulassen wirst."

Lukas schritt in dem erstickenden, winzigen Raum hin und her. „Aber … hast nicht du selbst so wortgewaltig vom Tod geschrieben? ‚Für mich ist Christus das Leben', hast du gesagt, ‚und das Sterben ist für mich Gewinn.'"

„Ich wehre mich ja nicht gegen den Tod, mein Freund. Du vor allen anderen solltest das wissen. Früher oder später sterben wir alle, du und ich ebenfalls. Aber ich wünsche mir, dass ich nicht einfach nur sterbe. Ich möchte, dass auch mein Tod meinem Gott Ehre macht. Meinem Retter und Erlöser. Sie können einen römischen Bürger zum Glück nicht innerhalb der Stadtmauern enthaupten. Sie müssen mich aus der Stadt bringen … oh, wie ich mich nach dem Licht sehne! Aber weit mehr noch sehne ich mich danach, dass es Ohren gibt, die mich hören. Lukas, du kannst dir nicht vorstellen, wie verzweifelt ich mir hier manchmal Zuhörer wünsche! Jetzt bist du hier, und über kurz oder lang werde ich dir etwas vorpredigen! Du Ärmster, du hast das alles ja schon gehört."

„Diese Botschaft kann ich gar nicht oft genug hören, schon gar nicht aus deinem Mund."

„Bitte, lass mich nicht sterben, ohne noch einmal eine Gelegenheit bekommen zu haben, weiterzugeben, dass es gute Nachrichten gibt."

Lukas spürte die schwachen Augen des Paulus auf sich ruhen. „Du denkst, ich verlange zu viel."

„Ja, das tust du wirklich. Welche Last bürdest du mir damit auf! Paulus, heute sind den ganzen Tag lang Menschen gestorben, trotz all meiner Bemühungen. Ich habe für sie gebetet, sie versorgt, alles versucht, was ich konnte. Und mehr kann ich dir auch nicht anbieten."

„Lukas, bitte …"

„Du bist wie ein Hund, der sich in den Saum eines Mantels verbissen hat."

„Aber ich wünsche es doch nicht für mich. Ich möchte nur, dass Gott …"

„Ich weiß doch, was du möchtest, Paulus. Ich weiß es. Und ich bin gekommen, um alles zu tun, was ich kann, damit sich dein Wunsch erfüllt. Aber weißt du auch, was das bedeutet?"

„Dass Christus verkündet und Gott verherrlicht wird und dass taube Herzen wieder hören werden."

„Es bedeutet, dass ich dabei sein muss."

Paulus neigte den Kopf zur Seite. „Ja, gewiss. Sicher. Warum solltest du kommen, wenn ich jetzt nicht auf dich zählen kann? Jetzt hast du mich ja gefunden. Sicher denkst du nicht daran, mich einem solchen Schicksal ganz allein zu überlassen?"

Lukas saß schweigend da und schüttelte den Kopf.

„Mein Freund", sagte Paulus jetzt. „Benachrichtige Timotheus und Markus. Sie sollen alles möglich machen, um herzukommen. Timotheus wird aus Ephesus Wochen brauchen, und wo Markus gerade ist, weiß ich nicht einmal. Aber vielleicht können sie kommen und an meinem Ende bei mir sein."

„Paulus, keiner von uns würde dich je im Stich lassen. Aber müssen wir wirklich zusehen, wie …"

„Rom kann mir meine Seele nicht rauben. Ihr könnt ganz zuversichtlich sein: Wenn ich nicht mehr in meinem Leib wohne, dann wohne ich bei Christus, meinem Herrn. Wie herrlich wird das sein!"

„Für dich."

„Auch für euch. Lukas, auch eure Zeit wird kommen und wir werden gemeinsam bei Christus sein. Für immer."

Alles in Lukas wollte Paulus zustimmen. Aber im Geist sah er das Bild seines besten Freundes, der dem mächtigen Schwert in den Händen des Scharfrichters gegenüberstand, bis der ihm das Haupt von den Schultern trennte.

„Sag Timotheus und Markus, sie sollen meinen Mantel mitbringen und die Bücher. Und vor allem die Pergamente."

Lukas blinzelte zu Paulus hinüber. „Vor allem …?"

„Ja, die Pergamentrollen."

Lukas faszinierte es, dass der sonst so furchtlose Apostel seinem Blick anscheinend nicht standhalten konnte. „Was verschweigst du mir?“

Paulus packte Lukas am Umhang und zog ihn dicht zu sich heran. Dann wisperte er: „Diese Pergamente enthalten Aufzeichnungen über mein Leben, Lukas. Und ich nenne Namen. Viele in der Kirche wären gefährdet, wenn die Rollen in die falschen Hände fielen. Ich muss sie haben. Und du musst mir helfen, sie zu vollenden. Wir müssen diese Pergamentrollen schützen, wenn es sein muss, mit unserem eigenen Leben.“

3

Wahrheit

Texas

Während noch zwei weiterer Examensklausuren saß Augustin so dicht er konnte bei der altertümlichen, im Fenster angebrachten Klimaanlage, die ratterte und summte, und versuchte, mit der gleißenden Sonne Schritt zu halten. Die Studenten erwiesen sich als kreativ, füllten immer wieder ihre Wasserflaschen am Wasserspender auf, gossen sich dann Wasser in die Hände und strichen damit über das Gesicht. Manche fuhren sich auch mit nassen Händen durchs Haar.

Augustin hatte es seinen Studenten schon früh im Semester abgewöhnt, sich zu beklagen, und sie wussten, dass es gar keinen Zweck hatte, auch nur anzufangen. „Nirgendwo ist das Leben chaotischer als im kirchlichen Dienst", hatte er gesagt. „Jammerer haben keine Chance." Zum Glück waren jetzt alle nur noch darauf aus, dieses Examen hinter sich zu bringen und dann entweder das Seminar mit ihrem Abschluss zu verlassen oder nach Hause zu fahren, um sich auf das nächste Semester vorzubereiten.

Bis weit in den Nachmittag hinein hatte Augustin sich über Roger Michaels sorgenvoll den Kopf zerbrochen. Was konnte so dringend sein? Schließlich war er wieder in seinem Büro und wollte beginnen, die Klausuren zu bewerten, falls er das Land tatsächlich plötzlich verlassen müsste. Aber zuerst suchte er online nach Flügen von Dallas-Fort Worth nach Rom Fiumicino. Der nächste, bei dem es noch freie Plätze gab, ging in zwei Tagen,

Freitag, den 9., um zehn Uhr dreißig, mit Zwischenstopp in Chicago und mit Ankunft in Rom kurz vor acht Uhr am Samstag.

Leider gab es aber nur noch Plätze in der ersten Klasse zum Preis von fast viertausend Dollar. Und da er keine Ahnung hatte, was ihn in Rom erwarten würde, würde er den Rückflug offenlassen müssen – was noch einmal exorbitant teuer werden konnte. Und selbst wenn er das Geld auftreiben könnte – was, wenn er nicht rechtzeitig zurück wäre, um seinen Sommerkurs zu beginnen? Was sollte er Les Moore sagen?

Die Klausuren konnten nicht warten. Das war er seinen Studenten schuldig. Augustin betrachtete den Stapel von Klausurbögen und fragte sich, ob es ihm gelingen würde, seine Sorge um Roger und die Aussicht auf eine Reise, die sein Leben ungemein kompliziert machen würde, beiseitezulegen.

Er würde später jeder einzelnen Klausur die nötige Aufmerksamkeit schenken, aber jetzt sah er sie nur flüchtig durch, um die herauszufischen, die das Thema des Stachels im Fleisch des Paulus gewählt hatten. Viele spekulierten über verschiedenste Krankheiten oder auch Depressionen, eine Scheidung, eine verlorene Liebe, Zweifel, selbst einen geheimen Kampf mit Homosexualität. Augustin nahm sich diese Klausur vor, gespannt darauf, ob der Student eine überzeugende Begründung liefern konnte.

Augustin achtete vor allem darauf, ob ein Student darauf einging, dass – wie Paulus selbst schrieb – dieser Stachel nicht von Gott, sondern vom Satan kam („ein Engel des Satans, der mich mit Fäusten schlägt"). Denn wenn Gott ihm diesen Stachel zugemutet hätte, warum sollte Paulus dreimal darum beten, dass er davon frei würde?

Als eine Schweißperle von Augustins Stirn auf das Papier tropfte, stand er auf, um die Jalousien herunterzulassen. Dabei fiel sein Blick auf einen seiner Griechischstudenten, der auf dem Parkplatz stand.

Rajiv Patel, ein brillanter Student von fünfundzwanzig Jahren aus Ahmadabad in Indien, schien mehr mit sich herumzuschleppen als seinen Rucksack, während er in der sengenden Hitze zu seinem klapprigen Toyota trottete. Er schloss den Wagen auf und stand dann eine Weile davor, den Blick zu Boden gerichtet.

Augustin war schon lange angetan von der liebenswerten Art dieses Studenten mit der leisen Stimme. Rajiv hatte Bilder von der Aufgabe gezeigt, die er in Indien zurückgelassen hatte, um seine Ausbildung fortzusetzen. Er hatte in einem Elendsviertel gearbeitet und den Kastenlosen das Evangelium gebracht. Und anders als viele andere ausländische Studenten, denen die Augen dafür aufgegangen waren, welche Vorteile es bot, nach dem Abschluss in den USA zu bleiben, hatte Rajiv keine derartigen Absichten. Auch hier setzte er freie Zeit ein, um den Armen zu helfen, und war entschlossen, nach einem weiteren Studienjahr nach Hause zurückzukehren.

Schließlich öffnete Rajiv die Wagentür und zog hastig die Hand vom Griff zurück. Der musste glühend heiß sein. Aus dem Auto entwich die Hitze in flirrenden Wellen. Rajiv warf den Rucksack auf den Rücksitz und entfernte den Sonnenschutz von der Windschutzscheibe. Er lehnte sich vor und startete den Motor, schloss dann die Tür wieder, damit das Auto etwas abkühlte, wobei er das Fenster an der Fahrertür einen Schlitz breit offen ließ. Augustin schätzte, die Klimaanlage des alten Wagens würde die Temperatur um kaum mehr als ein paar Grad senken.

Rajiv beschattete seine Augen mit der Hand und sah, wie er dort stand, so aus, als sei er von mehr als der Hitze geschlagen. Schließlich schlüpfte der junge Mann in den Wagen, aber statt wegzufahren, legte er den Kopf aufs Steuer. Dann sah es so aus, als schlage er auf das Steuer ein, bevor er schließlich seinen Kopf in den Händen verbarg.

Augustin eilte nach draußen; Haar und Hemd klebten ihm am Leib. Als er Rajivs Auto erreichte und ans Fenster klopfte, war der junge Inder sichtlich überrascht.

„Alles okay?“, fragte Augustin.

Rajiv nickte mit Tränen in den Augen.

„Darf ich mich kurz reinsetzen?“

Rajiv entriegelte die Beifahrertür und wischte sich die Tränen vom Gesicht, als Augustin ins Auto glitt. Er richtete eine Düse der Klimaanlage auf sein Gesicht, aber das fühlte sich immer noch an, als säße er in einem Backofen. „Sollen wir uns lieber in meinem Büro unterhalten?“

„Nein, danke, Doktor“, sagte Rajiv mit seinem leichten Akzent. „Ich muss gleich los.“

„Was ist, Rajiv?“

„Ich ... ich versuche, Vertrauen zu haben. Aber meine Mittel sind erschöpft. Nur noch ein Jahr – und mein Land braucht es doch so dringend. Aber ich kann mich für den Herbst nicht mehr einschreiben.“

Augustin fragte nach, welche Möglichkeiten für finanzielle Unterstützung er schon ausgeschöpft hätte, erkundigte sich nach Stipendien und Darlehen. Rajiv kannte sie alle und er hatte jeden Cent gesammelt, den er nur irgendwo kriegen konnte.

„Wie viel Geld fehlt dir?“

„Fast viertausend Dollar.“

Augustin zuckte zusammen. Sein erster Gedanke war, Rajiv zu sagen, er würde für ihn beten. Aber er kannte den jungen Mann – ganz gewiss mangelte es nicht an Gebet. In einer Sekunde der Erleuchtung sah Augustin, dass er selbst die Antwort sein könnte. „Haben Sie ein Stück Papier, Rajiv?“

Der Student wandte sich um, um in seinem Rucksack zu kramen, und reichte dem Professor dann einen Spiralblock.

Augustin schrieb: „Wen immer es betrifft: Bitte belasten Sie Kosten für Studiengebühren von Rajiv Patel bis zu einem Betrag von viertausend Dollar dem Konto des Unterzeichners. Dr. Augustin A. Knox."

Rajiv starrte auf das Blatt und brach erneut in Tränen aus. „Das kann ich nicht akzeptieren, Dr. Knox! Sie haben das Geld auch nicht."

„Wenn Gott möchte, dass ich etwas tue, glauben Sie nicht, dass er es dann auch möglich macht?"

„Tja, nun, eigentlich schon ..."

„Glauben Sie, dass ich gerade nur zufällig aus dem Fenster sah, als Sie mich brauchten?"

„Ich wollte bestimmt nicht, dass Sie ..."

„Rajiv! Sagen Sie mir jetzt, dass Sie mich nicht dieser Freude berauben werden!"

„Wie bitte?"

„Sie haben mich verstanden", sagte Augustin und öffnete die Wagentür. „Wohlgemerkt, ich schrieb: bis zu viertausend Dollar. Ich stehe nur für die Differenz ein zwischen dem, was Sie brauchen, und dem, was Sie selbst aufbringen können. Ich erwarte, dass Sie dranbleiben und Ihren Teil des Einsatzes übernehmen. Und jetzt lassen Sie mich aus dieser Sauna heraus."

„Ich kann Ihnen gar nicht genug danken."

„Kein Wort mehr davon. Wir sind hier, um Arbeiter für das Reich Gottes auszubilden, nicht, um sie nach Hause zu schicken, bevor sie fertig sind."

Augustin kehrte an seinen Schreibtisch zurück, selbst erstaunt darüber, was um alles in der Welt er da gerade getan hatte. Der Zeitpunkt hätte nicht ungelegener sein können. Woher sollte er das Geld nehmen? Herr, sagte er schweigend, gib mir den Glauben, den du Rajiv geschenkt hast – dass du hier die Hand im Spiel hattest. Ich vertraue darauf, dass du für uns sorgen wirst.

Einen so raschen Wetterumschwung hatte Augustin noch nie erlebt, schon gar nicht in Arlington. Gewaltige tiefschwarze Wolken fegten so schnell aus Westen heran, dass die Temperatur sturzartig auf unter dreißig Grad fiel und Blitze am Horizont aufzuckten. Bis er die US 30 nach Osten erreicht hatte, war der Himmel schwarz. Knapp hundert Meter vor ihm schlug ein Blitz in den Asphalt ein. Der Donner brüllte so laut, dass Augustin die Ohren schmerzten, und der Wind schüttelte den Wagen. Als die Wolken brachen und der Regen wie eine einzige Wand niederstürzte, streikten Augustins Scheibenwischer und die Sicht war gleich null. Wie alle anderen auch war Augustin gezwungen, auf den Seitenstreifen zu fahren und zu warten, bis das Unwetter vorbei war.

Da er keine Ahnung hatte, wie lange er hier warten musste, war Augustin versucht, Sofia direkt anzurufen, aber der Sturm würde vermutlich verhindern, dass er durchkam. Sofia und er liebten es, über ihre Zukunft zu sprechen, über die Hochzeit, Kinder, wo sie leben wollten. Ihre Eltern hatten erst vor Kurzem verstanden, dass aus ihrer Freundschaft etwas Ernstes geworden war.

„Daddy ist eben vorsichtig“, hatte sie ihm berichtet und zugegeben, dass ihr Vater darauf bestand, es sei viel zu früh für sie beide, um sich „Flausen in den Kopf setzen“ zu lassen. Augustin schloss daraus: Malfees Trikoupis war noch nicht bereit zu akzeptieren, dass überhaupt irgendjemand um die Hand seiner Tochter anhielt. Das war fast amüsant, Augustin und Sofia kannten einander schon seit Jahren und waren auch über große Entfernungen hinweg Freunde geblieben, bevor ihre Freundschaft während eines Ausflugs in die jordanische Felsenstadt Petra eine tiefere Ebene erreicht hatte.

Augustin hatte Mr und Mrs Trikoupis kennengelernt, als er dreißig war und noch bevor er Sofia begegnete. Sie hatten sich am Anfang einer Reise durch das Heilige Land in der Lobby des King-David-Hotels in Jerusalem getroffen. Das unauffällige, aber elegant gekleidete Paar verströmte eine Atmosphäre von Wohlstand und Bildung. Mrs Trikoupis hatte erwähnt, dass sie in Begleitung ihrer Tochter reisten, die sich aber an diesem ersten Abend von sozialen Verpflichtungen entschuldigen ließ; denn sie wusste, dass sie das jüngste Mitglied der Reisegruppe sein würde, die sich aus aller Welt zusammengefunden hatte.

Mr Trikoupis, ein untersetzter Mann mit dunklem Teint und einer lockigen weißen Mähne, schien sofort angetan von Augustin, als Roger Michaels ihn als Veranstalter der Tour vorstellte. „Der junge Dr. Knox kennt seine Bibel", hatte Roger getönt, wobei sein immenser Bart seine Lippen verbarg.

Mr Trikoupis hatte sich entschuldigt und Augustin in eine Ecke entführt. „Vielleicht können Sie meiner Tochter in dieser Woche ein wenig Interesse an Antiquitäten einimpfen", hatte er mit auffallend sorgfältiger Artikulation in einer Sprache, die offensichtlich nicht seine Muttersprache war, gemeint. „Das ist nämlich mein Gebiet. Sofia studiert an der Universität von Athen Moderne Kunst. Aber ich wünsche mir, dass sie einmal mein Geschäft übernimmt."

„Ihr Geschäft?"

„Ich habe ein Import- und Export-Geschäft für Antiquitäten mit vielen Filialen in Griechenland. Die größte ist nahe bei Thessaloniki, wo wir wohnen."

„Oh!", hatte Augustin gemurmelt. „Sie sind der Trikoupis! Ich bin schon in einem oder zwei Tri-K-Geschäften gewesen. Das sind dann also Ihre! Freut mich sehr, Sie kennenzulernen."

Beim Frühstück am nächsten Morgen hatte Augustin seinen ersten Blick auf die strahlende Sofia geworfen. Ihre schiere Energie bewirkte, dass er sich alt fühlte. Ihr tiefschwarzes Haar und die großen blauen Augen fesselten ihn. Er war auch beeindruckt von ihrem kräftigen Händedruck und ihrer lebhaften Vorfreude auf alles, was der Tag bringen würde. Dagegen hatte er sich auf seiner ersten Tour dieser Art komplett unwohl gefühlt.

Ihr Vater hatte unverzüglich alleinigen Anspruch auf Augustins Zeit erhoben und erst gegen Ende der Woche fand er wieder eine

Gelegenheit, mit Sofia zu reden. Seine meisterhafte Beherrschung des Griechischen, altgriechisch wie modern, hatte sie beeindruckt, und sie hatten ihre Mail-Adressen ausgetauscht.

Während der nächsten paar Jahre hatten sie sporadisch über die Kontinente hinweg Kontakt gehabt, hatten sich per Internet ein wenig kennengelernt und sich gegenseitig in Fragen von Familie und Verwandtschaft gute Ratschläge gegeben. Sie hatte Fotos und Lebensläufe ihrer diversen Verehrer geschickt und Augustin tat dasselbe mit seinen jeweiligen Dates.

Sofia hatte ihren Vater verärgert, indem sie nach ihrem Examen in Athen geblieben war. Sie war sowohl in ihrem Beruf als auch in ihrer Kirchengemeinde sehr engagiert. „Augustin“, hatte sie eines Abends gemailt, „wer möchte schon für seinen Vater arbeiten? Oh, sorry – du arbeitest für deinen, oder?“

„In gewisser Weise ja“, hatte er geantwortet. Und irgendwo zwischen den Zeilen, die sie wechselten, hatte Augustin genug Vertrauen zu dieser griechischen Schönheit gefasst, dass er es wagte, mit ihr über die schwierigste Beziehung in seinem Leben zu sprechen. Sofia war weit genug weg, dass er sich frei fühlte, Dinge auszusprechen, von denen er noch nie jemandem erzählt hatte.

„Ich unterrichte in seinem Fachbereich, ja, aber wir reden kaum miteinander. Ich würde gern glauben, dass er stolz auf mich ist, weil ich sozusagen in seine Fußstapfen trete, aber wir beide sind so grundverschieden. Möge das immer so bleiben.“

„Ich muss wissen, wovon du redest, Augustin. Du liegst mir wirklich am Herzen, weißt du? Ich will dich nicht bedrängen, aber du sollst wissen, dass du mir alles anvertrauen kannst. Aber nur, wenn du mir vertraust, und nur, wenn du möchtest.“

Eines späten Abends (am nächsten Morgen ihrer Zeit) hatte sie ihm plötzlich erzählt, sie überlege, ob sie nicht doch nach Hause gehen sollte, um bei ihrem Vater zu arbeiten. Sie hatte in einer Kunsthandlung gearbeitet und Abendkurse gegeben, aber, so sagte sie, obwohl sie gute Freunde und auch eine gute Gemeinde hatte, fühle sie sich einsam. „Ich gehe auch nicht mit jemandem aus, der meinen Glauben nicht teilt", schrieb sie. „Aber selbst die christlichen Jungs haben scheinbar nichts anderes als Sex im Kopf. Ich vermisse meine Familie."

„Schon komisch", schrieb er zurück, „und mir fehlt ein Vater, den ich nie hatte."

„Seht ihr euch nicht täglich?"

„Natürlich. Aber – er sieht mich eben nicht."

Der Regen ließ endlich ein wenig nach und Augustin folgte den anderen Fahrern vorsichtig wieder auf die Autobahn. Als er eine Stunde später Dallas erreichte, bog Biff Dyers baufälliger Van gerade aus der Einfahrt. Augustin hupte und Bill hielt direkt neben ihm. „Ich hab dir ja gesagt, ich bring dir nichts, Augustin, und mein Tag ist jetzt vorbei."

„Ich werde ewig in deiner Schuld stehen, Biff, aber du musst mir einfach ein paar Minuten geben."

Biff parkte, schlug die Wagentür zu und stapfte mit langen Schritten auf sein Büro zu. Er sah keineswegs glücklich aus. Augustin holte ihn ein und erklärte, dass das Unwetter ihn aufgehalten hatte. „Diese Telefongeschichte ist wichtig, Biff. Du weißt doch, ich würde dich nie ausnutzen."

„Zumindest bisher nicht", knurrte Biff. „Aber meine Frau hat heute Geburtstag und ich ..."

„Ich halte dich keine Minute länger auf als nötig."

Augustin liebte Biffs Werkräume. Hinter einem schlichten, zweckmäßig eingerichteten Büro lag ein fensterloser Raum mit Regalen, wo er jede nur denkbare Art von elektronischen Geräten aufbewahrte. Biff belieferte die ganze Fakultät am Dallas – und einen großen Teil von Arlington ebenfalls, wenn sie Forschungsprojekte in Übersee hatten. Biff selbst war nur zweimal mitgereist, aber er hatte Roger Michaels kennengelernt. „Jedermanns Liebling", sagte er. „Also, was ist mit ihm?"

Augustin schüttelte den Kopf. „Hat die Hosen voll wegen irgendetwas. Dabei habe ich ihn bisher immer nur als Herrn der Lage erlebt."

„Roger hat Schiss? Kann ich mir nicht vorstellen. Habe, glaube ich, noch nie jemanden getroffen, der so weltgewandt und souverän ist."

„Weiß ich, Biff. Aber jetzt braucht er mich aus irgendeinem Grund. Und ich kann ihn nicht hängen lassen."

Biff tauschte rasch die SIM-Card in Augustins Handy aus, steckte die alte in ein Laufwerk, um sie zu scannen, ließ sich online eine neue Nummer zuteilen und lud die neue Karte mit ein paar Hundert Minuten für internationale Ferngespräche auf. „Ein sichereres Handy wirst du kaum finden. Also pass gut auf die Nummer auf. Nicht vergessen: Dies schützt kein Gerät, das du anrufst. Deine Identität wird unterdrückt, aber alles, was von anderen Geräten bei dir angezeigt wird, ist sozusagen Freiwild."

„Kapiert."

„Dieses Ding verbraucht Strom wie ein schwarzes Loch. Nimm also immer ein Aufladegerät mit. Adapter hast du ja für jedes Land dieser Erde, wie ich weiß."

„Ich weiß nicht, wie ich dir danken soll."

„Ich schick dir die Rechnung. Hör zu, ich muss jetzt weg, aber eins muss ich dir noch zeigen." Biff führte Augustin in den hintersten Winkel seines „Geräteschuppens", wohin die jahrzehntealten Neonlichter kaum reichten. Er zog eine winzige Taschenlampe aus dem Gürtel, klemmte sie sich zwischen die Zähne und stieß die Worte daneben hervor, während er Gerümpel beiseiteschob, um ein neues und sehr kompaktes Gerät freizulegen. „Du wirwt kaum glauwen, waw diewew Teil hier ßuwege bringt, Augustin", sagte er, die Taschenlampe im Mund. Er hob den kastenartigen Apparat ein wenig an, sodass er an ein winziges Extrafach an der Rückseite herankam. „Federspeicher", sagte er. Er drückte kurz und ein Chip von etwa der Größe einer Fingerspitze sprang heraus. „Man muss nur den Klang aktivieren und es kann mehr als hundert Stunden speichern."

„Kaum zu glauben. Was speichern?"

„Deine Telefonate, wenn du willst."

Biff erklärte, dass die Spitzenklasse-Modelle unter den Handys selbst im ausgeschalteten Zustand als Abhörgeräte verwendet werden können. „Sie können auch auf andere Geräte weiterleiten oder auf einen Rekorder wie den hier."

„Wie kann das funktionieren?"

„Würde jetzt zu lange dauern. Aber wenn du ein Gespräch aufzeichnen willst, drück einfach diesen Knopf an der Seite und einmal das Pfundzeichen, und voilà."

„Sogar, wenn das Handy aus ist?"

„Zauberei, hm?"

„Aus welcher Entfernung?"

„Wohin, sagtest du, reist du? Rom?"

„Raus jetzt."

„Soll ich's für dein Handy programmieren, für alle Fälle?"

„Na klar, Mann."

Biff entnahm flink den Chip aus Augustins Handy, schob ihn in den Rekorder, drückte einen Knopf und setzte den Chip wieder ein. „Das war's schon. Und du glaubst kaum, welche Kapazität das Teil hat."

„Du bist der Beste, Biff."

„Aber du musst mir irgendwann mal die ganze Geschichte erzählen."

„Versprochen. Und die besten Grüße an deine Frau."

„Carol."

„Carol, richtig. Ich kenne sie nicht, oder?"

Biff warf ihm einen vernichtenden Blick zu. „Die Auf-den-Spuren-des-Paulus-Tour? Mit Roger?"

„Richtig, stimmt. Sorry, Biff. Ich bin innerlich schon in Italien."

Als Augustin wieder auf der Straße zum Arlington Memorial Krankenhaus war, hatte der Himmel dieses blasse Grün angenommen, das oft auf einen heftigen Sturm folgte. Er machte sich klar, dass er spätestens innerhalb einer Stunde nach dem Treffen mit seiner Mutter Sofia anrufen musste, bevor es zu spät wurde. Es wäre dann ohnehin in Griechenland schon weit nach Mitternacht. So schwierig es auch gewesen war, ihr von seinem belasteten Verhältnis zu seinem Vater zu erzählen, es hatte ihn auch irgendwie befreit. Dass er einen Teil seiner Geschichte mit ihr geteilt hatte wie mit kaum einem anderen Menschen, hatte ein besonderes Band zwischen ihnen geschaffen. Eine seiner frühesten Erinnerungen, hatte er ihr gemailt, war die, wie seine Mutter ihm erzählte, dass er nicht wie die meisten Babys in die Familie hineingeboren worden war, sondern dass sie ihn ausgewählt hatten. „Daddy und ich haben dich einfach als Geschenk von Gott angenommen. Dein Vater hat sich so sehr einen Sohn gewünscht."

Aber nur seine Mutter schien je Zeit für ihn zu haben. Sein Vater erwies sich als geheimnisvolle Anwesenheit im Haus, still, mürrisch, distanziert. Einmal, hatte Augustin Sofia geschrieben, hatte er seine Eltern gefragt, ob er nicht einen Bruder oder eine Schwester haben könnte. „Meine Mutter sah verletzt aus und mein Vater sagte: ‚Deine Mutter ist sehr zart, mein Sohn. Und ein Kind ist alles, was wir wollten.' Aber später", schrieb Augustin, „sagte mein Vater mir einmal, wenn er gewusst hätte, wie schwierig es für meine Mutter werden würde, mich großzuziehen, hätte er auch gern ganz auf Kinder verzichtet."

„Oh, Augustin. Wie alt warst du da?"

„Neun oder zehn. Es war seltsam, denn meine Mutter erinnerte mich häufig daran, dass mein Vater sich so sehr einen Sohn gewünscht hatte und dass ich ein echtes Geschenk sei. Er war durch und durch Akademiker. Und alles, was ich wollte, war Sport. Ich quengelte ausdauernd, damit er mit mir Fangen spielte oder zu meinen Sportveranstaltungen käme. Einmal bestand meine Mutter darauf, dass er mit mir Fangen spielte, aber er zog nicht einmal Jackett und Krawatte aus. Und wenn wir Ball spielten, warf er wie jemand, der nie zuvor einen Ball in der Hand gehabt hatte. Ich erinnere mich noch daran, wie ich hoffte, dass uns bloß niemand sah. Dann warf ich den Ball absichtlich zu weit, und er schoss mir einen finsteren Blick zu, bevor er ging, um den Ball zu holen. Als er sich bückte, um ihn aufzuheben, riss seine Hose und er stürmte ins Haus und knurrte: ‚Ich wusste schon, warum ich das nicht tun wollte.'

Ich wurde ein recht guter Sportler; gehörte auf der Highschool zu den Besten im Baseball und Basketball. Mein Dad sah kein einziges Spiel, in dem ich spielte. Meine Mutter kam, wann immer sie konnte, aber wenn sie beim Abendessen davon sprach, wie stolz sie auf mich war und dass Dad mich hätte sehen sollen, murmelte er nur irgendetwas, dass ich hoffentlich „aus dieser Manie bald herauswachsen" würde. ‚Es gibt Wichtigeres im Leben als Spaß und Spiele, weißt du', wiederholte er. Die einzige Art von Ablenkung, die er sich gönnte, waren Kreuzworträtsel und andere Wortspiele. Sonst steckte seine Nase ständig in irgendeinem akademischen Buch. Ich lernte schnell, keine Poster meiner Spielerstars an meine Zimmerwände zu hängen. Er riss sie einfach herunter und sagte: ‚Wir sollen Menschen nicht zu Idolen machen.'"

„Es tut mir so leid", schrieb Sofia und Augustin spürte, dass ihr Mitgefühl echt war. „Wenn es nicht den Glauben meiner Mutter gegeben hätte, wäre ich selbst nie Christ geworden. Wir gingen zur Kirche und zwar zu allen Gottesdiensten, auch wochentags. Dad war Gemeindeältester. Manchmal predigte er auch. Während ich ihn immer todlangweilig fand, schien jeder andere ihn zu schätzen, weil er Professor war. Sogar Leiter eines Fachbereichs. Es heißt, unsere Sicht von Gott basiert auf unserer Sicht von unserem Vater. Stell dir mein Gottesbild vor."

„Wie kommt es, dass du so anders geworden bist, Augustin? Oder ist es etwa ein Glück, dass wir so weit voneinander entfernt wohnen?“

„Gute Frage. Aber nein, die Leute mögen mich. Ihn mögen sie nicht. Und ihm ist es anscheinend gleichgültig.“

„War deine Mutter so stark, dass sie dich davor bewahren konnte, so zu werden wie er?“

„Sie ist eine Heilige. Nicht perfekt, denn ich habe mir oft gewünscht, sie hätte sich öfter gegen ihn durchgesetzt, aber ich habe da gut reden. Er ist wie eine Naturgewalt. Ich weiß nicht, was sie hätte tun können, um ihn zu ändern. Aber man hat mir schließlich auch beigebracht, dass man Christen daran erkennen sollte, dass sie so viel Freude ausstrahlen. Und sie besaß viel von dieser Freude, wenn man die Umstände bedenkt.“

„Und er nicht?“

„Ich kenne seine Zähne nur von wenigen Bildern, auf denen er gezwungenermaßen lächelt.“

„Wie traurig. Warum hast du nicht rebelliert?“

„Wer sagt, dass ich es nicht tat? Ich kannte auch keine Freude. Das Leben als Christ erschien mir wie ein einziger großer Pflichtenkatalog – Regeln, Grenzen, tu dies und tu das bloß nicht. Bis ich auf der Highschool war, war ich bereits ein guter Sportler und auch ein Einserkandidat in anderen Fächern. Aber nichts davon schien meinem Vater zu gefallen. Ich dachte, wenigstens mein Zeugnis würde ihm imponieren, aber er sah es nur flüchtig an und fragte, ob ich sicher sei, dass ich all die Fächer belegte, die ich brauchte, um später aufs College gehen zu können. Ich sagte, ich würde mich eng an die Empfehlung meines Studienbegleiters halten. Er sagte nur: ‚Wenn dieser Studienbegleiter den Durchblick hätte, wäre er dann nicht mehr als ein Studienbegleiter?‘

Etwas in mir zerbrach. Und plötzlich wusste ich, wie ich seine Aufmerksamkeit gewinnen würde. Ich hörte nicht nur auf, Hausaufgaben zu machen und zu lernen, ich schwänzte auch gelegentlich die Schule. Als ich mit ein paar Kumpanen bei kleinen Ladendiebstählen erwischt wurde, wollte Dad es mir ein für alle Mal zeigen, mir meinen Sport verbieten, die ganze übliche Drohkulisse. Was mich schließlich weich klopfte, waren die Tränen meiner Mutter. Daran hatte ich nicht gedacht. Ich wollte ihn verletzen; aber sie zu verletzen, brach mir auch das Herz. Ich sagte ihr, ich würde jede Strafe annehmen, wenn sie mir vergab, und ich würde nie wieder etwas Ähnliches tun."

„Sie vergab dir, nehme ich an."

„Im selben Moment. Aber es blieben Wunden zurück und das nagte an mir. Das hatte sie nicht verdient. Ich schon."

„Was war denn deine Strafe?"

„Sie hätte nicht passender sein können."

„Bitte, erzähl es mir."

4

Der Brief

Rom im ersten Jahrhundert nach Christus

Es war eigentlich keine Bitte gewesen. Nein, Lukas hatte einen makabren Befehl erhalten, von einem Mann, dem man nichts abschlagen konnte. Man mochte sich Paulus widersetzen, mit ihm diskutieren, ihn herausfordern oder sogar Geringschätzung für seine Ansichten äußern. Aber am Ende setzte sich die schiere Willenskraft dieses Mannes durch.

Und so war der Arzt, erschöpft wie er war, ins Haus des Primus Paternius Panthera zurückgekehrt. Jetzt saß er dort im Dunkeln, rieb sich die Schläfen und versuchte vergeblich, sich in den Schlaf zu zwingen.

Schließlich stand Lukas auf und setzte sich auf den klobigen hölzernen Hocker vor einem Tisch, der nur wenig größer war als ein Bogen Pergament. Er entzündete eine Tonlampe, die die Größe seiner Hand hatte. Während die Flamme an Kraft gewann, beugte er sich vor, um die letzten Abschnitte eines Briefs zu überfliegen, den er und sein verurteilter Freund in der Nacht skizziert hatten.

„Lukas“, hatte Paulus gesagt, „schreib Timotheus, dass die anderen mich im Stich gelassen haben und nur du noch an meiner Seite stehst.“

„Nun, sie haben dich nicht im Stich …“

„Natürlich haben sie das! Oder soll ich es vielleicht selbst schreiben?“

Lukas hatte die Achseln gezuckt und nach Panthera gerufen, der sich in der Nähe der Deckenöffnung aufhielt. Lukas flüsterte ihm zu, er brauche Pergament, eine Schreibfeder und Tinte. „Wird da jemand Verdacht schöpfen?“

„Ich werde sagen, du brauchst diese Dinge, um festzuhalten, wie du den Patienten vorgefunden hast.“

Lukas verbrachte die nächste Stunde damit, einen Brief an Timotheus niederzuschreiben, den Paulus ihm rasch diktierte. Der fragliche Absatz kam kurz vor Schluss:

„Nun bitte ich dich: Komm doch so schnell wie möglich zu mir! Demas hat mich im Stich gelassen und ist nach Thessalonich gereist, weil ihm die Dinge dieser Welt wichtiger waren. Kreszens ist in Galatien und Titus in Dalmatien. Nur Lukas ist bei mir geblieben. Wenn du kommst, bring Markus mit, denn er könnte mir hier viel helfen. Tychikus habe ich nach Ephesus geschickt. Bring mir aus Troas meinen Mantel mit, den ich bei Karpus zurückgelassen habe, ebenso die Bücher, vor allem aber die Pergamentrollen.“

Da war es wieder. Vor allem die Pergamentrollen. Lukas und Paulus hatten vielfach aussichtslose Situationen miteinander durchgestanden, aber noch nie hatte Lukas in den Augen seines Freundes einen Blick gesehen wie den, als er von seinen Lebensaufzeichnungen gesprochen hatte. Dass ihm seine Hinrichtung bevorstand, war eine Sache. Lukas, der Paulus kannte, vermutete, Paulus wünschte sich wahrscheinlich, auch andere leitende Männer der Kirche würden das Martyrium für Christus riskieren. Aber das mussten sie selbst entscheiden. Er hatte es Lukas sehr deutlich gesagt: Ihr Leben sollte auf keinen Fall dadurch in Gefahr gebracht werden, dass unbefugte Augen irgendetwas in seinen Aufzeichnungen entdeckten, das nicht für sie bestimmt war.

Aber selbst wenn Timotheus oder Markus nach Rom kommen konnten und wenn sie auch noch die Pergamentrollen mitbrachten – würde man sie überhaupt zu Paulus lassen? Vielleicht konnte Panthera auch das möglich machen. Aber wie lange würde es dauern, bis sie in Rom eintreffen könnten? Und was wurde bis dahin mit Paulus' Wunsch nach einem Mantel? Tagsüber war das Verlies heiß wie ein Ofen, aber Lukas wusste, dass Paulus nachts vor Kälte zitterte, wenn er versuchte, Schlaf zu finden.

Früh am nächsten Morgen sah der Arzt nach der Mutter seines Gastgebers. Die alte Frau hatte anscheinend etwas Ruhe gefunden und war dankbar, als er noch einmal Salben und Heilöle auftrug. Aber davon, eine begründete Hoffnung für sie zu äußern, war Lukas noch weit entfernt. Er saß kurz mit seinem Gastgeber und den Kindern zusammen und genoss ein wenig Brot, Käse und eine Handvoll Nüsse zum Frühstück.

Seine schlaflose Nacht hing Lukas den ganzen Vormittag nach, während er seine Ledertasche von einem Verbandsplatz zum anderen trug, den Ärzten und Sanitätern des Militärs assistierte und versuchte, Schmerzen zu lindern und es denen, die nicht mehr zu retten waren, wenigstens erträglicher zu machen.

Mittags, als der größte Teil der Stadt eine leichte Mahlzeit einnahm, um danach einen ausgiebigen Mittagsschlaf zu genießen, steuerte Lukas direkt auf sein Lager zu und schlief so tief, dass er beim Aufwachen fürchtete, er habe zu viel vom Tag vergehen lassen. Er eilte zurück zu seiner Aufgabe als Arzt, die kleine Öllampe tief in der Tasche, kaufte unterwegs auf einem Markt eine Handvoll Karotten und Zwiebeln und verzehrte sie hastig auf der Straße.

Als der Abend hereinbrach, stellte er fest, dass er sich darauf freute, seinen Freund zu sehen, auch wenn er sich aufs Neue überwinden müsste, um die abstoßende Umgebung zu ertragen. Unterwegs erstand er günstig ein wenig Brot und ein paar Gurken, Äpfel und Feigen, die den ganzen Tag in der Sonne gelegen hatten.

Er hatte mit Panthera vereinbart, dass sie einander im Gefängnis möglichst aus dem Weg gehen würden. Der Wächter würde ihn am Tor nur durchwinken und es würde nicht lange dauern, bis sich niemand bei seinem Kommen und Gehen mehr etwas dachte.

Früh an diesem Abend stürzte sich Paulus begierig auf das Essen, das Lukas mitgebracht hatte, und begann es hinunterzuschlingen. Der Gefangene stöhnte und rutschte langsam an ein Ende des Steinsockels. „Komm, setz dich."

Lukas rückte zu seinem Freund heran, die Lampe auf dem Schoß. „Du stinkst, weißt du."

Paulus warf den Kopf zurück und lachte. „So, wirklich?", sagte er, offensichtlich übertreibend. „Wie kann das nur sein? Alle paar Tage ziehen sie mich aus, schütten zwei Kübel Wasser über mich und dann kann ich mich mit meinen eigenen Kleidern abtrocknen. Und da sollte ich noch Anlass geben, die Nase zu rümpfen? Sag mir: Wird's schlimmer, wenn du näher rückst?"

Es wärmte Lukas das Herz, seinen Freund so heiter zu sehen. Das Lächeln ließ dessen verwittertes Gesicht um Jahre jünger erscheinen. Lukas legte Paulus einen Arm um die schmalen Schultern und hatte mit den Tränen zu kämpfen, als dieser seinen Kopf an seinen Hals lehnte. Wie oft hatte er Paulus im Lauf der Jahre heiter erlebt – nach einem anstrengenden Reisetag, kontroversen Begegnungen, Drohungen und Beleidigungen. Paulus konnte auch grimmig aussehen; dann stand eine unerschütterliche Entschlossenheit in seinen Augen. Und immer wieder, wenn sie sich bei irgendeinem Bruder aus einer Gemeinde ein Zimmer geteilt oder, was auch oft vorkam, irgendwo in einer Scheune übernachtet hatten, hatte Lukas im Mondlicht auch den Ausdruck tiefsten Glücks im Gesicht seines Freundes gesehen, wenn er vor dem Einschlafen betend dalag.

Lukas wünschte sich manchmal, er selbst könne auch eine derartige Erfüllung in seiner Arbeit finden. Paulus hatte weiß Gott wenig Grund zu lachen. Aber dasselbe Mitgefühl, das Lukas für jeden leidgeprüften Menschen aufbrachte, ernüchterte ihn auch.

Oh ja, er hatte letztlich dieselbe Hoffnung wie Paulus. Aber er fürchtete, seine tiefste Befriedigung würde sich für ihn erst nach diesem Leben erfüllen. In der Ewigkeit würde er lächeln.

Und da saß Paulus neben ihm, erniedrigt und in verzweifelter Lage, und sah Gegebenheiten ins Auge, an denen ein geringerer Mann zerbrochen wäre. Und was wünschte er sich? Dass er predigen könnte! Und er brachte es noch fertig zu scherzen. Lukas konnte es kaum fassen.

„Hast du noch mehr Obst?"

„Einen Apfel. Aber du musst deine Kräfte einteilen, mein Freund."

„Habe ich das je getan? Dies ist die einzige richtige Mahlzeit des Tages. Ich möchte sie genießen."

Lukas stand auf, holte den Apfel aus der Tasche und warf ihn Paulus zu. Der fing ihn geschickt mit einer Hand auf und biss vorsichtig hinein. Lukas bemerkte seine schadhaften Zähne. Paulus roch an dem Apfel. „Der hat auch schon das Aroma dieses Ortes angenommen."

„Unsinn", sagte Lukas. „Ich kann den süßen Duft bis hierher riechen."

Paulus seufzte. „Ich weiß nicht, was ich ohne dich machen sollte. Bis du kamst, habe ich ernsthaft befürchtet, ich würde hier verhungern. Wenn es dich und Onesiphorus nicht gäbe ..."

„Ich werde dir einen Mantel besorgen."

„Hmm? Oh, selbst wenn Timotheus und Markus kommen oder vielleicht nur meine Sachen schicken – ich will den Mantel nicht anziehen. Ich will nur darin schlafen und gut darauf achten, dass er nicht am Boden feucht wird. Allein der Gedanke daran muntert mich auf."

„Und trotzdem willst du vor allem diese gefährlichen Pergamente. Was willst du damit? Sie als Kopfkissen benutzen?"

Paulus verschlang den Apfel mit Stumpf und Stiel. Er rieb sich übertrieben den Bauch, aber selbst im trüben Licht konnte Lukas sehen, dass es da nur wenig gab, das er reiben konnte. „Dieses Festmahl wird mich heute Nacht gut schlafen lassen."

„Die Pergamentrollen, Paulus. Sind sie in Troas nicht besser aufgehoben, weit weg vom Blick des Imperiums? Was willst du hier damit?"

„Ich bin den ganzen Tag nicht so hungrig wie kurz bevor du kommst. Es ist, als wisse mein Magen, dass du ..."

„Paulus! Du beleidigst mich, wenn du mich ignorierst. Du kannst nicht von mir erwarten, dass ich Timotheus schreibe und ihn bitte, deine Sachen mitzubringen, und dass ich die Pergamente extra betone, ohne damit rechnen zu müssen, dass ich frage, warum."

„Du machst mich dankbar, dass ich nie geheiratet habe."

„Dankbar? Da weiß ich aber etwas anderes. Du hast es mir selbst erzählt."

„Hmm. Aber welche Frau würde mir so in den Ohren liegen wie du?"

„Keine. Jedenfalls nicht, wenn du sie ebenso geringschätzig behandeln würdest wie deinen Freund."

„Ich empfinde alles andere als Geringschätzung für dich, Lukas."

„Beweise es."

Noch ein Seufzer. „Du wirst mir doch keine Ruhe lassen, obwohl ich ganz eindeutig nicht darüber sprechen will."

„Du hast sehr deutlich gemacht, dass in dem Brief, den ich Timotheus schreiben soll, die Pergamente das Wichtigste sind."

Paulus seufzte. „Wenn sie tatsächlich kommen, wirst du mir damit helfen müssen."

„Soll ich sie dir vorlesen?"

„Du sollst mir helfen zu schreiben."

„Du hast gesagt, sie enthalten deinen Lebensrückblick – und etliche Namen."

Paulus nickte. „Es ist meine Geschichte. Über die Jahre habe ich, wann immer ich ein wenig Zeit hatte, meine Erfahrungen festgehalten. Darin zu stöbern ist für mich immer wieder sehr ermutigend. Es erinnert mich daran, woher ich kam, und auch daran, wie treu und wahrhaftig der Herr ist."

„Wieso habe ich davon nie etwas mitbekommen?"

„Es war nicht schwer, es vor dir geheim zu halten. Ich habe immer wieder einmal ein paar unbeobachtete Momente genutzt, als meine Augen noch besser und meine Schreibfeder weniger zitterig waren. Und wenn ich jetzt vorhabe, sie dir zu zeigen, dann nur deshalb, weil ich sie allein nicht vollenden kann. Bestimmt sind sie aber nur für mich, für meine Familie und für die Brüder. Jedenfalls werde ich keine Ruhe geben, bis sie wieder in meinen Händen sind."

„Du willst doch wohl nicht riskieren, sie hier, direkt unter den Augen der Behörden, aufzubewahren!"

„Nein, du hast recht. Ich werde sie dir anvertrauen müssen, wenn wir nicht gerade daran arbeiten."

„Und wo soll ich sie verwahren?"

„Darüber kann ich mir keine Gedanken machen. Ich vertraue dir. Du weißt, wie gefährlich es wäre, wenn sie in die falschen Hände fielen. Aber ich will, dass sie fertiggestellt werden. Und ... ja, von meinem Ende wirst einmal nur du berichten können."

Lukas spürte einen Anflug von Erschöpfung. Da stand er in diesem entsetzlichen Gefängnis, vor sich auf dem Steinsockel eine erbärmliche Gestalt, die die trübe, flackernde Lampe schwach beschien. „Paulus, ich werde alles tun, worum du mich bittest, das weißt du. Aber kannst du dich in meine Lage versetzen? Kannst du dir vorstellen, welchen Schmerz es mir bereiten wird, von deinem Ableben zu berichten?"

„Lukas! Wir werden es vorher gemeinsam bedenken. Du wirst über den ersten Schritt einer Reise berichten, die mich dorthin führt, wohin ich mich immer gesehnt habe. Du brauchst keine Einzelheiten zu schildern. Jeder weiß, wie die Römer ihre Verurteilten hinrichten. Betest du etwa darum, dass ich verschont werde? Lukas – willst du etwa, dass ich so weiterexistiere? Oder gönnst du mir, dass ich bei meinem Herrn sein kann?"

„Ich habe gelernt, nicht mit dir zu streiten."

„Und trotzdem tust du es immer wieder", sagte Paulus lächelnd. „Tja, ich genieße das. Mit dir zu streiten macht mir viel mehr Vergnügen als ein harmonisches Gespräch mit irgendjemand sonst."

Lukas sprang auf, als von oben eine laute Stimme erklang. „Zeit zu gehen, Medicus!"

„Habe ich dich wenigstens ein wenig neugierig gemacht auf meine Pergamente?", fragte Paulus.

„Zumindest möchte auch ich nun vor allem diese Schriftstücke sehen."

Paulus lachte. „Reicht das, um dich zu veranlassen, meinen Brief an Timotheus unverzüglich abzuschicken?"

„Ich verzögere es doch nicht absichtlich, mein Freund. Deine Briefe musste man schon immer unverzüglich abschicken."

„Genau. Aber je eher Timotheus ihn erhält, umso eher werden wir ihn sehen. Von allem, was mir hier fehlt, stehen die Pergamente und meine Freunde an erster Stelle. Muss ich das noch sagen? Du musst ..."

„Nein, das brauchst du nicht. Es ist meine Sache, und ich fühle, wie schwer sie auf mir lastet. Dich am Leben zu halten, damit du sterben kannst, ist eine schreckliche Pflicht."

„Aber du tust es, damit ich auf eine Weise sterben kann, die zu einem Christen passt, Lukas. Würdest du dir das für dich selbst nicht auch wünschen?"

Lukas löschte das Licht, als Paulus aufstand und in drängendem Tonfall flüsterte: „Komm zu mir. Lass uns beten."

Der Arzt näherte sich ihm behutsam in der schwarzen Finsternis und spürte, wie Paulus ihn an sich heranzog. Trotz des Geruchs – welch ein Privileg, mit diesem Mann zu beten! „Vater", begann

Paulus, „ich bete im unvergleichlichen Namen deines Sohnes, meines Retters Jesus, des Christus. Ich preise dich, dass du mich berufen hast, das Evangelium zu verteidigen, und juble, dass ich Christus verkündigen darf, Christus, den Gekreuzigten. Ich hoffe und bin zuversichtlich, dass ich während meiner Gefangenschaft nicht schwach werde und versage, sondern dass Jesus Christus auch jetzt durch mich bekannt gemacht und geehrt wird, sei es durch mein Leben oder durch meinen Tod. Und nun danke ich dir für meinen Bruder in Christus und bitte dich, gib ihm Gesundheit und Stärke und Mut und Kraft. Und die Gnade des Herrn Jesus Christus und die Liebe Gottes und die Gemeinschaft des Heiligen Geistes sei mit ihm, bis wir uns wiedersehen."

Lukas dankte ihm und schickte sich an zu gehen, aber Paulus zog ihn noch einmal zu sich heran. Verschwörerisch flüsternd berichtete er ihm von einer Gabe, die die Gemeinde in Ephesus ihm durch Onesiphorus hatte zukommen lassen. Die Geschichte strömte aus dem alten Mann heraus, während er Lukas einen kleinen Beutel reichte, der schwer war von Münzen. Zusammen mit der Lampe versenkte Lukas ihn tief in seiner Tasche.

Von der Deckenöffnung her drang ein schwacher Lichtschein herunter. Lukas zog den Umhang zusammen und griff dann nach der Kante der Öffnung. Eilig ging er an den Zellen der gewöhnlichen Gefangenen vorbei und presste die Hand dabei fest auf die Wölbung in seiner Tasche, um ein Klimpern zu verhindern. Er versuchte, den Atem anzuhalten, aber der Stapel von leblosen Körpern erschreckte ihn aufs Neue, und als er das Ende des dunklen, engen Ganges erreichte, musste er nach Luft ringen. Wenigstens musste Paulus nicht diese erstickende Folter erleiden, in einer Zelle mit so vielen Menschen zu stecken, dass man sich kaum bewegen konnte, und die verdorbene, faulige Luft zu atmen.

Ein rötliches Leuchten lag über den Dächern, als Lukas den düsteren Ort verließ. Beim Hinausgehen erhaschte er einen Blick von Panthera.

Es war, als könne er die frische Luft schmecken, solch ein Balsam war es für seine Lungen. Sein Besuch im Gefängnis hatte seine Stimmung zugleich gehoben und getrübt. Paulus zu sehen war immer ermutigend, egal, unter welchen Umständen. Aber allein der Ort zerrte bei Lukas an jeder Faser seines Lebens. Wenn man ihm nur gestatten würde, sich um die anderen Gefangenen zu kümmern, und sei es nur im allergeringsten Maß …

Er würde in dieser Nacht tief schlafen, das wusste Lukas. Und morgen würde er gleich früh dafür sorgen, dass Paulus' Brief an Timotheus so perfekt würde, wie er es nur bewerkstelligen konnte. Er würde ihn sorgfältig siegeln, an seinen Freund in Ephesus adressieren und ihn einem der Schiffe mitgeben, die von Ostia absegelten. Auch er konnte es kaum erwarten, Timotheus und Markus zu sehen, aber was er – ebenso wie Paulus – nun vor allem sehen wollte, waren diese Pergamentrollen.

5

Enthüllungen

Texas

In ihrem spätabendlichen Online-Austausch vor Jahren hatte Sofia so geklungen, als wollte sie wirklich alles darüber wissen, wie es nach Augustins jugendlicher Rebellion weitergegangen war. Also hatte er es ihr erzählt.

„In diesem Sommer sollte ich in einem großen Baseballturnier in Missouri spielen. Ich hatte mich schon ein ganzes Jahr darauf gefreut. Mom und Dad setzten sich mit mir an den Tisch und erklärten, das sei jetzt gestrichen. Ich protestierte, bis meine Mutter mich daran erinnerte, dass ich zugestimmt hatte, jede Strafe zu akzeptieren.

Ich sank in mich zusammen und vergrub den Kopf in den Armen. Wie sollte ich das meinen Mannschaftskollegen und dem Coach beibringen? Ich war der Star und sie rechneten mit mir. Und ich würde nicht mal im Lande sein. Schon seit Jahren war ich im Sommer immer bei Verwandten gewesen, während meine Eltern Reisegruppen im Heiligen Land begleiteten. Nach allem, was ich davon verstanden hatte, war Dad der Bibelfachmann, Mom die Reiseleiterin, und für bestimmte Ziele engagierten sie Fremdenführer vor Ort. Mich mitzunehmen konnten sie sich nie leisten und es wäre auch das Letzte gewesen, was ich gewollt hätte."

„Aber in diesem Jahr solltest du mitfahren."

„Meine Mutter, diese ewige Optimistin, glaubte wirklich, das wäre eine großartige Gelegenheit für meinen Vater und mich, uns etwas näherzukommen. Also, wirklich! Mein Vater würde noch weniger Zeit für mich haben, als er je zu Hause hatte, und ich würde gegen meinen Willen dort sein, zornig und mürrisch."

„Ich versuche mir so eine Reise vorzustellen, die dich nicht sofort begeistert hätte", schrieb Sofia. „Jetzt ist das doch dein Ein und Alles."

„Also, ich hortete meinen Groll, sozusagen, und nahm mir fest vor, noch nicht einmal so zu tun, als würde ich auch nur eine Sekunde dieser Reise genießen. Ich war in diesem superchristlichen, superkirchlichen Zuhause aufgewachsen, mit einer Mutter, die in ihrem Glauben echte Freude ausstrahlte, und einem Vater – einem be- und geachteten akademischen Lehrer und Wissenschaftler –, der nicht wusste, was Freude war.

Außer dass ich ‚bekehrt wurde', als ich noch ziemlich jung war, war ich eben ein Kirchgänger. Wir flogen also nach Tel Aviv und meine Mutter bestand darauf, dass ich im Flugzeug neben meinem Vater saß. Wenn er überhaupt etwas zu mir sagte, dann war es vermutlich: ‚Blamier mich bloß nicht.'"

„Das muss furchtbar gewesen sein."

„Die reinste Folter. Aber kurz nach der Landung erschienen die ersten anderen Mitglieder der Reisegruppe am Flughafen und ich erlebte meine Mutter in Aktion. Dad stand meist ein wenig abseits und schüttelte steif alten Bekannten wie Tour-Neulingen die Hand, aber Mom ... Meine Güte, Mom war so etwas wie die Mutter der Nation. Jeder schien Marie zu kennen, fiel ihr um den Hals, zeigte Fotos, redete, lachte, weinte. Neulinge erkannten sie sofort aus dem Flyer und schlossen sie wegen ihrer liebevollen und begeisterten Art ins Herz. Und so würde es für die ganzen anderthalb Wochen bleiben – Mom drehte ihre Runden, begrüßte jeden Einzelnen persönlich und sorgte dafür, dass alle gut versorgt waren. Es schien fast so, als würden die Leute meinen Vater in Kauf nehmen, weil meine Mutter es mehr als wettmachte. Er tat nichts anderes, als an jedem historischen Ort die entsprechende Bibelstelle zu lesen und ein wenig zu erläutern. Wenn es Roger nicht gegeben hätte, hätte ich nie gelernt, dass jemand über dreißig auch cool sein kann."

„Dort hast du ihn kennengelernt?"

„Meine Mutter machte uns bekannt und ich konnte es kaum glauben, dass diese mächtige, klangvolle Stimme von diesem schmächtigen Mann kommen konnte. Damals war er erst dreißig, aber seine Lockenpracht und sein buschiger Bart waren schon grau. Er war gut einen Kopf kleiner als ich und er bellte: ‚Dich hätte ich überall erkannt! Deine Mutter zeigt mir jedes Jahr die neuesten Fotos. Schau dich bloß mal an!'

Er schwang meine Hand wie einen Pumpenschwengel und sagte: ‚Ich beneide dich.'

‚Sie beneiden mich? Warum das denn?'

‚Warum? Na, weil dies dein erster Besuch in Israel ist, hab ich recht?' Ich nickte. ‚Oh, wenn ich doch dieses Land noch einmal wie zum ersten Mal sehen könnte! Junge, du kannst dich auf die Erfahrung deines Lebens freuen! Vermutlich hast du jetzt eher Hitze und Staub und todlangweilige Geschichte vor Augen, stimmt's?' Er hätte es nicht besser treffen können. Ich war wild entschlossen, diese Reise zu hassen. Er sagte: ‚Wir sprechen uns am Ende noch mal und dann erzählst du mir, was du denkst.'"

Es war dem jungen Augustin keinesfalls leichtgefallen, seine Protesthaltung durchzuhalten. Da war seine Mutter, die so lebendig wurde, indem sie sich um alle anderen kümmerte, und da war der begeisterte Roger Michaels, mit dem jede historische Stätte zum Abenteuer wurde. Er schien es sich zum Prinzip gemacht zu haben, bei den Mahlzeiten neben Augustin zu sitzen und ihn immer wieder einmal für kleinere Spaziergänge wegzulotsen.

„Weißt du", sagte er, „ich glaube ja nicht an Gott."

Augustin hob die Augenbrauen. „Nein, hab ich nicht gewusst."

„Ich respektiere alle Religionen. Im Grunde bin ich ein Zionist aus Südafrika, der in Rom lebt und Geschichte liebt, vor allem sogenannte heilige Stätten. Jeder, der mit mir eine Reise macht, nimmt seine eigenen Erfahrungen davon mit. Aber natürlich wollt ihr frommen Amerikaner mich immer bekehren. Das macht mir nichts aus. Aber ich wette, ich weiß mehr über euren Glauben und eure Bibel als ihr selbst. Außer deinem Dad, natürlich. Niemand kennt das Neue Testament so wie er. Warum siehst du mich so an?"

Augustin zuckte die Achseln.

„Kein Jugendlicher mag seine Eltern. Das geht vorbei."

„Ich liebe meine Mom."

„Wer täte das nicht? Wie könntest du anders?"

„Über meinen Vater kann man das nicht sagen."

Jetzt war es an Roger, die Achseln zu zucken. „Na gut, er ist nicht gerade Mr Charisma. Aber er kennt sein Metier. Sogar die Ämter für Altertumskunde in meiner Wahlheimat respektieren ihn."

„Wirklich?"

Roger nickte. „Was auch immer da zwischen euch steht – lass dich dadurch bloß nicht davon abhalten zu lernen, was du nur kannst."

Das war nicht leicht. Augustin hatte nicht vorgehabt, auch nur irgendetwas von dieser Reise mitzunehmen. Während sein Vater die Schriftstellen über die Orte las, die sie besichtigten, starrte Augustin zu Boden und manchmal tat er sogar so, als schliefe er, während sein Vater weitertönte. Aber wenn Roger dann wieder die Führung übernahm, bewirkten die Kraft seiner Persönlichkeit und diese außerordentliche Stimmgewalt, dass der ganze Platz plötzlich zum Leben erwachte. Einmal stellte Marie sich leise neben Augustin und sagte: „Stell dir bloß mal vor, dass genau hier, wo wir jetzt stehen, Jesus vorbeigegangen ist."

Augustin ließ diese Vorstellung einsinken. Von klein auf hatte er die Berichte über die Wunder und die Botschaft von Jesus gehört, aber hier wurden sie plötzlich lebendig. Das Gewicht dieser Erfahrung überwältigte ihn schließlich in einer jahrhundertealten steinernen Kapelle in Tiberius, die als Gedenkstätte errichtet worden war. Paradoxerweise war es der ungläubige Reiseführer, der den Weg bereitete. Roger rief sie alle dicht zusammen, bevor sie die Kapelle betraten, und flüsterte: „Wir haben den heiligen Ort ganz für uns. Ich schlage vor, wir schweigen, während wir drinnen sind."

Die Gruppe schlenderte hinein, Augustin als Letzter. In einer Ehrfurcht gebietenden Stille betrachteten die Touristen die Architektur, die kunstvolle Steinkanzel, die Glasmalerei. Viele neigten den Kopf. Nach wenigen Minuten empfand Augustin plötzlich eine tiefe Ergriffenheit, das Bedürfnis zu beten, den Wunsch, mit Gott in Verbindung zu treten, etwas, was er noch nie wirklich getan hatte. Seine Mutter betete unendlich viel mehr als er. Er konnte die vielen Male nicht zählen, die er sie auf den Knien gesehen hatte, wenn er an ihrem Schlafzimmer vorbeiging.

Augustin glaubte schon irgendwie. Er wusste, was man wissen musste: Er war ein Sünder, für den Jesus gestorben war. Er hatte sogar darum gebetet, dass Christus in sein Leben träte. Aber die Wahrheit war – er hatte die ganze Sache mit dem Glauben niemals aus vollem Herzen betrieben. Wenn es wahr war, wenn Gott seinen einzigen Sohn gesandt hatte, damit er für Augustin Aquinas Knox stürbe, dann, wünschte sich Augustin jetzt, dann sollte es für sein Leben auch etwas bedeuten.

Und in genau diesem Moment begann Roger in der tiefen Stille der alten Kapelle mit seinem sonoren Bass zu summen: „Amazing Grace …" Bald summte die ganze Gruppe. Dann fing Roger an zu singen und die anderen begleiteten ihn harmonisch mit Summen und Gesang.

O Gnade Gottes, wunderbar …

Augustin öffnete den Mund, um einzustimmen, aber er war so überwältigt, dass er nur zuhören konnte. Als die Wahrheit der nächsten Zeilen ihn traf, sank er auf die Knie und die Tränen standen ihm in den Augen.

... hast du errettet mich!
Ich war verloren ganz und gar,
war blind, jetzt sehe ich.

Es war, als sähe er wirklich zum allerersten Mal, und die Wahrheit dessen, was er sein Leben lang gehört hatte – vor allem von seiner Mutter –, überflutete ihn geradezu. Er schlug die Hände vors Gesicht und konnte nicht aufhören zu weinen. Irgendwie war ihm bewusst, dass er nie wieder derselbe sein würde. Er hatte keine Vorstellung davon, was aus seinem Leben werden würde, aber er wusste: Er liebte diesen Ort mitsamt seiner ganzen Geschichte, mitsamt dem Mann, der auf diesen Wegen gewandert war und hier seine Wunder vollbracht hatte.

Die Gnade hat mich Furcht gelehrt
und auch von Furcht befreit,
seitdem ich mich zu Gott bekehrt
bis hin zur Herrlichkeit.

Wenn wir zehntausend Jahre sind
in seiner Herrlichkeit,
mein Herz noch von der Gnade singt
wie in der ersten Zeit.

Für den Rest der Reise verließ dieses Gefühl Augustin nicht mehr. Er saugte jedes Detail in sich auf, lieh sich die Bibel seiner Mutter aus und hörte jetzt zu, wenn sein Vater redete oder Roger erklärte. Obwohl er jeden Abend rechtschaffen müde war, blieb er noch lange wach und las schon im Voraus die entsprechenden Stellen, begierig, jedes Detail über jeden einzelnen Ort, den sie besuchten, ausfindig zu machen.

Sein Fehler lag darin, dass er seine Freude mit seinem Vater teilen wollte. „Dad, ich hab's kapiert! Ich hab's endlich begriffen."

„Was hast du begriffen?", fragte Dr. Knox.

„Was du an diesem Ort so liebst."

„Was ich an diesem Ort so liebe? Ehrlich gesagt, wenn es nach mir ginge, wäre ich lieber in Rom oder zu Hause. Und du solltest deine persönlichen Empfindungen besser für dich behalten."

„Für mich behalten? Ich dachte, man solle anderen erzählen, was man mit Christus erlebt!"

„Ich sage nur, du brauchst nicht theatralisch zu werden. Wir kommen nicht aus einer Tradition, wo das üblich wäre, und es gehört sich nicht."

Aber Augustin konnte nicht anders. Der Nächste, dem er von seiner inneren Wandlung erzählte, war Roger.

„Es war das Singen in der Kapelle, stimmt's?", fragte Roger. „Es ist nicht das erste Mal, dass ich das beobachte."

„Mr Michaels, hören Sie mir zu. Ja, ich weiß, Sie haben mir erzählt, dass wir Christen immer versuchen, Sie zu bekehren. Aber wie kann es sein, dass Sie so viel über Jesus und über das Neue Testament und das ganze Drumherum wissen und trotzdem nicht glauben?"

Roger gab Augustin einen Klaps auf die Schulter. „Ich hab's dir doch schon gesagt. Ich bewundere eure Ernsthaftigkeit. Aber du musst wissen: Es gibt eine Reihe von Fragen, inwieweit eure heiligen Schriften zuverlässig sind. Aber das Letzte, was ich wollte, wäre, auch nur den kleinsten Funken Begeisterung für deinen eigenen Glauben in dir zu löschen. Ich freu mich für dich, ehrlich."

Das hatte Augustin in Rage gebracht. Er wünschte sich so sehr, dass dieser großartige Mann auch erfuhr, was ihm selbst begegnet war. Mit brüchiger Stimme bat er Roger fast unter Tränen, mit ihm darüber zu reden, welchen Anspruch Christus in den Evangelien oder Paulus in seiner berühmten, nur vier Verse umfassenden Zusammenfassung des Evangeliums erhob.

„1. Korinther 15,1 bis 4“, unterbrach Roger ihn. „Du siehst, es geht nicht darum, dass ich die Dinge nicht kenne. Ich bin nur einfach kein Anhänger dieser Botschaft.“

„Ja“, sagte Augustin und wischte sich die Tränen aus den Augen.

Roger hatte tief geseufzt. „Das will ich dir noch sagen, Augustin. Ich glaube nicht, dass schon jemals zuvor meinetwegen jemand Tränen vergossen hat. Sie appellieren an mich, beten für mich, schicken mir Schriften, die ich lesen soll, ja. Aber Tränen … das ist neu.“

„Das ist kein Trick, Sir. Ich möchte wirklich …“

„Oh, glaub mir, ich habe nicht die leiseste Spur von Zweifel daran, dass es dir ernst ist. Und das rührt mich.“

An diesem Tag wurden sie Freunde. Sie hielten Kontakt und trafen sich bei jeder Reise, an der Augustin teilnehmen konnte. Für seine Eltern war es nicht erschwinglich, ihn jedes Mal mitzunehmen, also suchte er sich Jobs und zahlte selbst für die Fahrt. Er wurde ein eifriger Bibelleser und war entschlossen, selbst einmal Menschen durch das Heilige Land zu führen.

Roger war dabei gewesen, als Augustin Sofia zum ersten Mal begegnet war, und auch Jahre später, als sie sich ineinander verliebt hatten. Roger hatte immer die Haltung eines Experten bewahrt, er war souverän, ohne anmaßend zu sein, und betrieb sein Lebenswerk mit Leidenschaft.

Und jetzt war er in Schwierigkeiten, hatte vor irgendetwas panische Angst und bat Augustin verzweifelt um Hilfe.

6

Die römische Straße

Rom im ersten Jahrhundert nach Christus

Nach einer Nacht, in der er gut geschlafen hatte, stand Lukas erholt schon recht früh auf, sah nach seiner Patientin und ließ dann Panthera wissen, dass er den Tag über nach Ostia gehen würde, um einen Brief für Paulus zu überbringen.

„Warum sendest du ihn nicht mit einem Fuhrwerk mit?"

„Ich habe gehört, dass jetzt nach dem Feuer und den Einschränkungen der Reisemöglichkeiten auf der Straße die Briefbeförderung unzuverlässig ist. Ich werde keine Ruhe haben, bis ich weiß, dass der Brief im Hafen ist."

„Wie geht es meiner Mutter?", fragte der Gefängniswächter.

„Sie ist stabil und ich werde deiner Frau Anweisungen geben, wie sie die Wunden am besten versorgen kann. Ich hoffe, dass ich am Abend noch zu Paulus gehen kann, wenn es keine Schwierigkeiten gibt, rechtzeitig zurück zu sein."

Panthera kniff die Augen zusammen. „Erlaube mir, dir ein Dokument mitzugeben, das dir freie Bahn verschaffen wird."

Lukas setzte sich an den Tisch in seinem Zimmer, um noch einmal jedes Wort in Paulus' Brief an Timotheus zu prüfen. War das, was er über seine gegenwärtige Lage schrieb, nicht ein ergreifendes Glaubenszeugnis für seinen jungen Schüler? Die Gemeinde in Rom war während der Verfolgung durch Nero völlig in den Untergrund gegangen und viele hatten sich von Paulus abgewendet. Aber der betonte: „Ich schäme mich nicht, denn ich weiß genau, an wen ich glaube. Ich bin ganz sicher, dass Christus mich und all das, was er mir anvertraut hat, bis zum Tag seines Kommens bewahren wird."

Paulus sprach gern über den großen und schrecklichen Tag des Herrn, den Tag, an dem er Christus auf dem Thron des Weltenrichters gegenüberstehen würde.

Lukas mühte sich ab, den richtigen Ton für den Schluss des Briefs zu finden, wo der alte Evangelist Timotheus bat, möglichst rasch und noch vor dem Winter nach Rom zu kommen und auch Markus mitzubringen, weil er sich von allen anderen außer Lukas verlassen fühle.

Ja, es stimmte leider. Die Christen in Rom, Judenchristen wie Heidenchristen, waren vom Kaiser bedrängt worden, und nun hatte Nero mit Massenverhaftungen und Proklamationen gegen, wie es hieß, „diese Sekte der Christen" die Situation weiter angeheizt. Er prahlte sogar damit, endlich sei ihm der dickste Fisch ins Netz gegangen: Paulus. Dann gab es die ersten entsetzlichen Augenzeugenberichte, dass der Kaiser Christen als menschliche Fackeln benutzte, um bei seinen Gelagen die Gärten des Palastes damit zu beleuchten. Es war kaum verwunderlich, dass niemand von seinen früheren verlässlichen Freunden zugab, Paulus auch nur zu kennen, als man ihn nach seiner Verhaftung in Troas auf schnellstem Weg in den römischen Kerker verfrachtet hatte. Der Brief erwähnte Onesiphorus, schwieg aber über die Geldsumme, die Lukas aus der Hand von Paulus entgegengenommen hatte. Gleich zu Anfang des Schreibens an Timotheus und die anderen Christen in Ephesus hatte Paulus diktiert: „Wie du weißt, haben mich alle Christen aus der Provinz Asia im Stich gelassen ... Ich bitte den Herrn darum, dass er Onesiphorus und allen in seinem Haus barmherzig ist. Denn Onesiphorus hat mir immer wieder geholfen. Er hielt treu zu mir, obwohl ich im Gefängnis war. Als er nach Rom kam, ließ er nichts unversucht, bis er mich fand. Der Herr möge ihm am Tag des Gerichts sein Erbarmen schenken. Gerade du weißt ja, wie viel er auch in Ephesus für mich getan hat."

Wie sehr hatte der Besuch von Onesiphorus Paulus gestärkt! Irgendwie hatte der Mann Paulus gefunden und sich mit seiner Wortgewandheit sozusagen bis zu ihm durchgequasselt, und das ein paar Tage hintereinander. Dabei war es eine Hilfe gewesen, dass Onesiphorus Händler war; er handelte mit Holz, Eisenwaren und Marmor und begleitete häufig größere Schiffsladungen von Ephesus in den Hafen von Rom. Und es war nicht das erste Mal gewesen, dass Onesiphorus Paulus seine Verbundenheit durch konkrete Unterstützung hatte spüren lassen. Er gehörte zu den Ältesten der Gemeinde in Ephesus und hatte sich immer, wenn Paulus die Gemeinde besuchte, persönlich um ihn gekümmert. Timotheus hatte Paulus anvertraut, dass ein Großteil der finanziellen Unterstützung, die die Gemeinde ihm angeboten hatte, der Großzügigkeit von Onesiphorus zu verdanken war.

Lukas spürte das Gewicht des Beutels in seiner Tasche. Er enthielt genügend römische Goldmünzen, um Paulus länger davon zu ernähren, als er vermutlich noch zu leben hatte. Lukas hatte selten einen Menschen gesehen, der Paulus so verbunden war wie Onesiphorus. Selbstlos hatte er sich für den Apostel eingesetzt, nicht nur hier in Rom, sondern auch bei dessen Aufenthalten in Ephesus. Und das hatte Paulus viel Kraft gegeben. Lukas sprach ein kurzes Gebet, dass Gott Onesiphorus dafür reich segnen möge.

Schließlich war er zufrieden und überzeugt, der Brief entspräche nun den hohen Ansprüchen von Paulus. Er versiegelte und adressierte ihn und verpackte ihn dann sorgfältig. Um den kleinen Hafen zu erreichen, der etwa sechzehn Meilen vor Rom lag, brauchte er den größten Teil des Vormittags. Er erkundigte sich nach dem Landweg – einer engen, aber befestigten Straße, die ursprünglich für die römischen Legionen gebaut worden war und nun mit schweren Lastkarren überfüllt war. Gegen eine kleine Geldsumme erlaubte man ihm, seine alten Knochen von einem

Karren fahren zu lassen, den ein Sklave kutschierte. Der hatte seine schwangere Frau bei sich.

Als sie schließlich gegen Mittag ankamen, sagte Lukas: „Möge die Liebe des auferstandenen Christus euch auf dem Rest eurer Reise begleiten."

Die Frau sah rasch zur Seite, aber ihr Mann erwiderte aufgebracht: „Was sagst du da?"

„Du hast sicher meinen Segenswunsch gehört."

„Ja, ich habe ihn gehört. Ich bin nur erstaunt, dass du so etwas laut auszusprechen wagst, wo doch der Kaiser jeden Tag etliche deinesgleichen umbringen lässt."

„Mein Freund, das möchte ich dir sagen: Ich werde Christus nicht verleugnen. Ich schäme mich nicht für meinen Glauben."

„Dann bist du ein Narr. Rede besser nicht so in Rom. Und nenn mich nicht Freund. Das Leben ist ohnehin schon schwer genug."

„Mein Segen gilt trotzdem."

„Bitte sehr!" Damit schwang sich der Mann eilig wieder auf den Sitz seines Wagens.

Lukas sprach ein kurzes Gebet für die beiden, während der Wagen langsam hinunter zum Hafen rollte. Vorbei an den großen Lagerhäusern steuerte er durch eine kleine Seitenstraße auf ein langes, schmales eingeschossiges Gebäude zu. Nach vorn zu gab es einen kleinen Geschäftsraum, während an der Rückseite leichte Pferdewagen und zweirädrige Ochsenkarren Zufahrt hatten. Der „Cursus Publicus" diente Rom als Nachrichtendienst: Offizielle Regierungsdokumente wurden per Pferdewagen, größere Mengen an Briefen und Versandstücken für das allgemeine Volk mit den langsameren Ochsenkarren befördert.

Lukas gab den Brief an Timotheus zum geforderten Preis auf und fragte, ob es irgendwelche Post für ihn gab. „Ich wohne in Rom", sagte er.

„Dann müsstest du es besser wissen, Mann. Die gesamte Post

für die Hauptstadt wird dort sortiert. Gib uns ein paar Tage Zeit."

„Es wäre wohl nicht möglich, dass ich mit einem eurer Pferdewagen nach Rom zurückfahre?"

„Nicht, wenn ich meinen Posten behalten will. Schließlich fällst du Alterchen mir noch raus und stürzt auf die Straße – und wie soll ich das dann erklären?"

„Dann vielleicht mit einem Ochsenkarren?"

„Wir sind kein Transportunternehmen, Mann. Und außerdem wärst du sogar zu Fuß schneller. Diese Wagen werden bis zum Äußersten vollgepackt. Stell dich einfach an die Straße und schau ein bisschen verloren. Wirst sehen, irgendjemand wird Mitleid haben."

Am Ende hatte Lukas nicht einmal eine Stunde gewartet, bis eine Kamelkarawane, die in ihrem langsamen Trott Gewürze und Trockenobst transportierte, ihn auflas. Allein der Duft machte die Reise angenehm: Scharfe und bittere Gewürzaromen mischten sich mit dem fruchtigen Obstgeruch. Lukas hatte sich auf einem schwankenden Kamelrücken noch nie wohlgefühlt, schon gar nicht als zweiter Reiter, aber der Kameltreiber teilte seinen Sonnenschutz mit ihm und schlug schließlich vor, er könne auch in einem der Karren mitfahren, in dem bereits eine füllige ältere Frau saß.

Es sah nicht so aus, als freute sie sich über die Gesellschaft, und sie schien auch nicht auf eine Unterhaltung erpicht. Die meiste Zeit döste sie, aber als sie aufwachte, fragte Lukas, ob der angenehme Duft vielleicht von Feigenkuchen käme. Das entlockte ihr ein Lächeln. Eine kräftige Hand an die Wand des ruckelnden Karrens gestützt, kramte sie mit der anderen in ihren Vorräten und brachte schließlich eine Handvoll klebriger Trockenfrüchte zum Vorschein, die sie noch ein paar Minuten in den Händen presste und formte. Als sie schließlich offenbar mit ihrem Werk zufrieden war, bot sie es Lukas an und fand auch gleich noch die

Zutaten für eine zweite Portion. Als er nach einer Münze angelte, winkte sie ab und wies stattdessen auf ihren Mund, als wolle sie ihm zureden, ihre Gabe zu probieren.

Lukas dankte Gott im Stillen für die Versorgung mit Nahrung und bat um Schutz vor allem, was sich vielleicht sonst noch auf den schwieligen Händen der Frau angesammelt haben mochte. Die Früchte schienen sich in seinem Mund geradezu in Saft aufzulösen. Lukas schloss die Augen und hoffte, sie würde seinen verzückten Gesichtsausdruck wahrnehmen. Als er die Augen wieder öffnete, strahlte sie ihn an.

Die Karawane setzte ihn etliche Meilen von Pantheras Haus und noch weiter vom Gefängnis entfernt ab. Seine mittägliche Ruhepause war ausgefallen. Da er noch vor Sonnenuntergang bei Paulus sein wollte, machte er sich direkt auf den Weg zum Gefängnis. Der Weg führte zum größten Teil bergauf und Lukas fiel jeder Schritt schwer.

Er kam später im Gefängnis an, als er wünschte, und am Eingang hatte man bereits Fackeln entzündet. Die Luft hatte sich abgekühlt, und während Lukas dastand und seinen Umhang enger um sich zog, kam Primus Panthera eilig zu ihm. Seine bloßen Arme waren anscheinend mit genügend Muskeln bepackt, um ihn vor der Kälte zu schützen.

„Ich hab heute auch etwas für dich, mein Freund“, sagte Lukas und schob dem Mann ein Stück Käse zu.

Primus roch daran. „Den mag ich besonders. Und es ist die perfekte Zugabe zu meinem Abendessen. Welch unverhoffte Ehre!“

„Sehr erfreut!“

Primus beugte sich vor und flüsterte: „Das bist du wirklich, oder?“

„Erfreut? Natürlich. Lass es dir schmecken. Ich bin dankbar …“

„Ja, es hat ganz den Anschein. Kann ich noch irgendetwas für dich tun, Medicus?“

„Vielleicht später einmal, in ein paar Wochen. Dann brauche ich vielleicht noch einmal unauffälligen Zutritt für zwei weitere Freunde. Ich weiß aber noch nicht, ob sie überhaupt kommen können oder auch nur einer von beiden, aber falls doch …“

„Ich versuche mein Bestes, Mann. Gib mir nur rechtzeitig genug Bescheid.“

7

Kein Besuch

Texas

Mittwoch, 7. Mai, 18.00 Uhr

Augustin wünschte, er säße schon im Flugzeug nach Rom. Es gab nichts, das er für Roger nicht tun würde.

Während er mit raschen Schritten das Krankenhaus betrat, das seinen Vater nun schon über ein Jahr lang beherbergte, fragte er sich, welchen Unterschied es wohl bedeuten würde, dass sein Vater nun ins Koma gefallen war – er war ja auch schon monatelang vorher praktisch unfähig gewesen, sich zu verständigen, und hatte keinerlei Interesse daran gezeigt, seinen Sohn zu sehen. Wie viele Abende hatte Augustin mit seiner Mutter bei ihm gesessen und versucht, ihm ein Lebenszeichen zu entlocken?

Man hatte Dr. Knox auf die Intensivstation verlegt; vielleicht war die Sache doch ernster, als Augustin angenommen hatte. Was würde seine Mutter dazu sagen, dass er ins Ausland fliegen wollte, wenn auch nur für ein paar Tage?

An der Zimmertür auf der Intensivstation hing ein Schild: „Edsel Knox, Thd. KEIN BESUCH."

Das war nichts Neues. So schwierig es für Dr. Knox nach seinem Schlaganfall auch gewesen war, sich verständlich zu machen, eines hatte er doch klar zum Ausdruck gebracht: dass er niemanden sehen wolle außer seiner Frau. Nachdem sie ein Jahr lang versucht hatte, ihn umzustimmen und den einen oder anderen Besucher zu empfangen, hatte sie schließlich aufgegeben. Nicht beachtet hatte sie allerdings seine Forderung, auch Augustin solle wegbleiben.

Augustin empfand Mitleid für sie, als sie jetzt mit rot geränderten Augen aus dem Zimmer trat. „Ich habe den ganzen Tag gebetet“, sagte sie, als er sie in den Arm nahm. „Komm, begrüß ihn.“

Im Zimmer empfing ihn das Summen und Surren von Apparaten, und Augustin sog den allgegenwärtigen Geruch von Desinfektionsmitteln und Alkohol ein. Es gab kaum Platz für einen zweiten Stuhl, aber Augustin trug einen aus dem Flur herein und setzte sich. Edsel Knox sah kaum verändert aus, vielleicht ein wenig hagerer und mitgenommener als zu der Zeit, als er noch bei Bewusstsein gewesen war. Wenigstens gab es jetzt einen Grund dafür, dass er Augustins Blick nicht erwiderte. Wenn sich hier das Ende ankündigte – würde Augustin wohl um einen Mann trauern können, der ihn allem Anschein nach niemals mehr als gerade eben bloß ertragen hatte?

„Junge“, sagte seine Mutter. „Ich weiß. Es war nicht einfach, mit ihm zu leben, aber …“

„Das musst du besser wissen als jeder andere, Mom. Aber warum? Was hat ihn so werden lassen?“

„Er war nicht immer so, weißt du“, flüsterte Marie und beugte sich vor, um eine Hand auf die ihres Mannes zu legen. „Glaubst du denn, ich hätte mich in einen solchen Mann verliebt?“

„Ich kann mich nicht erinnern, dass ich ihn je anders erlebt hätte.“

„August, das tut mir leid. Ich hoffe, ich bin nicht schuld daran, dass du es so siehst.“

„Machst du Witze? Wenn du nicht gewesen wärst …“

„Ich habe mich in seinen Verstand verliebt“, sagte sie. „Wenn er einmal einen Vers oder Abschnitt oder einen dogmatischen Text im Kopf hatte, konnte er ihn jederzeit zitieren, erklären, verteidigen – was auch immer gefragt war. Ich saß in seinen Seminaren in der ersten Reihe, damit ich ihn richtig sehen und jedes Wort hören konnte."

„Du bist die Einzige unter seinen Schülern, von der ich je gehört habe, dass sie es überhaupt ertragen konnte, ihm zuzuhören."

Sie lächelte wissend. „Seine Vortragsweise war trocken, ja. Aber er war eine Fundgrube an Wissen."

„Du hast in der ersten Reihe gesessen, damit er dich bemerken sollte?"

„Vielleicht. Jedenfalls hat er es schließlich. Aber er hat mich nie angesprochen, bis ich mein Examen hatte und wir nicht mehr in Schwierigkeiten geraten konnten, weil wir uns etwa zu nahe gestanden hätten." Sie lächelte. „Das Erste, was er zu mir sagte, war, ich hätte mit diesem Studium nur meine Zeit verschwendet."

„Weil du eine Frau bist."

„Genau. Ich sagte ihm, dass ich nicht vorhätte, Pastorin zu werden. Ich wollte dieses Studium, damit ich auf alles vorbereitet wäre, wozu Gott mich rufen würde. Aber er sagte nur, ich sei jetzt für eine Sonntagsschullehrerin viel zu gut qualifiziert. Ich hätte ihn ohrfeigen können."

„Ja, das klingt ganz nach dir."

„Ich hab gelacht und geantwortet, vielleicht würde ich einen meiner Mitstudenten heiraten und meinen eigenen Weg machen. Ich hatte noch keine Ahnung, dass es mein Weg sein würde, seine Frau zu werden."

Augustin bekam plötzlich Platzangst und stand auf, um zur Tür zu gehen.

„Ich möchte ihn jetzt lieber nicht allein lassen, Augustin."

„Er ist okay. Alle Anzeigen sind stabil. Wir gehen nur kurz etwas essen und sind gleich zurück."

Er führte sie den Gang entlang bis zur Cafeteria, und während sie aßen, setzten sie ihr Gespräch fort.

„Ich habe nie jemanden wie Dad getroffen", sagte Augustin. „Andere Väter haben mit ihren Kindern gespielt, sie genossen. Ich meine, natürlich bin ich froh, dass er kein Alkoholiker war oder gewalttätig. Aber ich schwöre, ich habe ihn kein einziges Mal lächeln sehen. Du etwa?"

Mrs Knox sah aus, als müsste sie sich mühsam erinnern. „Als wir erst frisch miteinander bekannt waren, hatte er große Pläne und Träume. Wenn er davon sprach, dass er einmal im Dallas oder Southwestern unterrichten würde … ja, da hat er gelächelt."

„Wie bitte? Ich habe ihn in meinem ganzen Leben nie über das eine oder das andere Seminar reden hören, ohne dass er dabei missbilligend das Gesicht verzogen hätte. Er wollte dort unterrichten?"

Marie versank in Schweigen. Als sie schließlich ihre Mahlzeit beendet hatte, sagte sie sanft: „Ich weiß nicht, wie oft er sich beworben hat, bei beiden. Er konnte nicht verstehen, warum man ihn nicht einmal zum Gespräch eingeladen hat. Es hat ihn bitter gemacht. Aber ich habe es gewusst."

„Du wusstest es?"

Sie nickte. „Ich sollte darüber schweigen, Augustin. Ich möchte nicht illoyal sein."

„Mir kannst du es sagen."

„Er weiß nicht, dass ich es weiß."

„Wie oft hat Dad sich bei Dallas oder Southwest beworben, Mom?", hakte er nach, als sie zum Aufzug gingen.

„Viele Jahre lang fast jedes Jahr, und zuletzt noch letztes Jahr. Er glaubte, er würde sich damit einen Namen machen, es würde ihm, wie er sagte, *gravitas* verleihen."

„Er hatte mehr *gravitas*, als er brauchen konnte."

„Dein Vater wollte Bestätigung, August."

Augustin schüttelte den Kopf. „Ich hatte nie den Eindruck, es kümmere ihn, was andere sagen."

Seine Mutter warf ihm einen warnenden Blick zu, als sie aus dem Aufzug traten. Sie legte einen Finger auf die Lippen, als sie die Tür zum Zimmer seines Vaters öffnete. „Wir sind wieder da, Lieber“, sagte sie und legte ihm die Hand auf die Schulter. „Augustin und ich sind direkt vor der Tür, wenn du uns brauchst.“

Auf dem Gang sagte sie: „August, je länger er ohne diese Anerkennung leben musste, um so düsterer wurde seine Stimmung. Es war *er* gegen den Rest der Welt.“

„Und warum also hat er nie eine Zeile von diesen Seminaren bekommen?“

Marie blickte den Flur entlang und flüsterte dann: „Ich musste jeden Tag die Post durchsehen, ob etwas von Dallas oder Southwestern dabei war. Ich rief ihn an, sobald etwas kam, und ich sollte ihm die Schreiben am Telefon vorlesen. Wenn ich bei „tut es uns leid, Ihnen mitteilen zu müssen …“ war, sagte er, ich solle das Schreiben zerreißen.“

„Es tat mir leid für ihn, Augustin, aber ich war auch erleichtert, dass ich ihm nicht das ganze Schreiben vorlesen musste. Darin stand nämlich auch der Grund für die Ablehnung. Da er sich schon so oft beworben hatte, schrieb der Dekan, erschiene es ihm nur fair, ihm die Wahrheit zu sagen. Sie hatten für ein paar Wochen einen Studenten in seine Kurse eingeschleust, und der hatte seine Lehrweise bewertet.“

„Oh, nein. Das möchte ich sehen.“

„Ich hab das Schreiben bei meinen persönlichen Sachen aufbewahrt. Dein Vater darf es nie zu sehen kriegen.“

„Deine persönlichen Sachen? Gibt es da noch etwas?“

„Du erfährst es früh genug“, sagte sie. „Jetzt muss ich wieder zurück zu ihm.“

Augustin schlüpfte in ein verlassenes Wartezimmer und rief Sofia an.

8

Timotheus

Rom im ersten Jahrhundert nach Christus

Noch drei Wochen lang, nachdem das Feuer in der Stadt endlich weitgehend gelöscht war, hatte Lukas viel Zeit damit verbracht, sich um Verwundete und Sterbende zu kümmern. Die Mutter von Primus Paternius Panthera hatte sich so weit erholt, dass er überzeugt war, sie würde noch etliche gesunde Jahre erleben. Ein dankbarer Panthera versicherte Lukas, er könne die Kammer oben so lange nutzen, wie er sie brauchte.

„Wirst du in Rom bleiben, wenn dein Freund … hm, uns verlassen hat?"

Lukas wollte nicht darüber sprechen, dass er von der Gemeinde in Rom und allen, die Paulus aus Angst vor dem Kaiser im Stich gelassen hatten, enttäuscht war. Neros Bösartigkeiten gegenüber den Christen waren stadtbekannt. Aber waren sie nicht berufen, für das Evangelium einzutreten, notfalls sogar bis zum Tod?

Lukas antwortete Panthera nur, er wisse noch nicht, was er tun werde. „Höchstwahrscheinlich werde ich nach Ephesus zurückkehren, oder irgendwo anders hin, wo die Gemeinde noch stark und intakt ist. Für den Augenblick hat Gott mich, glaube ich, nach Rom gerufen. Hier will ich, wie Paulus einmal sagte, ein lebendiges Opfer sein, das Gott gefällt. Er spricht ja von seinem Tod auch als einem Opfer. Solch einen Glauben zu haben wie er, das wäre …"

Panthera sah verlegen aus und Lukas fragte sich, ob er zu viel gesagt hatte. Aber der Kerkerwächter sagte: „Paulus beeindruckt mich. Bei diesem Urteil so viel Zuversicht zu haben …"

„Weißt du eigentlich, was er so unermüdlich verkündet?“, fragte Lukas. „Vermutlich hast du ihn jetzt schon oft genug gehört, um es auswendig zu wissen.“

Primus schaute zur Seite und Lukas schloss daraus, dass er – wie alle Wachen, die in die Nähe von Paulus’ Verlies kamen –, gehört hatte, wie der Gefangene, vom Boden eines schwarzen Loches aus und an eine Wand gekettet, in dringlichem Tonfall versucht hatte, sich Gehör zu verschaffen. „Von Kind auf hat man mich gelehrt, die Götter zu ehren“, sagte er.

„Paulus verehrt den einzigen wahren Gott.“

Primus nickte. „Das macht er mehr als klar und es steht außer Frage, dass er das glaubt. Schon das macht ihn bewundernswert.“

„Aber nicht glaubwürdig?“

Primus studierte die Decke.

„Panthera“, fragte Lukas leise. „Darf ich dich etwas fragen?“

Als der andere nicht reagierte, fuhr er fort: „Deine Götter … lieben sie dich? Vergeben sie dir? Würden sie für dich ihr Leben geben?“

Primus trat von einem Fuß auf den anderen. „Es heißt, sie erschufen die Welt und wachen jetzt über die Angelegenheiten der Menschen.“

„Sag mir, mein Freund: Woher weißt du, dass es diese Götter gibt? Existieren sie wirklich?“

„Wie kann man das wissen? Ich glaube, es gibt sie, wenn man an sie glaubt.“

Lukas legte den Kopf schief und hob die Augenbrauen. „Dann gibt es sie also nicht, wenn man nicht an sie glaubt?“

Primus seufzte und zuckte die Schultern. „Du bist zu gewitzt für mich, Medicus. Lass mir einfach meinen Glauben.“

„Oh, dafür liegt mir zu viel an dir“, seufzte Lukas, aber Primus’ Blick sagte ihm, dass ihr Gespräch zu Ende war.

Nach seinem Besuch im Gefängnis machte Lukas an diesem Abend auf dem Rückweg zu Panthera in einer Taverne Halt, um einen Becher Wein zu trinken. Der Besitzer kannte ihn von seiner Tätigkeit bei den Verletzten und Sterbenden und sprach ihn an. „Heute hat ein Mann nach dir gefragt. Ich habe ihm gesagt, ich wisse nicht, wo du wohnst."

„Ein gepflegter Mann, dunkle Augen, etwa fünfzig Jahre?"

„Das ist der Mann. Trug einen großen Lederbeutel. Und müde von der Reise sah er aus. Ich hab ihn zu Flavia geschickt."

„Oh, wirklich, Mann."

Der Wirt zuckte die Achseln. „Es gibt nicht viel anderes."

Flavia Sabina war die Witwe eines Senators, der ihr ein recht großes Haus hinterlassen hatte, das sie mittlerweile in etwas verwandelt hatte, was einem Bordell sehr nahekam. Das früher stattliche Gebäude war inzwischen zu einer Reihe schäbiger kleiner Räume verfallen, die stundenweise oder für eine Nacht oder Woche vermietet wurden. Die Besitzerin fragte nicht danach, wer da abstieg oder wie lange, ganz zu schweigen davon, was jemand sonst noch trieb, solange er nur zahlte, und zwar im Voraus.

Lukas fand sie untätig im schmuddeligen Empfangsraum des Etablissements. „Nur noch wenige Zimmer frei", sagte sie. „Sehr billig."

Lukas fragte, ob sie an einen Timotheus aus Ephesus vermietet habe.

„Woher soll ich das wissen?", sagte sie. „Namen und Städte bedeuten mir gar nichts."

Lukas beschrieb ihn.

„Oben, letzter Raum links", sagte sie. „Wenn du bei ihm übernachtest, kostet das extra."

Lukas versicherte, dass er das nicht vorhabe, und eilte die Treppe hinauf. Er klopfte an eine dicke Holztür, die beim Öffnen knarrte.

„Wer kommt?“, erklang es im Flüsterton.

„Dein Freund, Timotheus!“

Die Tür schwang auf und gab einen winzigen Raum frei, den eine trübe Lampe erhellte. Ihr Schein beleuchtete das zerzauste Haar von Timotheus. Er schloss Lukas ungestüm in die Arme und hob den älteren Freund dabei vom Boden hoch. „Wie rasch kann ich Paulus sehen?“

„Morgen Abend. Aber wo ist Markus?“

„Er ist unterwegs. Kommt von Troas und bringt die Bücher und Schriftrollen für Paulus mit. In spätestens einer Woche müsste er hier sein.“

„Nicht du hast die Pergamentrollen mitgebracht?“

Timotheus wies auf das Bett, damit Lukas sich setzte. Er als der Jüngere hockte sich auf den Boden. „Ich bin nur an den Mantel herangekommen. Es gab widersprüchliche Berichte darüber, wo Paulus seine Dokumente aufbewahrt hat, und Markus sucht jetzt selbst nach ihnen. Ich kann nicht bleiben, bis er hier ankommt. Ich muss auf dem Rückweg die Brüder in Korinth besuchen.“

„Das liegt nicht gerade am Weg.“

„Ich muss trotzdem hinreisen.“

„Paulus wird sich freuen, das zu hören.“

„Ich kann es kaum erwarten.“

„Paulus auch nicht.“

„Werde ich Schwierigkeiten kriegen, wenn ich zu ihm will?“ Lukas erzählte ihm von seiner Bekanntschaft mit Panthera. „Wir frühstücken morgen bei ihm.“

Timotheus stand auf und grub in seinem Ledersack nach Paulus’ Mantel. Lukas befühlte den Stoff. Er erinnerte sich gut daran. Er war dick, weich und warm, ein Geschenk der Gemeinde in Troas. Römische Soldaten hatten Paulus so rasch von dort weggezerrt, dass ihm keine Zeit geblieben war, nach dem Mantel zu greifen. Schon auf dem Schiff hatte er ihn vermisst, so hatte er

Lukas berichtet, und das galt erst recht für das kalte Verlies. Der Kerker mochte tagsüber erstickend heiß sein, nachts war es dort frostig kalt.

Als sie am nächsten Morgen nach dem Frühstück das Haus verließen, wollte Lukas Primus Panthera eine Münze zustecken – „für den zusätzlichen Gast" –, aber dessen Frau trat rasch dazwischen. „Ihr seid Freunde, Medicus."

An diesem Tag begleitete Timotheus Lukas auf seinen Gängen, holte Wasser, half ihm, Patienten zu lagern, und erledigte kleinere Aufträge für ihn. Als die Sonne schließlich sank, machten sich beide auf den Weg zum Gefängnis. Unterwegs nahmen sie sich Zeit, etwas zu essen und noch ein paar Lebensmittel für Paulus und Primus zu kaufen.

Primus stand mit einigen anderen Wachen zusammen, die den Weg frei machten, als Lukas und Timotheus näher kamen. „Du hast also deinen Assistenten mitgebracht!", rief Primus ihm entgegen.

„So ist es", gab Lukas zurück.

Die drei passierten das Außentor und gingen zum Inneneingang, von wo aus Primus sie an einigen weiteren Wachen vorbei und den langen Gang mit den schrecklich überfüllten Zellen entlangführte. Lukas hatte nicht daran gedacht, Timotheus darauf vorzubereiten, was ihn erwartete. Er hörte, wie der Jüngere nach Luft schnappte, während sie auf die Bodenöffnung zueilten, die in das Verlies führte.

Die Wachen, die dort postiert waren, erwachten plötzlich zum Leben und warfen sich in Positur, als Primus und die Besucher herankamen. „Diese beiden haben Erlaubnis, den Verurteilten zu besuchen", verkündete er.

„Von wem?"

„Von der Wache am Haupttor", sagte Primus gleichmütig, aber ernst. Die anderen traten zurück.

„Würdest du meinem Assistenten helfen, wenn ich unten bin?", flüsterte Lukas, während er sich anschickte, sich hinunterzulassen.

„Ich helfe euch beiden", sagte Primus und bot seinen muskulösen Arm als Halt an. Lukas ergriff ihn mit beiden Händen und ließ sich in die schwarze Zelle hinab.

„Lukas!", hörte er, als Paulus sich aufsetzte. Die Kette klirrte.

Lukas entzündete die Lampe. „Ich habe eine Überraschung für dich. Dein Mantel ist gekommen."

„Mach dich nicht über mich lustig, Lukas."

Der Arzt setzte sich neben Paulus auf den Steinabsatz und wies nach oben zur Deckenöffnung. Der alte Mann blinzelte und fuhr dann hoch, als – plopp – eine große Tasche durch die Öffnung herabfiel, der ein Paar baumelnde Füße folgten.

„Sind meine Freunde da?", fragte Paulus heiser.

„Einer jedenfalls", sagte Lukas, während Timotheus jetzt vollständig erschien.

Paulus stand da und wollte an den jüngeren Mann herantreten, aber die Kette erreichte rasch ihre Grenze, und Lukas sprang rasch vor, um Paulus aufzufangen, der sonst gefallen wäre.

„Timotheus, mein Sohn! Komm, komm näher!"

Sie umarmten sich und Paulus drückte sein tränenüberströmtes Gesicht an die Brust des größeren Timotheus. „Ich wusste, dass du kommen würdest! Ich wusste es! Und Markus?"

„Vielleicht in einer Woche", sagte Timotheus und seine Stimme klang rau.

„Wunderbar! Und du hast meine Sachen mitgebracht?"

„Nur den Mantel, Paulus. Markus wird hoffentlich alles andere mitbringen."

Paulus trat ein wenig zurück und sah erst Timotheus, dann Lukas in die Augen.

„Die Pergamentrollen …"

„Wir wissen schon", sagte Timotheus, grub in seinem Ledersack nach dem Mantel und legte ihn dem alten Mann um die

Schultern. Paulus summte vor Behagen, während er sich zurück auf die Steinstufe tastete. Lukas war zum wiederholten Mal erschrocken, wie dünn Paulus geworden war.

„Timotheus, mein Sohn“, sagte Paulus, „komm, setz dich hier zu mir. Erzähle – wie geht es bei den Brüdern?“

9

Sofia

Texas

Mittwoch, 7. Mai, 19.00 Uhr

Augustin stellte fest, dass er nervös war, während er Sofias Nummer wählte. Sie waren zwar verlobt und der Verlobungsring war bereits ausgewählt, aber er war noch nicht bezahlt. Er hatte gehofft, er könnte ihn ihr im Spätsommer am romantischsten Ort, den er in Athen finden würde, überreichen. Sie hatten beide keine lange Verlobungszeit gewollt. Sie wollten gern während seiner Herbstferien heiraten, und dann würde er sie nach Texas mitbringen, wo sie wohnen würden.

Sie nahm sofort ab und er hörte ihr fließendes Englisch, das diesen schönen konsonantenreichen griechischen Akzent hatte.

„Oh, Augustin", sagte sie. „Wenn du nur hier wärst. Ich bin so beunruhigt."

„Ich hätte dich gefragt, ob wir uns in Rom treffen können, aber im Moment weiß ich noch gar nicht, wo ich mich da gerade hineinmanövriere."

„Führ mich nicht in Versuchung."

„Ich werde jedenfalls nicht aus Europa heimfliegen, ohne dich gesehen zu haben."

„Das solltest du auch besser nicht."

Er liebte die Sehnsucht, die aus ihren Worten klang. Aber jetzt musste er ihr sagen, wie es um seinen Vater stand. Sie fragte, wie es ihm und seiner Mutter ginge. „Gut. Ich fühle mich nur schlecht, dass ich ausgerechnet jetzt verreise, aber hier kann ich auch nichts Sinnvolles tun."

„Ich muss Roger möglichst bald deine neue Nummer und deine Ankunftszeit mitteilen."

Er nannte ihr die Nummer und sagte, er werde am Sonntag etwa gegen 8.00 Uhr morgens in Rom landen.

„Ich mag einfach nicht mehr getrennt von dir leben, Sof."

„Ich auch nicht. Ich würde so gern die ganze Nacht mit dir reden. Aber jetzt lass mich Roger anrufen; wir reden dann morgen. Alles Liebe an Marie."

Augustin fühlte sich leicht schwindelig, als er durch den Gang zurückging. Er hatte noch nie jemanden wie Sofia gekannt und noch nie jemanden so geliebt wie sie. Nach wer weiß wie vielen Jahren, in denen sie nur online miteinander im Kontakt gewesen waren, war schließlich doch der Tag gekommen, an dem sie sich auf einer Tour, die er leitete, wieder begegnet waren. Sofia hatte ihn überraschen wollen. Aber nachdem er die Stelle seines Vaters als Reiseleiter übernommen hatte, hatte Augustin es sich zur Gewohnheit gemacht, die Namen aller Teilnehmer einer Reise im Voraus zu lernen.

Es war eine Reise durch Ägypten und Jordanien mit um die sechzig Teilnehmern. Endstation war die berühmte rote Felsenstadt Petra. Er hatte gelesen, dass sie und ihre Eltern auf der Teilnehmerliste standen, und war merkwürdig aufgeregt, sie nach mehr als sechs Jahren wiederzusehen. Inzwischen war er sechsunddreißig, sie achtundzwanzig. Die Reisegruppe sollte sich in Kairo treffen und nach ein paar Tagen in Ägypten nach Amman weiterfliegen. Ihre Eltern hatten ihn mit angemessener Begeisterung begrüßt und seine Mutter hatte bemerkt: „Und Sie werden sich an unsere Tochter erinnern."

Augustin streckte die Hand aus, um sie zu begrüßen. „Ja, flüchtig. Wie war noch mal der Name?"

Sofia hatte ihn auf die Nase geboxt. „Helena von Troja", sagte sie. „Wie geht's dir, mein virtueller Brieffreund?"

„Sie haben Ihren Auftrag nicht erfüllt, Dr. Knox“, sagte Mr Trikoupis mit einem breiten Lächeln. „Sie sollten dafür sorgen, dass Sofia endlich einsichtig wird und in meine Firma eintritt. Aber gut, sie ist glücklich, und das ist schließlich das Wichtigste.“

Augustin und Sofia hatten hin und wieder beim Essen zusammengesessen und ihm war aufgefallen, mit welch gespannter Aufmerksamkeit sie lauschte, wenn Roger irgendeine Frage eines Reiseteilnehmers beantwortete.

„Beeindruckend, nicht?“, sagte Augustin.

„Faszinierend“, antwortete Sofia. Und als sie ihm ein Lächeln schenkte, schmolz Augustin dahin. Was war sie doch für eine wunderbare Person! Sie zog ihn magisch an.

„Bei diesen Reisen geht es vor allem ums Gefühl“, erklärte Roger Augustin zum x-ten Mal. „Du musst die Leute anrühren, inspirieren, ihnen schöne Erinnerungen geben, und vor allem: das Beste bis zum Schluss aufheben.“

Auf dieser Reise war das Beste Petra.

Am letzten Tag traf Augustin eine schläfrige Sofia auf dem Sitz hinter ihren Eltern im hinteren Teil des Busses an. Mr und Mrs Trikoupis schienen ein Nickerchen zu machen und so glitt er neben Sofia auf den Sitz. „Warte nur, bis du Petra siehst“, sagte er. „Roger kennt den Ort wie seine Westentasche.“

„Er kennt jeden Ort hier wie seine Westentasche“, gab Sofia zurück und Augustin bemerkte, dass ihre bloßen Arme sich berührten. Aber keiner rückte vom anderen ab.

„Wir sehen uns wohl erst heute Abend beim Essen wieder“, bemerkte er, „aber ich hoffe, Petra wird dir ebenso gut gefallen wie mir. Du wirst es lieben.“

„Ich halte dir einen Platz frei und dann sag ich dir, ob's so ist.“

Petra hatte auf die ganze Gruppe die erwünschte Wirkung, was, wie Roger betonte, allein daran lag, dass es ein Ort von außerordentlicher Schönheit war. „Es ist ein Ort, wo der Guide praktisch nur im Weg ist", erläuterte er, als die Gruppe beim östlichen Eingang zusammenkam, zur langen, engen Schlucht, die schließlich in der in den Felsen gehauenen Stadt mündete. In knappen Zügen stellte er die Geschichte der Stadt dar, die ein Dichter einmal die „Stadt aus Rosenrot, halb so alt wie die Zeit" genannt hatte. In der Stadt, kündigte Roger an, würden sie das Schatzhaus, das Kloster, eine byzantinische Kirche, einen Tempel, Felsengräber, einen Straßenzug mit Fassaden und zahlreiche andere außergewöhnliche architektonische Meisterwerke sehen. Alles war direkt aus dem Felsen herausgehauen.

„Sie können ganz nach oben steigen, bis zum sogenannten Hohen Opferplatz", sagte er. „Aber das würde ich nur empfehlen, wenn jemand wirklich fit ist. Sagen Sie später nicht, ich hätte Sie nicht gewarnt."

Bevor sich alle zerstreuten, um auf eigene Faust die Stadt zu erkunden, erzählte Augustin von seiner eigenen spirituellen Reise, davon, wie aus einem verschlossenen, mürrischen Jugendlichen ein Mann geworden war, der das Heilige Land ebenso liebte wie die Heilige Schrift und den Herrn dieser Schrift.

Roger schloss noch Hinweise an, wie man sich vor Hitze und Sonne schützen könne, und zog ein Gerät aus der Tasche, das ihm verriet, dass die Temperatur bereits bei 42 Grad Celsius lag. „Das ist riskant", sagte er. „Trinken Sie viel. Machen Sie häufig Pausen. Und vor allem ... genießen Sie die Stadt."

Im Laufe des Tages liefen Augustin und Sofia sich einige Male über den Weg. Einmal, an einem Souvenirstand, sagte sie: „Ich würde gern zum Opferplatz gehen und den Altar sehen."

„Oh, ich weiß nicht", sagte Augustin. „Du bist fit, keine Frage, aber es ist heute so heiß, wie ich es noch kaum je hier erlebt habe."

„Ich werde mir nie verzeihen, wenn ich es nicht wenigstens versuche. Wann werde ich denn wieder einmal Gelegenheit haben, das zu sehen?"

„Ich hab einen Vorschlag“, sagte Augustin. „Versprich mir, dass du nicht am Nachmittag hochsteigst, und ich begleite dich später am Abend hin.“

„Im Ernst? Wann? Später gibt es nur noch Pool, Abendessen und Bett.“

„Nicht für uns zwei“, sagte Augustin.

Sie schien ihn zu studieren. „Gut“, sagte sie dann langsam. „Sehn wir doch mal, ob du ein Mann bist, der Wort hält.“

Zurück im Hotel wollte Augustin vor dem Essen nur rasch einmal in den Pool eintauchen. Als er aus dem Becken kam, sah er zu seiner Überraschung, dass Sofia in einem der Liegestühle lag. Er wusste ja, dass sie sehr gepflegt und gut in Form war, aber auf den vollkommenen Körper, den er da im Schatten des Sonnenschirms erblickte, war er nicht gefasst gewesen. Es gelang ihm gerade noch, seinen Blick auf ihrem Gesicht ruhen zu lassen.

„Vergiss dein Versprechen nicht“, sagte sie.

10

Die Botschaft

Rom im ersten Jahrhundert nach Christus

Lukas war beeindruckt davon, wie sehr Timotheus' Besuch Paulus offensichtlich freute – so sehr, dass er sogar Brot und Käse unbeachtet ließ, die Lukas ihm in den Schoß gelegt hatte. Während die beiden alten Freunde in Erinnerungen an gemeinsame Erlebnisse auf den Missionsreisen, die Paulus unternommen hatte, schwelgten, inspizierte Lukas den Ledersack, den Timotheus dabeigehabt hatte, und förderte ein bisschen Plunder, Geschenke und einen Schal zutage. Er genoss es, Paulus und Timotheus heiter zu sehen, während sie die Erlebnisse vergangener Jahre wiederaufleben ließen. Lukas stellte fest, dass Paulus' Begeisterung ihn selbst aufmunterte. „Ihr tut gerade so, als hättet ihr euch ewig nicht gesehen. Dabei waren es doch nur ein paar Monate."

„Es kommt mir vor, als lägen Jahre dazwischen", sagte Timotheus.

„Ja, das ist wahr", bestätigte Paulus. „Also, deine Arbeit in Ephesus ..."

Timotheus berichtete ihm über die neuesten Ereignisse und Entwicklungen, bat um Rat in einem Konflikt, dankte ihm für seinen Brief – „den ich, wenn du erlaubst, gern kopieren und auch leitenden Männern in anderen Gemeinden schicken möchte" – und sagte, dieser Brief sei ein Geschenk, das ihm immer heilig sein werde.

Paulus schien über den Vorschlag nachzudenken. „Nun, ich nehme an, es kann keinen Schaden anrichten. Der Brief war eigentlich nur für dich bestimmt. Ich vertraue deiner Urteilsfähigkeit."

Endlich brachte Timotheus das Gespräch auf die Frage, von der Lukas wusste, dass sie kommen musste. „Paulus, was ist so wichtig an deinen Pergamentrollen?"

„Ich bete darum, dass Markus sie findet und mir bringen kann", erwiderte Paulus. „Wann, sagtest du, können wir mit ihm rechnen?"

„Etwa in einer Woche. Leider muss ich selbst schon in Korinth sein, wenn er hier ist."

„Aber er weiß, wo er danach suchen muss?"

„Wenn sie dort sind, wird er sie herbringen. Du weißt sicher, dass eure Auseinandersetzung ihn immer noch bedrückt."

„Oh, bitte, das nicht. Wir haben schon so oft darüber gesprochen. Es ist doch schon so lange her. Und seitdem hat er sich schon so oft als zuverlässig erwiesen."

„Aber er meint, er war im Unrecht."

„Er war im Unrecht! Aber darum geht es nicht. Niemand war so oft im Unrecht wie ich, aber Christus ist geduldig und immer bereit zu vergeben. Könnte ich da anders handeln?"

Timotheus grinste. „Geduldig warst du jedenfalls damals nicht gerade."

„Damals war nicht der richtige Zeitpunkt für Geduld. Er musste einsehen, dass er im Irrtum war. Aber wir sollten die schmerzvolle Vergangenheit ruhen lassen. Ich habe es ihm nie zum Vorwurf gemacht."

„Also, diese Pergamentrollen …"

„Sind eine rein persönliche Angelegenheit, Timotheus. Bitte, verzeih mir."

Timotheus beugte sich zu Paulus vor. „Du weißt, dass du mich nur umso neugieriger machst?"

Paulus legte ihm einen Arm um die Schulter. „Ich weiß, mein Lieber. Also, hör mir zu. Mein eigenes Schicksal ist besiegelt.

Aber die Brüder, die ich in diesen Schriften erwähne, müssen selbst entscheiden dürfen, ob sie bereit sind, für die Sache des Glaubens zu sterben. Ich darf nicht riskieren, dass sie aufgrund meiner Schriften beim Kaiser in Verdacht geraten."

Später, als sie am Eingang zu Flavias erbärmlicher Herberge standen, flüsterte Timotheus: „Lukas, wenn ... wenn das Ende kommt, wirst du dann bei ihm sein?"

„Wie könnte ich anders!"

Timotheus nickte. „Seine größte Sorge ist, er könne sterben, bevor ..."

„Du kannst mir glauben, ich weiß Bescheid. Er hat es ja mehr als deutlich gemacht."

Timotheus musste lächeln, obwohl er lieber geschluchzt hätte. „Vielleicht hilft es ihm, dass er sich auf Markus' Kommen freuen kann."

„Ohne Frage. Und dein Besuch war vermutlich die allerbeste Medizin."

„Ich habe ihm versichert, dass man in allen Gemeinden für ihn betet, aber natürlich hat das nur dazu geführt, dass er fragte, wo die anderen Brüder waren. Ob nicht irgendjemand sonst den Weg zu ihm hätte finden können. ‚Nur Lukas, Onesiphorus, du – und jetzt bald Markus.'"

Lukas verabschiedete Timotheus wenige Tage, bevor sie Markus in Rom erwarteten, und entdeckte, dass er so gespannt darauf war, diese Schriften von Paulus zu sehen, dass er fast keinen Schlaf fand. Als er seinen Freund das nächste Mal besuchte, sagte er: „Deine Schriften enthalten doch nichts, das Markus in Verlegenheit bringen könnte?"

„Es gibt nichts, wofür er sich schämen müsste", sagte Paulus. „Er musste aber erst einmal erkennen, lernen, wachsen."

„Bereuen?"

„Nun ja, auch das. Timotheus' Nachricht, dass Markus die Sache immer noch bedauert, zeigt doch, dass er seine Lektion gelernt hat. Aber, Lukas – wenn du dir so viele Sorgen machst, ob Markus vielleicht schlecht wegkommt, warum hast du dann in deinem eigenen Bericht über die Anfänge der Gemeinden erwähnt, dass es auch zwischen uns Meinungsverschiedenheiten gab?"

Die Schriften von Lukas, darunter sein Bericht über das Leben von Jesus, dem Christus, der auf vielen Gesprächen vor allem mit Petrus beruhte, wurden mittlerweile kopiert und kursierten in den Gemeinden. Seine Chronik der allerersten Ereignisse in der Geschichte der jungen Kirche enthielt einen zusammenfassenden Bericht über das Zerwürfnis zwischen Barnabas – einem Cousin von Markus – und Paulus über die Frage, ob Markus sie bei einem geplanten Vorhaben begleiten sollte.

Paulus hatte das abgelehnt, und darüber hatten er und Barnabas einander die Weggemeinschaft aufgekündigt. Sie hatten auch später nie wieder gemeinsam eine Aufgabe für die Gemeinden wahrgenommen, aber Paulus sprach häufig wohlwollend von Barnabas. Lukas' eigener Bericht enthielt auch eine Begründung, warum Paulus sich damals gegen Markus ausgesprochen hatte; wer ihn gelesen hatte, wusste also von dem Streit. Wenn nun die Aufzeichnungen des Paulus noch mehr Licht in die Sache brachten und vielleicht auch darlegten, wie es zur Versöhnung gekommen war – nun, umso besser.

Endlich kam die ersehnte Nachricht, dass Markus in Puteoli angekommen war.

„Grüße Paulus mit meiner herzlichsten Liebe und allem Segen in Christus und versichere ihm, dass ich ihm seine persönlichen Dinge bringen werde. Ich bete, dass ihr beide gesund seid, und kann es kaum erwarten, euch wiederzusehen."

Paulus schien fast außer sich über diese Nachricht. „Meine Pergamentrollen! Aber weißt du, worauf ich mich vor allem freue?

Dass Markus mir aus seinem eigenen Bericht über Jesus vorliest. Denn er hat ihn ja selbst gekannt."

„Du hast ihn doch gelesen! Wir haben Abschriften in alle Welt geschickt."

„Ja, aber nun kann ich es aus seinem eigenen Mund hören und ich werde nachfragen und mehr erfahren. Wie wird Markus für die Kosten seiner Reise aufkommen können?"

Lukas erinnerte Paulus an das Geldgeschenk der Gemeinde von Ephesus und berichtete ihm auch, was er von Timotheus erfahren hatte: dass der größte Teil der Summe von Onesiphorus stammte. Paulus schien den Tränen nahe, als er sagte: „Kennt die Herzensgüte dieses Mannes denn überhaupt keine Grenzen? Gott segne ihn und alle, die zu ihm gehören."

„Ich weiß zwar nicht, ob er das Geld für einen solchen Zweck vorgesehen hatte, aber wenn du ..."

„Ich kenne ihn", unterbrach ihn Paulus. „Er würde wollen, dass ich es so verwende, wie es mir richtig erscheint."

„Markus wird es sicher eilig haben, aus jenem übel riechenden Hafenloch fortzukommen. Was ist dort eigentlich los?"

Paulus schüttelte den Kopf. „Verglichen mit Puteoli riecht es hier wie in einem Blumengarten. Vielleicht sind es die vielen mineralischen Quellen dort, aber ich weiß es nicht genau. Viele haben ja wohl keine andere Wahl, aber wie jemand freiwillig zwischen all den Schwefeldämpfen leben kann ..."

Vier Tage später schickte Markus Lukas die Nachricht, dass er bei den Ställen des Heeres ein paar Meilen vor der Stadtgrenze angekommen war. Lukas mietete einen Wagen und fuhr zum angegebenen Ort. Nachdem er seinen alten Freund umarmt hatte, erklärte er ihm, warum er die Kosten für den Wagen nicht gescheut hatte.

„Es ist zu weit, um zu Fuß zu gehen, und tragen werde ich dich nicht."

„Ein Denar für dich wäre drin, wenn du es tätest", gab Markus gut gelaunt zurück. Er stand aufbruchbereit da, einen Sack über der Schulter und den langen Wanderstab in der Hand.

„Für einen solchen Dienst berechne ich fünf Denar pro Meile."

„Du bist eben ein kleinkarierter Medizinmann."

In Pantheras Haus angekommen, setzten Lukas und Markus sich an den Tisch, während Pantheras Frau sich am Herd zu schaffen machte. „Es tut mir leid, dass es in deiner Kammer keinen Platz für einen weiteren Gast gibt", rief sie herüber.

„Den gibt es schon, wenn ich auf dem Fußboden schlafe", erwiderte Lukas.

„Dann ist dein Freund herzlich willkommen – wie jeder andere auch, den du mitbringst. Ich möchte nur sicher sein, dass ihr euch beide wohlfühlt."

Markus warf ein: „Ich entlohne dich gern für die zusätzliche Mühe."

„Nein!", widersprach sie und setzte ihnen eine heiße Speise in einer flachen Pfanne vor. „Wir berechnen nichts." Sie lachte. „Wenn ihr euch da oben gegenseitig auf die Füße treten wollt, was kümmert mich das?"

Bald war es Zeit, zu ihrem Besuch im Gefängnis aufzubrechen, und Markus begann einzupacken, was er mitnehmen wollte.

„Lass dir Zeit, mein Freund", sagte Lukas. „Und ich kann auch noch etwas tragen, wenn nötig."

„Du hast schon genug an den Lebensmitteln zu schleppen", wehrte Markus ab.

Als sie schließlich Primus erreichten, der vor dem Haupttor stand, machte Lukas ihn und Markus miteinander bekannt. Primus entzündete eine kurze Fackel und ging vor ihnen her ins Innere des Kerkerbaus. Markus folgte ihm mit seinem Wanderstock.

„Wie geht es dem Gefangenen?", erkundigte sich Lukas.

„Er war ruhiger, als ich ihn je erlebt habe. Fühlt sich sicher einsam. Zu Beginn meiner Wache gestern Abend hab ich ihm eine

Lampe hinuntergereicht, aber irgendjemand hat sie inzwischen wieder beschlagnahmt."

„Also hat er den Rest der Zeit wieder im Dunkeln gesessen."

„Ich fürchte, ja."

Lukas bemerkte, wie Markus sich die Nase zuhielt, als sie an den entsprechenden Zellen im Eingangstrakt vorbeikamen. Inzwischen war der Haufen mit Leichnamen noch angewachsen und noch immer hatte niemand die Körper beseitigt. Sie waren schon fast an diesem Zellenblock vorbei, als Lukas durch einen Schrei von Markus, der schwer auf den mit Unrat bedeckten Boden aufschlug, aufgeschreckt wurde.

Lukas und Primus wirbelten herum, und während Lukas sich herunterbeugte, um Markus aufzuhelfen, reichte Primus ihm die Fackel und griff selbst durch ein Gitter, um Markus' Stock wiederzubekommen. Einer der Gefangenen hatte die Hand durch das Gitter gesteckt und Markus den Stock entwunden. Und jetzt versuchte er, ihn gegen Primus zu verteidigen.

Lukas hatte den Wächter nie so zornig erlebt. Sein Gesicht wurde tiefrot und im flackernden Schein der Fackel sah man die Adern hervortreten, während er weit in die Zelle hineinlangte. Die anderen Gefangenen stolperten übereinander beim Versuch, seinem mächtigen Arm auszuweichen. Primus sprach ruhig, aber so grimmig, dass Lukas befürchtete, er würde gleich jemanden zu Schaden bringen.

„Bringt mich dazu, dass ich diese Zelle aufschließe und hereinkomme", zischte er, „und ihr werdet Mitternacht nicht mehr erleben."

Der Gefangene, der den Stock erbeutet hatte, schien schadenfroh zu lächeln, so, als sei irgendeine Art von Aufmerksamkeit, und sei sie auch feindselig, besser als gar keine. Die anderen beobachteten die Szene mit einer Mischung aus Faszination und Furcht, so schien es, als könnten sie nicht recht glauben, dass ihr Leidensgenosse etwas so Unbesonnenes getan hatte.

Der Gefangene zielte mit dem Ende des Stocks auf Primus' Hand, gab ihm einen kurzen Stups auf die Finger und zog den Stock rasch zurück. Primus richtete sich zu seiner vollen Größe auf und begann, mit den Schlüsseln an seinem Gürtel zu hantieren.

„Hier! Hier!", rief der Gefangene und steckte den Stock durch die Gitterstäbe nach draußen.

Primus schnappte den Stock so rasch, dass er ihm aus der Hand glitt und krachend zu Boden fiel. Er griff wieder danach und schwang ihn nun wie eine Keule über seinem Kopf. Lukas duckte sich schützend über Markus, als der Wächter den Stock nun mit aller Kraft gegen das Gitter schlug. Unter dem lauten Krachen und Bersten schien sich das ganze Eisengerüst zu biegen. Die Gefangenen wichen hastig zurück, als das Holz zersplitterte.

„Was wolltest du denn überhaupt mit einem Stock anfangen, Sklave?"

Die Gefangenen in der Zelle drängten sich an die Wände und hockten sich davor, maßlose Angst im Blick.

„Ich vollstrecke euer Urteil auf der Stelle", bellte Primus, den Schlüssel in der Hand.

„Nein!", rief Markus aus. „Vergib ihm! Er war nur neugierig!"

Lukas erhob sich und flüsterte Primus zu: „Diese Welt wird ihn ohnehin nicht mehr lange sehen, mein Freund. Sieh dir seine Augen an. Lass es gut sein."

Die Augen des Mannes glänzten gelb. Was immer es war, das ihn umbrachte, hier drinnen würde es dafür keine Heilung geben.
„Es ist dein Glückstag, du Abschaum!", zischte Primus.

Der Gefangene lag jetzt auf den Knien, die Hände vors Gesicht geschlagen. „Danke! Danke!"

Die Wachen an der Zelle von Paulus tauchten aus dem Gang auf, um zu sehen, was da vorging. Jetzt wichen auch sie vor

Primus zurück, der immer noch aussah, als wolle er jemandem den Kopf vom Hals trennen. „Jetzt habe ich deinen Stock zerbrochen, Markus. Ich werde einen neuen für dich besorgen."

„Mach dir darüber keine Sorgen", sagte Markus, der bereits durch die Bodenöffnung spähte. „Dort unten werde ich dafür sowieso keine Verwendung haben."

„Markus!", erklang die dünne und raue Stimme von unten. „Bist du es wirklich?"

„Paulus! Ich bin schon unterwegs zu dir."

„Gepriesen sei Gott!"

Primus half Lukas zuerst hinunter und warf ihm dann seine Tasche zu. Lukas zündete die kleine Lampe an, umarmte Paulus, und gemeinsam sahen sie zu, wie Primus Markus langsam durch die Öffnung herabließ. Unten angekommen, stürzte er auf Paulus zu und sank in seine Arme.

Paulus schluchzte und betete und jauchzte angesichts seines Freundes. „Und du konntest alles finden, worum ich gebeten habe?"

„Alles. Ich habe alles mitgebracht."

„Auch dein Buch? Du kannst mir daraus vorlesen?"

„Nur zu gern, Paulus. Aber ich weiß ja, was du vor allem willst."

„Nur zu wissen, dass meine Pergamente hier sind, reicht mir für den Augenblick."

„Seit wann ist denn das, was du schreibst, rein privat? Wir machen Abschriften von deinen Briefen und geben sie in den Gemeinden weiter. Timotheus will auch deinen letzten Brief kopieren lassen."

„Er hat meine Erlaubnis, auch wenn das nicht meine Absicht war."

„Wir alle haben etwas davon, Paulus. Die Brüder und Schwestern in allen Gemeinden werden durch deine Briefe fast ebenso gestärkt, als wenn du persönlich zu ihnen kommen könntest."

Paulus seufzte und setzte sich. Dann unterhielt er sich flüsternd mit Markus. Er sprach darüber, welche Gefahr seine Lebenserinnerungen möglicherweise für etliche Brüder bedeuten würden. „Ich werde sie in Lukas' Obhut geben und darauf vertrauen, dass er schon wissen wird, wer sie zu sehen bekommen sollte."

Markus nickte mit einem wissenden Blick. „Du willst nicht, dass ich lese, was du über mich schreibst."

„Nicht eher, als bis ich euch verlassen habe. Aber du hast ja meinen letzten Brief an Timotheus gelesen. Du musst also wissen, dass ich gut von dir spreche. – Aber nun", wechselte Paulus das Thema, „möchte ich, dass du mir aus deinem Bericht über den Meister vorliest, Markus."

Während Markus in seinem Beutel danach suchte, flüsterte Lukas: „Paulus, konntest du mit Primus sprechen?"

„Nur wenig. Er ist immer auf der Hut und besorgt, seine Kameraden könnten etwas hören. Ich glaube, er hat ein gutes Herz, Lukas. Du musst mit ihm in Kontakt bleiben, wenn ich nicht mehr da bin. Er bewundert dich ziemlich."

„Wir sind Freunde geworden."

Lukas hielt die Lampe, während Markus sich neben Paulus auf die Steinbank setzte und sein Evangelium vor sich ausbreitete. Dann begann er zu lesen:

Dies ist die rettende Botschaft von Jesus Christus, dem Sohn Gottes. Alles begann so, wie es der Prophet Jesaja vorausgesagt hatte: „Gott spricht: ‚Ich sende meinen Boten dir voraus, der dein Kommen ankündigt und die Menschen darauf vorbereitet.'"

„Ein Bote wird in der Wüste rufen: ‚Macht den Weg frei für den Herrn! Räumt alle Hindernisse weg!'"

Dieser Bote war Johannes der Täufer. Er lebte in der Wüste, taufte und verkündete den Menschen, die zu ihm kamen: „Kehrt um zu Gott und lasst euch von mir taufen! Dann wird er euch eure Sünden vergeben."

Viele Menschen aus der ganzen Provinz Judäa und aus Jerusalem kamen zu ihm. Sie bekannten ihre Sünden und ließen sich von ihm im Jordan taufen. Johannes trug ein aus Kamelhaar gewebtes Gewand, das von einem Lederriemen zusammengehalten wurde. Er ernährte sich von Heuschrecken und wildem Honig. Johannes rief den Leuten zu: „Nach mir wird ein anderer kommen, der viel mächtiger ist als ich. Ich bin nicht einmal würdig, ihm die Schuhe auszuziehen. Ich taufe euch mit Wasser, aber er wird euch mit dem Heiligen Geist taufen."

In dieser Zeit kam Jesus aus Nazareth, das in der Provinz Galiläa liegt, an den Jordan und ließ sich dort von Johannes taufen …

Lukas konnte sich nicht erinnern, Paulus jemals so zufrieden, so erfüllt und ganz im Augenblick versunken gesehen zu haben.

II

Love Story

Jordanien

Ein Jahr früher

Sofia hatte Augustin an diesem Abend beim Essen einen Platz freigehalten. Sie wohnten in einem Hotel in der Nähe von Petra. Obwohl er ein Lächeln unterdrücken musste, unterhielt er sich in einem höflichen und formellen Ton mit ihr – was auch sie zu amüsieren schien.

„Übrigens, der Aufstieg zum Opferplatz bleibt dir erspart", bemerkte sie. „Ich kann heute keinen Schritt mehr tun. Es tut mir leid. Und ich möchte Petra wirklich einmal von dort oben sehen, aber ..."

Er hob eine Hand. „Ich weiß, du bist k.o. Aber es würde mir wirklich viel bedeuten, wenn du mitkommen würdest. Ich verspreche, du wirst es keinesfalls bereuen."

Sie senkte das Kinn und kniff die Augen zusammen. „Du meinst es wohl wirklich ernst. Also, wenn es dir so wichtig ist ..."

„Ist es."

„Und wenn du mich hin und zurück Huckepack trägst ..."

Er lachte. „Zumindest werde ich uns eine Fahrgelegenheit bis unten an den Berg besorgen."

„Und welche Garantie bekomme ich? Du hast versprochen, ich würde es nicht bereuen. Und wenn doch?"

„Dann werde ich nie mehr so etwas versprechen."

Ihr Lächeln, ihr Lachen gaben Augustin das Gefühl, sie sei einzig zu dem Zweck erschaffen worden, damit er sich an ihrem Anblick freuen konnte.

Nach dem Essen standen Augustin und Roger an der Tür, verabschiedeten die Reiseteilnehmer und bedankten sich für die gemeinsame Zeit. Als die Trikoupis näher kamen und sich noch mit Roger unterhielten, flüsterte Augustin Sofia zu: „Wir müssen uns beeilen, damit wir vor den Massen da sind. Ich muss nur noch rasch nach oben, eine Taschenlampe und meine Jacke holen. Und du wirst auch einen Pulli oder irgendetwas Warmes brauchen."

„Es sind noch über dreißig Grad draußen!"

„Tu, was du willst." Man musste die Frau bewundern, sie hatte ihren eigenen Kopf.

„Na, das nenne ich doch mal eine Taschenlampe", kommentierte Sofia ein paar Minuten später, als Augustin mit einer schachtelförmigen Apparatur auftauchte, die mindestens zehnmal so hell war wie eine Standardlampe. Außerdem hatte er zwei Flaschen Wasser dabei. Ein Kapuzenshirt war um seine Hüfte geknotet.

Sie gingen rasch über die Straße und an ein paar Souvenirläden vorbei – die meisten waren noch geöffnet – und erreichten schließlich den lang gezogenen Platz vor dem Siq, der gut anderthalb Kilometer langen engen Schlucht, durch die man ins antike Petra gelangte. Hier hatte Augustin einen Pferdewagen gemietet, der sie direkt zum Fuß des Aufstiegs bringen sollte. Sie waren kaum eingestiegen, als es auch schon losging. Der schuckelnde Wagen schüttelte sie durch und warf sie gegeneinander, sodass Augustin Mühe hatte, nicht auf Sofias Schoß zu landen. Ihr Gekicher entzückte ihn.

Schließlich erreichten sie den Siq, wo sich Touristen in Scharen drängten. Sie ließen den Eingang hinter sich und bald war ihr schaukelndes Gefährt das einzige Fahrzeug, das zu sehen war.

„Oh, Augustin", rief Sofia. „Wie schön!"

Der enge Durchgang, den tagsüber die Sonne erhellte, der aber nachts stockfinster war, war auf ganzer Länge von Kerzen erleuchtet, die in kleinen Papiertüten standen. Der unwirkliche rötliche Glanz, den die roten Felsen zurückwarfen, begleitete sie den ganzen Weg über, bis sie am Ende der Schlucht Hunderte weiterer Lichter erblickten, die vor dem Schatzhaus und in der ganzen alten Stadt verteilt waren.

„Das ist ‚Petra bei Nacht'", erklärte Augustin. „Und jetzt verstehst du sicher, warum so viele Menschen bereitwillig Schlange stehen, um es zu erleben."

„Ja, das verstehe ich sehr gut. Aber ich weiß nicht, ob ich den ganzen Weg hätte zu Fuß gehen wollen. Die Leute müssen denken, wir gehören zu den oberen Zehntausend."

„Tun wir das nicht? Helena von Troja, wenn ich mich recht erinnere? Und ich bin ... Brad Pitt. Oder jemand in der Preisklasse."

Am Fuß des Aufstiegs zum Opferplatz erklärte Augustin: „Du gehst am besten vor mir und ich lasse das Licht von hinten auf den Pfad scheinen. Der Aufstieg ist steil und kann tückisch sein. Sieh einfach zu, dass du in Bewegung bleibst. Wenn du eine Verschnaufpause brauchst, sag Bescheid." Er richtete den Strahl der Taschenlampe auf ihr Ziel hoch oben am Berg. „Es dauert eine Weile, aber wir schaffen es. Bleib einfach dicht bei mir."

Sie begannen den Aufstieg, und Augustin bewunderte Sofias lange, sportliche Beine vor sich. „Ich glaube, ich beleuchte lieber nicht den Weg, sondern dich", rief er.

„Dr. Knox! So gut kennen wir uns nun auch wieder nicht."

„Na schön. Ich werde mich benehmen."

Sofia blieb gelegentlich stehen, beugte sich vor, stützte die Hände auf ihre bloßen Oberschenkel und atmete tief.

„Alles okay?", fragte Augustin und hielt ihr eine Wasserflasche hin.

„Muss nur ein wenig auftanken." Sie nahm ein paar tiefe Schlucke und machte sich wieder an den Aufstieg.

„Warte mal“, rief Augustin. „Sieh mal nach unten, bevor wir zu weit oben sind.“

Sofia drehte sich um und hielt den Atem an, während sie den Blick über die alte Stadt gleiten ließ, die von Hunderten Kerzen erleuchtet war.

„Das ist wohl das Schönste, was ich je gesehen habe.“

„Und dabei kommst du doch aus einem Land voller Schönheit. Ich habe dir ja versprochen, du würdest es nicht bereuen.“

„Nein, ganz gewiss nicht. Aber ich wette, du wünschst dir inzwischen, du müsstest nicht auch noch das Sweatshirt mitschleppen.“

„Wir sind noch nicht oben, Mädel.“

Sofia sah ihn schräg an. „Na, worauf warten wir dann noch, Junge?“

Augustin übernahm jetzt die Führung. Der letzte Teil des Aufstiegs war ihm immer als der schwierigste erschienen und er war erleichtert, als er endlich ebenen Boden erreichte. Er reichte Sofia die Hand, um ihr hinaufzuhelfen, und führte sie dann zu einem Felsvorsprung. Sie setzte sich auf einen Felsblock, um wieder zu Atem zu kommen. „Wenn du so weit bist, zeige ich dir den Opferplatz“, kündigte er an. „Man kann sehen, wo das Blut der Opfertiere trocknete, wo die Kohlen lagen, wie alles vor sich ging.“

Sofia senkte den Kopf und atmete tief. Schließlich stand sie auf und stemmte die Arme in die Hüften. „Ich bin so froh, dass du mich überredet hast mitzukommen. Ja, du kannst wirklich sagen: ‚Ich hab’s ja gewusst.‘“

„Ich freue mich, wenn es dir gefällt“, sagte er und leuchtete ihr direkt ins Gesicht, sodass sie die Hände vor die Augen legte. „Du hast das allerschönste Lächeln.“

„Du bringst mich aber auch zum Lächeln“, erwiderte sie.

Nachdem sie den Opferplatz mit seinen Altären erkundet hatten, ließ er den Lichtstrahl nach unten ins Tal wandern.

„Ich könnte die ganze Nacht hierbleiben“, murmelte sie.

„Du wärest sehr allein.“

„Du würdest mich hier allein lassen?“

„Die Woche war lang“, sagte er. „Ich brauche meinen Schlaf.“

Sie lachte, dann verschränkte sie die Arme und rieb sich über die Oberarme. „Ach, nein! Ich wollte doch nicht, dass du recht behältst.“

„Womit?“

„Na ja, hier oben ist mir doch recht kühl geworden.“

Augustin legte die Taschenlampe zu Boden und knotete das Sweatshirt ab. „Nein“, sagte sie „Das ist für dich. Du hast gut geplant, ich nicht.“

„Sei nicht dumm“, wies er sie zurecht, trat hinter sie und legte ihr das Shirt um die Schultern. „Ich hab es sowieso für dich mitgebracht.“

„Hast du nicht.“

„Hab ich doch“, bekräftigte er und drehte sie zu sich um. „Mein Thermostat läuft immer noch auf Hochtouren.“

Sie entspannte sich, als er ihr half, die Arme in die Ärmel zu stecken. Das Sweatshirt hüllte sie ganz ein und die langen Ärmel verbargen ihre Hände. Er zog den Reißverschluss bis oben hin zu und legte die Hände auf ihre Schultern. „Besser?“

„Ja“, flüsterte sie. „Danke.“

Und das war der Moment, in dem Augustin es vor seinem inneren Auge sah: sein Leben mit Sofia. Die Vision schoss ihm durch den Kopf: wie sie zusammen aufwachten, zusammen aßen, zum Gottesdienst gingen, eine Familie gründeten. Ganz deutlich standen ihm die Bilder vor Augen und es verschlug ihm die Sprache. Im spärlichen Licht strich er ihr sanft übers Gesicht.

„Es gibt keinen Ort auf der Welt, an dem ich lieber wäre als gerade hier gerade jetzt.“

Er zog ihr Gesicht näher, und als ihre Lippen sich berührten, schlang sie die Arme um ihn. Er neigte sich ein wenig zurück und sie standen da, nur Zentimeter voneinander entfernt, und sahen sich in die Augen. „August Knox“, sagte sie. „Das hatte ich nicht erwartet.“

„Sollte ich mich entschuldigen?“

„Untersteh dich! Ich habe den ganzen Weg hier hoch überlegt, was ich sagen wollte, wenn wir oben wären. Was für ein fantastischer Reiseleiter du bist. Was du alles weißt. Wie gut du mit Menschen umgehen kannst. Wie leidenschaftlich du diese Orte hier liebst …“

„In Ordnung. Ich höre.“

„Das ist alles gar nicht mehr wichtig, Augustin. Ich möchte jetzt sagen, was du auch gesagt hast – dass ich nirgendwo anders sein möchte als gerade hier.“

Er zog sie wieder an sich und sie hielten sich umschlungen. „Haben wir hier gerade etwas begonnen?“, fragte er.

„Das hoffe ich doch sehr“, sagte sie und ihre Stimme klang brüchig.

Er trat zurück. „Tränen?“

„Augustin, ich vermisse dich jetzt schon. Morgen fliegen wir nach Hause. Wann sehe ich dich wieder?“

„Sobald ich eine Reise nach Athen vorbereiten kann.“

12

Kostbare Steine

Rom im ersten Jahrhundert nach Christus

Lukas bedauerte, dass Markus wieder abreisen musste, ganz besonders, weil er Paulus sichtlich aufgemuntert hatte. Andererseits warteten die Erinnerungen von Paulus, und Lukas war es nicht gerade unrecht, dass er den gealterten Apostel wieder ganz für sich allein haben würde. Seine Aufzeichnungen waren vermutlich unbezahlbar. Paulus hatte nicht einen einzigen Brief geschrieben, sei es an Freunde oder an Gemeinden, der nicht von tiefer Wahrheit durchdrungen und außerdem exzellent geschrieben war, sodass alle Glaubenden in den Gemeinden daraus Nutzen zogen. Vor allen Dingen erwuchsen seine Überlegungen und Gedanken aus einer tiefen Beziehung zu Christus. Er schrieb mit einer Dringlichkeit und Vollmacht, die seine Leser verwunderten, aber auch faszinierten. Würde es bei seinen Lebenserinnerungen anders sein?

An diesem Abend überflog Paulus in seiner Zelle die Pergamente. Er bat Lukas, das Licht höher zu halten. Schließlich wählte er einen großen Stapel aus und übergab ihn Lukas. „Wir dürfen nicht länger warten. Nimm dies und lies es. Schütze die Dokumente mit deinem Leben und bring sie mir wieder. Ich brauche deinen Rat. Wir müssen diese Aufzeichnungen durchsprechen und sicherstellen, dass sie zutreffend, vollständig und vor allem von Belang sind."

Lukas verstaute die Dokumente sorgfältig und eilte zurück zu Primus' Haus, als trüge er Edelsteine bei sich. Sein Körper schmerzte von der Anstrengung des Tages, aber sein Geist war frisch. In seiner Kammer angekommen, legte er die Tageskleider ab, wickelte sich in seinen Umhang und setzte sich dann an den kleinen Tisch. Dann entzündete er die Lampe und legte die Dokumente in einem Stapel vor sich hin. Er nahm das erste Blatt auf und hielt es in den Lichtschein.

13

Das Angebot

Texas

Mittwoch, 7. Mai, 19.55 Uhr

Augustin Knox stand vor dem Raum, in dem sein Vater im Sterben lag, und konnte an nichts anderes denken als daran, wie er die Stadt verlassen konnte. Als Kind und Jugendlicher wäre er in der Wüste der Gleichgültigkeit seines Vaters schier verdurstet, wäre da nicht die Oase des ausgleichenden Wesens seiner Mutter gewesen.

Edsel Knox war überall respektiert, ein gewissenhafter, wortgewandter, brillanter Theologe. Aber kein Fünkchen der Wahrheit dessen, womit er sich so gut auskannte, schien sein Herz zu erreichen. Erklären konnte er alles. Aber er schien unfähig, irgendetwas davon persönlich zu erleben. Und trotzdem sprach Marie Knox immer noch liebevoll über ihn und mit ihm, streichelte ihn, hielt seine Hand.

Zu Hause war er ein brodelnder Kessel voller Schweigen gewesen. Witze waren tabu. Kein Lächeln. Nie ein herzliches Wort. Noch nicht mal ein Danke für das Essen. Er sah kaum fern, las dafür aber viel. Wenn es nicht Theologie war, dann Geschichte. Vor dem Schlafengehen noch ein paar Kreuzworträtsel.

Edsel stand an sechs Tagen in der Woche jeden Morgen zur gleichen Zeit auf, rasierte sich, duschte, kleidete sich an, aß, verließ das Haus und kam spätnachmittags so pünktlich zurück, dass man die Uhr danach stellen konnte. Sonntags ging er morgens und abends zum Gottesdienst und verschlief den Nachmittag.

Augustin hasste allein den Gedanken daran, was wohl aus ihm geworden wäre, wenn seine Mutter ihm nicht im Grunde auch den Vater ersetzt hätte. Und doch konnte er ihr nicht ein einziges Mal auch nur ein abschätziges Wort über seinen Vater entlocken. Sie verteidigte ihren Mann, sprach wertschätzend von ihm und sagte, sie empfände es als ein Vorrecht, dass sie ihn dabei unterstützen konnte, der Mann des Wortes zu sein, der er war. Mann des Wortes vielleicht, dachte Augustin, aber Mann Gottes?

Hatten seine Eltern je – und sei es in noch so ferner Vergangenheit – etwas erlebt wie die magischen Momente, die ihm und Sofia in Petra geschenkt worden waren? Die Reaktion seines Vaters auf die Nachricht von Augustins Verlobung hatte in dem Kommentar bestanden: „Und du glaubst, ihre Eltern werden erlauben, dass ihre Tochter so weit unterhalb ihrer gesellschaftlichen Position heiratet?"

Seine Mutter hatte gesagt: „August ist ja wohl für jede Frau eine gute Partie."

„Sag das mal einem griechischen Millionär."

Augustin schob den Stuhl zurück. „Ich wäre nicht der erste Mann in dieser Familie, der außerhalb seines Standes heiratet."

„August!", hatte seine Mutter gerufen.

Sein Vater warf ihm einen Blick zu, der selbst Mona Lisa dazu gebracht hätte, die Stirn zu runzeln. Jetzt fragte sich Augustin, ob dieser Mann je auch nur im Entferntesten geahnt hatte, wie glücklich er sich schätzen konnte, so eine Frau gefunden zu haben. Wer sonst hätte es so lange mit ihm ausgehalten?

Dr. Knox senior hatte sich allerdings auf eine Weise als weitsichtig erwiesen, die Augustin fast zum Wahnsinn trieb. Knapp zwei Monate nach ihrem ersten Kuss hatte Augustin eine Reise nach Athen organisiert, die ihn gerade rechtzeitig für seine Lehrverpflichtungen im Herbst wieder nach Texas zurückbringen würde. Während des Flugs konnte er weder schlafen noch lesen, sich nicht konzentrieren; war, sobald es gestattet war, auf dem Gang auf und ab gelaufen und hatte der Flugbegleiterin so lange die Ohren mit Geschichten über Sofia vollgeredet, dass sie schließlich sagte: „Wenn Sie mir noch mehr von ihr erzählen, müssen Sie mich zur Hochzeit einladen."

Als der endlose Flug schließlich doch auf Eleftherios Venizelos, dem internationalen Flughafen von Athen, landete, war Augustin unrasiert, seine Wangen eingefallen, aber er entdeckte Sofias Lächeln über den Köpfen der Menge und konnte sich gerade noch zurückhalten, ein paar Leute umzurennen, um zu ihr zu gelangen. Hatte es je ein Paar gegeben, das sich mehr liebte und eindeutiger füreinander bestimmt war als er und Sofia?

Der Flug nach Thessaloniki zwei Tage später dauerte nur knapp eine Stunde und Augustin war überrascht, als Sofia auf das Mietwagenzentrum zusteuerte.

„Dad und Mom sind im Geschäft beschäftigt."

„Zu beschäftigt, um ..."

„Sie brauchen ein wenig Zeit, um sich daran zu gewöhnen, Augustin. Ich bin ihr Ein und Alles, das darfst du nicht vergessen."

Die Geschäftszentrale von Tri-K. Import erstreckte sich über einen halben Häuserblock im Zentrum von Thessaloniki. Malfees Trikoupis erschien aus den Tiefen eines Büros und schloss seine Tochter in die Arme. Der Mann kleidete sich anscheinend stets gleich – graue Hose, tailliertes weißes Hemd, dunkelblaues Jacket mit Goldknöpfen. Er reichte Augustin die Hand, während sein Arm väterlich um Sofias Schulter lag. „Sie waren schon einmal hier, oder?"

„Schon häufig, aber immer beladen mit der Verantwortung für einen Bus voller Touristen. Ich hatte noch kaum Zeit, alles zu würdigen, was Sie zu bieten haben."

„Dann müssen Sie mir erlauben, Sie ein wenig herumzuführen."

„Daddy, lass uns erst einmal Mom begrüßen. Dann bringe ich ihn dir sofort zurück."

Sie trafen Eris Trikoupis in ihrem Büro an, wo sie allerdings alles andere als überbeschäftigt wirkte. Sie schenkte ihm ein bemühtes Lächeln, blieb aber sitzen, während sie Augustin halbherzig begrüßte. „Sofia, meinst du, es gelingt uns, heute einen kleinen Einkaufsbummel einzuschieben?", fragte sie. „Nur wir beide?"

Die Führung durch die Geschäftsräume erwies sich als Vorwand, der Mr Trikoupis' wichtigsten Programmpunkt kaschieren sollte. „Sie sind nicht vielleicht hier, um mich um die Hand meiner Tochter zu bitten, Dr. Knox, oder etwa doch?"

„Und wenn es so wäre?"

„Haben Sie mit ihr geschlafen?"

„Ich versichere Ihnen, dass das nicht der Fall ist. Sie wissen, dass ich sowohl Ihren Glauben als auch Ihre Wertvorstellungen teile."

„Das kann ich nur hoffen. Sind Sie in der Lage, eine Familie zu ernähren?"

„Nein, Sir, das bin ich nicht. Ich bin in der Lage, Sofia zu ernähren. Der Rest der Familie wird für sich selbst sorgen müssen."

Malfees sah ihn scharf an und Augustin grinste.

„Ich finde das nicht amüsant."

„Verzeihen Sie mir, Sir. Mir ist nur zu bewusst, dass Sie über so viele Mittel verfügen, wie Sie nur wünschen können."

„Und ich fürchte, Sie tun das nicht, Dr. Knox. Was verdienen Sie im Jahr?"

„Sir?"

„Lassen Sie es mich nicht wiederholen. Die Frage ist nur fair. Sie kommen her und erzählen mir, Sie lieben das Kostbarste, was ich auf dieser Welt habe. Es kann Sie kaum überraschen, dass es mich interessiert zu erfahren, wie für meine Tochter gesorgt sein wird."

Augustin nannte ihm sein – beschämend karges – Gehalt am Seminar.

Malfees Trikoupis räusperte sich. „Würde es Sie überraschen zu erfahren, dass ich das Fünfzigfache von dem verdiene, was Sie ein Einkommen nennen?"

„Im Ernst?"

„Mindestens. Meine Tochter ist einen bestimmten Lebensstil gewöhnt."

„Ich weiß, dass dem nicht so ist. Es war weise von Ihnen, dass Sie immer von ihr verlangt haben, sie müsse mit dem auskommen, was sie selbst verdient."

„Das gehört einfach zu einer guten Erziehung", antwortete Trikoupis. „Aber natürlich hat sie ein Sicherheitsnetz wie wenige andere."

Also hatte Augustins Vater recht gehabt. Ein griechischer Millionär würde erhebliche Mühe damit haben einzuwilligen, dass seine Tochter einen Almosenempfänger heiratete.

„Würden Sie Sofia die Liebe ihres Lebens verbieten? Würden Sie ihr ihren Herzenswunsch abschlagen?"

„Natürlich nicht. Aber ich könnte einen Weg finden, sein Einkommen auf der Stelle zu vervierfachen und mir dabei zugleich seine Intelligenz, seine Bildung und seine einmaligen Fähigkeiten zunutze zu machen – vor allem seine Kenntnis unserer Sprache. Zu viele unserer sogenannten Experten raten doch nur, was die Inschriften auf unseren antiken Fundstücken besagen. Wäre es für Sie nicht eine interessante Herausforderung, Ihre Fähigkeiten auf diesem Gebiet einzusetzen?"

„Ich bin ganz Ohr."

Augustin folgte Malfees Trikoupis durch eine Tür mit der Aufschrift „Nur für Mitarbeiter" über einen engen Flur bis in ein Büro, das völlig anders aussah als der Rest der überfüllten Hinterzimmer. Der Raum hatte zwar keine Fenster, aber er war groß, tadellos aufgeräumt und so exquisit ausgestattet wie nur irgendein Büro eines Staatsoberhaupts.

Auf einem glänzend polierten Holzfußboden standen ein Schreibtisch mit Marmorplatte und ein Konferenztisch aus Teak, umrahmt von exquisiten Stühlen. Auf kleineren Tischen und in Regalen an den Wänden waren Fundstücke ausgestellt, die die besten Exponate im Verkaufsraum als wertlosen Trödel erscheinen ließen. „Lassen Sie sich Zeit“, sagte Malfees. „Saugen Sie die Atmosphäre ein.“

Augustin wanderte mit aufgerissenen Augen an den Fundstücken entlang.

„Buchstäblich unbezahlbar“, sagte Sofias Vater. „Nicht eines davon würde ich verkaufen – zu keinem Preis.“

„Ich dachte, alles in dieser Welt hätte seinen Preis.“

„Nicht alles. Diese Stücke hier nicht. Meine Tochter auch nicht.“

„Mr Trikoupis, bitte. Ich würde von Sofia niemals anders sprechen als von der Kostbarkeit, die sie für jeden von uns ist.“

„Setzen Sie sich“, sagte Malfees und wies auf einen Stuhl.

Er schlenderte zu seinem massiven Schreibtisch und ließ sich in den Ledersessel dahinter sinken. „Bei meinen Mitarbeitern bestehe ich auf absoluter Ehrlichkeit. Keine irreführenden Auskünfte. Kein Geschummel bei den Preisen. Meine Politik ist das, was ihr Amerikaner null Toleranz nennt. Ich betrachte das als die einzige Weise, wie man ein Geschäft führen kann. Die Behörden bestätigen mir, dass ich die akkuratesten Bücher führe, die ein Geschäftsmann in Griechenland nur führen kann. Bei all den Betrügereien und Schwarzmarktverkäufen, all dem illegalen Handel mit antiken Gegenständen bin ich vielleicht der Einzige, der noch dafür bekannt ist, fair und korrekt zu sein. Die Behörden fragen mich oft um Rat, wenn etwas schiefgelaufen ist.“

„Sofia ist deswegen sehr stolz auf Sie.“

„In dieser Branche hängt alles am guten Ruf. Das griechische Recht setzt fest, dass alle antiken Fundstücke, ob zu Land oder zu Wasser, dem Staat gehören. Jeder, der etwas findet, und sei es auch durch Zufall, muss es den Behörden melden. Und ein Export solcher Funde ist nicht möglich ohne Genehmigung des Dezernats für Altertümer. Ein paar frühere Kollegen von mir haben dieses Gesetz nicht ganz so ernst genommen und sind für ein paar Jahre im Gefängnis gelandet. Eine Geldstrafe war auch noch fällig."

„Aber ich vermute, Sie haben vornehmere Gründe für Ihre ethischen Grundsätze."

„Die Sonderkommission für Antikenhehlerei hat bei mir noch nie auch nur die Nase in die Tür gesteckt."

„Ich bin beeindruckt."

„Genügend, um für mich zu arbeiten?"

Malfees skizzierte einen Traumjob, in dem Augustin Trikoupis' rechte Hand sein würde, Reisegruppen begleiten könnte, sich mit Altertumsexperten beraten und ein unanständiges Gehalt beziehen würde. Mitten in seinen Ausführungen summte Malfees Sprechanlage. Er schüttelte den Kopf, während er den Knopf drückte. „Ich bin beschäftigt."

„Dimos Fokinos ist am Apparat, Sir."

Malfees seufzte. „Sagen Sie ihm, ich bin nicht da, aber Sie würden mir seine Nachricht ausrichten."

Er wandte sich wieder Augustin zu. „Das ist Ihr Konkurrent. Derzeit ein stark unterbezahlter Archäologe, Beamter im griechischen Kulturministerium. Überall sonst, in jedem anderen Wirtschaftssystem, wäre ein so begabter Spezialist in der Datierung antiker Funde ein wohlhabender Mann."

„Sie wären also zu beglückwünschen, wenn Sie ihn für sich gewinnen könnten."

Malfees zuckte die Achseln. „Das wäre Ihr Pech. Ich sollte Ihnen fairerweise noch sagen: Er ist größer als Sie, dunkler, Grieche. Und, wenn ich das sagen darf, er sieht meiner Tochter nicht unähnlich."

„Also ist er ein Traum von einem Mann."

Mr Trikoupis hob eine Augenbraue. „Das sagen die Leute jedenfalls."

„Sie haben diesen Job also nicht nur für mich erfunden?"

„Ich werde den Qualifiziertesten und den mit dem größten Interesse einstellen. Denken Sie drüber nach. Besprechen Sie es mit jemandem."

„Sofia und ich werden darüber beten."

„Schön, tun Sie das. Aber zögern Sie die Sache nicht hinaus."

So attraktiv das Angebot auch sein mochte – Augustin wusste, noch bevor er die Tür hinter sich geschlossen hatte, dass er es auf keinen Fall annehmen würde. Es war nicht nur die Liebe zu seinen Studenten. Sofias Vater verpflichtet zu sein wäre auch Gift für ihre Ehe. Er freute sich nicht gerade darauf, den Mann enttäuschen zu müssen.

14

Ich, Saulus aus Tarsus

Rom im ersten Jahrhundert nach Christus

Lukas war überrascht von der akkuraten, steilen Handschrift auf dem ersten Pergamentbogen. Wie lange war es wohl her, dass Paulus dieses Projekt begonnen hatte? Lukas zog eines der unteren Blätter aus dem Stapel, um die neueren Einträge zu begutachten. Unübersehbar war die Schrift großzügiger, die Buchstaben weniger exakt, und es gab mehr Tintenkleckse. Paulus' Sehkraft hatte nachgelassen, seine Hand war zittriger geworden und er musste oft bei nur spärlicher Beleuchtung geschrieben haben. Dass er jetzt in der Finsternis seines Verlieses dieses Vorhaben selbst zu Ende bringen konnte, war unvorstellbar.

Am Anfang der Aufzeichnungen war die Schrift so klein, dass Lukas die Lampe direkt über die Zeilen halten musste. Glücklicherweise waren die Schriftzeichen sehr exakt, sodass er sie lesen konnte. Die Erzählung zog ihn augenblicklich in ihren Bann und er vergaß, wo er war, wie spät es war, seine Erschöpfung und die Aufgaben, die am nächsten Tag auf ihn warteten.

Ich, Saulus aus Tarsus, beginne diese Aufzeichnung meiner lebendigsten Erinnerungen mit der Anerkenntnis eines Vorfalls, der mein ganzes Leben entscheidend beeinflusst hat – selbst angesichts all dessen, was darauf folgte. Und wie man sehen wird, würde ich selbst all das, was darauf folgte, als Werk eines fantasievollen Geistes betrachten, hätte ich es nicht in eigener Person erlebt. Dieser schrecklichen Begebenheit, die sich vor vielen Jah-

ren in Jerusalem ereignete, werde ich ihren chronologischen Platz im Ablauf der Geschehnisse geben; ich erwähne sie aber hier, um klarzustellen, dass das Geschehene nicht so sehr mich formte, sondern vielmehr das Wesen des Mannes enthüllte, der ich damals war. Wenn auch die Erinnerung daran so tief in mein Gedächtnis eingebrannt ist, dass ich alles vor mir sehe, als sei es heute geschehen, so war es doch nur das erste einer Vielzahl von Ereignissen, die dazu führten, dass ich diese Niederschrift beginne.

Meine – zu gegebener Zeit erfolgende – Darstellung jenes Tages wird ausführlich erhellen, welchen Anteil ich am Tod eines Menschen hatte, an einem Mord, den ich zu jener Zeit für eine rechtsgültige Hinrichtung und daher für gerechtfertigt hielt. Zuvor allerdings muss ich darlegen, wer ich war und was den Mann geformt hatte, der ich zu der Zeit war, als dieser Gewaltakt geschah.

Ich muss auch klarstellen, warum ich mich hier zu Beginn meiner Aufzeichnungen Saulus nenne: Es geschieht nicht, weil ich früher Saulus war und später zu Paulus wurde. Schon als Kind rief man mich auch mit meinem griechischen Namen Paulus, wenn auch häufiger mit dem Namen Saulus. Selbst nach dem großen Wandel in meinem Leben, in dem in einem Augenblick Altes verging und alles neu wurde, nannte man mich noch oft Saulus. Erst nachdem ich bereits viele Jahre meinem neuen Auftrag gefolgt war, wurde mein griechischer Name der geläufigere.

In meiner Verkündigung und in meinen Briefen an die Gemeinden habe ich deutlich gemacht, dass ich von allen Sündern der schlimmste bin. Ich sage das nicht aus falscher Demut. Es wäre Torheit, würde ich auch nur versuchen, die Tiefe meiner eigenen Verderbnis zu beschönigen.

Meine ältere Schwester Schoschanna bat Jonatan – in den Jahren, als wir zusammen in Tarsus und später in Jerusalem aufwuchsen, war sie allzu oft das Opfer meiner Unarten, die mich heute nicht einmal mehr als ihren Bruder anerkennt –, wäre paradoxerweise die Erste, die bestätigen würde, dass ich, was für Fehler ich auch immer haben mochte (und das waren viele), jedenfalls kompromisslos ehrlich war. Bis zum heutigen Tag mag sie mir manches nachsagen, aber sicher nicht, dass ich die Unwahrheit sage.

War mir diese Liebe zur Wahrheit angeboren? Ich glaube nicht. Aber man hatte mich gelehrt, Gott zu fürchten. Verwandte und Nachbarn nannten mich bald Richter Saulus oder Saulus der Ehrliche. Tanten und Onkel sagten zu meiner Mutter: „Rivka, dein Junge hat das Zeug zu einem führenden Mann."

Sie lächelte dann immer und sagte: „Zu einem Rabbi."

Meine Gottesfurcht wurzelte in meiner Hochachtung vor der unaufdringlichen Charaktergröße meines Vaters. Er war ein geachteter Geschäftsmann, ein Ledermacher, genauer: ein Zeltmacher. Aber darüber hinaus war er sowohl römischer Bürger als auch ein Jude höchsten Ranges, ein Pharisäer aus dem Stamm Benjamin. Noch bevor ich auch nur wusste, was das bedeutet, waren das Vorrecht und die Verantwortung, die mein Bürgerrecht und meine Religion mit sich brachten, schon tief in mich eingepflanzt. Ich war nach dem ersten König Israels benannt; auch er hatte zum Stamm Benjamin gehört. Jude zu sein, so lehrte man mich, war viel mehr als zu einem Volk zu gehören. Für meinen Vater und damit für meine ganze Familie war unser Judentum mehr Religion als Volkszugehörigkeit. Wir waren nicht einfach Juden; wir praktizierten den jüdischen Glauben.

Dass unsere Familie kleiner war als üblich und ich der einzige Sohn, habe ich eher genossen. Schoschanna war stolz auf mich, das konnte ich spüren. Ich wusste auch, warum. Ich war pfiffig.

Auch das sage ich nicht, um damit zu prahlen; und auch das verdanke ich meinem Vater. Ich kann mich an keine Zeit erinnern, in der ich meinen Platz in der Welt – meinen Platz im Imperium, in der Stadt, in der Familie und in der Synagoge – nicht genau gekannt hätte. Wie brachte der Zeltmacher Jonatan das zuwege? Alles, was ich dazu sagen kann, ist: Er unterrichtete mich täglich und durchaus nicht nur in den Schriften. Mein Vater gab mir nicht nur bestimmte Aufgaben zu erledigen, er erledigte sie mit mir zusammen. Schon von frühester Kindheit an, als ich noch kaum alt genug war, um etwas zu verstehen, und bei Weitem noch nicht stark genug, die Arbeit tatsächlich zu tun, brachte er mir die Kunst des Zeltmachens in allen Einzelheiten bei. Er zeigte mir, wie man anscheinend übergroße Aufgaben in kleinen Schritten bewerkstelligt. Darüber hinaus nahm er mich mit zu Spaziergängen und auf diesen Wegen sagte er mir wieder und wieder dieselben Dinge.

Diese Wiederholungen hätten vielleicht die Geduld eines anderen Jungen bald erschöpft, auf mich jedoch traf das nicht zu. Selbst als ich bereits vorhersagen konnte, was er sagen würde, es sogar wörtlich mit ihm hätte mitsprechen können, empfand ich es als Ehre, dass er mir so viel Wahrheit und Weisheit anvertraute.

Mein Vater prägte mir ein, dass unser ganzes Leben mit den alltäglichsten Dingen eine heilige Übung ist, eine Weise, den Gott Abrahams, Isaaks und Jakobs zu verehren. Er war der eine wahre Gott, dem wir Gehorsam und Gefolgschaft schuldeten. Mein Vater erzählte mir davon, dass er noch vor meiner Geburt gezwungen gewesen war, mit meiner Mutter in das prachtvolle Tarsus zu fliehen, es ihnen aber möglich war, das römische Bürgerrecht zu behalten. Tarsus faszinierte mich – eine Stadt mit großer Geschichte, großartigen Bauten, vielen Läden und seinem belebten Marktplatz.

Der Sabbat wurde bald mein Lieblingstag, denn es bedeutete, dass wir am zentralen Versammlungsort, der Synagoge, zusammenkamen. Was ich dort hörte, bestätigte das, was mein Vater mir Tag für Tag beibrachte – dass der Ehemann und Vater sowohl das gesetzliche wie auch das religiöse Oberhaupt der Familie und für sie verantwortlich war. Er hatte dafür zu sorgen, dass seine

Frau und seine Kinder geschützt waren, ein Dach über dem Kopf und genug zu essen hatten.

Ich habe mir für mich selbst nie eine Zukunft ausgemalt, in der ich diese Pflichten nicht in meinem eigenen Haus übernehmen würde. Ich liebte die Tatsache, dass wir Pharisäer waren, herausgehoben aus der Masse, unserem Gott ergeben und mit den Schriften vertraut. Noch bevor ich meine offizielle Erziehung im jüdischen Glauben erhielt, prägte mein Vater mir ein, dass es für jede Aufgabe, die einem gestellt wurde, eine und nur eine Weise gab, sie richtig auszuführen. Mit allem, was wir tun, sollten wir Gott ehren. Diese Überzeugung führte letztlich auch zu jenem großen Wendepunkt in meinem Leben; dazu, dass ich der Verurteilung eines Mannes zustimmte, der bekannt dafür war, ein Feind Gottes zu sein, und zu meiner Beteiligung an seiner Hinrichtung. Wie ihr sehen werdet, tat ich es ohne den geringsten Zweifel und war von ganzem Herzen überzeugt, dass ich damit ausführte, wozu ich im Leben berufen war. Es war nicht das erste und würde auch kaum das letzte Mal in meinem Leben sein, dass ich so empfand: mich ohne weitere Erwägungen, ohne nachzufragen, mit ganzem Herzen aus dem richtigen Grund für die gerechte Sache einzusetzen – die Weisungen meines Vaters im Ohr.

Die Familie, in die ich hineingeboren worden war, war ungewöhnlich und die Umstände einzigartig. Wir waren Juden und zugleich römische Bürger, und unsere Kultur war durchtränkt vom Hellenismus – vom Einfluss der Griechen. Zu Hause und in der Synagoge sprach ich Hebräisch und bei den Römern schnappte ich das Lateinische auf. Aber der griechische Einfluss in der Kultur war so stark, dass ich auch Griechisch lernte. Mein Vater war der Meinung, zivilisiert zu sein hieße, hellenistisch zu sein; aber er legte auch großes Gewicht darauf, dass die Reinheit meines orthodoxen Glaubens nicht durch die griechische Philosophie beeinträchtigt wurde. Wir waren also religiöse Juden in einer griechisch-römischen Welt.

Welche Vorteile es mit sich brachte, drei Sprachen fließend zu sprechen, erkannte ich erst mit den Jahren. Als Kind erschien es mir als selbstverständlich. Man hatte religiös, patriotisch und in mehreren Sprachen zu Hause zu sein, das wusste ich. Das römische Bürgerrecht brachte einige Privilegien mit sich, die nur wenige genossen. Die meisten Einwohner des Römischen Reiches waren keine Staatsbürger. Mein Vater schärfte mir aber immer ein, dass unsere oberste Verpflichtung Gott galt und unser verpflichtendes Recht in der Thora stand. Während also die meisten römischen Bürger eher philosophische Weltanschauungen pflegten und entweder Stoiker oder Kyniker waren und die Griechen sich auf die Sprache, die Künste, die Wissenschaften und die Ertüchtigung des Leibes konzentrierten, hielten die Juden das geistliche Leben hoch.

Die Römer hielten viel auf ihr Bürgerrecht. Ich war von Geburt an römischer Bürger. Die Griechen schätzten vor allem eine scharfe Intelligenz und das gründliche Denken. Man lehrte mich das Beste, was ihre Kultur zu bieten hatte. Und unter den Juden bildete der Stamm Benjamin – mein Stamm – eine Elite.

Angesichts dieser vielen Vorzüge hätte ich leicht Dünkel und Überheblichkeit entwickeln können und ich kann nicht leugnen, dass ich Züge dazu auch reichlich zeigte. Aber man möge mir glauben: Schon in ziemlich jungem Alter legte ich diese Haltungen ab und beschloss, dass ich der absolut beste Benjaminit-Pharisäer-Römer-Hellenist werden wollte, den man sich vorstellen konnte. Ich konnte noch kaum diese Worte aussprechen, als mein fünfter Geburtstag nahte, aber ich wusste, was es bedeutete, fünf Jahre alt zu werden. Ich würde lesen und schreiben lernen und die Grundlage dafür würden die Heiligen Schriften sein.

Obwohl das alles anfangs für mich sehr rätselhaft war, verstand ich doch irgendwie, dass mein Vater das, was er mir Tag für Tag beibrachte, aus den Heiligen Schriften schöpfte. Als ich anfing, sie selbst stockend zu lesen, erinnerte man mich beständig daran, dass die Thora die wahre Quelle allen Wissens ist. Meine religiöse Erziehung, meine Kenntnisse der Geschichte, meine moralische Formung würden sich allesamt auf die Schriften gründen.

Nicht nur dadurch, dass ich es kaum erwarten konnte, dass der Unterricht begann, unterschied ich mich von meinen Altersgenossen, sondern auch darin, dass ich vom Lernen gar nicht genug bekommen konnte. Ich lernte rasch zu lesen, lernte ganze Abschnitte auswendig und genoss die Aufmerksamkeit, die es mir einbrachte, wenn ich sie in der Synagoge aufsagen durfte. Was mich besonders faszinierte, waren die Geschichten über die großen Männer und Frauen, mit denen Gott selbst geredet hatte. Ich kannte niemanden, der das tat. Mein Vater war ein guter Mensch und ein frommer Mann, aber ich nahm an, auch er sprach nicht so mit Gott, wie es die Erzväter getan hatten. Als ich ihn danach fragte, erhielt ich zur Antwort, ich solle mich mehr darum kümmern, dass ich erfüllte, was Gott wollte und erwartete, statt zu versuchen, ihn persönlich zum Freund zu gewinnen.

Dass Gott die Menschen in den Schriften tatsächlich kannte, beeindruckte mich. Wenn ich alles lernte, was es zu lernen gab, alle Regeln einhielt und Gott in allem ehrte – würde er mich dann auch beachten? Würde er mich kennen? Ich sehnte mich unendlich danach, so vertraut mit Gott umzugehen, wie meine Vorfahren es getan hatten.

Als mein zehnter Geburtstag herankam, mit dem ich den Unterricht im jüdischen Gesetz beginnen würde, erzählte mein Vater mir auch mehr über die Stadt, in der ich geboren worden war. Er tat das eher beiläufig, indem er hier und da erwähnte, an was für einem beeindruckenden Ort wir lebten, in einer der größten Städte im Mittelmeerraum mit einer halben Million Einwohnern und einer Ausdehnung von zehn Quadratmeilen. Tarsus war Hafenstadt, von der aus Holz und Mineralien aus den nahen Bergen verschifft wurden. Außerdem stellte man hier das Cilicium her, einen Stoff, der aus dem Haar der schwarzen Ziegen aus den Bergen rund um Tarsus gewebt wurde und der nach dem Namen unserer Provinz Zilizien benannt war. Cilicium war das Rohmaterial für die schwarzen Zelte, die mein Vater fertigte und zu deren größten Abnehmern die römische Armee gehörte.

Tarsus war die Hauptstadt von Zilizien, und seit es unter römische Herrschaft geraten war, hatte der Senat in Rom der Stadt den Status einer civitas libera verliehen, einer freien Stadt, was bedeutete, dass Tarsus eine Art Autonomie besaß. Dass Tarsus außerdem eine Universität hatte und ein Zentrum des Hellenismus war, begeisterte mich – obwohl mein Vater mich warnte, man lehre dort eine heidnische Bildung. Er ermahnte mich, auf einem Weg zu bleiben, der mir nur das Beste der umgebenden Kultur vermittelte. Ich war stolz darauf, aus einer Stadt zu stammen, die die erste Station einer Handelsroute zwischen dem Mittelmeer und dem Schwarzen Meer bildete. Hier wollte ich leben, aufwachsen und einmal ein bedeutender religiöser Lehrer werden.

Aber so sollte es nicht kommen. Nicht nur mein Vater, auch Daniel, mein Rabbi, sah in mir etwas anderes. Als ich dreizehn wurde und Bar-Mizwa feierte, war ich in meinem Studium des Gesetzes schon weit fortgeschritten. Ich war den anderen Schülern meines Alters so weit voraus, dass Rabbi Daniel meinem Vater sagte, es wäre eine Verschwendung von Gaben, mich in Tarsus zu behalten. Eine wirklich gute, gehobene Ausbildung konnte ich nur in Jerusalem erhalten.

Jerusalem! Das lag dreihundertfünfundsiebzig Meilen südwestlich von Tarsus. Ich liebte meine Heimatstadt, meine Freunde und Verwandten und ich wollte meine Familie um keinen Preis verlassen – nicht einmal, um eine Ausbildung bei einem der großen und berühmten Rabbis in Jerusalem zu erhalten.

„Wir würden dich nicht allein hinschicken", sagte mein Vater. „Wir würden mit dir gehen."

„Mit mir? Die ganze Familie?"

„Natürlich! Ich bin für meine Kinder verantwortlich. Ich würde dich niemals in die Obhut von anderen geben."

Natürlich führten auch diese Ereignisse folgerichtig zu jenem Schicksalstag, den ich bereits angedeutet habe – erlaubt mir jedoch, euch Schritt für Schritt dorthin mitzunehmen. Mein Vater hatte eine große Bestellung von Zelten nach Damaskus in Syrien auszuliefern und ich hörte ihn mit meiner Mutter darüber sprechen, dass er die Warensendung begleiten würde.

„Du bist schon seit Jahren nicht mehr mit deinen Waren gereist", sagte sie. „Und schon damals hast du die langen Reisen verabscheut."

„Die Sache hat viele Vorteile", sagte er. „Wir nutzen Laderaum in einer Karawane mit Textilien, die den Landweg durch Antiochien zur Syrischen Pforte nimmt. Bis Damaskus ist es eine lange Reise, aber von dort könnte ich die etwa hundertsechzig Meilen nach Jerusalem weiterreisen und mir dort die beiden rabbinischen Schulen für Saulus ansehen."

Meine Mutter schwieg. „Ich weiß nicht", sagte sie dann zaghaft. „Du wirst so lange fort sein."

„Einige Wochen sicher. Aber bevor wir uns in Jerusalem niederlassen, sollten wir möglichst viel über die Stadt wissen."

„Hat der Rabbi nicht gesagt, für Saulus käme nur eine der beiden Schulen infrage?"

Mein Vater zögerte. „Beide sind pharisäisch, aber wie sie an die Dinge herangehen, unterscheidet sich sehr deutlich. Rabbi Daniel tendiert zur Schule von Rabbi Schammai, eher als zu der seines Zeitgenossen Rabbi Hillel. Beide sind bereits verstorben, aber ihre Schulen überliefern ihre Glaubensauffassungen bis heute."

„Warum würde der Rabbi die Schammai-Schule bevorzugen?"

„Weil sie die orthodoxere ist und die Befolgung des Gesetzes streng auslegt. Die andere, die inzwischen Hillels Enkel Gamaliel leitet, ist offener und toleranter."

„Das klingt nicht so gut."

„Nein", sagte mein Vater, „das klingt nicht so gut. Es überrascht mich also nicht, dass unser Rabbi Schammai vorzieht. Aber Gamaliel gilt als großer und weiser Lehrer. Ich kann mir nicht vorstellen, dass er tatsächlich den orthodoxen Weg verlassen hat. Er ist schließlich auch Pharisäer. Ich möchte mir einfach beide Schulen ansehen."

„Ja, das solltest du vielleicht tun. Es geht ja um eine wichtige Entscheidung."

Als unsere Familie am nächsten Sabbat die Synagoge verließ, weihte mein Vater Rabbi Daniel in sein Vorhaben ein. Der hagere, große Mann schien nicht im Mindesten verstimmt, dass mein Vater seine Empfehlung nicht sofort aufgegriffen hatte; er wirkte eher amüsiert. „Ich empfehle dir diese Reise", sagte er. „Sei dir selbst sicher, bevor du Saulus' Erziehung einem anderen anvertraust. Und nimm besser den Jungen mit! Um zu sehen, wo er selbst sich wohler fühlt."

„Oh, Rabbi!", protestierte meine Mutter. „Setz dem Jungen bitte nicht solche Flausen in den Kopf. Wie sollte er dann mit seinem Lernstoff vorankommen? Und was sollte ich die ganze Zeit ohne einen Mann im Haus tun?"

„Vergib mir", gab der Rabbi zurück. „Ich hätte das geschickter angehen sollen. Aber du weißt ja, Saul ist mit seinem Lernpensum den anderen weit voraus. Wenn er eine Abschrift der Thora mitnimmt und unterwegs darin liest, wird das genügen. Und was dich betrifft – sei versichert, die Gemeinde wird für dich da sein. Jedenfalls bin ich überzeugt, dass Saulus am Ende meiner Wahl zustimmen wird – ich kenne ihn schließlich."

Meine Mutter schmunzelte, aber sie schien nicht ernsthaft in Betracht zu ziehen, dass ich tatsächlich mitreisen würde.

Ich war noch nie aus Tarsus herausgekommen und wusste vom Rest der Welt nur das, was mein Vater mir erzählt hatte. Allein die Vorstellung einer solch langen Reise in eine ferne Provinz und die Aussicht, tatsächlich Jerusalem zu sehen, den Tempel, die Schu-

len … Es war beinahe mehr, als ich fassen konnte, und sobald wir zu Hause ankamen, begann ich, meiner Mutter damit in den Ohren zu liegen. Zu meinem Erstaunen wies sie die Idee nicht sofort von sich. Und natürlich zog ich meinen Vater zu meiner Unterstützung heran. Zu meiner noch größeren Verwunderung ließ mein Vater mich nun des Öfteren eines seiner Packpferde reiten, zur Übung, wie er sagte, und weil wir den letzten Teil der Reise – von Damaskus nach Jerusalem – sehr wahrscheinlich zu Pferd würden zurücklegen müssen.

Als meine Mutter anfing, mich zu warnen, dass die Reise anstrengender werden würde, als ich mir wohl vorstellte, wusste ich, dass sie die Möglichkeit meines Mitreisens nicht mehr ausschloss. Ich versicherte ihr, ich sei bereit, für eine derartige Gelegenheit alle Härten der Reise zu ertragen. Diese Reise sollte zur großartigsten Erinnerung meiner Kindheit werden.

Lukas setzte sich auf und rieb sich die Augen, wobei er sich ausmalte, was in den Manuskripten wohl noch kommen würde. Er hatte so viele Fragen an Paulus, aber er war auch erschöpft und wusste, er musste jetzt ausruhen, um für den nächsten vollen Tag gerüstet zu sein. Während er sich auf seinem Lager ausstreckte, stand vor seinem inneren Auge ein kleiner Junge, der mit seinem Vater zum Abenteuer seines Lebens aufbrach. Dieses Bild hielt ihn zunächst wach, aber bald schon dämmerte er ein und seine Träume trugen ihn durch das raue Land von Tarsus bis nach Jerusalem.

15

Maries Schatzkiste

Texas

Mittwoch, 7. Mai, 21.00 Uhr

Augustin fuhr seine Mutter vom Arlington Memorial Hospital nach Hause, aber alles, woran er denken konnte, war Roger, der verzweifelt auf seine Hilfe wartete. Er musste sich zwingen, sich darauf zu konzentrieren, was seine Mutter ihn fragte.

„Hast du je bedauert, dass du das Angebot von Sofias Vater nicht angenommen hast?"

Er schüttelte den Kopf. „Ich habe mir schon ausgemalt, was ich mit all dem Geld anfangen könnte – wie es wäre, in einer so schönen Stadt wie Athen zu leben und Sofia das Leben bieten zu können, das sie von klein auf gewöhnt ist – und dabei noch weiterhin Reisegruppen zu führen, antike Stücke bewerten zu dürfen und so alles, was ich gelernt habe, einzusetzen. Aber das alles hielt der Alternative nicht stand: mich sozusagen jedes Jahr selbst vervielfachen zu können, indem ich Studenten für den Dienst in der Kirche für die ganze Welt ausbilde. Ich habe versucht, es ihm zu erklären. Malfees sagte ja, er teile meinen Glauben. Ich dachte, er würde es verstehen. Aber er war nicht glücklich."

Augustins Handy summte. Eine Nachricht von Roger. „Entschuldige, Mom, ich muss das hier gerade mal lesen." Er nahm die nächste Ausfahrt und parkte am Straßenrand. „hoffe, Sa ist früh genug. habe 9 mm S&W fuer dich. zeit, dich vor abflug damit vertraut zu machen?"

Augustin schrieb zurück: „Smith&Wesson? habe seit 20 jahren nicht geschossen. warum 1 waffe? und warum bist du wach? 3.00 uhr bei dir. ruf an."

„keine anrufe mehr. übe unbedingt mit parabellum. Simse wenn du hier bist."

Augustin startete den Wagen wieder und fuhr zurück auf die Schnellstraße. „Was ist?", fragte seine Mutter.

„Roger hat Probleme. Ich muss bis Samstag in Rom sein und ich habe keine Ahnung, wie ich das bewerkstelligen soll."

„Wenn es so dringend ist, fliegst du eben hin. Basta."

„Es wird eine Menge Geld kosten, das ich nicht habe."

Während er seine Mutter ins Haus begleitete, schlug er vor, am nächsten Morgen, wenn er käme, um sie abzuholen, weiter darüber zu sprechen.

„Kommt nicht infrage. Du erzählst mir jetzt, was mit Roger los ist, oder ich werde kein Auge zutun."

„Du siehst aus, als könntest du im Stehen einschlafen."

Sie wischte seine Bemerkung mit der Hand fort und verschwand, um ein paar Minuten später in Bademantel und Pantoffeln und mit einem großen Holzkasten in den Händen wieder aufzutauchen. Augustin sprang von der Couch auf, um ihr zu helfen, und war überrascht vom Gewicht des Kastens, als er ihn auf dem Couchtisch abstellte. „Was ist das?"

„Alles zu seiner Zeit", sagte sie und setzte sich neben ihn. „Also, raus mit der Sprache."

Augustin erzählte ihr, dass er außer den rätselhaften SMS und einem dringlichen Anruf auch nicht viel wisse. Rogers Hinweis auf die Pistole verschwieg er lieber.

„Was könnte da los sein?", fragte sie.

„Keine Ahnung. Aber wenn er mich braucht, muss ich hin. Sieht so aus, als müsse ich morgen einen Besuch bei meiner Bank einschieben."

„Ich habe Geld."

„Nein, hast du nicht."

„Ich habe Geld, August. Für genau eine solche Situation wie jetzt. Dein Dad hat mir eine Kontovollmacht gegeben und seit mehr als zwanzig Jahren habe ich von jedem Gehalt, das hereinkam, etwas gespart."

„Weiß er davon?"

„Er hat nie gefragt. Gott sei Dank gab es nie die Notwendigkeit, das Geld anzurühren. Es ist auf einem extra Sparkonto und dafür gibt es eine Kreditkarte, die ich nie benutzt habe." Sie beugte sich vor und klopfte mit den Fingerknöcheln auf den Kasten. „Es ist alles hier drin."

„Über wie viel reden wir, Mom?"

„Über knapp vierzigtausend Dollar."

Augustin saß sprachlos da, während sie ihn anstrahlte.

„Und du würdest mir etwas davon leihen ...?"

„Unsinn! Du nimmst die Kreditkarte und hebst ab, was du brauchst."

„Mom, das könnte ich nie ..."

„Wage es bloß nicht, mir die Freiheit zu verbieten, mit meinem Geld zu tun, was ich will."

Augustin kam sein Gespräch mit Rajiv vom Nachmittag in den Sinn.

Was fair war, war fair.

„Mom, du bist eine Lebensretterin."

„Du bist mein Leben, August. Und nun möchte ich dir diesen Kasten anvertrauen. Hüte ihn wie deinen Augapfel, Augustin. Er enthält meine Preziosen."

„Deine was?"

„Nun, alles, was meinem Herzen lieb und teuer ist. Dein Vater hat das meiste davon nie gesehen, August. Aber ich muss dich warnen. Was du in diesem Kasten finden wirst, wird dich auch schockieren; manches davon wird dir das Herz brechen. Aber bitte: Schau dir alles an, bevor du fliegst – mir zuliebe."

„Mom, ich habe noch jede Menge Dinge zu erledigen, bevor ich reise. Aber wenn es dir so wichtig ist ...“

„Es ist mir so wichtig.“

So gespannt Augustin auch war, er war auch erschöpft, als er kurz vor zehn endlich seinen kleinen Bungalow erreichte. Aber er öffnete den Preziosenkasten seiner Mutter, und nachdem er sich durch eine gut einen halben Meter hohe Schicht aus Andenken, Erinnerungsstücken und Kontoauszügen hindurchgegraben hatte, die seinen Vater davon abgehalten hätten, noch weiterzusuchen, fand er schließlich die Kreditkarte, die noch auf dem Schreiben klebte, mit dem sie zugestellt worden war.

Er buchte den Flug für Freitag, der ihn bis Samstagmorgen nach Rom bringen würde, konnte aber auch jetzt nur einen Platz in der ersten Klasse finden. Dann googelte er nach Waffengeschäften und fand den Wildfire Gun Shop etwa zehn Meilen südlich vom Seminar. Auf seine To-do-Liste für den nächsten Tag schrieb er noch „Schießtraining“; dann wandte er sich der Schatzkiste seiner Mutter zu. Weit unten, fast am Grund des Kastens, lag ein dicker, übergroßer Umschlag, der sorgfältig verklebt und außerdem noch mit Bindfaden verschnürt war. Er schlitzte ihn auf seinem Küchentisch auf und zog eine Reihe kleinerer Umschläge und Dokumente heraus.

Augustin war nicht schlecht erstaunt, als er mehr als ein Dutzend Briefe sowohl von Southwestern Baptist als auch vom Dallas Seminar vor sich liegen sah. Schließlich fand er den, den seine Mutter erwähnt hatte. Er enthielt eine Bewertung der Lehrveranstaltungen seines Vaters durch einen unbekannten Teststudenten, der heimlich von Dallas in eines seiner Seminare eingeschleust worden war.

Der Bogen sah vor, dass der Bewerter in den folgenden Bereichen Noten von 1 bis 10 für den Professor vergab:

Fachkenntnis

Fähigkeit, den Stoff zu vermitteln

Vortragsstil

Fähigkeit, das Interesse der Studenten zu wecken

Zum Schluss kam eine Gesamteinschätzung des Kandidaten im Blick auf seine Eignung für eine Lehrtätigkeit im Dallas Seminar.

Der Bewerter hatte Augustins Vater in den ersten beiden Kategorien die volle Punktzahl 10 gegeben und mit ein paar Bemerkungen ergänzt: „Es ist offensichtlich, dass Dr. Knox sein Fach so umfassend beherrscht, wie man es von jemandem wohl erwarten kann, der sich ein Leben lang mit dem Studium der Bibel beschäftigt hat. Er formuliert sein Wissen präzise und vollständig, sodass jeder Student, der ihn hört und gut mitschreibt, den Stoff gründlich lernen kann."

Bei den beiden folgenden Kriterien lagen die Bewertungen dagegen nahe bei null und die Kommentare kritisierten: „Dr. Knox trägt seine bewundernswert vollständigen Fakten so monoton vor, dass es ein Wunder ist, dass er selbst dabei nicht einschläft. Keine Variation des Tonfalls, keine Leidenschaft, nicht ein einziger Hinweis darauf, dass sein Stoff ihn selbst auch nur im Leisesten interessiert."

Es war keine Überraschung, dass das Schlussfazit des Bewerters über die Eignung von Dr. Knox für Dallas kurz und vernichtend ausfiel: „Ich würde mich lieber foltern lassen, als gezwungen zu sein, noch eine einzige weitere Minute in einem Seminar zu sitzen, das Dr. Edsel Knox hält."

Augustin war fassungslos, dass es tatsächlich jemand aus dem Kollegium von Dallas für nötig befunden hatte, einer Ablehnung ein derart beißendes Urteil beizufügen. Das musste der Endpunkt einer Reihe von abgelehnten Bewerbungen seines Vaters gewesen sein.

Augustin saß da, den Kopf in die Hände gestützt, und es schmerzte ihn für seinen Vater, auch wenn der Mann sein Leben lang einen unerbittlichen Mangel an Emotion gezeigt hatte. Was hatte ihn so grimmig und doch auch so realitätsfremd gemacht, dass er sich selbst nicht wirklich wahrnehmen konnte?

Augustin begann, die Dokumente in die Kiste zurückzulegen, als ihm ein Umschlag auffiel, der den Stempel einer urologischen Praxis trug und gut vierzig Jahre alt war.

„Sehr geehrter Dr. und Mrs Knox,
die beigelegten Ausdrucke bestätigen die unerfreuliche Nachricht, die ich Ihnen in der letzten Woche mitteilen musste. Das Ergebnis von weniger als fünf Millionen Spermien pro Kubikmillimeter des analysierten Materials bestätigt dies eindeutig, denn jeder Wert unterhalb von zwanzig Millionen ist zu niedrig, um fortpflanzungsfähig zu sein. Ich kann Ihnen nur nahelegen, andere Optionen für Ihre Familienplanung in Betracht zu ziehen, und verbleibe mit den besten Wünschen …"

Augustin packte der Zorn. Wie konnte sein Vater nur ihm – und im Lauf der Zeit auch vielen anderen – gegenüber andeuten, dass die Adoption die einzige Option gewesen sei, weil seine Mutter zu zart gewesen sei, um Kinder zu gebären? Es war eine Sache, wenn ein Mann negativ und abstoßend war, aber was konnte ihn so klein und unsicher gemacht haben, dass er seine eigene Unfruchtbarkeit seiner Frau in die Schuhe schieben musste?

Augustin kramte noch einmal unten im Stapel der Dokumente, in dem er den Umschlag gefunden hatte; schließlich fand er eine Mappe mit einem Vermerk in der Handschrift seiner Mutter: „Persönlich und vertraulich."

Augustin riss die Mappe auf und ein Stapel verblichener Zeitungsartikel fiel heraus, alle mehr als sechzig Jahre alt. Eine handschriftliche Notiz in zittriger Schrift und mit der Unterschrift seiner verstorbenen Großtante Gladys besagte: „Marie, Ed darf nie erfahren, dass ich dir die Artikel geschickt habe. Bitte."

Die Überschriften, die Bilder und Bildunterschriften sprangen Augustin geradezu an, nahmen ihm den Atem und ließen sein Herz rasen. Er trat rasch vom Tisch zurück, als wolle er sich vor dem Gift, das diese Geschichte enthielt, in Sicherheit bringen. Vor ihm lag etwas, von dem er wünschte, er hätte es nicht geöffnet, nicht gesehen, niemals zu Gesicht bekommen.

Dies war eine Wendung der Ereignisse, die alles verändern würde, was er über seinen Vater dachte und wusste.

Alles, was Augustin über seine weitere Verwandtschaft wusste, war, dass seine Mutter einen Bruder und eine Schwester hatte, beide verheiratet und mit Kindern, und so gab es die übliche Anzahl von Tanten, Onkeln, Cousins und Cousinen von ihrer Seite. Dr. Edsel Knox hatte nur gelegentlich darüber gesprochen, dass sein Vater Wanderevangelist und später Pastor in Florida gewesen war, bevor er starb, als Edsel noch nicht zwei Jahre alt gewesen war. „Ich muss ja wohl kaum betonen“, hatte er einmal zu Augustin gesagt, „dass ich mich nicht an ihn erinnern kann und nur das weiß, was meine Mutter mir erzählt hat. Meine Tante Gladys, die Schwester meiner Mutter, sagt, er war ein ruhiger und bescheidener Mann.“

Die Frage des jungen Augustin: „Und Großmutter hat nie wieder geheiratet? Du hast keinen anderen Dad gehabt?“ hatte sein Vater mit abwesendem Blick und einem starren Kopfschütteln beantwortet, die Augustin nie vergessen hatte. Sein Schweigen und das rasche Eingreifen seiner Mutter, mit dem sie das Thema wechselte, hatten Augustin verwundert.

Augustins Großmutter war gestorben, als er zehn war, und er hatte nur blasse Erinnerungen an zwei Besuche, die sie bei ihnen, und einen, den sie bei ihr in Florida gemacht hatten. Aber an eines erinnerte er sich ganz klar. Wann immer Großmutter zugegen war, war Augustins Mutter die Einzige gewesen, die lächelte und eifrig bemüht war, alles in höflichen Bahnen zu halten. Sein Vater und seine Großmutter sprachen kaum miteinander, wechselten auch kaum mal einen Blick, und seltsamerweise schien auch Augustin sie kaum zu interessieren. Bei ihrer Beerdigung hatte sein Vater weder geweint noch ein einziges Wort gesagt.

Großtante Gladys war bei ihren wenigen Besuchen ganz vernarrt gewesen in Augustin, schien glänzend mit seiner Mutter auszukommen und begegnete Dad herzlich. Augustin erinnerte sich aber auch undeutlich an ein angespanntes Gespräch, in dem Tante Gladys angedeutet hatte, sein Vater könne ruhig aufmerksamer zu seiner Mutter, also zu Tante Gladys' Schwester, sein. „Sie bedauert es jeden einzelnen Tag ihres Lebens", hatte seine Großtante gesagt.

Mit den Jahren war Augustin sein Vater immer mehr wie eine Waise erschienen. Tante Gladys starb, als Augustin ein Teenager war, und wie es schien, hatte sein Vater jetzt keinerlei familiäre Verbindungen mehr, außer zu seiner Frau und seinem Adoptivsohn.

Und jetzt wusste Augustin, warum. Obwohl sein Vater in keinem der Zeitungsartikel mit Namen erwähnt wurde, war klar, dass er das Kind war, um das es ging – geschützt durch eine sympathische altmodische journalistische Konvention, an die sich heute niemand mehr halten würde. „Der Junge, 9", berichtete ein Artikel, „wurde in die Obhut seiner Tante gegeben, da das Gericht entschieden hat, dass seine Mutter nicht in der Lage war, ihren eigenen Sohn zu schützen, obwohl Wunden und Narben unübersehbar waren." Edsels Mutter war zu einem Jahr Gefängnis und anschließend fünf Jahren Bewährung verurteilt worden; sie hatte das Sorgerecht verloren und nur begrenztes Besuchsrecht.

Augustin stieg das Blut in den Kopf, er konnte nicht still sitzen. Er beugte den Oberkörper vor, stützte sich mit den Handflächen auf den Tisch und schielte auf die Wahrheit, die ihn von den Zeitungsseiten her anschrie. „Oh Gott", betete er. „Oh Gott, oh Gott, oh Gott ..."

Wie es aussah, hatte die Mutter seines Vaters wieder geheiratet, als sein Vater gerade acht geworden war. Nach dem, was die verblichenen Artikel sagten, war der Mann des schweren Kindesmissbrauchs überführt und zu fünfzehn Jahren Gefängnis verurteilt worden. Während er in einer örtlichen Arrestzelle auf seine Überstellung ins Staatsgefängnis von Florida wartete, hatte er sich das Leben genommen.

Augustin setzte sich schließlich doch, überwältigt von Mitleid für das Kind, das sein Vater einmal gewesen war. Den eigenen Vater schon mit zwei Jahren zu verlieren, dann das Eindringen eines Fremden zu erleben und schließlich den Missbrauch …

Wie hätte aus einem so verletzten Kind ein anderer Mann werden können? Aber wie, um Himmels willen, ein Theologe und akademischer Lehrer?

Augustin erwachte achteinhalb Stunden später, verstaute die Kiste seiner Mutter im Kofferraum seines Wagens und startete zu einem raschen Morgenlauf. Er fühlte sich aus dem Tritt geraten und schob es auf die Enthüllungen, die ihn überfallen hatten; aber nach anderthalb Kilometern ging es ihm auf. Zum ersten Mal, so lange er sich erinnern konnte, hatte er den Tag nicht mit einem Gebet begonnen. Aber beim Aufwachen hatte er ein solches Entsetzen und so widersprüchliche Emotionen empfunden, dass er es eilig hatte, sein Tagespensum zu beginnen und zu seiner Mutter zu kommen.

Während er lief, rief er sie an, um ihr zu sagen, sie solle nicht frühstücken, damit sie zusammen irgendetwas essen konnten, wenn er sie abholte. Vierzig Minuten später fuhr Augustin sie auf dem Weg zum Krankenhaus zu ihrem Lieblingsrestaurant.

„August, bestraf mich nicht dafür, dass ich mein Versprechen gehalten habe. Dein Vater war außer sich vor Wut, dass seine Tante mir überhaupt etwas erzählt hatte, und er weiß bis heute nicht, dass ich diese Zeitungsartikel gesehen habe. Aber sie hatte das Gefühl, ich müsste es wissen."

„Warum?"

Marie legte die Gabel aus der Hand, wobei sie Augustins Blick auswich. „Dein Vater und ich hatten uns im ersten Jahr unserer Ehe für ein paar Wochen getrennt."

„Ist das dein Ernst?"

„Ich konnte ihn nicht glücklich machen. Es ging uns gut miteinander, als wir verlobt waren, aber sobald wir verheiratet waren, zog er sich emotional völlig zurück. Ich weiß, du bist damit groß geworden, August, und es tut mir von Herzen leid. Ich wusste nicht, was ich tun sollte, um ihn aus seiner Isolation herauszulocken. Ich schlug vor, dass wir uns Hilfe suchen, mit unserem Pastor reden, mehr unternehmen, etwas an unserem Tagesrhythmus ändern sollten. Er wollte nichts davon wissen; also hinterließ ich eine Nachricht, dass ich bei meinen Eltern sei. Würdest du glauben, dass ich eine ganze Woche lang nichts von ihm hörte?"

„Irgendwie schon, ja."

„Ich war zutiefst beschämt. Ich konnte mir nicht vorstellen, weiter mit ihm zu leben, so wie er war; aber ich würde niemals mein Eheversprechen brechen. Was sollte ich also tun? Ich rief seine Mutter an, die ich bei unserer Hochzeit kennengelernt hatte. Dort war bereits offensichtlich gewesen, dass etwas zwischen ihnen ganz und gar nicht stimmte. Sie sagte nur: „Willkommen in meiner Welt", und legte auf. Der einzige Mensch, den ich sonst noch anrufen konnte, war Tante Gladys. Diese unglaubliche Frau nahm eine Reise von etlichen Hundert Kilometern in Kauf, um mich zu treffen. Ich werde ihr das nie vergessen."

„Und sie hat dir die ganze Geschichte erzählt."

„Sie hat mir auch erzählt, sie habe sich nicht in der Lage gesehen, Edsel zu helfen, also hat sie ihn einfach im christlichen Glauben erzogen, ihn mit zur Kirche genommen und entdeckt, dass er intelligent und wissbegierig war."

„Aber auch immer traurig."

„Und zornig. Ich beschloss, zu ihm zurückzukehren. Er war überrascht, mich zu sehen. Und, wie er sagte, froh, dass er seinen

Vorgesetzten am Seminar nun nicht würde berichten müssen, dass seine Frau ihn verlassen habe. Ich schloss ihn in die Arme und sagte ihm, er könne mir vertrauen, und dass ich ihn immer lieben und für ihn da sein würde." Sie seufzte. „Er sagte: ‚Hoffen wir's. Es wird sich ja herausstellen.'

Er sagte auch, er werde nie wieder mit seiner Tante reden. Ich schalt ihn und sagte, sie liebe ihn doch und habe ihn gerettet und zu dem Mann gemacht, in den ich mich verliebt hatte. Das war das erste und einzige Mal, dass ich erlebt habe, wie er in Tränen ausbrach. Ich dachte zuerst, ich hätte sein Herz erreicht, August, und er hätte plötzlich begriffen, was für ein Engel Gladys gewesen war. Aber ich irrte mich. Er konnte nur schluchzen und wüten, wie er jedes Mal, wenn sein Stiefvater ihn in den Keller oder auf den Dachboden mitgeschleppt hatte, zu Gott geschrien hatte, er solle ihn retten. Er habe abends stundenlang gebetet, sagte er, und sich in den Schlaf geweint, aber Gott hatte nie gehört."

„Wie sehr muss er Gott hassen – bis zu diesem Tag", sagte Augustin. „Wie wurde der Kerl übrigens schließlich überführt?"

„Gladys sah Striemen auf Edsels Rücken und verlangte zu wissen, was los war. Es muss eine wahre Folter für ihn gewesen sein, endlich die ganze Geschichte auszuspucken, denn sein Stiefvater hatte gedroht, er werde ihn und seine Mutter töten, wenn Edsel etwas verraten würde. Dein Vater ließ mich schwören, dass ich es dir nie erzählen würde. Aber nun schien die Zeit reif."

„Ich wünschte, ich könnte mit ihm reden", seufzte Augustin.

„Ich bete, dass er noch einmal zu Bewusstsein kommt", erwiderte seine Mutter. „Ich möchte ihm noch einmal sagen, dass ich ihn liebe. Und ich möchte mich verabschieden."

Marie konnte nicht weitersprechen, und als Augustin seine Hand auf die ihre legte, brach sie in Tränen aus. Als sie die Fassung wiedergewonnen hatte, sagte sie: „Ich habe hin und wieder versucht anzudeuten, dass Gott geantwortet hatte, indem er

Tante Gladys schickte. Aber er sagte, es sei zu spät gewesen. Es war schon zu viel Schlimmes passiert. In meiner Naivität hatte ich tatsächlich erwartet, er werde ein umso besserer Vater sein, eben im Kontrast zu dem, was er selbst erlebt hatte. Aber er war dazu einfach nicht in der Lage."

Augustin schüttelte den Kopf. „Er hätte sich Hilfe suchen und ein besserer Vater sein sollen. Aber ich kann ihm verzeihen. Ich will es jedenfalls. Aber das alles erklärt nicht, warum er immer dir die Schuld dafür gab, dass ihr keine Kinder habt."

„Stell dir vor, wie beschämt er gewesen sein muss. Was für ein schreckliches Bild er von sich selbst hatte."

„Aber es dir in die Schuhe zu schieben, war falsch, ganz eindeutig."

„August, dein Vater mag zwar ein gesetzter älterer Herr sein, aber für mich ist er ein verkümmerter neunjähriger Junge. Ich wünschte, ich hätte zu ihm durchdringen können, erleben dürfen, dass er erwachsen wird, ein reifer Mensch, und auch etwas Freude in seinem Glauben findet. Wenn die Tatsache, dass die Leute dachten, ich sei zu zart, um ein Kind zur Welt zu bringen, ihm eine weitere Beschämung ersparen konnte, dann habe ich das gern in Kauf genommen."

„Man könnte es auch falsche Loyalität nennen, Mom, sogar Ko-Abhängigkeit."

„Ich nenne es Liebe. Er hat mich gewählt, seine Frau zu sein, und Gott hat mich dazu berufen. Es war eine Ehre für mich, beiden zu dienen – all diese Jahre."

„Mom, du bist gigantisch."

„Ich wünschte, es wäre so."

Augustin hatte eigentlich vorgehabt, seine Mutter bis zum Aufzug zu begleiten und sich dann auf den Weg zu machen, aber jetzt hatte er das Bedürfnis, seinen Vater zu sehen – besonders angesichts seiner bevorstehenden Abwesenheit. Angeschlossen an

Apparate, Infusionsschläuche und Pumpen lag da ein anderer Edsel Knox vor ihnen. Sein Haar war dünner geworden, fast durchscheinend, sein Gesicht grau und eingefallen, der ganze Körper knochiger. Wären da nicht das Surren und Klicken der Maschinen und ein Ausdruck mit den Werten für Pulsschlag, Blutdruck und Sauerstoffzufuhr gewesen, hätte man meinen können, der Mann sei tot.

Marie umschloss eine seiner Hände mit ihren beiden und flüsterte: „Guten Morgen, mein Schatz. August und ich sind hier."

Augustin legte seinem Vater eine Hand auf den Kopf und versuchte, ihm direkt ins Gesicht zu sehen, obwohl Edsels Augen geschlossen waren und eine Sauerstoffmaske über seinem Mund lag. Augustin beugte sich vor und legte ein Ohr auf die Brust seines Vaters. Der starke, regelmäßige Herzschlag spendete ihm einen merkwürdigen Trost.

„Bleib noch ein wenig bei uns, Dad", sagte er.

16

Die Reise

Rom im 1. Jahrhundert nach Christus

Auch während der folgenden Wochen verbrachte Lukas seine Tage wieder damit, sich um die Opfer des großen Brandes zu kümmern. Der Schutt wurde allmählich abgefahren, die Behelfslazarette entließen mehr und mehr Patienten nach Hause und die große Stadt kehrte langsam ins Leben zurück. In einigen Vierteln begann der Imperator bereits mit dem Wiederaufbau.

Lukas hatte gehofft, dass sein freiwilliger Hilfsdienst allmählich weniger gefragt sein würde, als man begann, die Schäden zu beheben, und die Massen von Toten endlich begraben waren. Aber nein. Nachdem seine anfängliche Einsatzfreude verebbt war, spürte er jedes einzelne seiner Jahre in den Knochen.

Wenn er abends endlich Paulus aufsuchte, waren seine Beine schwer und sein Atem flach. Er tröstete sich, dass Panthera seinen Gefangenen oft besuchte, wenn er selbst nicht dort sein konnte. Paulus saß jedoch noch immer für den Großteil der Zeit, in der Lukas nicht bei ihm sein konnte, allein im Dunkeln. Und mit Ausnahme der seltenen Gelegenheiten, bei denen andere Wachen kurz ein Licht ins Verlies brachten, um ihm die erlaubten zwei Wassereimer überzuschütten oder den Unratkübel zu leeren, konnte Paulus nichts anderes tun als sitzen, stehen oder die wenigen Schritte machen, die seine schwere Kette zuließ.

Nach dem, was Paulus sagte, schmeckte der kalte Getreidebrei – früh am Morgen und dann wieder gegen vier Uhr nachmittags verabreicht – so übel, wie er roch. „Primus wirft mir ab und zu einen Apfel herunter, der mich durchbringt bis zu deinem Besuch. Primus wirkt irgendwie bedürftig, Lukas, aber er ist auch stolz und lässt sich nichts aufdrängen. Alles, was ich tun kann, ist, ihm zu erzählen, was Christus für mich bedeutet, und ihm das Evangelium zu erklären. Primus macht sich Sorgen um seine Familie und um die Zukunft, und er deutet auch schon mal an, dass er nicht mehr zu den alten Göttern Roms beten kann. Aber er ist auch nicht überzeugt, dass der eine wahre Gott existiert und dass Jesus sein Sohn ist. Vielleicht kann ihn nur etwas Dramatisches überzeugen. Wenn du weißt, was ich meine."

Lukas knurrte missbilligend und ließ sich schwer auf die Steinstufe sinken, während Paulus aufstand und von einem Fuß auf den anderen trat. „Du denkst, er wird bei deiner Hinrichtung dabei sein?"

„Ich möchte ihn darum bitten."

„Ich kann mir nicht vorstellen, dass selbst ein Gefängniswächter unbedingt zusehen möchte, wie ein mächtiger Scharfrichter dir das Haupt vom Leib trennt."

„Hol ihn her, bitte."

„Du willst jetzt mit Primus reden, heute Abend, in meinem Beisein?"

„Gerade in deinem Beisein. Du solltest hören, wie er von dir spricht, Lukas. Er ist beeindruckt davon, wie liebevoll du zu seiner Mutter warst und jetzt zu seiner Frau und den Kindern bist. Und auch von deinem Einsatz für mich. Er sieht daran, was wahre Freundschaft ist und was echte Loyalität eigentlich bedeutet."

Lukas seufzte und schlenderte in Richtung der Deckenöffnung, dann zog er sich umständlich durch das Loch hoch und eilte durch den übel riechenden Gang, wobei er die Rufe, das Stöhnen und die ausgestreckten Hände ignorierte. Als Lukas ihm sagte, Paulus möchte ihn gern sehen, flüsterte Primus: „Ich war schon vorhin bei ihm. Die anderen werden misstrauisch."

„Wenn du denkst, es ist keine gute Idee …“

„Nein, wenn er mich braucht …“ Er winkte einen jungen Wachmann heran. „Bleib hier auf meinem Posten, bis ich zurück bin.“

Unten im Verlies sagte Primus: „Ich kann nicht lange bleiben. Was willst du?“

„Ich möchte dich um etwas bitten. Ich möchte dich bitten, dass du dabei bist, wenn sie mich hinrichten.“

„Ich habe schon etliche Köpfe zu Boden rollen sehen. Es ist ein grausamer Anblick und er hat keine Faszination mehr für mich.“

„Primus, ich möchte einfach wissen, dass mir wenigstens einige unter den Zuhörern Gehör schenken werden. Vielleicht wird das außer dir und Lukas niemand sonst tun. Zu wissen, dass du da sein wirst, würde mir inneren Frieden schenken, Primus. Bitte. Tu es als mein Freund.“

„Ich bin dein Freund, Paulus. Aber gerade deshalb möchte ich lieber dein Ende nicht miterleben.“

Lukas nickte. „Genauso empfinde ich auch.“

„Die beiden einzigen Freunde, die ich in Rom habe, wollen mich in meiner schwersten Stunde verlassen und mir diesen kleinen Freundschaftsdienst verweigern?“

Lukas machte sich am Docht der Lampe zu schaffen. „Für dich mag es als kleiner Dienst erscheinen. Für mich ist es ein großes Opfer. Ich könnte dich nie im Stich lassen. Ich wünschte aber, du könntest verstehen, was für eine schreckliche Verpflichtung du mir da auferlegst.“

Paulus bewegte sich langsam, die Kette in den Händen, und setzte sich neben Lukas. „Ich bin nicht völlig ohne Einfühlung“, sagte er und legte dem Arzt seinen Arm um die Schulter.

„Nicht völlig. Aber du musst zugeben, dass deine Liebe zur Wahrheit und dazu, sie auszusprechen, oft einem friedlichen Miteinander im Weg steht.“

„Brauchst du mich noch hier?“, unterbrach sie jetzt Primus. „Auch wenn es zweifellos sehr unterhaltsam ist, zuzuhören, wie alte Freunde streiten ...“

„Verzeih uns“, rief Paulus. „Ich wünsche mir nur dieselbe Zusage von dir, wie ich sie von meinem Mitarbeiter hier erhalten habe.“

Primus räusperte sich, sichtlich gerührt. „Ich würde dich lieber nicht sterben sehen“, sagte er dann, „aber wenn du wünschst, dass ich dabei bin, dann werde ich da sein.“

Am Abend in seiner Kammer angekommen, widmete Lukas sich wieder den Pergamenten. Die Lektüre zeigte ihm seinen alten Freund in einem ganz neuen Licht und enthüllte die Geschichte und die Ansichten des Mannes, den er so gut zu kennen glaubte. Aus irgendeinem Grund hatten sie in all den Jahren und trotz der vielen Meilen, die sie gemeinsam zu Fuß, zu Pferd oder mit dem Schiff zurückgelegt hatten, nie über diese Dinge gesprochen. Lukas steckte sich einen Happen Brot in den Mund und machte es sich bequem, um weiterzulesen.

Mein Vater und ich würden mit Dutzenden von Kamelen, ihren Treibern und deren Sklaven auf dem Landweg zunächst nördlich und dann westlich des Mittelmeers bis nach Issus reisen, nahe der Südgrenze unserer Provinz. Von dort würden wir den mühsamen Aufstieg über den Gebirgspass der Syrischen Pforte beginnen, der schließlich nach Antiochia führte.

Wir verabschiedeten uns tränenreich von meiner Mutter und Schoschanna – die tatsächlich sagte, sie werde mich vermissen. Ich empfand dasselbe, konnte mich aber nicht überwinden, es auszusprechen. Aber ein Blick in ihre Augen verriet mir, dass sie wusste, was ich empfand.

Ich war der Einzige in der großen Reisegruppe, der jünger war als zwanzig Jahre. Man gab mir nicht nur keine Aufgaben, sondern ermahnte mich des Öfteren, mich von den Sklaven und ihren

Herren fernzuhalten. Mein Vater erklärte mir, dass die Karawaneninhaber jeden Tag ein festgelegtes Ziel erreichen mussten, damit die Reise einen Gewinn abwarf, und dass sie natürlich erfolgreich sein wollten.

Neben den Kamelen, die jeweils nahezu tausend Pfund an Nahrungsmitteln, Wasser und Wein schleppten, gab es Pferde, die die Sklavenbesitzer ritten. Sie sorgten dafür, dass die gewaltigen flachen Ochsenkarren auf der gepflasterten Straße, die für das Militär gebaut worden war, nicht kippten.

Mein Vater sagte, die Tiere könnten wohl mehr als dreißig Meilen am Tag zurücklegen, aber die Wagen verlangsamten die ganze Karawane auf Fußgängertempo. Da die Spurrinnen und Furchen der Straße die Waren hin- und herschleuderten, mussten die Sklaven die Ladung jedes Mal neu sichern, wenn der Zug hielt, damit die Fahrer die Achsen mit Tierfett schmieren konnten. Es war eine langsame Reise.

Die Wagen trugen Zelte in hohen Stapeln, aus denen Käufer sich leicht eine Auswahl zusammenstellen konnten, vorausgesetzt, die einzelnen Stücke blieben aufeinander liegen und glitten nicht zu Boden, wenn die Wagen sich zur Seite neigten. Mein Vater war so einfallsreich gewesen, die Sklaven auf zwei Wagen zuoberst einige Zelte laden zu lassen, die wir leicht als Nachtbehausung nutzen und am nächsten Morgen rasch wieder abbauen konnten. Das ermöglichte es uns, nachts nur für uns zu sein und zudem bequem zu schlafen – so bequem, wie es in diesem unfruchtbaren und staubigen Gelände eben möglich war.

Ich war so begeistert und voller Energie, dass ich, kaum dass wir aufgebrochen waren, überall herumwirbelte und natürlich den Kamelen und Pferden in die Quere kam. Neben der acht Fuß breiten gepflasterten Straße liefen Fußpfade, und während mein Vater sich auf diesen hielt, lief ich voraus und wunderte mich, warum wir nicht schneller vorankommen konnten. In diesem Tempo würde es ewig dauern, auch nur bis nach Syrien zu kom-

men, von Damaskus ganz zu schweigen. Und Jerusalem … Jerusalem war noch etliche Tagesreisen weiter.

Ungefähr alle tausend Schritte gab es am Wegrand große, massive Steine, die, wie mein Vater sagte, etwa eine Meile weit auseinander standen. Alle zwanzig oder dreißig Meilen sahen wir eine Schenke – die meisten davon wirkten sehr einladend. Aber weil wir mit so vielen Personen reisten, nutzten wir lieber die Zelte meines Vaters, als für eine Übernachtung zu zahlen.

Das Schlimmste an der Reise war schlichte Langeweile. Es gab für mich kaum etwas zu tun, außer neben der langsamen Karawane herzulaufen oder auf einem der schaukelnden Wagen zu sitzen und zu versuchen, nicht herunterzufallen.

Wenn ich mich beschwerte, erinnerte mein Vater mich an die Schriftrollen und an meine Verantwortung, meine Aufgaben für die Schule nicht zu vernachlässigen: nämlich das Gesetz und die Schriften auswendig zu lernen. Auf dem hin- und herschwankenden Wagen zu lesen, war nicht leicht, aber mein Vater bastelte mir einen Sonnenschutz, und ich musste nur noch dafür Sorge tragen, dass ich an Bord blieb und die Schriftrolle mir nicht aus der Hand fiel.

Einen großen Teil meines späteren Lebens – Tausende von Meilen – würde ich auf Reisen verbringen, und daher bin ich dankbar, dass ich bereits früh lernte, die Zeit zu nutzen, indem ich sie mit interessanten Gesprächen, Gebet und mit Lesen und Studieren füllte.

Alle anderen aus unserer Reisegesellschaft, allesamt keine Juden, schienen fasziniert, aber auch amüsiert darüber, dass wir dreimal am Tag eine Pause einlegten, um unsere Gebete zu sprechen, das erste bereits in der Morgendämmerung. Mein Vater und ich legten uns die Tefillin – die Gebetsriemen mit den Kapseln, die Auszüge aus den Heiligen Schriften enthielten – auf die Stirn, wanden die Lederriemen um unsere Oberarme und hüllten uns in einen Gebetsschal.

Als sich die zweite Woche unserer Reise dem Ende zuneigte, war ich so gelangweilt, dass ich fürchtete, verrückt zu werden. Ich musste mir selbst immer wieder vor Augen halten, dass der Grund für diese Strapaze … Jerusalem war – Jerusalem, das mir inzwischen fast als Trugbild erschien. Aber ich hielt mich einfach an die Hoffnung, dass ich den großen Tag erleben würde, an dem wir dort ankommen würden – und an dem ich alles mit eigenen Augen sehen würde, was ich über die Heilige Stadt gehört hatte.

17

Neun Millimeter

Texas

Donnerstag, 8. Mai, 8.50 Uhr

Nur wenige Minuten bevor die Abschlussklausur in Griechisch beginnen sollte, stellte Augustin den Wagen auf dem Parkgelände des Seminars ab. Viel lieber, als die Prüfung abzunehmen, hätte er sie selbst abgelegt. Griechisch war ihm sozusagen zugeflogen und es war ein Fach, in dem er immer Bestleistungen gebracht hatte.

Auf dem Weg ins Gebäude, auf dem er innerlich alles Revue passieren ließ, was er bis zu seinem Flug am Freitag noch erledigen musste, erreichte ihn ein Anruf von Sofia aus Athen.

„Augustin, ich bin sehr beunruhigt. Die letzte SMS von Roger besagte, es gebe da etwas, was er für dich hinterlegen würde – alles, was du wissen müsstest, falls ihm selbst etwas zustoßen würde. Augustin – wo kann er sich da nur reingeritten haben?"

„Wenn ich nur schon dort wäre", erwiderte Augustin und erzählte ihr, dass Roger auch eine Waffe für ihn organisiert hatte.

„Was für ein beruhigender Gedanke, dem ich mich jetzt den Rest des Tages widmen kann", schnappte sie zurück.

„Also, wo finde ich diese Informationen, wenn ich Roger selbst nicht ausfindig machen kann?"

„Er wollte nicht, dass ich es dir übers Telefon oder per SMS mitteile", sagte Sofia.

„Also kommst du nach Rom? Ich weiß ja, dass du ziemlich risikofreudig bist, aber ich möchte nicht dafür verantwortlich sein …"

„Augustin, Roger ist auch mein Freund. Wenn ich komme, kenne ich das Risiko."

„Ich muss jetzt in mein Seminar."

„Nur noch kurz: Der Typ, den mein Vater für den Job eingestellt hat, den du nicht wolltest, Dimos Fokinos …"

„Dein Vater hat mir von ihm erzählt. Er ist alles, was ich nicht bin. Hinreißend, ehrgeizig …

„Egal … jedenfalls versucht mein Vater, uns zusammenzubringen."

„Du und Dimos? Na, großartig."

„Er ist brillant, das muss man ihm lassen. Er schätzt das Alter eines Fundstücks und untersucht es dann, um herauszufinden, wie nah er dran lag. Ziemlich beeindruckend."

„Hm-mmmh."

„Augustin, du musst dir keine Sorgen machen. Du weißt ja: Ich habe mich schon entschieden."

Das Griechischexamen verlief ohne besondere Zwischenfälle und Augustin war innerlich mit dem Gespräch mit Les Moore beschäftigt, das anschließend auf ihn wartete. Er deponierte die Klausurbögen in seinem Büro. Sobald er in Les' Büro trat, erhob sich der Mann und zog sein Jackett an.

„Oh, das ist sicher nicht nötig", sagte Augustin. „Ich komme einfach als Freund mit ein paar …"

„Dr. Knox, im Ernst: Freunde sind wir ganz gewiss nicht."

„… etwas, nun ja, schwierigen Anliegen."

„Wenn Sie mich bitten wollen, die Gehaltsreduzierung noch einmal zu bedenken …"

„Nein. Ich akzeptiere sie."

„Gute Idee! Sie schieben von uns allen die ruhigste Kugel."

„Nicht so voreilig", sagte Augustin. „Wenn Sie hören, was ich möchte, werden Sie Ihr Angebot vielleicht zurückziehen wollen. Dr. Moore, ich werde morgen Vormittag ein Flugzeug nach Rom besteigen ..."

„Ganz sicher meinen Sie nicht morgen Vormittag", sagte Les und wanderte mit dem Zeigefinger über seinen Kalender. „Morgen Vormittag haben Sie noch zwei Prüfungen abzunehmen, von dem Sommerkurs, der nächste Woche beginnt, einmal abgesehen."

„Darüber ..."

„Nein. Was auch immer Sie wollen – nein. Dieses Budget kostet uns Personal, Dr. Knox. Wir werden so wenig Mitarbeiter haben wie noch nie und wir können es uns nicht erlauben, dass Sie sich in der Welt herumtreiben, um ..."

„Les, tut mir leid, aber bitte: Sie müssen meine Examensgruppen morgen übernehmen ... und auch die ersten Tage des Sommerkurses, falls mir irgendetwas dazwischenkommt und ich nicht rechtzeitig zurück bin."

„Das kann nicht Ihr Ernst sein! Nein, das kann ich nicht."

„Dann werden Sie irgendjemand anderen finden müssen, der es kann. Es muss ja niemand aus dem Fachbereich sein, nur jemand, der dabeisitzt und dann die Klausurbögen einsammelt."

„Was haben Sie denn in Rom so Dringendes zu erledigen?"

„Ich bin leider nicht befugt, darüber ..."

„Aber Sie glauben, ich lasse alles stehen und liegen, mache mir und, nebenbei gesagt, auch anderen alle möglichen Umstände, damit Sie mal wieder auf Reisen gehen können? Was, um Himmels willen, kann denn wohl bloß so wichtig sein?"

Augustin lehnte sich zurück und seufzte. „Ein wirklich guter Freund von mir braucht mich. Ein Reiseführer, mit dem ich schon jahrelang zusammenarbeite. Mehr kann ich nicht sagen."

„Kenne ich ihn? War er bei dieser Reise dabei, die ich vor ein paar Jahren nach ..."

„Israel, ja! Roger Michaels."

„Was ist sein Problem?“

„Alles, was ich weiß, ist, dass er mich braucht und dass ich fliegen werde. Ich bin zurück, sobald ich kann.“

„Michaels, ja. Kein Christ, oder?“

„Was um alles in der Welt hat das denn damit zu tun, dass …“

„Ich meine ja nur.“

„Wir sollen nur dann für unsere Freunde da sein, wenn sie zufällig auch unseren Glauben teilen, meinst du das?“ Augustin sprang auf. „Behalte den Vertrag!“

„Jetzt mach mal halblang, Augustin. Ich hab doch nur eine Tatsache festgestellt.“

Augustin ließ sich wieder in den Stuhl fallen. „Gemerkt, Les? Gemerkt, wie einfach es war, mich wieder ‚Augustin‘ zu nennen? Können wir nicht einfach in Ruhe darüber reden? Damit wir uns richtig verstehen: Wenn mein jetziges Weggehen mich alles kostet, was ich hier liebe, dann … dann soll es eben so sein. Aber jetzt bitte ich dich, als meinen Vorgesetzten, dass du mir hilfst, einen Weg zu finden, der akzeptabel ist.“

Les Moore verschränkte die Arme vor der Brust und starrte vor sich hin. „Sie sind mir dann etwas schuldig, Dr. Knox. Keine Scherereien mehr, keine Vertretungsanträge für Ihre Kurse. Und, nun, die Gattin und ich hätten auch nichts dagegen, auf eine Ihrer Reisen in diesem Sommer eingeladen zu werden.“

„Ich habe Sie schon seit Jahren gefragt. Wir übernehmen die Kosten für alle, die bereit sind, auch selbst Gruppen zu führen.“

„Es wäre uns eine Freude, das zu tun.“

„Dann sind wir uns also einig im Blick auf morgen und nächste Woche?“

„Aber Sie sind spätestens übernächsten Sonntag zurück.“

„Ich wünschte, ich könnte es Ihnen versprechen“, verabschiedete sich Augustin.

Auf dem Parkplatz des Wildfire Gun Shop legte Augustin seine mit den Klausurbögen vollgestopfte Aktentasche in den Kofferraum neben die „Schatz"-Kiste seiner Mutter und schloss den Wagen ab. Der Laden war in einem niedrigen, in Kühlgrün gestrichenen Betonbau untergebracht. Er hörte das *peng, peng, peng* vom Schießstand an der Rückseite des Gebäudes und zu seiner Überraschung auch von innen. Eine attraktive Frau mit grauen Haaren, die ihr bis zur Taille reichten, stellte sich als Katrina und als Frau des Inhabers vor und erklärte, es gebe auch einen Schießstand *im* Gebäude, „denn in der Mittagshitze will niemand draußen in der Sonne schießen. Außer mir, vielleicht. Mir macht Hitze nichts aus."

Augustin sagte, er brauche ein wenig Training im Gebrauch einer Neun-Millimeter Smith & Wesson, die in Rom auf ihn wartete.

„Gute Idee", sagte sie, „denn sonst müssten Sie so viele Hürden nehmen, um die Waffe bei sich tragen zu dürfen, dass es sich wohl kaum lohnen würde. Diese hier ist eine Parabellum."

„Gut. Aber … was bedeutet das?"

„Oh, es besagt etwas darüber, welche Munition man benutzen muss. Und es wird zwanzig Minuten dauern, Ihnen alle Sicherheitsvorschriften zu erläutern – wie man sie lädt, entsichert, zielt, den Abzug bedient und so weiter. Dann können Sie zwei Runden im Schießstand üben. Muss Ihnen aber leider dafür eine Gebühr berechnen. Nicht für das Training, nur für die Kugeln – billige Übungsmunition. Wenn Sie die Waffe da drüben zur Selbstverteidigung brauchen, sollten Sie Hohlspitzgeschosse mit hoher Geschwindigkeit verwenden."

Augustin notierte sich ein paar Einzelheiten. „Wie können Sie das hier umsonst machen?"

Katrina lachte mit einem kehligen Glucksen. „Sie kommen nicht mehr davon los, junger Mann. Und über kurz oder lang sind Sie wieder da und suchen nach Ihrer eigenen Waffe, Munition, Ohrenschützern, Halfter. Ich werd' schon noch an Ihnen verdienen, glauben Sie mir."

Sie ging hinter eine Glasvitrine, nahm die Neun-Millimeter heraus und zeigte ihm, wie er sie handhaben musste: von der korrekten Lage der Waffe in der Hand über die Entscheidung, mit welchem Auge er zielen wollte, bis hin zum richtigen Trockentraining. Als sie schließlich überzeugt war, er wisse jetzt, wie man die Pistole lud und sicher handhabte, reichte sie ihm ein Paar Ohrenschützer, die, wie er besorgt bemerkte, schon Dutzende andere vor ihm benutzt haben mussten. Sie rüstete sich auch selbst mit Ohrenschützern aus und bedeutete ihm, ihr zu folgen. „Okay, wenn wir draußen schießen?"

Augustin fand die Waffe laut und explosiv. Eine halbe Stunde später hatte er vier Zehn-Schuss-Magazine geleert. *O Gott, bewahre mich davor, so ein Ding je benutzen zu müssen.*

„Jetzt wissen Sie genug, um sich verteidigen zu können", meinte Katrina strahlend. „Aber nicht vergessen: Die Cops – hier oder auch in Rom, schätze ich – brauchen im Durchschnitt zwanzig Minuten. Reaktionszeit einer Neuner Parabellum ist etwa dreihundert Meter pro Sekunde. Also, falls ein Angreifer Sie ins Visier nimmt, sorgen Sie dafür, dass er durch einen Kugelhagel muss. Wenn er Sie erwischt, sollte Ihre Waffe besser leer sein."

13.00 Uhr

Augustin war im Krankenhaus, aber innerlich war er bereits in Rom. Er saß mit seiner Mutter beim Mittagessen, und sie wollte sich mit ihm unterhalten. „Ich hätte dir früher von deinem Vater erzählen sollen", sagte sie. „Es hätte zumindest zwischen uns vieles ein wenig leichter gemacht."

„Was ich nicht verstehe", sagte Augustin, „ist, warum er sich nie Hilfe gesucht hat. Er ist ein kluger Kopf, hochgebildet – er hätte doch wissen können, dass er mit professioneller Hilfe die Sache hätte bewältigen können. Wenigstens hätte er Freude daran finden können, wie er lebte. Weißt du, ob er noch immer zornig ist auf Gott?"

„Ich fürchte schon. Es ist nicht die Frage, ob er glaubt oder nicht. Er glaubt, was er studiert und lehrt, aber ich weiß, dass der kleine Junge in ihm noch immer darüber grollt, dass seine Gebete nicht gehört wurden, wie er es empfindet. Ganz im Ernst, August: Das ist etwas, was ich selbst nicht verstehe. Zuzulassen, dass ein wehrloses Kind dermaßen missbraucht wird ..."

„Ja, das geht auch für mich nicht auf. Ich weiß, Gott ist geheimnisvoll, aber ich glaube auch, dass er allwissend ist und allmächtig. Ich möchte nicht so tun, als könnte ich akzeptieren, dass er so etwas zulässt."

„Vertrauen ...", sagte seine Mutter, „Vertrauen ist das Schwerste am Glauben. Und das Einzige, was ich tun konnte, war, ein Mensch zu sein, der deinen Vater liebte und für ihn da war – trotz allem."

Während sie gemeinsam zur Intensivstation zurückgingen, sagte Augustin: „Ich fliege morgen früh, weißt du. Keine Ahnung, wann ich wieder da bin."

Sie nickte. „Ich komme gut zurecht. Kümmere du dich nur um Roger."

18

Überwältigt

Syrien im ersten Jahrhundert nach Christus

Aus den Lebenserinnerungen von Paulus

Der zerklüftete Gebirgspass, den man die Syrische Pforte nennt, war vielleicht nicht der längste Abschnitt unserer Reise, aber er erwies sich als der mühsamste. Mein Vater sagte, die Römer hätten die Straße besser in Serpentinen gebaut, um die Steigung zu vermindern, aber wie es schien, hatten sie lieber an Material und Geld gespart und den Weg so steil gemacht wie nur irgend möglich. Männer und Tiere stemmten sich keuchend gegen die Steigung und zwangen sich zu jedem weiteren Schritt. Es war, als hätte man sie gewarnt, dass ein Stehenbleiben, und sei es auch nur, um Atem zu schöpfen, sie unweigerlich in den hinter ihnen liegenden Abgrund zurücktaumeln lassen würde.

„Sie scheinen so versessen darauf, in Issus anzukommen", sagte ich, „und dabei geht es danach doch noch viel weiter, von Antiochia nach Damaskus."

„Und wir", stimmte mein Vater ein, „wir müssen dann eine fast noch einmal so lange Strecke zurücklegen, um nach Jerusalem zu kommen." Er wies in die Ferne, um zu erklären, woher die mehr als fünftausend Morgen Land frisches Wasser erhielten – von einem Vorort im Süden von Antiochia, der nach der Nymphe Daphne benannt war.

„Ich habe gehört, wie ein paar der Karawaneneigner darüber sprachen, dass sie diesen Ort besuchen wollen", sagte ich.

„Du und ich, wir werden uns davon fernhalten", sagte mein Vater. „Sie vollziehen dort Riten zu Ehren des Gottes Apollo."

„Aber wir ehren den einen wahren Gott."

„So ist es, Saulus. Apollo ist ein Mythos und ich wage zu behaupten, die meisten Griechen wissen das auch. Und trotzdem verehren sie ihn. Du kennst die Gebote. Es ist gefährlich, irgendjemandem Verehrung zu zollen, außer Gott, dem Lebendigen."

Ich konnte kaum noch die Augen offen halten, als wir schließlich vor den Toren von Antiochia ankamen. Nach meiner Zeitvorstellung musste es mitten in der Nacht sein. Solange mein Vater noch wach war, fühlte ich mich sicher; aber nachdem alle Zeichen dafür sprachen, dass er eingeschlafen war, lag ich im Dunkeln, starrte an die Zeltwand und erschrak bei jedem unbekannten Geräusch, das durch die Nacht klang.

Am Abend hatten wir unsere Gebete gesprochen, aber ich spürte noch immer eine Sehnsucht nach einer Begegnung mit dem Gott, der Himmel und Erde geschaffen hatte, dem Gott Abrahams, Isaaks und Jakobs. Die Großen, von denen die Schriften berichteten, hatten mit ihm geredet, waren mit ihm auf dem Weg gewesen. Warum konnte ich nicht dasselbe erfahren?

Es kam mir merkwürdig vor, den Ewigen mit den formellen Gebetsformeln anzusprechen, die unsere Gebetszeiten bestimmten; aber ich trug in mir auch die Zuversicht, er werde es einem Kind wohl nachsehen. Ich wagte es nicht einmal zu flüstern, aus Angst, meinen Vater zu wecken, aber ich betete schweigend und aus tiefstem Herzen: Großer Gott und Schöpfer, ich habe Angst. Gib mir Mut wie Jakob und Kraft wie David. Und bitte, antworte mir. Zeig mir, dass du mich hörst und dass du bei mir bist.

Gott sprach nicht zu mir, aber mir genügte meine Schläfrigkeit als Antwort. Dass ich trotz meiner Angst schlafen konnte, bedeutete vielleicht, dass Gott mir tatsächlich Mut verliehen hatte. Ich fühlte mich nicht mutiger, aber ich sank in den Schlaf.

Als die Morgensonne sich ihren Weg durch die schmalen Schlitze und Öffnungen des Zeltes bahnte, blieb mein Vater noch ruhig und leise schnarchend liegen. Ich kroch aus dem Zelt und erleichterte mich in der Abgeschiedenheit eines Gebüschs, dann schlenderte ich zurück zu dem Platz, an dem die Wachen um ein kleines Feuer saßen, in dem sie Brot und Streifen von Fleisch rösteten, das ich nicht kannte.

Einer der Wachleute wies auf den Kessel und sagte: „Komm, bedien dich."

Als ich zögerte, riss er ein Stück von seinem Brot ab, tauchte es in den Kessel und reichte mir den Bissen, an dem auch etwas Fleisch haftete. Ich muss hungriger gewesen sein, als mir bewusst war, denn mir lief beim ersten Bissen das Wasser im Mund zusammen. Der Mann beachtete meine Dankesworte nicht und wandte sich wieder seinen Kameraden und ihrem Gespräch zu; also spazierte ich zu einem Felsvorsprung, von dem aus ich einen Blick über Antiochia hatte.

Während die große Stadt sich vor meinen Augen ausbreitete und die Sonne gegen die Kühle des Morgens ankämpfte, stieg ich auf einen Felsbrocken und war plötzlich überwältigt. Ich hätte nicht sagen können, was mich so anrührte, aber als ich hinter den Stadtmauern die in der Morgensonne glänzende Stadt sah, empfand ich etwas, das ich damals nicht in Worte fassen konnte und auch noch heute nicht beschreiben kann. Es war nicht die Größe dieser Stadt – obwohl ich wusste, dass nur Rom und Alexandria größer waren. Nein, es war etwas anderes, etwas Persönliches.

Von meinem Aussichtspunkt aus konnte ich die Mauer sehen, die die gesamte Metropole umgab, und auch die vier Stadtviertel von Antiochia, die ebenfalls jeweils von einer Mauer umgeben waren. Mein Vater hatte mir versprochen, dass wir die Stadt besichtigen und auch die Aquädukte, Bäder, Arenen und Tempel anschauen würden.

Ich konnte es kaum erwarten und doch konnte ich mich kaum bewegen. Irgendetwas war an diesem Ort, das, so kam es mir vor, in meine Seele Einzug hielt. Es war, als ob Gott selbst mir einprägen wollte, dass dies nicht das letzte Mal war, dass ich Antiochia sah, dass dies nur eine Einführung war, egal, wie viel ich heute mit meinem Vater noch von der Stadt sehen würde. Ich kann es nicht erklären. Ich wusste einfach tief in mir, dass Antiochia in Syrien ein Ort war, der für mich wichtig werden würde.

Ich schreckte auf, als ich hinter mir eine Stimme hörte. Mein Vater flüsterte: „Antiochia, die Schöne."

Wir nahmen den Weg hügelabwärts in die Stadt und fanden uns bald auf der Hauptstraße wieder, die auf beiden Seiten von überdachten Säulengängen gesäumt war. Ich war stark versucht, meinem Vater von dem seltsamen Empfinden zu erzählen, das dieser Ort in mir wachrief und das mit jedem Schritt noch zunahm. Was war an dieser Stadt, dass sie mich so anzog? Ich konnte mir keinen Grund vorstellen, warum sie in meiner Zukunft eine Rolle spielen sollte, da ich doch in einer Rabbinerschule in Jerusalem studieren würde. Wollte Gott mir sagen, dass dies der Ort war, für den ich einmal einen Auftrag erhalten würde?

Mein Vater wies mich auf einige Statuen und Plastiken hin, die Tyche, *die Göttin der Stadt, zeigten. „Es ist griechisch und bedeutet Glück", sagte er, „auf Lateinisch* Fortuna. *Wie es aussieht, ist das alles, wonach die Leute hier fragen: Wohlstand. Für den Gott unserer Väter ist hier kein Raum."*

War es möglich, dass ich dazu bestimmt war, eines fernen Tages die Wahrheit der Thora nach Antiochia zu bringen? Der Anblick und die Gerüche und Geräusche dieser Stadt verfolgten mich noch tagelang, während unsere Karawane sich langsam südwärts in Richtung Damaskus bewegte. Meine Faszination wuchs noch immer, obwohl die Stadt bald aus unserem Blick verschwunden war. Mein junges Leben hatte sich bisher um die Heiligen Schrif-

ten gedreht, um uralte Texte und Lehren und Gesetze. Aber jetzt rief etwas Instinktives nach mir. Was das war, war mir keineswegs klar.

Seltsamerweise überfielen mich dieselben starken Empfindungen, als wir uns etliche Tagesreisen weiter allmählich Damaskus näherten. Was geschah hier? War das Gott, der mich zu etwas Bestimmtem rief? Ich brachte es nicht über mich, meinem Vater zu erzählen, was in mir vorging. Schließlich hatte er mir ebenso wie der Rabbi gesagt, ich solle mich auf meine Studien konzentrieren und nicht darauf, eine persönliche Freundschaft mit dem Schöpfer anzustreben. „Das war etwas für jene großen Männer, die Erzväter, und geschah nur zu ihrer Zeit. Unsere Aufgabe ist es, die Wahrheit der Thora zu kennen und zu verstehen und sie in unserem täglichen Leben umzusetzen."

Die ganze Zeit hatte ich mich mit meinen tiefen Empfindungen und Gedanken über Antiochia allein gefühlt. Jetzt war ich gespannt auf Damaskus und genoss es, alles zu erfahren, was mein Vater über die Stadt wusste. Aber ich erwartete keineswegs, dass Damaskus auf mich dieselbe Wirkung haben würde wie Antiochia.

Ich hätte mich nicht gründlicher irren können. An diesem heißen Vormittag hatten wir Damaskus schon seit ein paar Stunden vor Augen gehabt, aber als wir die Stadt schließlich erreichten, war ich überwältigt. Sie lag etwa fünfzig Meilen von der Mittelmeerküste entfernt am Südufer des Flusses Barada.

Wie mein Vater sagte, war Damaskus vollständig von Mauern umgeben, die, so schien es aus der Ferne, im Norden und Osten mit Befestigungsanlagen verstärkt waren. Als wir näher kamen, konnte ich sehen, wie massiv diese Schutzwälle waren.

Während die Karawane nah vor den Toren lagerte, machten mein Vater und ich uns rasch auf den Weg in die Stadt. Ich hielt mich nah bei ihm, die hoch aufragenden Festungswälle hielten meinen Blick gefangen.

„Wie wär's mit Brot und Obst als Mittagsmahl?", fragte mein Vater. Ich lächelte und nickte nur, während ich ihm in eine Straße folgte, die die Gerade hieß.

Dieselbe unwillkürliche Betroffenheit, die mich schon in Antiochia erfasst hatte, durchströmte mich. Auf seltsame Weise fühlte ich mich zwar dem Gott, den ich aus den Schriften kannte, fern, hatte aber zugleich den Eindruck, dass das nicht mein Fehler war. Ich wusste nicht, was ich tun konnte, um ihm näher zu kommen. Ich liebte die Geschichten, in denen er zu den Helden meines Glaubens redete. Aber mir blieb nichts anderes übrig, als meinen Lehrern zu glauben, dass Gott heute nicht mehr auf diese Weise zu Menschen sprach, und mich damit zu trösten, dass weder mein Vater noch mein Rabbi noch irgendjemand sonst, den ich kannte, die göttliche Nähe erfahren hatte, von der in den heiligen Texten die Rede war. Bis ich aber meine sonderbaren Empfindungen angesichts der Stadt auf Gott zurückführte, sollte es noch viele Jahre dauern.

Mein Vater musste etwas bemerkt haben. „Beschäftigt dich etwas?", erkundigte er sich. Ich schüttelte den Kopf und spürte sofort Gewissensbisse wegen dieser Unwahrhaftigkeit. „Ich glaube, ich habe Heimweh. Mutter und Schoschanna fehlen mir."

„Mir fehlen sie auch. Aber heute Abend sind wir bei Samuel eingeladen, einem meiner Kunden. Bestimmt wird es uns guttun, wieder einmal in einem richtigen Heim zu sein."

Der Händler, der Waren meines Vaters kaufte, erwies sich als nur wenig jünger als mein Vater. Die Quasten an seinem Unterkleid verrieten mir, dass er auch Jude war. In einem jüdischen Heim würden uns die Gepflogenheiten und Rituale vertraut sein, und ich musste nicht befürchten, unangenehm aufzufallen.

Samuels Blick hellte sich auf, als er mich sah, und er fragte, ob ich schon volljährig sei und Bar-Mizwa gefeiert hätte.

„Jawohl", antwortete ich.

„Für meinen David – der Älteste von unseren fünfen – ist es in zwei Monaten so weit, und ich fürchte, er ist mit seinen Studien hoffnungslos hinterher. Vielleicht kannst du ihn ein wenig dafür begeistern."

Mein Vater legte mir liebevoll die Hand auf die Schulter und sagte: „Saulus wird das sicher sehr gern tun."

Nachdem die geschäftlichen Angelegenheiten erledigt waren, begleiteten wir Samuel, der unsere Pferde führte, zu seinem Haus, das eine knappe Meile entfernt lag. David, der zwar etwas jünger, aber größer und kräftiger war als ich, stellte sich und seine Geschwister vor. Seine Mutter, eine attraktive Frau, kündigte an, das Essen werde in einer Stunde fertig sein.

David schlug vor, mir etwas von der Stadt zu zeigen.

„Ich frage wohl besser meinen Vater."

„Du musst fragen?", erkundigte er sich.

„Zumindest sollte ich es ihm wohl sagen", gab ich zurück und schon wieder plagte mich mein Gewissen. Es war nie so, dass ich meinem Vater einfach etwas mitteilte. Ich bat ihn um Erlaubnis. Aber das wollte ich nicht zugeben, auch wenn ich mich selbst dafür hasste. Als mein Vater ohne zu zögern zustimmte, fühlte ich mich noch schlechter.

Ich beschloss, nicht noch einmal zuzulassen, dass dieser Junge mich so beeinflusste. Ich war ganz durcheinander, aber bis ich zu David zurückkam, hatte ich mir selbst versichert, dass es hier um mich ging, um meinen Charakter, um meine Entschlossenheit. Vielleicht machte ich mir für einen Jungen meines Alters zu viele Gedanken, aber was immer mir in intellektueller Hinsicht einen Vorsprung vor meinen Altersgenossen verschafft hatte, wirkte sich jetzt auch auf mein Verhalten aus. Von nun an würde jede Entscheidung, die ich traf, meine eigene Entscheidung und von niemandem sonst beeinflusst sein. Wurde ich etwa zu schnell erwachsen und nahm die Sache zu ernst? Vielleicht. Aber dies war ohne Zweifel ein wichtiger Moment in meinem Leben.

Ich folgte David hinaus auf die Straße und in Richtung des Stadtzentrums. Nach einer Weile bückte er sich, nahm einen ziemlich großen Stein vom Boden auf und schleuderte ihn mit Kraft über das Dach eines der flachen Wohnhäuser hinweg. Ich blieb stehen. „Landet der dann nicht in der Straße dort unten?“

„Natürlich, das soll er ja. Aber es hat nicht geklappt. Sonst hätten wir Rufe oder Schreie gehört – oder am besten Flüche. Dann weißt du, dass du einen Esel getroffen hast und ein Wagen außer Kontrolle geraten ist.“

„Und das findest du lustig?“

„Es ist wahnsinnig komisch. Versuch's auch mal.“

„Ich würde nie riskieren, dass jemand verletzt wird.“

„Es wüsste ja niemand, wer es war.“

„Aber … ein Stein könnte sogar jemanden töten.“

„Ich mache das schon ein paar Jahre und soviel ich weiß, ist noch nie jemand umgekommen.“

Als David sich nach einem weiteren Stein bückte, griff ich ein. „Lass ihn liegen!“, sagte ich.

Er gab mir einen Stoß, sodass ich stolperte und beinahe fiel. Als er den Stein hob und ansetzte, ihn loszuschleudern, stürzte ich mich auf ihn und riss ihn zu Boden. „Mach das noch mal“, rief ich, „und ich schleppe dich heim und sage es deinem Vater.“

David kam mühsam wieder auf die Beine. „Reg dich nicht so auf, Saulus! Es war doch nur Spaß! Schließlich solltest du bedenken: Der Knabe, nach dem ich benannt bin, war berühmt dafür, Steine zu schleudern.“

„Das ist nicht komisch. Du wurdest nach einem Helden benannt, einem Mann, den Gott auserwählt hat, weil sein Herz ganz Gott gehörte.“

David schüttelte den Kopf. „Kommst du mit auf die Stadtmauer? Oder willst du lieber nach Hause gehen und deinen Vater fragen?“

Den ganzen Tag lang hatte ich diese Mauern schon bestaunt, fasziniert von den Befestigungsanlagen, und mir gewünscht, sie genauer in Augenschein zu nehmen. Als wir näher kamen, konnte man etliche Menschen oben auf den Mauern sehen. Kinder kletterten an den Wänden hoch, indem sie ihre Sandalen oder Schuhe umsichtig in die Ritzen zwischen den Steinen zwängten.

Ich begutachtete die Mauer, und die Stellen, an denen meine Hände und Füße Halt finden würden, schienen auf einmal wie ein Muster vor mir zu liegen. Blitzschnell erklomm ich das Mauerwerk, als hätte ich mein Leben lang nichts anderes getan. Oben folgte ich David zur anderen Seite des breiten Bauwerks, wo ein Schutzwall an die Mauer grenzte. David forderte mich auf, mich festzuhalten und hinunterzusehen. Die Außenseite des Walls war mit etwas Glattem verkleidet, sodass es unmöglich war, den Wall zu erklimmen. Das war sicherlich eine sinnvolle Maßnahme, die es denkbaren Feinden unmöglich machte, den Wall rasch zu erstürmen. Ich konnte mir nicht vorstellen, wie man in die Stadt kommen oder sie verlassen konnte, wenn die Stadttore geschlossen waren. Von meinem Aussichtspunkt konnte ich meilenweit über die Umgebung hinwegsehen, in der sich Felsformationen und blühende Jasminbüsche vor dem Horizont abzeichneten.

Später am Abend, nach einem schmackhaften Essen, wies man mir und meinem Vater einen kleinen Raum neben der Küche zu, wo wir schlafen sollten. Wir sprachen unsere Gebete und legten uns auf die Matten. Dann flüsterte ich: „Ich muss dir erzählen, was heute Nachmittag passiert ist. Aber nur, wenn du versprichst, Samuel nichts davon zu sagen."

Mein Vater blickte mich im Dämmerlicht ernst an. „Ich weiß nicht, ob ich das versprechen kann, Saulus. Wenn es um etwas Gravierendes geht, bin ich vielleicht gezwungen, darüber zu sprechen."

Ich wünschte, ich hätte das ganze Thema nicht angeschnitten. Aber jetzt konnte ich nicht mehr zurück. Ich berichtete also von Davids Steinewerferei.

Mein Vater setzte sich auf. „Ich kann nicht glauben, dass du das zugelassen hast, Saulus."

„Das hab ich ja nicht! Ich hab ihn zu Boden geschlagen und ihm gedroht, ihn zu verraten, wenn er es noch mal tut. Und das hat er nicht, aber ich habe jetzt mein Wort gebrochen."

Mein Vater schüttelte den Kopf. „Es freut mich, wenn du das Richtige tust, weil es eben das Richtige ist. Aber ich an Samuels Stelle würde von diesem Vorfall wissen wollen. Bist du dir sicher, dass David die Sache nicht wiederholt, wenn wir nicht mehr hier sind?"

Ich zuckte die Schultern.

„Das ist keine gute Antwort, Saulus. Wenn du einmal ein Rabbi sein willst, muss es dir immer um die Wahrheit gehen. Du musst unerschrocken, mutig und gottesfürchtig sein und darfst dich nicht scheuen, Unrecht und Vergehen ans Licht zu bringen. Es reicht nicht aus, wenn du selbst gehorsam und gerecht lebst. Du musst in der Finsternis eine Lampe anzünden und Sünde ans Licht bringen."

„Wirst du es seinem Vater sagen?"

„Ich werde im Gebet die Antwort suchen."

Ich hatte nur geringen Zweifel daran, dass mein Vater Samuel von dem Vorfall berichten würde. Aber mein Unbehagen verging rasch, und statt mich vor Davids Reaktion zu fürchten, wenn er erfuhr, dass ich ihn verraten hatte, begann ich mich fast darauf zu freuen.

Könnte ich tatsächlich zu einem Menschen werden, der harte und selbst härteste Wahrheiten nicht fürchtet und den Mut besitzt, Menschen zu einem heiligen Leben aufzurufen? Es wäre zweifellos ein edles Bestreben und ich könnte vielleicht eher Gottes Gunst gewinnen, wenn ich sein Instrument wurde und Menschen im Weg der Gesetzestreue unterwies.

19

Napoli

Italien

Samstag, 10. Mai, 7.55 Uhr

Wenn Augustin etwas von seinem schweigsamen Vater gelernt hatte, dann war es, wie man reist. Sosehr er das Reisen auch verabscheut hatte und so glücklich er gewesen war, es größtenteils seinem Sohn zu überlassen – aber Edsel Knox kannte alle Tricks und Kniffe des Geschäfts. Nicht nur, dass er immer über gültige Papiere und Visa verfügte, er gab auch nie Gepäck auf, sondern begnügte sich mit einer einfachen Ledertasche, die er über der Schulter trug. Darin hatte er jeweils drei Exemplare von allem, was er zum Anziehen brauchte. Während er das eine Outfit trug, konnte das zweite gewaschen werden, und er hatte immer noch eines in Reserve. Er hatte lange genug seine eigenen Hemden, seine Wäsche und Socken gewaschen, um es notfalls auch wieder selbst zu tun. Er trug das eine Paar Schuhe, das für alle Eventualitäten geeignet war.

Augustin reiste fast ebenso sparsam. Seinen gesamten Lesestoff hatte er sich auf sein iPhone mit nahezu unbegrenzter Speicherkapazität geladen und seine Toilettenartikel waren die kleinsten und kompaktesten, die er finden konnte.

Das einzige Zusatzgepäck auf dieser Reise war der Stapel von Klausurbögen; aber er entledigte sich ihrer, sobald er eine Klausur bewertet hatte, und hielt seine Bewertung elektronisch fest. Außer während des kurzen Aufenthalts in Atlanta hatte er den größten Teil des Flugs damit verbracht, sich durch die Klausuren zu kämpfen. Nach einem kurzen Nickerchen fühlte er sich jetzt, wo der Flieger zum Gate rollte, erstaunlich frisch. Er würde vermutlich heute schon früh am Abend schläfrig sein, aber die Aussicht, endlich herauszufinden, was mit Roger los war, beschäftigte seine Gedanken und lenkte ihn von seiner Erschöpfung ab.

Augustin holte seine Tasche aus dem Gepäckfach und ließ den Pass in die Jackentasche gleiten; dann übermittelte er seine Klausurnoten ans Seminar und rief Sofias Nummer auf. In Griechenland war es eine Stunde später; sie würde auf dem Weg zur Arbeit sein.

„Gut, dass du anrufst", sagte sie. „Du hast es noch nicht bei Roger versucht, oder?"

„Sobald ich hier aufgelegt habe."

„Nein, warte. Er klingt immer noch vollkommen verstört, Augustin."

„Mein Handy ist sicher."

„Er befürchtet, dass auch sein neues bereits wieder gehackt worden ist."

„Und dann ruft er dich an?"

„Er spricht nur noch verschlüsselt, Augustin. Sagte, du sollst genau an den Ort kommen, an dem du mit ihm über die Tour nach Malta gesprochen hast. Er meinte, du wüsstest schon, wo."

„Ja, das weiß ich auch, aber das ist …"

„Keine Einzelheiten, Augustin. Er ist fast hysterisch, dass wir bloß nichts in Telefongesprächen ausplaudern. Er glaubt nicht, dass irgendjemand weiß, dass du kommst, aber er kann es nicht beschwören. Er wird sich tarnen."

„Tarnen?"

„Er betonte immer wieder: an *genau* denselben Ort.

„Ich kenne den Ort." *Das Problem ist nur – der ist in Neapel.*

„Augustin, melde dich wieder, ja? Ich muss unbedingt wissen, was los ist, und ich mache mir Sorgen um euch beide."

„Ich wünschte, ich wüsste, was er von mir will."

„Ich weiß, du wirst tun, was immer du tun musst, Schatz."

Zum Glück kannte Augustin sich im Flughafen Fiumicino aus und folgte instinktiv der Menge durch das Terminal 3 zum Zoll, wobei er über sein Handy nach Zügen nach Neapel suchte. Einer fuhr ein paar Minuten nach neun, die knapp zweihundert Kilometer lange Fahrt würde ihn achtzig Dollar kosten.

„Geschäftlich oder privat?", fragte die Zollbeamtin und verglich sein Passfoto mit seinem Gesicht.

„Geschäftlich. Amerikanischer Reiseführer; treffe mich ..."

„Wo Sie herkommen, sehe ich", sagte sie lächelnd.

„Mein Pech. Ich besuche einen Kollegen."

„Wo?"

„In Neapel, und dann vermutlich noch ein paar Tage hier in der Stadt."

„Sie haben noch keinen Rückflug gebucht?"

Er zuckte die Achseln. „Ich liebe diesen Ort."

„Willkommen in Italien, Dr. Knox."

Die Temperatur in Rom würde deutlich niedriger sein als mittags in Dallas. Augustin hatte geglaubt, er würde noch monatelang warten müssen, wieder Temperaturen von um die zwanzig Grad zu genießen. Der sonnige, wolkenlose Tag war idyllisch.

Im Zug simste Augustin an Sofia. „Sag ihm: komme 11:15."

Sie antwortete: „Okay. Ich bete."

Augustin hatte an die zweihundert Bücher auf seinem Handy gespeichert, für solche Situationen wie diese. Aber sosehr er sich auch bemühte, er fand nichts, was ihn interessierte. Nichts konnte seine Gedanken davon ablenken, in was für eine Sache Roger da wohl verstrickt war.

In all den Jahren, die Augustin Roger nun kannte, hatte er den Mann noch nie fassungslos erlebt. Unerschütterlich hatte Marie Knox ihn genannt. Auf Reisen änderten sich die Dinge oft rasch, das war unvermeidlich. Bürokratische Verzögerungen waren an der Tagesordnung. Man wusste nie, wann man jemandem etwas zustecken oder wann man eine versteckte Forderung nach ein wenig Bestechungsgeld einfach überhören musste. Und die Reiseteilnehmer selbst erwiesen sich auch häufig als nicht gerade unkompliziert. Manche waren einfach mit nichts zufrieden. Andere klebten an einem und versuchten, sich Liebkind zu machen.

Roger schien religiöse Menschen zu respektieren. Er war von Geburt selbst Jude, praktizierte den Glauben aber nicht. Er nannte sich selbst keinen Agnostiker und schon gar keinen Atheisten, sondern er sei „eher so was wie ein Deist".

Den vielen Christen, die sich zu Augustins Reisen einfanden, begegnete er respektvoll. Nur wenige entdeckten – ohne gezielt nachzuforschen –, dass Roger nicht religiös war. Er zitierte kundig aus dem Alten und dem Neuen Testament. Nur wenn jemand direkt fragte, gestand er ein, er sei „noch auf dem Weg, auf der Suche, aber nicht verfügbar für mehr zu dem Thema, verstehen Sie bitte".

In der ganzen Welt beteten Menschen, die Roger Michaels mochten, bewunderten, respektierten, ja liebten, für seine Seele. Augustin zog ihn oft damit auf. „Du bist umzingelt. Du hast keine Chance."

Wenn Roger wirklich in Gefahr war, würde er jetzt empfänglicher sein? Oder eher verschlossener?

Tarnung. Wie mochte die aussehen? Augustin war überzeugt, er würde ihn trotzdem erkennen. Roger war klein, stämmig, jedoch alles andere als fett. Trotz seiner neunzig Kilo bei ein Meter sechsundsiebzig Körpergröße war er gelenkig und flink. Er trug fast nur abgetragene Wanderstiefel mit zentimeterdicken Sohlen, hochgeschnürt und mit doppeltem Knoten, aus denen fünf Zentimeter hoch weiße Socken leuchteten. Außer an Orten, die lange Beinbekleidung vorschrieben, trug er kakifarbene Shorts mit ausgebeulten Taschen, von denen eine immer eine Handvoll Schokoriegel und die andere sein Handy und ein Sammelsurium von Stiften beherbergte.

Er liebte karierte Flanellhemden mit ungeschickt gekürzten Ärmeln und darüber eine dünne, atmungsaktive Weste, in der Reiseführer, Karten und weitere Stifte steckten. Er hatte eigentlich helle Haut, aber seine kräftigen Arme waren von der Sonne gebräunt und mit einem ausgeblichenen Flaum bedeckt. Seine Armbanduhr hätte man für einen kleinen Buick halten können.

Oft saß eine Schiffermütze auf seinem mittellangen Haar, das in den Jahren, in denen Augustin ihn kannte, von blond allmählich in grau übergegangen war. Dasselbe Schicksal hatte auch sein Vollbart erlitten, der unmittelbar unter Rogers von der Sonne geröteten Wangen spross.

Als populärster Reiseführer in Israel, was er vor allem seiner dröhnenden Stimme verdankte, war Roger humorvoll, aber nie albern. Seine blassblauen Augen blitzten und er liebte es, Geschichten zu erfinden. Augustin konnte sich nicht erinnern, je auch nur eine Spur von Unmut auf Rogers Gesicht gesehen zu haben. Er schien beständig zu lächeln und strahlte Zuversicht aus, ohne eingebildet zu sein. Am Anfang ihrer Beziehung war er für Augustin eher ein Mentor gewesen, und zwar ein so guter, dass Augustin ihn nun als seinen besten Freund betrachtete.

Als der Zug sich Neapel näherte, entdeckte Augustin, dass er gegen eine plötzliche Angst ankämpfte. Er hasste die Vorstellung, dass sein Mentor und bester Freund von irgendetwas beunruhigt war – um nicht zu sagen, zu Tode geängstigt.

Das Treffen wegen ihrer Tour nach Malta hatte sich auf der zweiten Reise ergeben, die Augustin allein begleitete. Sein Vater hatte die Reiseleitung endlich ganz ihm überlassen, und er und Roger hatten ein Stündchen zusammengesessen und die sechstägige Exkursion geplant. Roger hatte Augustin angeboten, in seiner Wohnung in Rom zu übernachten, aber dann hatte Roger geschäftlich in Neapel zu tun, sodass sie sich an einem von Rogers Lieblingsplätzen getroffen hatten.

Der Südafrikaner hatte ein Faible für die lokale Küche. Das Restaurant Portauovo, ein winziger Kasten, den überwiegend rau behauene Holzmöbel zierten, wartete mit einem Dutzend Tischen und dem Angebot von Frühstück rund um die Uhr auf. Es lag versteckt zwischen Geschäften und größeren Restaurants gegenüber vom Bahnhof Piazza Giuseppe Garibaldi, direkt unter dem Komplex von Napoli Centrale, wo Rogers Zug ankommen würde.

Als sie zum ersten Mal dort aßen, hatte Roger Augustin die Bedeutung des Restaurantnamens raten lassen. Augustin zermarterte sich das Hirn auf der Suche nach den paar Brocken Italienisch, die er kannte.

„Irgendwas mit Ei … ?“

„Sehr gut. Der Eierbecher. Ich empfehle die …“

„Eier?“

Roger hatte gewiehert. Augustin konnte sich Rogers Gesicht nicht anders vorstellen als mit einem breiten Grinsen, das dieser beeindruckende Bart umgab.

Neapel, 11.30 Uhr

Als er schließlich auf dem Bahnsteig stand, musste er sich erst erinnern, welche Rolltreppe er nehmen musste. Als das Portauovo in Sicht kam, hielt Augustin Ausschau nach demselben Tisch in der hinteren Ecke, an dem sie sich beim ersten Mal getroffen hatten. Es war der einzige Tisch, der noch frei war, da es bald Mittagszeit war und wartende Gäste bereits auf der Straße standen. Die wunderten sich vielleicht, warum ein Tisch frei blieb, obwohl doch schon viele Schlange standen. Aber ein kleines Schild zeigte die Aufschrift *Reserviert*.

Augustin drängte sich an den Anfang der Schlange durch, was ihm Stirnrunzeln und ärgerliche Mienen einbrachte. Auch der Kellner verzog das Gesicht, bis Augustin auf den reservierten Tisch wies. „Knox“, flüsterte er.

„*Si. Seguimi.*“

Augustin folgte ihm und er hatte sich kaum gesetzt, als sein Handy summte. „1 min“, hatte Roger geschrieben, „keine große Begrüßung. Okay?“

Als Roger auftauchte, kam Augustin nur seine Gestalt bekannt, wenn auch etwas schmaler, vor. Er trug blaue Crocs, keine Socken, eine Anzughose ohne Gürtel und ein weißes Hemd mit hochgekrempelten Ärmeln. Der Bart war verschwunden und gab nun ein zartes Babygesicht frei, das mit der rosigen Stirn und den neuerdings hervorstehenden Wangenknochen in seltsamem Kontrast stand. Eine Baskenmütze bedeckte den Kopf, aber als Roger sie auf Augustins erstaunten Blick hin abnahm, enthüllte er einen kahl geschorenen Schädel.

Es fühlte sich seltsam an, den Mann nicht in die Arme zu schließen, aber Augustin musste die Augen zusammenkneifen, um wirklich sicher zu sein, dass es derselbe war, den er schon so lange kannte. Das Lächeln und Augenzwinkern waren verschwunden. Und statt der gewohnten aufrechten Haltung saß Roger zusammengesunken und mit hängenden Schultern da. Seine Augen gingen unruhig hin und her und er spielte nervös mit den Fingern. Roger Michaels sah nicht nur verängstigt aus. Er sah auch so aus, als sei ihm das peinlich.

„Tut mir leid, wie ich aussehe“, sagte er einfach.

„Du tust, was du tun musst, Rogie. Also, was ist los?“

Ein Kellner erschien und wies sie auf das Angebot hin, das mit Kreide auf die Wand geschrieben war.

„Für mich nichts“, sagte Roger.

„Unsinn“, widersprach Augustin. „Wir nehmen zweimal das Omelette aus drei Eiern und je einen großen Orangensaft.“

„Ich kann nichts essen“, bemerkte Roger, als der Kellner gegangen war.

„Dann zwing dich dazu. Du siehst ganz abgemagert aus. Und jetzt …“

Michaels sah sich um, beugte sich vor und flüsterte dann mit unsicherer Stimme: „Augustin, man hat mir den bedeutendsten Fund in der Geschichte der Menschheit anvertraut."

„Was? Die Qumranrol…?"

„Bedeutender." Roger sah sich wieder um, den Blick starr.

„Vor wem hast du Angst?"

„Ich kann niemandem mehr trauen. Die Sache ist zu groß, Augustin. Hast du je gehört, dass ich übertreibe?"

„Nein, nie."

„Ich rede vom bedeutendsten Dokument nach dem Neuen Testament. Du musst es sehen, damit du mir glaubst. Aber ich wünschte manchmal, ich hätte es nie unter die Augen bekommen."

20

Nach Jerusalem

Rom im ersten Jahrhundert nach Christus

„Lukas“, sagte Paulus am nächsten Abend, „verrate mir, ob du an meinem Manuskript irgendetwas geändert hast oder Vorschläge dafür hast.“

„Nicht ein Komma oder i-Tüpfelchen, bisher. Die Geschichte hat mich gefesselt.“

„Wenn du zu den späteren Jahren kommst, wirst du feststellen, dass mein Geist nicht mehr so scharf und meine Hand deutlich zittriger war. Ich werde deine Hilfe brauchen, um alles verständlich zu machen und in eine Form zu bringen, in der andere es lesen können. Aber sorg dafür, dass es nur meine Familie und die Brüder zu sehen bekommen.“

Als Lukas Paulus an diesem Abend zum Abschied wie immer in die Arme schloss, spürte er etwas Drängendes im Händedruck des alten Mannes, das ihm in den letzten Wochen noch nie aufgefallen war. Fürchtete er, dass das Ende nahe war? Primus war, wie Lukas feststellen konnte, höchst besorgt um Paulus' Gesundheit. „Ich muss gestehen, Medicus, ich wünschte, er würde im Schlaf sterben. Ich möchte diese Hinrichtung ebenso wenig miterleben wie du.“

Als Lukas später die Stufen zu seiner Kammer emporstieg, fragte er sich, ob Primus und seine Frau ihm nur deswegen so zuvorkommend begegneten, weil er Primus' Mutter behandelt hatte. Sie mussten wissen, welches Risiko sie eingingen, indem sie einen Christen beherbergten. Falls Nero nach ihm suchen ließ, wäre er nicht schwer zu finden.

Er saß müde über den Schriftstücken, und beim wehmütigen einsamen Ruf des Nachtwächters, der die neunte Stunde ausrief, beschloss Lukas, dass er sich noch für drei Stunden in Paulus' Erzählung von einer Zeit vor über fünfzig Jahren flüchten würde.

Am nächsten Morgen beim Frühstück stellte ich fest, ich wartete geradezu darauf, dass David von seinem Vater zur Rede gestellt wurde. Erst jetzt wird mir klar, dass dies der Moment war, an dem ich begann, mich selbst als Vorbild zu sehen, als Beispiel eines Menschen, der das Gesetz nicht nur kennt, sondern sich auch streng daran hält.

Mein Vater hatte mich gelehrt, Erwachsenen in die Augen zu sehen, ihnen mit festem Händedruck die Hand zu schütteln und deutlich zu sprechen. Ich bedankte und verabschiedete mich von Samuel und seiner Frau, winkte den anderen Kindern zu und streckte David die Hand entgegen. Er zögerte, machte sich dann aber, wie ich glaube, klar, dass sein Vater ihn beobachtete, und erwiderte schließlich schlaff meinen Händedruck.

„Samuel, darf ich dich noch einmal kurz persönlich sprechen?", bat mein Vater. „Saulus, warte bitte an der Kreuzung auf mich."

Ich zog mein Pferd unter einen Baum, drehte mich um und sah meinen Vater und Samuel in ein ernstes Gespräch vertieft. Samuel schien plötzlich zu erstarren und jetzt sprach nur noch mein Vater. Dann rief Samuel nach David, während mein Vater aufsaß, und der Junge starrte mich an, während er langsam zu seinem Vater ging. Ich gab seinen Blick unerschrocken zurück. Es gab nichts, wofür ich mich hätte schämen müssen. Ich fühlte mich wohl bei dem Gedanken, dass ich Gottes Instrument war, das David seiner gerechten Strafe zugeführt hatte.

21

Carabinieri

Neapel, Italien

Samstag, 10. Mai, 12.05 Uhr

„Lass uns rasch die Plätze tauschen“, sagte Michaels. „Ich möchte ungern überrascht werden.“

„Von wem?“, hakte Augustin nach und erhob sich.

„Siehst du die Polizeistation drüben auf der anderen Straßenseite?“

„Du hast Angst vor der Polizei?“

„Ich sagte ja schon, ich kann niemandem mehr trauen.“

Er setzte sich mit dem Rücken zur Wand, zog die Baskenmütze tief ins Gesicht und stützte das Kinn in die Hand. Augustin hätte ihn nicht erkannt, also wohl auch niemand anders, schloss er. Als der Kellner die Omeletts brachte, ließ Roger das Besteck unangetastet in der Serviette, in die es eingewickelt war, als wolle er seiner Feststellung Nachdruck verleihen, er könne nichts essen. „Sprich ein Tischgebet, wenn du willst“, sagte er. „Du willst ja sicher.“

Augustin senkte den Kopf und verspürte einen Anflug von Kühnheit. Es war, als wollte Gott selbst sich Gehör verschaffen. Er griff über den Tisch hinweg nach Rogers Hand und war einmal mehr fassungslos, dass sein Freund zurückzuckte. „Vater“, sagte Augustin im Flüsterton, „wir danken dir für dieses Essen. Segne es uns. Schütze Roger und uns alle. Das bitte ich im Namen Jesu, deines Sohnes, meines Herrn. Amen.“ Augustin wickelte Rogers

Besteck aus der Serviette und schob es ihm hin. „Du musst etwas essen, Roger. Ich bin da, um dir zu helfen, und ich kann nicht zulassen, dass du mit leerem Magen durch die Gegend läufst."

Roger seufzte und räusperte sich. „Oh, Augustin", sagte er und klang dabei so müde, wie Augustin ihn noch kaum je erlebt hatte. „Erinnerst du dich an Klaudios?"

„Klaudios Giordano? Natürlich. Der Vatikanführer mit dem ..."

„... leichten Hinken. Ja. Er ist tot."

„Was?", sagte Augustin mit vollem Mund und versuchte zu schlucken. „Wie?"

„Ermordet. Ich hätte nicht geglaubt, dass sie es tun würden. Sie brauchten ihn, um an mich heranzukommen. Wie sollen sie das jetzt hinkriegen, ohne dass er mich an sie verrät?"

Augustin musste sich dazu zwingen weiterzuatmen. „Roger, jetzt mal alles der Reihe nach. Wovon redest du eigentlich?"

„Ich verdanke ihm mein Leben", sagte Roger und seine Augen wurden feucht. „Er war noch intensiver an mir dran, was den Glauben angeht, als du. Du weißt ja, wie Katholiken sein können."

„Roger, ich verstehe nur Bahnhof. Was ist das für eine Sache, in der du drinsteckst?"

Roger hielt die Hände vor die Augen und schien einzunicken. Schließlich ließ er die Hände sinken. „Du weißt ja, dass es am Mamertinum Bauarbeiten gibt."

„Das alte Gefängnis, ja. Wollen sie die Fundamente abstützen oder so etwas?"

Roger nickte. „Es herrschte ein ziemliches Chaos. Ständig kamen Touristen, die sich aufregten, dass sie keinen Blick auf das Gefängnis von Paulus und Petrus werfen konnten."

„Ja, das war zu vermuten."

„Geplant war, die Tuffsteinwände so zu belassen, wie sie waren, um dem ursprünglichen Zustand so nahe wie möglich zu kommen. Es dauerte zwei Wochen, die Wände abzustützen, um die zwei Reihen Felsblöcke zu ersetzen, die tiefer lagen als der Fußboden."

„Klingt vernünftig."

„Also, Klaudios hatte sich mit ein paar von den Arbeitern angefreundet und auch mit einigen von den Bauleitern. Du kennst ihn ja – er wollte der Erste sein, der erfuhr, wann er mit seinen Gruppen den Kerker wieder besuchen könnte."

„Ja, sieht ihm ähnlich."

„Wie es scheint, gab es dann eines Tages einen großen Arbeitseinsatz auf dem Gelände, und Klaudios hielt zufällig ein Schwätzchen mit einem der Bauleiter. Die Ingenieure hatten an einer Stelle eine Absenkung bemerkt und vermuteten, dass das Fundament irgendwie schadhaft geworden war."

Augustin wäre am liebsten über den Tisch gesprungen und hätte Roger geschüttelt, damit er endlich zum Punkt kam. „Und was war der Grund für den Einsturz?"

„Jedenfalls nicht das Fundament, wie man zuerst vermutet hatte. Die Steine waren kalt, aber trocken und allem Anschein nach in ordentlichem Zustand."

Roger unterbrach sich, um einen Bissen zu nehmen, und plötzlich begann er das Omelett in sich hineinzuschaufeln, als sei es seine letzte Mahlzeit. Immer wieder blickte er über Augustin hinweg nach draußen.

Schließlich nahm der kräftige Mann einen tiefen Schluck Orangensaft und sagte: „Danke! Das war eine gute Idee. Ich hab's wirklich gebraucht."

„Roger, ich bringe dich eigenhändig um, wenn du jetzt nicht mit der Story weitermachst."

„Der Bauleiter erklärte die Arbeiten am Spätnachmittag dieses Tages für beendet."

„Wann war das?"

Roger schüttelte den Kopf. „Ich kann mich kaum erinnern, wann mein Leben endete. Vor knapp drei Wochen vielleicht? Wie auch immer. Jedenfalls: Hinter einem der Steinblöcke fand ein Arbeiter etwas, das in eine Art primitives Segeltuch eingewickelt war. Der Stoff war ziemlich mitgenommen, aber er hatte zumindest das, was man darin eingewickelt hatte, beschützt. Der Inhalt schien ziemlich unversehrt."

„Er hat es ja wohl nicht ausgewickelt ..."

„Natürlich nicht!", rief Roger. „Er wollte ja seinen Job behalten."

„Also hat jemand das Dezernat für Antikenfunde benachrichtigt ..."

„Klar", sagte Roger. „Auch wenn noch niemand wusste, was in dem Päckchen drin sein könnte. Vielleicht nur wertloses Zeug. Aber der Bauleiter musste sich an die Regeln halten. Er rief also beim Antikendezernat an, und wer immer es war, mit dem er da gesprochen hat, sagte ihm, er solle das Gelände absichern und sie würden am nächsten Morgen jemanden schicken, um den Fund zu prüfen."

„Reine Routine."

Roger nickte. „Aber der alte Giordano war neugierig."

„Ich kenne niemanden, der mehr Fragen stellt", sagte Augustin. „Klaudios war einfach an allem interessiert."

„Nachdem sich die Arbeiter also verlaufen haben und nur noch ein paar Wachleute zu sehen sind, geht er ..."

„Das Team, das das Gelände sichern sollte?"

„Sie wussten nicht, dass es um irgendetwas Wichtiges ging, Augustin. Dachten vielleicht, dass die Sache so verlaufen würde wie in neun von zehn Fällen: Der Fund erweist sich als bedeutungslos. Also lässt Klaudios die Jungs wissen, dass er sich noch ein wenig auf dem Gelände aufhalten wird, bevor er in den Vatikan zurückkehrt, und sie denken sich nicht viel dabei. Warum sollten sie auch? Er arbeitet beim Vatikan. Sie kennen ihn, er ist offensichtlich mit dem Bauleiter bekannt, also verschwenden sie keinen weiteren Gedanken darauf. Schon recht schnell taucht er wieder auf und meint, er müsse rasch seine Sachen holen, aber er würde sich gern noch ein wenig länger unten aufhalten, bevor er nach Hause geht. Fragt sie, ob sie noch irgendetwas brauchen, und kommt eine halbe Stunde später mit ein paar Snacks und seiner guten alten Umhängetasche zurück. Die Wachleute genießen die Leckerbissen, die er mitgebracht hat, und er ist sofort wieder unten im Verlies."

„Du willst doch nicht sagen, er hat einen Antikenfund gestohlen."

„Augustin, du bist vielleicht der Einzige auf Gottes ganzem Erdboden, der es nicht getan hätte, und selbst bei dir würde ich es nicht völlig ausschließen."

„Aber das ist ein krimineller Akt. Hat er keine Familie?"

„Er hat Kinder, die studieren."

„Was hat er gefunden, Rogie, und was hast du jetzt damit zu tun?"

„Können wir ein wenig laufen und dabei weiterreden? Ich habe das Gefühl, ich sitze hier direkt im Rampenlicht."

„Du hast den Platz hier doch vorgeschlagen, Rog."

„Nicht alle meine Ideen sind brillant. Auch die, mich von Klaudios in diese Sache verwickeln zu lassen, war es nicht."

Augustin zahlte und folgte Roger über die Straße und zum Bahnhof. „Nehmen wir den nächsten Zug nach Rom, zu deiner Wohnung?", fragte Augustin.

„Meine Wohnung ist der erste Ort, wo sie mich umbringen würden. Ich war seit drei Tagen nicht mehr dort. Aber ich bin ohnehin mit dem Auto hier. Du kannst mit mir zurückfahren. Ich hab dir ein Zimmer gebucht, einen knappen Kilometer von meiner Wohnung entfernt."

„Wer will dich umbringen, Roger?"

„Irgendein Kerl von der Antiken-Soko. Durch einen Berufskiller, einen Tombaroli."

Ein Grabräuber? „Verstehe", sagte Augustin. Er zog Roger zu einer Bank in einem etwas abgelegenen Winkel und zwang ihn, sich zu setzen. „Also: Was hat Klaudios in diesem Verlies zutage gefördert?“

„Bist du gewappnet?“

„Genug, um es notfalls aus dir herauszuprügeln!“

„Nun … nichts Geringeres als die Lebenserinnerungen des Apostels Paulus.“

22

Davidsstadt

Damaskus im ersten Jahrhundert nach Christus

Aus den Lebenserinnerungen des Paulus

Mein Vater hatte geplant, dass wir an diesem ersten Tag etwas mehr als dreißig Meilen zurücklegen wollten; nach etwa der Hälfte des Weges würden wir Halt machen, etwas Leichtes essen und die Pferde füttern und tränken. Aber wir ritten unter einer gnadenlosen Sonne und fühlten uns bald wie in einem Ofen, der so heiß und so gleißend hell war, dass wir kaum weiterkonnten. Die Tiere stolperten und gerieten ins Stocken, und als ich mich umsah, stellte ich fest, dass mein Vater ebenso besorgt aussah, wie ich mich fühlte. In Tarsus wohnten wir auch in einer heißen Gegend und wir wussten ja, dass es auf unserer Reise noch schlimmer werden konnte – aber gab es irgendjemanden, der unter solchen Bedingungen überhaupt *vorankommen konnte?*

Mein Vater sagte, wir müssten einfach durchhalten. Später sollten mir diese letzten Meilen, bevor wir Rast machten, als der längste, anstrengendste und qualvollste Abschnitt der ganzen Reise in Erinnerung bleiben. Bei einer Raststation mit Brunnen trafen wir andere Reisende, die aus der Gegenrichtung kamen und nichts von einer ungewöhnlichen Hitze berichteten. Und die, die wie wir von Norden kamen, hatten anscheinend nicht so sehr gelitten wie wir. Die Qual dieses Wegabschnitts schien extra für uns dort ausgelegt worden zu sein. Ich konnte es nicht verstehen.

Während des ganzen weiteren Wegs nach Jerusalem gab es kein

Wegstück mehr, das eine solche Strafe gewesen wäre. Mit unserer Pause am Sabbat brauchten wir sechs Tage von Damaskus. Aber als ich meinen ersten Blick auf die Stadt Davids warf, verblasste die ganze Reise zu wenig mehr als einer unangenehmen Erinnerung.

Mein Vater und ich zügelten unsere Pferde auf einem Höhenzug, und die Sonne begann zu sinken. Ich war fasziniert von dem schwindenden orangefarbenen Schimmer, der über den gedrängten Dächern lag, eine Vielfalt von Umrissen, die die Paläste, Tempel, Läden, Häuser und Wohnungen der Heiligen Stadt repräsentierten.

Wir kamen in einem kleinen Gasthof direkt innerhalb der Stadtmauern unter. Am nächsten Morgen würden wir die beiden Schulen besuchen, zwischen denen wir wählen sollten. Es hätte mich nicht überrascht, wenn ich in der Nacht vor einem so bedeutungsvollen Tag keinen Schlaf gefunden hätte. Aber ich hatte nicht bedacht, wie erschöpft ich nach den Strapazen der Reise in dieser letzten Woche sein würde.

Ich streckte mich aus und schloss die Augen und schon nach wenigen Sekunden durchlebte ich in meinen Träumen wichtige Begegnungen, Einführungsgespräche und Entscheidungen. Ich wusste: Wen ich am nächsten Tag traf, was ich sah und erlebte, würde mein ganzes weiteres Leben beeinflussen. Da passte es gut, dass alles, was die Reise mit sich gebracht hatte, mich sehr müde gemacht hatte, und so schlief ich tief und fest in dem Wissen, dass ich bereit war für alles, was Gott mir vor die Füße legen würde.

23

Klaudios' Ableben

Neapel, Italien

Samstag, 10. Mai, 12.55 Uhr

Als Augustin seine Stimme wiedergefunden hatte, krächzte er: „Was sagst du da, Rogie? Originalmanuskripte?!“

Roger nickte, seine Augen schossen hin und her. Er sah aus, als hätte er tagelang nicht geschlafen.

„Von welchen Briefen?“

Roger winkte ab und beugte sich zu Augustin vor. „Hör zu, du bist der Griechischexperte. Ich weiß gerade genug, um gefährlich zu sein. Aber von dem, was Giordano mir gezeigt hat und was ich davon entziffern konnte ...“

„Klaudios kannte sich doch mit Altgriechisch aus.“

„Das kann man wohl sagen. Und weder er noch ich hegten Zweifel daran, dass das, was er da gestohlen hatte, persönliche Aufzeichnungen enthält. Sie beginnen mit den Worten: ‚Ich, Saulus ...‘ und nach dem, was ich verstanden habe, erzählt Paulus hier seine Geschichte von Kindheit an, Augustin. Ich glaube, dass die Schrift wirklich auf Paulus zurückgeht.“

Augustin lehnte sich zurück, besorgt, ob sie wohl jemand beobachtete. „Und du glaubst, Klaudios hat sich die Pergamente unter den Nagel gerissen, bevor er ...“

„Ich weiß, dass es so war, Augustin. Ich habe ihm selbst fast dazu geraten. Ich weiß, es kursieren jede Menge Fälschungen – angeblich Dokumente aus dem ersten Jahrhundert, die sich später als viel jünger herausstellen. Aber in diesem Fall ... Wer außer Paulus selbst könnte so etwas geschrieben und dann an diesem Ort versteckt haben? Ich glaube, die Dokumente sind echt, und das macht sie ... nun ja, du weißt schon ..."

„Wenn das Werk authentisch ist, Rogie, dann handelt es sich um den wertvollsten Fund aller Zeiten. Ich meine, die Qumranrollen sind verstaubte und zerfallene Fragmente, und schau dir an, welche Bedeutung sie gewonnen haben."

„Du musst die Dokumente selbst sehen. Ich weiß nicht, warum – war es die Feuchtigkeit im Boden, der Tuffstein oder was auch immer –, jedenfalls ist die Tinte kaum verblasst und fast jedes Wort ist lesbar. Das Werk ist sozusagen makellos. Höchst verblüffend. Wenn sich das Pergament datieren lässt, was natürlich ein Experte tun sollte, dann ist der Fall für mich klar."

„Dafür bin ich nicht zuständig. Aber nun mal im Ernst, Roger: Zweitausend Jahre ... und die Schrift ist kaum verblasst?"

„An manchen Stellen schon, sicher, aber das Ganze ist vollständig lesbar. Wir müssen einen Experten finden, der vertrauenswürdig ist. Ich kann mir nicht vorstellen, dass Paulus beabsichtigt hat, es für die breite Nachwelt aufzubewahren, aber jedenfalls hätte er kaum einen geeigneteren Ort finden können."

Augustin erschauerte angesichts der Möglichkeiten. „Könnte es tatsächlich echt sein?"

„Würde man für eine Fälschung töten?"

„Wer hat Giordano ermordet?"

„Ich sagte ja schon: Dieser Typ vom Antikendezernat hat einen Schläger von den Tombaroli angeheuert. Und das nächste Opfer bin ich."

„Bitte ..."

„Es war das Werk eines Profis, Augustin. Einundzwanziger Profil, aus nächster Nähe in die Schläfe. Der Gerichtsmediziner sagt, es war eines dieser billigen, leichten und langsamen Geschosse, abgefeuert aus einem Primer. Normalerweise benutzt man sie, um auf kleine Nagetiere oder Ähnliches zu schießen. Die Waffe muss schon direkt an die Schläfe gehalten worden sein, damit die kleine Kugel tödlich sein konnte."

„Wo ist es passiert?"

„Im Carport direkt vor Giordanos Wohnung. Zeugen haben beobachtet, dass Klaudios durch das heruntergelassene Fenster an der Fahrerseite mit einem großen, dunkelhaarigen Mann im Anzug gesprochen hat, nachdem er den Wagen geparkt hatte. Der sei dann wenig später ganz gemächlich weggegangen, also hat niemand sich seinen Wagen oder Nummernschild besonders genau angesehen. Sie sagten, Klaudios habe noch immer in seinem Wagen gesessen."

„Und war tot."

Roger nickte. „Mrs Giordano hatte gesehen, dass der Wagen an seinem üblichen Platz stand, aber als Klaudios nicht erschien und auch per Handy nicht erreichbar war, ging sie nachsehen und fand ihn. Kannst du dir das vorstellen? Nur ein winziges Loch in der Schläfe, keine Wunde, wo die Kugel wieder ausgetreten wäre. Die ganze Blutung war im Gehirn."

„Er muss auf der Stelle tot gewesen sein", sagte Augustin, „selbst bei einem so kleinen Geschoss, aber direkt ins Gehirn."

„Es war ein Profi. Ein bezahlter Killer, das steht fest."

„Aber warum sollte die Antiken-Soko ihn umbringen? Das ergibt keinen Sinn. Sie hätten ihn verhaften und das Manuskript konfiszieren können. Aber jetzt erklär mir, wie du in die Sache hineingeraten bist."

„Es muss Klaudios klar gewesen sein, dass das Antikendezernat am nächsten Morgen nicht lange brauchen würde, um festzustellen, dass im Verlies nichts mehr zu holen war, und natürlich würde die Wachmannschaft berichten, dass er dort gewesen war. Also rief er mich in der Nacht an. Er sagte: ‚Du weißt schon, wer dran ist. In meinem Büro. Jetzt.' Ich war gerade von einer Reise zurückgekommen und lag schon im Bett, also hatte ich kein gesteigertes Interesse, mich wieder anzuziehen und noch mal aus dem Haus zu gehen. Ich rief ihn an und er hat mich nicht mal begrüßt. Er sagte nur: ‚Jetzt. Das ist nicht verhandelbar.' Er ist ein alter Freund und hat mir schon eine Menge Teilnehmer für meine Reisen vermittelt ..."

„Ja, mir auch."

„... also bin ich ihm auch etwas schuldig. Ich bin noch kaum in diesem gewölbten Flur angekommen, der zu seinem Büro führt, als er mich auch schon packt und ins Büro schiebt. Er hat Baumwollhandschuhe für uns beide da liegen und er behandelt die Pergamentbögen wie rohe Eier. Ich kann kein Altgriechisch, aber er hatte sich in wenigen Stunden schon durch die ersten Bögen hindurchgearbeitet. Die Schriftstücke erschienen mir authentisch, und wenn seine Übersetzung zutrifft, klang es danach, als würden diese Dokumente alles, was im Neuen Testament von Paulus überliefert ist, bestätigen. Es wäre also zu vermuten, dass er weiter hinten im Manuskript über seine Missionsreisen schreibt und dass damit die endlose Debatte darüber, welche Briefe echt sind und ob spätere Kopisten seine Theologie verändert haben und all das ... nun, sie würde sich erledigen."

Augustin betrachtete die hohlwangige, verzweifelte Hülle des Mannes, den er kannte. „Und du wirst alles überprüfen müssen, was du über die biblische Zeit und die Schriften erzählst."

„Wenn ich lange genug am Leben bleibe. Es ist mein Fehler, Augustin. Du kennst mich. Mir geht es nicht um Geld oder darum, groß herauszukommen. Aber der arme alte Giordano hatte Euro-Zeichen in den Augen. Ich habe ihm gesagt, er solle direkt zum Antikendezernat marschieren und ihnen sagen, was er da habe, bevor sie nach ihm fahnden würden – ganz so, wie es dein Vater vor Jahren gemacht hat, als einer seiner Reiseteilnehmer eine Münze gefunden hatte und sie behalten wollte."

„Klingt ganz nach Dad", sagte Augustin. „Gesetzestreu bis in die Knochen."

„Ich sagte Klaudios, dass vielleicht ein Finderlohn für ihn drin war. Er lachte. ‚Roger', sagte er nur, ‚mein Finderlohn wird so aussehen, dass ich den Rest meines Lebens im Knast verbringe.' Ich versuchte ihn umzustimmen. ‚Sag ihnen, du seist einfach neugierig gewesen, und als du gesehen hättest, worum es sich handelt, sei dir klar gewesen, dass diese Dokumente nicht eine Minute länger im Mamertinum liegen sollten. Sie werden dich zum Helden erklären.' Er wollte kein Held sein. Er wollte reich sein. Sagte, er werde die Dokumente verstecken, bestreiten, dass er nur die geringste Spur davon im Verlies gesehen hatte, und dann, wenn Gras über die Sache gewachsen war, ein Vermögen damit machen. ‚Du und ich', sagte er, ‚wir sind die Einzigen, die wissen, was das hier ist.' Ich fragte ihn noch, warum er nicht etwas anderes dort gelassen hatte, sodass das Dezernat annehmen würde, sie hätten den ursprünglichen Fund in den Händen. Kannst du glauben, dass er tatsächlich überlegte, zurückzugehen und einen Ersatz zu hinterlegen? Er wollte, dass ich ihn begleite. Ich hab gesagt, er sei verrückt."

„Rogie, ich muss wissen, was passiert ist. Wie hat er es dahin gebracht, dass man ihn aus dem Weg räumte?"

Roger sah kurz auf und wurde blass. Augustin drehte sich unauffällig um, folgte seinem Blick und sah ein paar Carabinieri auf dem Bahnsteig stehen und kurz danach in verschiedene Richtungen ausschwärmen.

Jeder hatte ein Blatt in der Hand, das sie mit jedem Mann um die fünfzig, der vorüberkam, zu vergleichen schienen.

„Wir müssen hier verschwinden", sagte Roger.

Augustin legte ihm die Hand auf den Arm. „Bloß keine Aufmerksamkeit erregen. Wir sind Niemande, Reisende. Wir haben es nicht eilig. Wir sind auch nicht beunruhigt."

„Du hast gut reden."

„Wenn du jemals geschauspielert hast, Roger, dann ist jetzt der richtige Moment dafür."

Augustin erhob sich und Roger folgte ihm. Die meisten Carabinieri schienen sich auf die Bahnsteige zu verteilen, interessierten sich seltsamerweise aber nur für Züge, die den Bahnhof verließen. „Wenn Sie nach dir suchen würden", sagte Augustin, „wieso sollten sie glauben, dass du hier bist und die Stadt verlassen willst?"

„Augustin, was zum ..."

„Wir mischen uns einfach unter die Leute, Mann. Vergiss nicht zu atmen. Wenn sie etwas von dir wollen, lächle einfach. Wo steht dein Wagen?"

„Im großen Parkhaus, ziemlich hinten."

„Treib dich hier noch ein wenig herum und schlendere dann in Richtung Parkhaus. Ich bleibe in der Nähe."

Roger hatte anscheinend Mühe, unbefangen zu erscheinen, und es dauerte keine halbe Minute, als er schon in Richtung Rolltreppe strebte, die sie auf Straßenniveau hinauf und ins Parkhaus bringen würde. Augustin sah, wie er beim Anblick eines Beamten, der am Fuß der Rolltreppe stand, zögerte. Dann flüsterte er: „Falls nötig, nenn mich François."

Was? Augustin legte Roger die Hand auf den Rücken, um ihn weiterzuschieben, und spürte verkrampfte Muskeln. Rasch trat Augustin vor Roger, lächelte und nickte dem Beamten zu, während er auf die Rolltreppe zuging. Der Mann hielt ihn an, schob ihm ein Foto von Roger Michaels, wie er ihn früher gekannt hatte, unter die Nase, und sagte:

„Avete visto quest'uomo?"

Augustin breitete verneinend die Arme aus. „No Italiano. English."

„Haben Sie diesen Mann gesehen?", fragte der Beamte jetzt auf Englisch, wobei er jedes Wort sorgfältig artikulierte und mit heftigem Akzent aussprach.

„Il mio amico Americano sa molto poco Italiano", sagte Roger und verblüffte Augustin mit dem starken französischen Akzent

seines Italienisch. Roger sprach etliche Sprachen, aber was war das hier?

„Sie sprechen Englisch?“, fragte der Beamte Roger.

„*Oui. Un peu.*“

„Ein wenig, wie?“, wiederholte der Polizist. „Da Ihr amerikanischer Freund kaum Italienisch und ich kaum Französisch kann, werden wir uns auf Englisch unterhalten. Okay?“ Er wies auf das Foto. „Wir suchen diesen Mann.“

„Warum?“, fragte Roger, auch diesmal mit starkem französischen Akzent. „Was hat er getan?“

„Wir brauchen ihn nur, um eine Aussage zu machen.“ Er wandte sich an Augustin. „Ihren Pass, bitte.“

Wie halte ich ihn bloß davon ab, nach Rogers Pass zu fragen?

„Meinen?“ Augustin lachte, während er seine Taschen nach dem Dokument durchsuchte. „Sehe ich etwa so aus?“

Der Beamte grinste und schüttelte den Kopf. Zu Augustins Überraschung zog auch Roger die Brieftasche heraus. Der Beamte blätterte in Augustins Pass. „Weit herumgekommen“, sagte er. Augustin nickte. „Und Sie sind gerade erst eingereist. Geschäftlich oder privat?“

„Ich besuche meinen Freund François.“

„Willkommen in Napoli, pardon, Neapel, Dr. Knox. Und Sie, Sir?“

Roger entnahm seiner zerfledderten Brieftasche einen Führerschein mit einem Bild, das sein momentanes Aussehen wiedergab.

„Ah, Sie leben in Rom, Mr Tracanelli?“

„*Oui. Si. Yes!*“

Rogers rascher Wechsel zwischen Französisch, Italienisch und Englisch amüsierte den Carabiniere offenbar. „Vielen Dank, die Herren. Sollten Sie den Gesuchten sehen, würden Sie sich dann bitte bei uns melden?“

„Ist er gefährlich?“, fragte Roger.

„Ich glaube kaum. Wir suchen ihn nur im Auftrag einer anderen Behörde."

Als sie von der Rolltreppe traten, sagte Augustin: „Ich fürchtete schon, das wäre es für dich gewesen, Roger. Wie hast du das angestellt, mit dem Führerschein und so?"

„Hast du mich schon jemals unvorbereitet erlebt?"

„Noch nie. Aber ich habe auch noch nie erlebt, dass du Angst um dein Leben hast."

„Das eine bedingt das andere. Und glaub bloß nicht, es war leicht, einen Fälscher zu finden. Ich habe noch nie einen gebraucht und habe auch nicht vor, je wieder einen zu benötigen. Ich habe die ganze Zeit Todesängste ausgestanden."

„Die ganze Zeit von was?"

„Während er mich rasierte, fotografierte und alle seine Trickkünste an mir ausließ. Ich meine, diese Kerle leben auch im Untergrund, weil ihre Kunden sich verstecken müssen."

„Du hast doch nicht deine eigene Adresse benutzt?"

„Hältst du mich für blöd?" Roger kramte den Führerschein hervor und zeigte ihn Augustin.

„Die Straße kenne ich. Geschäftsviertel, oder?"

„Größtenteils. Jede Menge Wohnungen über Ladenzeilen. Wenn sie diese Adresse überprüfen, würden sie eine Wohnung über einer Apotheke finden. Aber wer sollte sich wohl die Mühe machen, das nachzuprüfen?"

„Roger, jetzt, wo die Polizei im Spiel ist – was meinst du, wie lange es dauert, bis die Presse von der ganzen Sache Wind bekommt?"

„Den Moment fürchte ich auch schon, das kannst du mir glauben. Dieser Fund ist vielleicht das am besten gehütete Geheimnis in der ganzen Welt. Aber diese andere Behörde, die der Beamte erwähnt hat, ist das *Comando Carabinieri per la Tutela del Patrimonio Culturale*, der TPC."

„Und das ist?"

„Die staatliche Behörde für den Schutz antiker Kulturgüter. Es ist sozusagen die Antiken-Soko innerhalb der Militärpolizei."

„Warum sollte jemand von denen Klaudios umbringen lassen?"

„Aus demselben Grund, für den Klaudios alles aufs Spiel gesetzt hat. Der Mann muss mit irgendjemand anderem unter einer Decke stecken. Ich habe noch nie von einem Skandal in dieser Behörde gehört, aber die Aussicht auf das ganz große Geld verändert die Menschen. Mich auch schon, Augustin. Es gibt Gerüchte, dass der Arbeiter, der die Dokumente zuerst entdeckt hat, den Beamten des Antikendezernats am nächsten Morgen erzählt hat, es habe ausgesehen wie antike Schriften. Ich habe noch einmal versucht, Klaudios dazu zu bringen, einfach zu sagen, er habe erkannt, wie wertvoll der Fund war, und die Dokumente deswegen über Nacht in Sicherheit gebracht. Er hat das abgelehnt und gesagt, er werde alles jetzt irgendwo verstecken und in zwei oder drei Tagen zurück sein."

Als sie den Ausgang erreichten, der zum Parkhaus führte, blieb Augustin stehen. „Und wo hat er die Pergamente versteckt?"

„Der Mann vom Antikendezernat, stell dir vor, das zweithöchste Tier da, Aldo Sardinia, sagte ihm, sie wüssten aus Fluglisten, dass er nach Griechenland geflogen war, und er würde sich selbst einen Gefallen tun, wenn er ihnen einfach alles erzählte. Betonte noch, er müsse einen Experten wie Klaudios ja wohl nicht daran erinnern, dass die Ausfuhr eines Artefakts aus Italien ein schweres Verbrechen ist."

„Und ...?"

„Nun, ich glaube, der ausgekochte alte Hinkefuß hat Sardinia auf ... eine falsche Fährte geschickt."

„Jedenfalls haben sie in jedem Winkel in Griechenland gesucht. Das Nächste, was ich weiß, ist, dass ich einen Anruf vom Antikendezernat erhielt."

„Klaudios hat dich verraten?"

„Er hat geschworen, dass er es nicht getan hat. Sardinia muss die Nummer von Giordanos Handy haben. Und er hat alle Apparate mit Nummern, die Giordano kurz vor seinem Verschwinden angerufen hatte, angezapft."

„Und wann war das?"

„Drei Tage nachdem er sich mit Klaudios getroffen hatte. Das Seltsame daran war, dass der Anrufer vorgab, Colonello Georgio Emmanuel zu sein, der Leiter des Antikendezernats. Und das sagt mir: Sie glauben, der Fund ist echt. Er sagte, ihre Nachforschungen im Fall des Verschwindens eines wertvollen antiken Fundstücks hätten zu mir geführt und ich würde mir selbst helfen, wenn ich ihnen reinen Wein einschenkte. Seine rechte Hand, Sardinia, würde mir einen Besuch abstatten, kündigte er an. Und betonte, dass nicht nur sie es begrüßen würden, sondern dass es auch klug von mir wäre und mich schützen würde, wenn ich diesen Sardinia so offen und entgegenkommend behandelte wie nur möglich. Das würde ich tun, versicherte ich ihm. Er warnte mich noch davor, irgendjemandem von diesem Treffen zu erzählen, und fügte hinzu: ‚Falls Sie es doch tun, kriegen wir es raus.'"

„Wie hast du das gedeutet?"

„Dass man mich beobachtete und dass mein Handy abgehört wurde. Aber als Sardinia auftauchte, erkannte ich seine Stimme – es war dieselbe wie die des Anrufers, der sich als Leiter des Antikendezernats ausgegeben hatte. Irgendetwas war hier offensichtlich faul. Die Ermittler wüssten, dass Giordano sich mir anvertraut hatte, und er hoffe, er müsse mich nicht in die Sache hineinziehen. Ich erwiderte, das hoffte ich auch. Er betonte, falls Klaudios die Dokumente bei mir hinterlegt hatte oder falls ich wüsste, wo sie waren, solle ich ihm sagen, was ich wusste, oder ich würde in einer Zelle direkt neben Klaudios landen.

Tatsache ist: Ich glaubte ihm. Irgendwie brachte ich den Mut auf, ihm zu sagen, ich würde offen zu ihm sein, wenn er es auch zu mir wäre. Er sah überrascht aus, als ich ihm sagte, ich wüsste, dass er es war, der mich angerufen hatte, sich aber als Georgio Emmanuel ausgegeben hatte. Das sei eine übliche Vorgehensweise, wischte er meinen Einwand weg, ein Verfahren, mit dem sie einschätzen, wie kooperativ jemand sein werde. Er meinte sogar, gelegentlich mache Emmanuel diese Kontaktanrufe selbst, aber zurzeit sei er zu beschäftigt. Es sei ziemlich scharfsichtig von mir, dass ich es bemerkt hatte, kommentierte er, aber es spiele keine Rolle und ändere auch nichts daran, dass ich ihm sagen müsse, was ich wisse. Du kennst mich, Augustin. Du weißt, dass ich nicht lüge. Ich bin der Meinung, die Wahrheit kann nie schaden."

„Ganz biblisch", kommentierte Augustin.

„Ja, ich weiß. ‚Ihr werdet die Wahrheit erkennen und die Wahrheit wird euch befreien.' Bitte verzeih, aber im Moment kann ich das schwer glauben."

„Den Satz hat Jesus von sich selbst gesagt, Roger."

„Wie auch immer. Ich habe die Wahrheit gesagt und ich bin wohl noch nie in meinem Leben weniger frei gewesen als jetzt. Ich habe ihm also mitgeteilt, dass Klaudios mir seinen Fund gezeigt hatte. Und dass ich ihn gedrängt hatte, die Dokumente zurückzugeben. Vielleicht hätte ich ihm allerdings die ganze Wahrheit erzählen sollen."

„Und die ist?"

„Dass Klaudios mir das Original der ersten und Fotokopien aller anderen Seiten übergeben hatte, außerdem einen versiegelten Umschlag, den ich nur in dem Fall öffnen sollte, dass ihm etwas zustieße."

„Und der Fall trat ein. Was war in dem Umschlag?"

Roger sah sich um und flüsterte: „Weiß ich noch nicht. Bevor ich wieder beim Antikendezernat anrufen konnte, um herauszufinden, ob es tatsächlich zu ihren Gepflogenheiten gehört, am Telefon eine falsche Identität anzugeben, erfuhr ich aus den Nachrichten vom Mord an Klaudios. Ich ließ alles, was er mir gegeben hatte, verschwinden und hatte bisher noch keine Gelegenheit, wieder an die Sachen heranzukommen. Sardinia ist offenbar überzeugt, er könne über mich an das Originalmanuskript herankommen, und daher brauchte er Klaudios nicht mehr."

„Du glaubst, er will die Schriften für sich selbst, nicht für seine Behörde."

„Genau. Ich vermute, er macht irgendwie gemeinsame Sache mit den Tombaroli, ließ Giordano durch einen von ihnen beseitigen und jetzt versuchen sie, mit dem Fund auf dem Schwarzmarkt Millionen zu machen. Sardinia wird die Tombaroli oder irgendjemand sonst für den Mord an Klaudios verantwortlich machen, und beim Antikendezernat wird kein Mensch mitkriegen, dass er in der Sache mit drinsteckt."

„Roger, sag mir die Wahrheit. Wir kennen uns schon zu lange und ich habe für dich gerade mein Leben auf Eis gelegt. Weißt du, wo die Pergamente sind?"

„Nein."

„Wo hast du die Sachen verstaut, die Klaudios dir gab?"

„In einem Schließfach am Roma Termini. Da liegt auch die Pistole, die ich dir versprochen habe."

Augustin schloss die Augen. „Sag mir, dass du Witze machst."

Roger kramte in seiner Tasche und zog einen Schlüssel hervor. „Mach ich nicht."

„Du hast ein Blatt eines unschätzbaren Artefakts am Hauptbahnhof in Rom hinterlegt?"

„Ich habe kein Bankschließfach, Augustin."

„Und meinst du nicht, es wäre vielleicht eine solche Investition wert gewesen? Wir müssen es da wegholen, und zwar umgehend."

Als sie die Parkebene betraten, auf der Rogers Auto stand, erstarrte Roger plötzlich und ergriff Augustins Arm. „Folge mir", flüsterte er. „Carabinieri. An meinem Auto. Sie durchsuchen es."

„Können sie das so einfach?“

„Soll ich hingehen und ihnen sagen, dass sie gerade gegen das Gesetz verstoßen? Wir müssen uns was überlegen, wie wir nach Rom zurückkommen.“

„Zug?“

„Ich möchte mich nicht noch einmal an diesen Posten vorbeischummeln müssen. Der nächste Beamte da unten lässt sich vielleicht nicht so leicht an der Nase herumführen. Wir müssen einen Mietwagen nehmen. Auf deinen Namen.“

„Okay“, sagte Augustin. „Aber wohin wollen wir dann? Wo hast du in den letzten Tagen gelebt?“

„Auf der Straße. Ich hoffte, wir könnten dein Zimmer umbuchen in eine Suite.“

„Ich stecke so tief in der Sache drin“, meinte Augustin, „da macht es auch nichts mehr aus, wenn ich jetzt noch einen Flüchtenden beherberge.“

Samstag, 10. Mai, 14.00 Uhr

Während Augustin nach Rogers Ansagen einen Weg aus dem Straßengewirr von Neapel suchte, fragte er: „Du hast doch kein Beweismaterial oder irgendwelche Wertsachen in deiner Wohnung gelassen, oder?“

„Nur eben alles, was ich besitze. Kleidung, Computer, alles. Seit meinem ersten Anruf bei dir bin ich auf der Flucht gewesen.“

„Aber du hast nichts dort gelassen, was verraten könnte, was du mit den Sachen von Giordano gemacht hast?“

„Nein. Die Pistole, die Originalseite, die Fotokopien und Klaudios Anweisungen sind im Schließfach. Der Rest des Originals, sagte Klaudios, ist an einem Ort, an dem nur er es finden kann.“

„Aber dieser Sardinia glaubt, Klaudios habe dir gesagt, wo es ist, richtig? Und deshalb hast du jetzt diesen Ärger.“

„Deshalb hat er Klaudios umbringen lassen. Giordano stand Sardinias Ziel im Weg, das Geschäft seines Lebens zu machen."

„Und jetzt stehst du diesem Ziel im Weg."

„Allmählich gewinnst du ein Bild von der Lage. Aber er ahnt ja nicht, dass ich kein bisschen mehr weiß als er selbst. Wohinter er her ist, das ist der Umschlag, den ich nicht öffnen sollte, es sei denn, Klaudios stieße etwas zu. Nachdem er tot war, konnte ich es nicht mehr riskieren, die Sachen aus dem Schließfach zu holen. Ich legte mir ein neues Äußeres und neue Papiere zu und versuchte unterzutauchen. Ich weiß nicht, wie ich sonst am Leben bleiben soll. Der Kerl hat die größte Denkmalschutzbehörde der Welt zur Verfügung."

„Aber wenn du recht hast, Rogie, dann ist Sardinia deine Lebensversicherung. Ohne dich hat er nichts."

„Und ohne den Umschlag könnte ich ihm nichts erzählen, selbst wenn man mich folterte. Ich werde ihn nicht preisgeben."

„Warum schickst du ihn nicht einfach ans Antikendezernat? Sollen sie die Dokumente finden und so verhindern, dass Sardinia sie an die Tombaroli verhökert – und Wissenschaftler auf der ganzen Welt erhalten eine Chance, jedes Wort zu übersetzen und zu analysieren. Es wäre ein Segen für die ganze Menschheit."

Roger wurde schweigsam und sah aus dem Seitenfenster.

„Was habe ich gesagt?", fuhr Augustin fort. „Du hast nichts gestohlen. Du wärst aus der Sache raus. Du hättest nicht gegen das Gesetz verstoßen. Die Dokumente wären geschützt und würden dahin gelangen, wo sie hingehören. Was habe ich vergessen?"

„Du unterschätzt Sardinia. Glaubst du, mit meinem neuen Look will ich die Tombaroli täuschen?"

„Bist du denn sicher, der Kerl ist tatsächlich der, für den er sich diesmal ausgegeben hat?"

„Bin ich. Habe ein paar Online-Recherchen betrieben."

„Er riskiert seine Karriere, von seinem Leben ganz zu schweigen."

„Die Lebenserinnerungen des Paulus – das ist eine Beute, die man nur einmal im Leben macht und die den gewissenhaftesten Carabiniere zu sonst was treiben könnte. Dir ist klar, was er und die Tombaroli daraus machen könnten, Augustin? Schon ein paar Schnipsel jeder Seite wären ein Vermögen wert."

„Auseinanderreißen? Das würden sie nicht tun."

„Weil es heilig ist? Mach dir nichts vor! Es ist Gold wert."

24

Schammai

Rom im ersten Jahrhundert nach Christus

Lukas war gefesselt von seiner Lektüre. Es ging um Ereignisse, die Paulus nie erwähnt hatte, die aber – das war deutlich – den Mann geformt hatten, den er heute kannte. Nun war er gespannt zu erfahren, wie es zu der Entscheidung darüber gekommen war, an welcher Schule Paulus zum Rabbi ausgebildet werden würde. Lukas wusste ja bereits, bei wem Paulus studiert hatte, aber aus welchen Beweggründen hatten der junge Paulus und sein Vater gerade diese Wahl getroffen?

Ich war so aufgeregt, dass ich am Morgen schon vor meinem Vater wach war, und ich war versucht loszugehen, um etwas zum Frühstück für uns zu besorgen. Aber ich wusste, dass mein Vater es nicht gern sehen würde, wenn ich vor dem Tefilla, *dem täglichen Gebet, etwas unternahm, also legte ich meine Gebetsriemen an und wartete auf ihn. Schon bald rezitierten wir das* Schacharit, *das auch einen meiner Lieblingspsalmen enthielt, den Psalm 100.*
Jubelt dem Herrn zu, ihr Völker der Erde!
Dient ihm voll Freude,
kommt zu ihm mit fröhlichen Liedern!
Erkennt, dass der Herr unser Gott ist!
Er hat uns zu seinem Volk gemacht, ihm gehören wir!
Er sorgt für uns wie ein Hirte für seine Herde.
Geht durch die Tempeltore ein mit Dank,
betretet den festlichen Vorhof mit lautem Lob!

Preist ihn! Rühmt ihn!
Denn der Herr ist gut zu uns,
seine Gnade hört niemals auf,
für alle Zeiten hält er uns die Treue.

Welches Glück empfand ich, als ich eine halbe Stunde nach dem Frühstück denselben Psalm noch einmal hörte – diesmal von einem Chor, der ihn im Hof des Tempels des Herodes singend rezitierte. Der heilige Ort, an dem man schon viele Jahre baute und der – wie mein Vater mir sagte – noch für viele weitere nicht vollendet werden würde, überwältigte meinen Vater derart, dass ihm auf einmal die Stimme versagte.

Auch mich erfasste eine heilige Ehrfurcht. „Wenn wir nach Jerusalem ziehen", sagte ich zu ihm, „dann werde ich diesen Ort genau erkunden und alles in Erfahrung bringen, was es darüber zu wissen gibt."

Damals wusste ich noch nicht, wie bedeutsam es war, dass die beiden Rabbinenschulen, die wir an diesem Tag besuchen wollten, an gegenüberliegenden Seiten des Tempels saßen. Was ich bisher wusste, war, dass beide vor etwa hundert Jahren begründet worden waren und dass eine von ihnen, Beit Schammai, *das Gesetz strenger auslegte als die andere,* Beit Hillel, *das Haus Hillel.*

Obwohl ich damals der Meinung war, ich wüsste bereits sehr viel, kann man sich kaum vorstellen, wie wenig ich wirklich verstand. Ich war dreizehn Jahre alt, aber ich fühlte mich erwachsen. Ich glaubte, ich könnte es Männern gleichtun, die das Alter meines Vaters hatten. Ich hätte es besser wissen müssen. Rabbi Daniel hatte mich in einem persönlichen Gespräch erinnert, „wie viel Verantwortung die Anerkennung, die wir dir zuteilwerden lassen, mit sich bringt. Du weißt, dass du nun mit der vollen Härte des Gesetzes zur Rechenschaft gezogen werden kannst, wenn du die Gebote brichst."

Kind zu sein, hatte gewisse Freiheiten bedeutet, gerade weil ich pfiffig war und rasch lernte. Aber ich hätte wissen müssen: Die Mizwa (das biblische Gebot, Gott zu dienen) brachte es mit sich, dass ich nun ebenso verantwortlich war wie ein Erwachsener.

All das kam mir im Schatten der großen Tempelmauer in Jerusalem wieder in den Sinn. Mein Vater hatte schließlich die Sprache wiedergefunden, und er sprach begeistert und in gedämpftem Ton davon, dass dies die Erfüllung eines Lebenstraumes war und wie viel es ihm bedeutete, dass ich eines Tages Rabbi sein würde, „vielleicht sogar genau hier, an diesem Ort. Du kannst ein führender Geistlicher werden, Saulus, ein Gesetzesgelehrter, ein Mitglied des Sanhedrin …"

Wir verließen das Tempelareal und folgten einer breiten Straße, die zur Schule des Schammai führte. Lange, eingeschossige Bauten dieser Anlage umschlossen einen Hof, auf dem vor allem die kleineren Jungen herumtollten und spielten. Wir wurden vom Leiter der Schule begrüßt, einem blassen Mann von etwa vierzig Jahren mit langem hellen Haar und markanten Lippen. Er stellte sich uns als Rabbi Enosch vor und führte uns durch verschiedene kleine Räume, in denen Klassen aus jungen Männern und Knaben sich um ihren Lehrer versammelt hatten – „unter ihm" oder „zu seinen Füßen" saßen. Bald fanden wir uns in Enoschs kleinem Arbeitszimmer wieder, wo er uns Stühle anbot und sich selbst auf den hölzernen Tisch setzte.

„Euer Rabbi, Daniel von Tarsus, hat uns wissen lassen, dass du ein außergewöhnlicher Schüler bist", sagte er, „sehr begabt im Auswendiglernen und äußerst genau in der Einhaltung des Gesetzes. Wenn es so ist, dann ist Schammai der richtige Ort für dich. Unser Gründer, Rabbi Schammai, glaubte, dass nur die Würdigsten die Thora studieren sollten. Du wirst dich hier gut entwickeln. Schüler, die hier ausgebildet wurden, haben es weit gebracht, viele gehören zu den angesehensten und versiertesten Rabbis im gan-

zen Judentum oder wurden führende Leuten in der Tempelhierarchie."

Schließlich kam er auf einen der Unterschiede zwischen seiner Schule und der mit ihr im Wettstreit Stehenden zu sprechen. „Sie würden erlauben, was sie eine harmlose Lüge nennen – etwa einer hässlichen Braut zu sagen, sie sei schön. Würdest du das tun, Saulus?"

„Eine Lüge ist eine Lüge", sagte ich. „Ich würde lieber gar nichts sagen, als falsches Zeugnis zu geben."

Enosch sah erfreut aus. „Und wie stehst du zur Scheidung, junger Mann?"

„Scheidung? Ich bin vielleicht noch zu jung ..."

„Du bist alt genug, um darüber nachzudenken. Unsere Auffassung ist diese: Das Gesetz lehrt, dass ein Mann seine Frau nur wegen einer gravierenden Verfehlung entlassen darf. Weißt du, dass es andere gibt – die sich sogar Pharisäer nennen –, die eine Scheidung wegen einer solchen Kleinigkeit wie einem schlecht zubereiteten Essen erlauben würden?"

„Das ist furchtbar", sagte ich.

„Natürlich. Du magst vielleicht recht weit fortgeschritten sein, vielleicht auch weiter als deine Altersgenossen, aber hier wird man dich fordern, dich prüfen und im Gesetz des Mose vervollkommnen. Du wirst die Schriften nicht nur auswendig kennen, du wirst sie auch verstehen und in der Lage sein, andere darin zu unterrichten, und vor allem, und das ist das Beste, wirst du fähig sein, selbst streng nach ihnen zu leben. Ein gottesfürchtiger Jude, und ganz besonders einer, der entschlossen ist, Rabbi zu werden, sollte nichts Geringeres anstreben."

Ich stimmte diesen Worten aus tiefstem Herzen zu. Was ich vor allen Dingen wollte, war, Gott zu gefallen, und ich kannte keinen anderen Weg, als in seinen Augen vollkommen zu sein. Ich hätte gern gewusst, ob es in der Schule des Schammai Studenten gab, die einen Punkt erreicht hatten, an dem sie würdig befunden wur-

den, mit Gott selbst zu sprechen und in seiner Nähe zu leben und seine Stimme zu hören.

„Da wir die Befürwortung eures Rabbis und die Empfehlungen der Ältesten eurer Synagoge haben, kann ich sagen, dass unser Lehrkollegium deiner Aufnahme bei uns rasch zustimmen wird."

„Wir wollen nichts übereilen", sagte mein Vater und ich sah, wie Enoschs Lächeln verschwand. „Wir müssen vieles bedenken und es gibt noch ein weiteres Haus der Gelehrsamkeit, das wir besuchen wollen."

Enosch wurde steif. „Sag mir, Jonatan, ist dieses andere Haus die Schule von Hillel?"

„Gibt es in Jerusalem noch eine andere, die die Mühe lohnt, sie zu prüfen?"

„Nein", sagte Enosch und zog die Nase hoch. „Aber ich halte auch Hillel nicht für der Mühe wert."

„Vielleicht werden wir zu demselben Schluss kommen", sagte mein Vater. „Aber es ist nur angemessen, dass wir unsere Entscheidung aufgrund einer gründlichen Einschätzung beider Schulen treffen."

Enosch war also wenig erfreut und ich muss sagen, auch ich war besorgt. Wenn Schammai die strengere der beiden Schulen war, war das denn nicht alles, was wir brauchten?

„Lassen wir es dabei", sagte Enosch. „Kommt morgen wieder, wenn eure Entscheidung so ausfällt, dass Saulus hier studieren wird. Wenn ihr nicht wiederkommt, weiß ich, dass ihr anders entschieden habt. In diesem Fall läge mir nichts daran, euch wiederzusehen."

Vater legte den Kopf zur Seite. „So sehr seid ihr Beit Hillel abgeneigt?"

„Ganz offen gesagt, Jonatan, es bereitet mir Sorge, dass du auch nur in Erwägung ziehen kannst, die religiöse Erziehung deines Sohnes Menschen anzuvertrauen, die vom rechten Weg abweichen. Über ihre Haltung gegenüber Rom haben wir noch gar

nicht gesprochen. Sie leugnen gar nicht, dass sie Handelsbeziehungen zwischen Juden und Heiden aufgeschlossen gegenüberstehen. Und das angesichts der Tatsache, dass die heidnischen Völker, von denen wir umgeben sind, sich in diesem Disput mit dem Imperium auf die Seite Roms stellen. Ein Mann – und ein Volk – sind entweder Diener Gottes oder sie sind es nicht."

Enosch reichte uns die Hand. „Ich hoffe, ich sehe euch morgen wieder. Wenn aber nicht, möge Gott sich über euch erbarmen."

25

Menschenjagd

Italien

Samstag, 10. Mai, 14.30 Uhr

Den größten Teil der gut zweihundert Kilometer langen Fahrt von Neapel nach Rom jammerte Roger, den Kopf in die Hände gestützt, darüber, was aus seinem Auto – und aus ihm selbst – werden würde, wenn er nicht zurückkehren könnte, um es zu holen.

„Rogie, das sieht dir gar nicht ähnlich", bemerkte Augustin.

„Entschuldige, aber bisher stand ich auch noch nie auf irgendeiner Abschussliste."

„Reiß dich zusammen, Mann. Du bist der Einzige, der einen Hinweis darauf geben kann, wo die Dokumente sind. Solange du das für dich behältst …"

„Was Klaudios passiert ist, war eine Warnung an mich."

„Und darum bin ich ja jetzt hier, Roger. Dein Leben ist meine oberste Priorität."

„Sei mal ehrlich. Du stirbst doch vor Neugier, die Schriftstücke selbst zu sehen."

Augustins Handy vibrierte. Er stellte den Lautsprecher auf Mithören und nahm den Anruf an. „Hallo, Schatz."

„Ich muss wissen, was los ist, Augustin. Ist mit Roger alles okay?"

Er erzählte ihr alles und unterbrach sich nur kurz, als er Rogers entsetzten Blick auffing. „Das Handy ist sicher. Garantiert nicht anzapfbar."

„Garantiert ist gar nichts mehr“, murmelte Roger. „Was ist mit ihrem Handy?“

„Wer sollte darauf kommen, das abzuhören?“

„Sie haben deins ja auch entdeckt, Augustin. Und ich hatte auch mit ihr telefoniert, das weißt du ja.“

Augustin zuckte zusammen.

„Braucht ihr mich dort?“, fragte Sofia.

Augustin zögerte. Er wollte sie keineswegs einer tödlichen Gefahr aussetzen, aber ebenso wenig wollte er für sie die Entscheidungen treffen.

„Ich möchte nur helfen, Schatz“, sagte sie. „Kann ich irgendetwas tun?“

„Es gibt hier jede Menge zu tun, und wenn Roger möglichst nicht in Erscheinung treten darf …“

„Sag nichts mehr“, unterbrach sie ihn. „Ich buche den nächsten Flug und lasse dich wissen, wann ich ankomme.“

„Schreib auf, was du an Auslagen hast. Ich werde …“

„Augustin, stopp. Ich hab das Geld. Oder zumindest hat mein Vater es.“

„Findest du es klug, ihm zu erzählen, was hier läuft?“

„Wenn ich ihm nicht vertrauen kann, wem dann? Vielleicht hat er auch den einen oder anderen guten Vorschlag.“

„Wird er nicht versuchen, es dir auszureden?“

„Ich komme auf jeden Fall, Augustin.“

„Er wird ja wohl verstehen, wie wichtig es ist, dass wir niemandem …“

„Bitte. Er kann Geheimnisse besser hüten als jeder andere, den ich kenne. In seinem Geschäft muss er das auch. Ich nehme einen Mietwagen, wenn ich gelandet bin. Wo finde ich euch?“

Roger schaltete sich ein und beschrieb ihr, wo Augustins Hotel war. „Aber aus Sicherheitsgründen solltest du besser woanders wohnen. Ich treibe mich nämlich auch dort herum.“

„Roger, du klingst viel besser.“

„Fühl mich zwar nicht so, aber es ist schon mal ein Trost, nicht mehr allein in der Sache drinzustecken."

„Du warst nie allein", sagte sie. „Du hast doch gewusst, dass wir für dich da sein würden."

„Ich hab's gehofft."

„Jetzt mach aber mal 'nen Punkt. Wir lieben dich, Roger."

Die Männer besprachen, dass Augustin in seinem Hotel sein Zimmer in eine Suite umbuchen und François Tracanelli als zweiten Gast anmelden sollte. „Und dann kannst du losziehen und ein paar Klamotten und anderes für mich besorgen. Dann sollte es allmählich dunkel sein und du kannst mit dem Schlüssel zum Bahnhof fahren. Ich will das Zeug nicht eine Minute zu lange dort wissen."

„Und was machen wir dann damit? Legen wir die Papiere in den Hotelsafe?"

„Das wäre vermutlich sicherer als ein Bahnhofsschließfach. Aber wenigstens musste ich das Originalblatt nicht knicken, um es dort unterzubringen."

„Daran hatte ich nicht gedacht", sagte Augustin. „Nein, knicken geht keinesfalls. Es ist doch geschützt, oder?"

Roger nickte. „Klaudios hat es zwischen ein paar Bögen säurefreies Papier gelegt und in Zellophan eingewickelt."

„Ich kann es kaum erwarten, es zu sehen. Schon beim Gedanken daran krieg ich eine Gänsehaut."

Samstag, 10. Mai, 16.45 Uhr

Erst als er schon so weit durch Rom gefahren war, dass der Stadtrand im Norden nicht mehr weit sein konnte, fiel Augustin auf, dass Roger ihm keine Fahrthinweise mehr gegeben hatte und offensichtlich nicht mehr einfach aus dem Fenster starrte. Er legte seinem stämmigen Freund eine Hand auf die Schulter und sagte: „Ich bin zu weit gefahren, stimmt's?"

Roger atmete tief und gleichmäßig. Er musste in den letzten Tagen dramatisch wenig geschlafen haben, wenn selbst diese Berührung ihn nicht weckte. Sosehr Augustin auch darauf aus war, einzuchecken und seine Besorgungen zu erledigen, brachte er es doch nicht übers Herz, den Mann zu wecken. Er tippte Rogers Adresse in die Navi-App seines Handys und stellte die Lautstärke leiser. Sobald der Satellit seine Position geortet hatte, sagte eine Frauenstimme: „*Fare una inversione a u quando possible.*"

Er konnte genug Italienisch, um zu wissen, dass er tatsächlich weiter nördlich gelandet war, als er eigentlich wollte. Augustin schaltete das Gerät auf Englisch um. „Bitte wenden, wenn möglich."

Es wäre sicherer gewesen, dieses Vorhaben allein und bei Dunkelheit durchzuführen, aber da Roger schlief und sicher nicht erkannt werden konnte, folgte Augustin den Ansagen bis zu Rogers Wohnung. Gab es eine Chance, dass er die Wohnung ungesehen betreten und auch wieder verlassen konnte?

Aber der Platz wimmelte nur so von Männern in Anzügen und Autos derselben Marke wie die Polizeiwagen, wenn auch ohne Aufschrift. Er fuhr vorbei und wünschte, er hätte zugehört, als Roger Sofia den Weg zum Hotel beschrieben hatte. Er wusste nur noch, dass es einen knappen Kilometer von Rogers Wohnung entfernt lag.

Augustin bog in eine Seitenstraße ein und parkte; dann stellte er die Rückenlehne zurück und wählte von den Büchern auf seinem Handy einen Roman aus. Er war entschlossen, Roger schlafen zu lassen, da er sich vorstellen konnte, dass es schon lange her war, dass sein Freund sich sicher genug gefühlt hatte, um tief und fest in den Schlaf zu sinken. Augustin öffnete das Fenster einen Spaltbreit und spürte die kühle Luft auf seiner Haut. Bevor er den Motor abstellte, sah er noch, dass die Temperatur auf vierzehn Grad gefallen war.

18.15 Uhr

Das Letzte, woran Augustin sich erinnern konnte, war, dass die Wörter des Romans vor seinen Augen zu verschwimmen begannen und es ihm schwerfiel, die Augen offen zu halten. Ein freundliches Klopfen am Fenster weckte ihn und er blinzelte in das Gesicht eines weiblichen Carabiniere über sich.

„Identificazione, per favore."

„Ähm, ja, sorry. Sprechen Sie Englisch?"

„Ihre Papiere, bitte."

Augustin reichte ihr seinen Pass.

„Und Ihr Begleiter?"

„Schläft."

„Das sehe ich. Ebenfalls Amerikaner?"

„Oh, nein." Augustin griff vorsichtig in Rogers Tasche, zog seine Brieftasche heraus und brachte den gefälschten Führerschein zum Vorschein. „Soll ich ihn wecken?"

„Nein, das wird nicht nötig sein", sagte sie. „Entschuldigen Sie mich einen Augenblick."

Als sie vorn um den Wagen herumging, bemerkte Augustin im Rückspiegel ihren Kollegen neben dem linken Rückscheinwerfer. Die Polizistin beugte sich herab und verglich das Foto im Führerschein mit Rogers Gesicht, das, wie Augustin vermutete, gegen die Scheibe gepresst war. Sie ging zu einem Wagen mit der Aufschrift *polizia* und kam ein paar Augenblicke später zurück.

„Haben Sie sich verfahren, Dr. Knox?"

Augustin erklärte, sein Freund wisse den Weg zum Hotel, aber er wolle ihn gerade nicht wecken.

„Ich sehe, Sie sind erst heute in Italien angekommen. Sie können hier nicht einfach an der Bordsteinkante stehen. Bitte wecken Sie Ihren Freund und fahren Sie zu Ihrem Ziel. Und herzlich willkommen in Rom."

„Vielen Dank." Augustin starrte sie an und fragte sich, ob sie sonst noch etwas von ihm erwartete.

„Ich warte, bis Sie losfahren", sagte sie.

„Oh." Er schüttelte Roger. „François", sagte er, „die Carabinieri möchten, dass wir jetzt in unser Hotel fahren."

Roger setzte sich mit einem tiefen Seufzer auf und brummte: „Was? Augustin, was ist los?"

Augustin sprach ihn betont ruhig noch einmal mit „François" an und hoffte, Roger würde die Geistesgegenwart besitzen, seinen französischen Akzent durchklingen zu lassen. „Du musst mir nur sagen, wie ich zu unserem Hotel komme."

„*Sacrebleu!*", stieß Roger hervor, und die Polizistin beugte sich sofort vor und starrte ihn über Augustin hinweg an.

„*Sortez de la voiture, s'il vous plaît, Monsieur.*" Bitte, steigen Sie aus, Sir.

„*Oui. Certainement.*" Ja, gewiss.

Roger tauchte rasch aus dem Wagen auf, während die Frau näher kam, und sie unterhielten sich auf Französisch. Dann ging sie mit einem wenig erfreuten Gesichtsausdruck zu ihrem Auto, als zweifelte sie daran, dass sie gerade das Richtige tat.

„Was war das noch?", fragte Augustin, als Roger wieder eingestiegen war.

„Ein gigantischer Patzer. Als ich wach wurde, habe ich mit meinem südafrikanischen Akzent gesprochen."

„Du scheinst dich aber sehr rasch eines Besseren besonnen zu haben."

„Ja, ich habe eben das erste französische Wort ausgespuckt, das mir in den Sinn kam."

„*Sacrebleu,* ja?"

„In Frankreich sagt das kein Mensch mehr. Nur Ausländer, wenn sie französisch klingen wollen. Sie fragte sofort, warum ich einen so ungebräuchlichen Begriff verwende, wenn ich tatsächlich Franzose wäre. Ich hab ihr erzählt, es sei ein alter Familienwitz – ein Ausdruck, den alle in meiner Familie gebrauchen, wenn sie aus dem Schlaf gerissen werden. Jetzt lässt sie meinen Namen überprüfen."

Die Carabiniere kam zurück und reichte Roger seine Papiere.

„*Sacrebleu*, in der Tat", sagte sie mit einem ironischen Lächeln. „Nicht zufällig verwandt mit dem olympischen Stabhochspringer mit demselben Namen? Aus den Siebzigern?"

„Nein", sagte Roger. „Aber das werde ich oft gefragt. Ist ein reiner Zufall."

„Gute Fahrt."

„Wir müssen noch weitaus unauffälliger werden", sagte Augustin, während er den Wagen startete.

„Findest du? Wenn noch ein einziger Carabiniere was von mir will, lass ich mich einfach festnehmen."

Augustin berichtete von seiner kleinen Erkundungsfahrt zu Rogers Wohnung.

„Das war ziemlich riskant. Was hast du denn erwartet? Ich kann da nicht wieder hin. Mein Auto und meine Wohnung – beides war einmal."

„Das darfst du nicht denken. Wir sind schließlich auch nicht blöd. Wir werden uns was überlegen und die ganze Sache regeln."

„Freut mich, dass du davon so überzeugt bist."

18.50 Uhr

Augustin und Roger checkten im Terrazzo Hotel ein. Roger ließ sich aufs Bett fallen und kritzelte eine Liste mit Dingen, die er brauchte, auf ein Blatt Papier. Augustin zog los, fand rasch ein paar Kleidungsstücke und Toilettenartikel, aber bei der Suche nach einem Tablet-PC standen ihm seine mangelnden Italienischkenntnisse im Weg. Er kaufte den besten, den er finden konnte, mit allen nur denkbaren Klingel- und Signaltönen.

Roger wachte auf, als Augustin nach Anbruch der Dunkelheit zurückkam; er war begeistert über das Tablet und verband es rasch mit seinem privaten Netzwerk. Dann begann er, seine persönlichen Dateien herunterzuladen, und bemerkte zu Augustin: „Sardinia oder die Tombaroli müssten schon ganz schön pfiffig sein, um meinen Code zu knacken."

Roger gab Augustin den Schlüssel zum Schließfach, eine Wegbeschreibung zum Bahnhof und Hinweise, wo er parken könnte und wie er am schnellsten zu ihrem Schatz gelangen würde. „Und bring uns auch was zu essen mit, Junge. Es gibt da irgendwo einen Mettbrötchenstand."

Augustin hatte gerade den Mietwagen erreicht, als Roger ihn anrief.

„Komm besser wieder rauf."

„Was ist los?"

„Beeil dich einfach."

Oben im Zimmer fand er Roger vor dem Fernseher, bei dem er englische Untertitel eingeblendet hatte, damit Augustin etwas verstand. Auf allen Kanälen flimmerte eine landesweite Suchmeldung.

„Michaels, ein Emigrant aus Südafrika, ist Fremdenführer bei internationalen Reisen. Er wird wegen Mordes an dem bekannten Vatikanführer Klaudios Giordano gesucht. Die Polizei berichtet, man habe die Tatwaffe und eine Zeichnung vom Carport des Opfers in Michaels Wohnung und sein Auto verlassen in Neapel gefunden. Während ein Augenzeuge den einzigen Verdächtigen in diesem Mordfall als groß, dunkel und schlank beschrieben hat, ist die Polizei der Meinung, alle Beweise deuten darauf hin, dass Michaels hinter dem Mord steckt. Der eigentliche Täter ist weiter auf freiem Fuß."

Roger sah eher irritiert aus als besorgt. „Sie können keine Waffe in meiner Wohnung gefunden haben. Ich habe nur eine Neun-Millimeter, dasselbe Modell wie die, die ich für dich im

Schließfach hinterlegt habe. Und die steckt in meinem Rucksack."

Augustin gab es einen Stich, als das hagere, markante und lächelnde Gesicht des verschiedenen Klaudios Giordano auf dem Bildschirm erschien. Es war immer ein Vergnügen gewesen, den Mann zu treffen. Was hatte ihn bloß zu einer so unüberlegten Entscheidung veranlasst? Hatte er wirklich geglaubt, er würde mit einem kapitalen Diebstahl wie seinem davonkommen?

Dann folgten Bilder von Roger. Zum Glück zeigten sie den Mann, wie Augustin ihn in Erinnerung hatte, das Gesicht unter dem buschigen grauen Bart versteckt. Aber leider gab es auch schon Phantombilder, die ihn mit gefärbtem, mit kurzem und ganz ohne Bart abbildeten.

„Sie haben mein Kinn unterschätzt", sagte Roger und demonstrierte Augustin, wie breit seines im Vergleich zu dem war, das die Phantombilder zeigten. „Zumindest das ist schon mal gut."

„Gar nichts ist gut", sagte Augustin.

„Doch, sicher. Jetzt steht auf meine Verhaftung eine Belohnung. Ich bin lebendig mehr wert als tot."

„Meinst du das ernst?", fragte Augustin. „Wenn du im Blick auf Sardinia recht hast, dann hat er jetzt unzählige Leute mehr, die nach dir Ausschau halten. Wenn er dich erst mal in die Finger kriegt, wird er bald haben, was er will, und dann einen Weg finden, dich loszuwerden."

„Oh, vielen Dank, du kannst einem echt Mut machen", sagte Roger. „Ich frage mich nur, wie jemand ernsthaft glauben kann, ich sei gerissen genug, einen Mord zu planen, aber dumm genug, die Beweise in meiner Wohnung zu lassen."

26

Hillel

Jerusalem im ersten Jahrhundert nach Christus

Aus den Lebenserinnerungen des Paulus

Ich war überglücklich und sicher, dass ich den perfekten Ort gefunden hatte, an dem ich bei kundigen Männern studieren würde, denen jeder Buchstabe und jedes i-Tüpfelchen der Schriften heilig war.

Mein Vater allerdings konnte sein Missfallen nicht verbergen. Ich folgte ihm zur Westseite des Tempels, wo die Mauer die grelle Morgensonne ausschloss.

„Mein Sohn, du weißt, dass ich nicht gern übel von einem Menschen rede. Aber ich fand Rabbi Enosch hochmütig und herablassend, ohne jede Spur von Großmut. Er sprach geringschätzig über seine Gegner.“

Ich hatte meine Zukunft schon sicher vor mir gesehen, aber es war undenkbar, mich dem Willen meines Vaters zu widersetzen.

„Saulus, stell dir vor, Rabbi Enosch wäre *in einer Sache gegen dich – wie würdest du dich fühlen? Nehmen wir an, du hättest ihm in einer Auffassung widersprochen …“*

Ich musste lächeln. Unser eigener Rabbi, Daniel, hatte sich mehr als einmal über mich aufgeregt, selbst dann, wenn ich im Recht war und überzeugende Argumente vorbrachte. „Er wäre ein würdiger Gegner, eine Herausforderung.“

Mein Vater schüttelte den Kopf. „Ich schätze, er wäre *alles andere als verständnisvoll. Er würde dich wie lästiges Ungeziefer loswerden.“*

„Du würdest also keinesfalls Schammai als Lehrer für mich wählen?"

„Das habe ich nicht gesagt. Es kann sein, dass sich herausstellt, dass Beit Hillel eine derart andere Auffassung der Schriften vertritt als wir, dass es nicht annehmbar ist."

„Was passiert, wenn du beide Orte nicht als geeignet für mich ansiehst?"

Mein Vater stand auf und reckte sich. „Dann haben wir wenigstens die Erinnerung an diese großartige Reise. Und du erbst mein Geschäft und wirst der klügste pharisäische Student sein, der je ein Zelt gemacht hat."

Ich muss bestürzt ausgesehen haben, denn mein Vater gab mir rasch einen Klaps auf die Schulter. „Ich mache nur Spaß, Saulus! Ich weiß, dass du dazu berufen bist, dem Ewigen zu dienen. Noch bevor das Jahr um ist, wirst du irgendwo in einer rabbinischen Schule sein."

Viele Menschen kamen nun durch das obere Tor, darunter viele Männer, die noch ihre Gebetsriemen trugen.

„Ich glaube, zu Hillel geht es hier entlang", sagte mein Vater und wies die Richtung.

„Ihr sucht nach Hillel?" Die Stimme war laut und freundlich.

Wir drehten uns um und erblickten einen großen Mann, gut und gern einen Kopf größer als mein Vater und von doppeltem Leibesumfang, in Begleitung eines Jungen, der ein wenig jünger schien als ich, und eines Mädchens etwa in meinem Alter. Der Mann stellte sich als Nasi und seine Kinder als Simeon und Naomi vor. Ich konnte meinen Blick kaum von Naomi abwenden – sie entsprach ganz der Vorstellung, die ich mir von der jungen Kleopatra gemacht hatte, als ich las, dass die schöne Herrscherin von Ägypten angeblich einmal Tarsus besucht hatte – lange bevor ich geboren wurde.

Naomi war dunkler als ihr Bruder und ihr Vater und hatte eine Haut, die in mir den Wunsch weckte, ihr Gesicht zu berühren.

Ihre ausdrucksvollen Augen ließen sie strahlend und zurückhaltend zugleich erscheinen.

„... der Name meines schweigsamen Sohnes ist Saulus und ja, wir haben eine Verabredung in Beit Hillel."

„Ich habe denselben Weg", sagte Nasi und entschuldigte seine Kinder. Bevor sie sich zum Gehen wandte, sah Naomi mir direkt in die Augen und sagte freundlich: „Es war schön, dich kennenzulernen, Saulus." Ich hätte vergehen können vor Glück.

Simeon war schon davongerannt, als wir dem Mann folgten. „Willst du Schüler von Hillel werden?", fragte er.

„Von Hillel oder von Schammai", sagte ich.

„So?", reagierte Nasi mit einem Lächeln. „Dann streiten sich die Schulen schon um dich? Sie unterscheiden sich sehr, nicht wahr? Aus der Entfernung könnte man meinen, Schammai ist ein Gefängnis und Hillel ist ein Festsaal. Wohin zieht es dich, junger Mann?"

„Ich bin stolz darauf, Pharisäer zu sein", sagte ich.

„Ach, dann würdest du die strengere Schule vorziehen. Es ehrt dich, dass du nicht sofort die wählst, die bequemer erscheint." Nasi wies mit dem Arm auf ein dreigeschossiges Gebäude in einer engen Straße, das von Läden und Wohnhäusern umgeben war. „Nun, ich bin dankbar, dass du die Entscheidung treffen musst und nicht ich. Möge der Ewige dich segnen."

Der Mann verbeugte sich knapp und verschwand in einem Gässchen neben der Schule. Ich wollte schon auf den Eingang zusteuern, als ich bemerkte, dass mein Vater sich nicht rührte. „Weißt du, wer das war?", fragte er.

„Er sagte, sein Name sei Nasi, warum?"

„Nasi ist kein Name, Saulus. Es ist ein Titel. Ich habe ihn stets nur im Zusammenhang mit hochrangigen Mitgliedern des Sanhedrins gehört. Und ich rede nicht von irgendeinem Ratsgremium irgendwo auf dem Land. Hier in Jerusalem ist es der Hohe Rat."

„Wir haben ein Mitglied des Sanhedrins nach dem Weg gefragt?“, erkundigte ich mich.

Mein Vater lächelte verschmitzt. „Vielleicht gehen wir nachher auf dem Rückweg noch einmal in den Tempel und erkundigen uns. Wir können uns bei ihm bedanken.“

Im Inneren des Hauses huschte eine Frau mit einem Tablett voll frisch gebackener Brote vorbei. „Sucht ihr jemanden?“

„Gamaliel“, antwortete mein Vater.

„Oben und dann links. Aber ich bin nicht sicher, ob er schon hier ist. Er ist ja auch Vorsitzender des Sanhedrins, wie ihr vielleicht wisst. Er war den ganzen Vormittag über im Tempel.“

Mein Vater flüsterte: „Er wird den Mann kennen, der uns so freundlich den Weg gezeigt hat.“

Wir stiegen eine gewundene Steintreppe empor, die uns in einen engen Flur entließ. Ein Mann mit einem Stapel Pergamentbögen in der Hand eilte vorbei. „Gamaliel?“, fragte mein Vater und der Mann wies auf eine Tür weiter hinten im Gang.

Wir klopften, hörten ein „Herein“ und öffneten die Tür, nur um Nasi zu erblicken, der sich erhob und um seinen Schreibtisch herumging, um uns willkommen zu heißen. „Habt ihr ohne Schwierigkeiten hergefunden?“, fragte er und schüttelte sich vor Lachen. „Ja, ich bin Nasi Gamaliel. Sobald ihr Hillel erwähntet, wusste ich, wen ich vor mir hatte. Ich war schon unterwegs, um euch hier zu treffen. Bitte, nehmt Platz.“

„Bist du der Hohepriester?“, brachte ich, gehörig beeindruckt, heraus.

„Nein, dieses Amt bekleidet offiziell Eleazar ben Hannas; aber der eigentliche Hohepriester ist Hannas, sein Vater. Ich bin Vorsitzender des Hohen Rates.“ (Wie mein Vater mir später erzählte, war Hannas von den Römern seines Amtes enthoben worden, weil er zu unabhängig agierte und sogar gegen das Gesetz Hinrichtungen ausführen ließ.)

Der massige Nasi Gamaliel legte sich einen Pergamentbogen

zurecht und tauchte den Schreibkiel in ein Tintengefäß. „Also, Saulus“, sagte er und hielt den Kiel schreibbereit über das Papier, „du hast die Wahl zwischen den Eiferern und den Abtrünnigen, ist es so? Ich bin nicht blind für die erkennbaren Unterschiede zwischen uns. Aber ich halte mich nicht länger bei ihnen auf, es sei denn, du hast dazu spezielle Fragen. Aber jetzt möchte ich dich erst einmal etwas kennenlernen. Deine Entscheidung wirst du treffen, wenn die Zeit reif ist, und ich hoffe, du wirst sie entsprechend deinen eigenen Werten treffen. Das überlasse ich ganz dir. Erzähl mir ein wenig von dir.

Was ist deine früheste Erinnerung? Erzähl mir von deinem Zuhause, deiner Familie, dieser Schwester, von der ich hörte, deiner Synagoge. Und natürlich von deinen Studien und Interessen und davon, was dich begeistert.“

Ich begann mit meiner frühesten Erinnerung – wie meine Schwester mich festhält, während ein Fuhrwerk an unserem Haus vorbeirollt. „Ich war zwar noch klein und sehr jung, aber ich habe verstanden, dass sie mich beschützt hat, und ich fühlte mich geliebt.“

Gamaliels Schreibkiel verharrte. „Das ist eine wunderbare Geschichte“, sagte er. Ich erzählte ihm alles, was mir zu meinem Leben, meinen Studien, meinem Glauben einfiel, bis hin zu diesem Abenteuer, meiner langen Reise von Tarsus nach hier. Der große Mann schrieb mit, nickte, sah auf und lächelte.

Als ich schließlich innehielt, tauchte er die Feder noch einmal in die Tinte und sagte: „Erzähl mir von dir und dem Höchsten. Hast du den Eindruck, du kennst ihn? Oder weißt du nur von ihm?“

Dieser freundliche Mann mit dem offenen Gesicht schien mir regelrecht ins Herz zu schauen. Meine Stimme wurde rau und unsicher, als hätte man mich bei etwas Unerlaubtem ertappt. „Ich habe meinem Vater und meinem Rabbi gesagt, dass ich mir wünsche, ich könne so mit Gott leben und sprechen, wie Abraham, Isaak und Jakob es taten.“

Gamaliel nickte. „Was für ein schöner Wunsch."

Mein Vater räusperte sich. „Rabbi Daniel und auch ich selbst haben Saulus ermahnt, nicht zu viel zu erwarten. Die Männer, die er nennt, sind die Erzväter, die Großen des Glaubens. Aber wir sind aufgerufen, das Wort Gottes treu zu beherzigen, sein Gesetz und seine Gebote zu erfüllen."

Gamaliel sah meinen Vater freundlich an und sprach dann in gütigem Ton. „Du handelst weise, wenn du deinen Sohn vor Enttäuschungen zu bewahren suchst. Und du hast recht: Die Schrift berichtet mit gutem Grund von den Großen des Glaubens. Aber hat Gott sich verändert? Ist es nicht immer noch ein edles Bestreben, wenn jemand ihn wirklich kennen möchte?"

Mein Vater sah erstaunt aus. „Ich glaube, Gott lässt sich nicht erkennen. An uns ist es, von ihm zu wissen und ihm zu gehorchen."

„Ich neige dazu, dir zuzustimmen, Jonatan. Aber ich habe mich entschlossen, die Hoffnung nicht aufzugeben, dass wir ihn so erkennen können, wie die Erzväter es taten." Er wandte sich an mich.

„Und du hast diese Hoffnung ebenfalls, habe ich recht?"

Ich nickte und hoffte, mein Vater würde nicht von mir enttäuscht sein.

Gamaliel legte den Schreibkiel fort, beugte sich vor und sagte in ernstem Tonfall: „Saulus, ich kann dir nicht versprechen, dass du, wenn du nach Hillel kommst, einmal so mit Gott leben und reden wirst, wie unsere Väter es erlebten. Aber ich kann versprechen, dass wir dich nie davon abhalten werden, ein solches Ziel anzustreben, und was mich selbst betrifft, so würde ich Gott nicht in der Weise begrenzen, als könne er nicht so für dich erreichbar sein, wie du es ersehnst.

Und, Jonatan, ich will nicht so tun, als wüsste ich nicht um die Unterschiede zwischen den beiden Schulen. Die Schammaiten glauben, wenn jemand auch nur ein einziges Gesetz übertritt, dann ist er schuldig, das ganze Gesetz gebrochen zu haben. Wir dagegen würden sagen, dass Gott in Betracht ziehen wird, ob in einem Leben das Gute oder das Böse überwiegt. Wir fassen die Absicht des Gesetzes so zusammen: Was dir selbst verhasst ist, das tu einem anderen nicht an."

Gamaliel führte uns aus seinem Arbeitszimmer und die Treppe hinunter. Er flüsterte der Frau, die wir mit den Broten gesehen hatten, etwas zu und wir warteten, während sie für ein paar Augenblicke verschwand, dann mit drei Stoffbeuteln zurückkam und jedem von uns einen in die Hand drückte. Wir folgten Gamaliel hinaus auf die Straße und etwa eine halbe Meile aus der Stadt hinaus zu einem kleinen Wäldchen auf einem Hügel. Dort setzten wir uns, öffneten unsere Beutel und fanden darin Brot, Obst und Käse. Gamaliel sprach den Segen und wir aßen, während er redete.

„Rabbi Hillel, der Gründer unserer Schule, war mein Großvater. Mir obliegt es nun zu bewahren, was er begann: die Ehrfurcht vor Gottes Wort hochzuhalten, die mündliche Tradition weiterzugeben und junge Männer in den Dienst eines Rabbis zu rufen, die Gott und sein Gesetz über alles schätzen. Ich versuche, mit allen Menschen in Frieden zu leben, auch mit denen, deren Meinung ich nicht teile."

Als wir gegessen hatten, lächelte er und erhob sich, sammelte den Abfall ein und machte sich auf den Weg zurück in die Stadt. Wieder in der Schule Hillels angekommen, führte er uns zu einer Bank im Hof, wo er seinen massigen Körper zwischen uns beide zwängte.

„Ich möchte nicht mit Schammai um deinen Sohn konkurrieren, Jonatan, aber lass mich diesen Vorschlag machen: Sollte Saulus sich dafür entscheiden, sich hier einzuschreiben, dann werde ich persönlich sein Lehrer sein. Wenn meine Ansichten dich in irgendeiner Weise beunruhigen, wirst du es vielleicht lieber sehen, wenn er anderswo studiert. Wie immer du entscheidest, sei ge-

wiss, dass ich dir zur Verfügung stehe. Selbst wenn du, Saulus, dich für Schammais Schule entscheidest, weißt du jetzt, wo du mich findest, und solltest die Freiheit haben, jederzeit zu mir zu kommen, wenn ich irgendetwas für dich tun kann. Habt ihr noch Fragen?"

„Eine noch", sagte mein Vater, „wenn du gestattest. Würdest du zustimmen, dass sich die Unterschiede der beiden Schulen folgendermaßen zusammenfassen lassen: Schammai betont den Buchstaben des Gesetzes – in der pharisäischen Tradition –, während es Hillel eher um den Geist des Gesetzes geht?"

Der Rabbi neigte den Kopf zur Seite. „Deine Sicht zeugt von tiefem Verständnis", sagte er. „Ich würde noch eines hinzufügen: Ich würde nicht für unsere Freunde bei Schammai sprechen, aber ich kann sagen, dass der Geist des Gesetzes immer die Person im Blick behält. Die Person Gottes und die Person dessen, der ihm dient."

„Interessant", sagte mein Vater. „Man hört nicht oft, dass jemand den Ewigen eine Person nennt."

„Und ist das nicht tragisch? Der Gott der Schriften, der Eine, von dem dein Sohn und ich selbst eingestandenermaßen wünschen, ihn persönlich zu kennen und mit ihm zu reden, ist ganz sicher eine Person! Oh, Er ist derselbe – gestern, heute und auf ewig. Niemals wechseln bei ihm Licht und Finsternis. Er ist über allen, der Schöpfer aller Dinge, und Er thront hoch über den Himmeln. Es gibt keinen Gott wie ihn. Aber er begegnete Adam im Garten und sprach mit ihm. Er sprach zu Moses und Abraham und Isaak und Jakob. Das ist die Person, die ich kennen und erkennen möchte, wie er sich in seinem Gesetz offenbart."

Gamaliel wandte sich an mich. „Fragen?"

Ich schüttelte den Kopf. „Nicht zu Hillel. Aber etwas beschäftigt mich: Warum sieht deine Tochter dir und deinem Sohn nicht ähnlich?"

„Saulus!", schoss mein Vater dazwischen.

„Nein, nein", sagte Gamaliel lächelnd. „Es ist schon in Ordnung. Die schlichte Wahrheit ist die: Ich habe eine sehr schöne Frau geheiratet, die es irgendwie fertiggebracht hat, mir trotz meiner eigenen Unscheinbarkeit einen ansehnlichen Sohn und eine schöne Tochter zu schenken. Naomi hat dankenswerterweise Hautfarbe und Erscheinung ihrer Mutter geerbt."

Der große Mann schlug sich auf die Schenkel und stand auf, wobei er mir seine Hand auf die Schulter legte. „Und du, junger Mann, wirst mir heute in zwei Monaten als Schüler willkommen sein – falls deine Wahl auf Hillel fällt. In dem Fall lasst es mich bitte bis zum Ende der Woche wissen."

„Oh", antwortete mein Vater, „ich gehe davon aus, dass wir dir unsere Entscheidung bereits morgen mitteilen können."

„Ich freue mich in jedem Fall, von euch zu hören."

„In jedem Fall?", hakte ich nach. Wollte er nur höflich sein? Würde er – wie Rabbi Enosch von der Schule Schammais – uns nicht lieber nicht mehr zu Gesicht bekommen, wenn wir uns gegen ihn entschieden?

„Selbstverständlich", sagte Nasi. „Ich erwarte, dass ihr eure Entscheidung wohlbegründet trefft, und ob ihr nun beschließt, dass Saulus hier studieren soll, oder nicht, es war mir ein Vergnügen, euch kennenzulernen. Der Ewige gebe euch seinen Segen."

27

Das Pergament

Rom

Samstag, 10. Mai, 21.40 Uhr

Also war es amtlich. Augustin beherbergte einen gesuchten Flüchtling. Während er durch die alten Straßen fuhr, schüttelte er den Kopf über die Lage, in die er sich gebracht hatte. Plötzlich überfiel ihn der Jetlag. Er verspürte eine tiefe Liebe zu Roger. Augustin hatte den Mann immer bewundert und sich auf ihre gemeinsamen Reisen stets gefreut.

Aber was er jetzt empfand, war eine tiefe Sorge um die Seele seines Freundes und sein ewiges Schicksal. Er respektierte, dass Roger das Recht hatte, zu glauben – oder nicht zu glauben –, was er wollte. Aber was wäre er für ein Freund, wenn er jetzt diese Frage nicht noch einmal ansprach – jetzt, wo Roger tatsächlich in Lebensgefahr schwebte?

Sofia würde ihn verstehen. Er rief sie an und erzählte ihr von der Fahndung.

„Es war auch hier in den Nachrichten", ließ sie ihn wissen. „Mein Vater will, dass ich Dimos mitbringe."

„Du hast gesagt, er würde es niemandem erzählen."

„Fokinos ist ein Experte. Wir können alle Hilfe gebrauchen, die wir kriegen können, oder?"

Augustin seufzte. „Die Sache ist schon kompliziert genug, Sofia."

„Wir sind morgen da."

Dann erzählte Augustin ihr davon, dass er sich Gedanken um Rogers Seelenheil machte.

„Ich werde beten“, versprach Sofia. „Wir müssen einfach abwarten, bis sich eine Gelegenheit ergibt.“

„Vor allem müssen wir dafür sorgen, dass er am Leben bleibt.“

Als das Bahnhofsgebäude in Sicht kam, war der Nachthimmel von Blaulicht erhellt und die Straße abgesperrt. Er parkte zwei Häuserblocks entfernt und joggte bis zur Absperrung. „Ich muss meine Sachen holen“, sagte er dem Carabiniere. „Sie sind in einem Schließfach.“

Der Polizist winkte einem Kollegen, der rasch herankam. „Englisch“, sagte der erste.

Der zweite wandte sich an Augustin. „Ja, Sir?“

Augustin wiederholte, was er wollte.

„Tut mir leid, Mister. Eine Bombendrohung. Der Inhalt der Schließfächer wird in dieser Schule gelagert.“ Er gab Augustin eine Karte mit der Adresse. „Sie können Ihre Sachen dort morgen abholen.“

„Ich nehme an, ich kann nicht schnell noch zum Brötchenstand?“

Der Polizist lachte und wies die Straße entlang. „Versuchen Sie’s dort. Ist genauso gut. Vielleicht besser.“

Auf dem Rückweg rief Augustin Roger an und erzählte ihm den Stand der Dinge.

„Oh, Mann“, sagte Roger. „Hast du gesagt, du brauchst die Sachen sofort?“

„Damit sie Verdacht schöpfen? Nein.“

„Wenn sie den Umschlag oder den Karton öffnen oder einfach neugierig sind, was da so sorgfältig verpackt ist …“

Nachdem sie das Essen verschlungen hatten, sah Roger mutloser aus als je zuvor. „Ich geh schlafen“, kündigte er an.

Obwohl Augustin völlig erschöpft war, war er zu aufgeregt, um Schlaf zu finden.

Was, wenn man ihn am nächsten Nachmittag verhaftete? Was würde dann aus Roger? Er glitt aus dem Bett und tappte zur Tür von Rogers Zimmer. Er nahm allen Mut zusammen und sagte: „Junge, ich muss mit dir reden. Du musst nichts sagen, aber hör mich an."

Augustin gab einen kurzen Abriss ihrer gemeinsamen Geschichte und versicherte, dass er wisse, wie Roger zu ihren unterschiedlichen Glaubensüberzeugungen stand. „Aber ich könnte es mir nicht verzeihen, wenn dir irgendetwas zustieße und ich hätte es nicht noch einmal versucht."

Während er weiterredete, betete er im Stillen und bat Gott, ihm die richtigen Worte zu schenken, um auszudrücken, was es bedeutete, an Christus zu glauben. Er zitierte einige Bibelstellen und schloss endlich: „Ich hoffe nur, dass das Manuskript von Paulus alles, was du in der Bibel liest, bestätigen wird und dass du sein Erbe einmal teilst. Du wärest nicht der erste Skeptiker, der zum Glauben findet."

Als Roger nicht antwortete, sagte Augustin: „Wir können später darüber sprechen. Sag mir nur, dass ich dich nicht gekränkt habe. Das war ganz sicher nicht meine Absicht."

Keine Antwort.

„Roger?"

Aber sein Freund schnarchte nur.

Sonntag, 11. Mai, 11.00 Uhr

Augustin bekam eine SMS von Sofia, dass sie und Dimos Fokinos gelandet waren.

Roger sagte: „Ich muss hier mal raus. Aber ich bin rechtzeitig zurück und verstecke mich in der Lobby hinter einer Zeitung ..."

„Mann, vergiss nicht, dass du nicht mehr ganz so inkognito bist wie gestern, François."

„Ach, komm, ich hab's dir doch gesagt. Sie haben mein Kinn falsch eingeschätzt. Außerdem werde ich verrückt, wenn ich den ganzen Tag hier drinnen hocke. Und ich will wissen, ob Sofia mich erkennt."

„Wird sie nicht. Ich hätte dich auch nicht erkannt. Aber nimm deinen Tablet mit. Und du weißt ja, was du tust, wenn du glaubst, jemand hat dich enttarnt."

„*Enttarnt?* Du redest schon wie ein Spion."

„Sei einfach vorbereitet."

„Ich ruf dich an. Wenn du meine Nummer siehst, aber nichts hörst, weißt du, dass ich Ärger habe."

„Wie sicher sind diese Handys, die du ständig wechselst?"

Roger zuckte die Schultern. „Nicht sehr. Ich nutze sie nie lange."

Obwohl Augustin es kaum erwarten konnte, Sofia wiederzusehen, simste er ihr, sie solle ihn wissen lassen, welches Hotel sie nehmen würde, und dann um drei Uhr zum Terrazzo kommen, „direkt in unsere Suite. Tu, als gehörtest du dahin, bleib unauffällig."

12.55 Uhr

Augustin fuhr zu der Adresse, die der Polizist ihm gestern gegeben hatte, und stellte sich hinter ein halbes Dutzend Leute in die Schlange vor der Tür. Sobald die Tür aufgeschlossen wurde, drängten alle hinein. Schwarze Plastiktüten lagen auf Klapptischen, manche voluminös, manche ganz flach. Die Schließfachnummern hatte man auf Karton geschrieben und draufgeklebt.

Augustin schielte auf den Schlüssel und steuerte auf seine Tasche zu, als ein uniformierter Carabiniere ihn aufhielt. „*Identificazione e la chiave, per favore.*"

„Sorry, *chiave?*"

„*Parli Italiano, Sir?*“, fragte der Polizist und nickte, als Augustin ihm seinen blauen Pass hinhielt. „Aah. Englisch. Schlüssel. Ich muss Ihren Schließfachschlüssel sehen.“

Sobald Augustin ihn zum Vorschein brachte, sagte der Carabiniere: „Ich habe Anweisung, Sie darüber in Kenntnis zu setzen, dass Sie nur dann den gesamten Inhalt des Fachs mitnehmen dürfen, wenn Sie weitere Papiere vorweisen können.“

Augustin erstarrte. „Und was für Papiere wären das?“

„Ich denke, das wissen Sie, Sir.“

Augustin wollte weder einen Streit vom Zaun brechen noch sich geschlagen geben. „Wenn ich es wüsste, Officer, würde ich nicht fragen.“

Der Polizist blätterte in seinem Pass. „Sie sind doch viel auf Reisen. Sie wissen, dass Sie für einen Gegenstand in Ihrem Fach eine offizielle Genehmigung brauchen, die auf Sie ausgestellt ist.“

Augustin lächelte und zuckte die Achseln.

„Was sind Sie von Beruf?“

„Reiseleiter. Überwiegend religiöse Stätten.“

„Und an welche davon hat man Ihnen gestattet, eine Waffe mitzunehmen?“

„Oh, die Neun-Millimeter! Die gehört mir nicht, sondern einem Freund.“

„Ich werde den Namen brauchen.“

„Bringe ich ihn sonst in Schwierigkeiten?“

„Er wird sie selbst abholen müssen. Aber ich muss Ihnen mitteilen: Die Seriennummer ist in keiner polizeilichen Datenbank registriert. Unsere Verfassung gibt Bürgern nicht das Recht, Waffen zu tragen.“

„Nicht? Dann würde ich sie ihm auch nicht mitnehmen wollen.“

„Wie ist sein Name?“

„Das ist nicht notwendig, oder? Wenn ich ihm sage, dass die Waffe nicht registriert ist, wäre er doch gut beraten, sich davon zu trennen, oder?“

Der Carabiniere zögerte und nahm dann einen versonnenen Ausdruck an. „Es ist eine schöne Waffe, Sir."

Augustin nickte. „Wie wär's, wenn ich ihm sage, er solle sie vergessen?"

„Wenn er keinen Ärger kriegen will."

„Genau. Und würden Sie persönlich die Waffe für ihn entsorgen?"

„Handeln Sie in seinem Auftrag und wünschen Sie, dass ich das tue?"

„Ja, Officer, ich möchte, dass Sie höchstpersönlich die Verantwortung dafür übernehmen. Wie Sie richtig sagen, es ist eine schöne Waffe. Und auf diese Weise brauchen wir sie nicht offiziell registrieren zu lassen, oder?"

„Nicht, wenn Sie sie mir anvertrauen."

„Das tue ich hiermit."

„Bitte unterschreiben Sie hier."

Ein Formular mit Durchschlag führte den Inhalt seines Schließfachs auf. „Ein großer verschlossener Umschlag, addressiert an R. M., nicht markiert. Ein 500-Blatt-Karton Papier, voll. Ein eingewickeltes und geschütztes Dokument oder Foto."

Augustin beugte sich vor, um auf das Formular zu schielen. „Keine Erwähnung der … ähm …"

„Der …?"

„Der Neun-Millimeter."

„Welche Neun-Millimeter? Fehlt noch etwas, Dr. Knox? Etwas, das Sie auf diesem offiziellen Formular sehen möchten?"

„Nein, ich denke, wir haben alles."

Der Polizeibeamte griff nach der Tüte und drückte sie Augustin in die Arme, ganz sicher ohne die leiseste Ahnung, dass allein der einzelne Pergamentbogen darin ein paar Millionen wert war. „Bitte überprüfen Sie, ob alles, was Sie gerade quittiert haben, drin ist."

Augustin schielte auf die drei Gegenstände in der Tüte, von

denen einer ihn magisch anzog. Er nickte und der Beamte entfernte sich.

Augustin machte sich auf den Weg zurück ins Hotel und fuhr so vorsichtig, als transportiere er Kokain. Er versuchte, möglichst lässig zu wirken, als er durch die Eingangshalle schlenderte, und zwang sich, langsam zu gehen und die Fassung zu bewahren.

Erst als sich die Fahrstuhltür hinter ihm schloss, wurde ihm bewusst, dass er vergessen hatte, in der Eingangshalle nach Roger Ausschau zu halten.

14.20 Uhr

In seiner Suite angekommen, hängte Augustin ein „Bitte-nicht-stören“-Schild an die Tür, verriegelte sie und legte die Sicherheitskette vor. Dann kramte er nach einem Paar sauberer Socken. Sie waren nicht ideal, aber sie mussten reichen, bis er Gelegenheit haben würde, sich Stoffhandschuhe zu besorgen. Er saß am Schreibtisch und leerte vorsichtig die Tüte, wobei er Klaudios' Umschlag und den Papierkarton zur Seite schob. Dann schälte er das Klebeband von den Kanten der Blätter, die das Pergament umgaben, sorgfältig darauf bedacht, dass das ganze Päckchen nicht ins Sonnenlicht geriet, das durch die Jalousien fiel.

Schließlich lag der Pergamentbogen vor ihm – etwa achtundzwanzig mal fünfunddreißig Zentimeter groß und zwischen dünne, genau zugeschnittene säurefreie Bögen geschoben. Augustin zog sich die Socken über die zitternden Hände, dann beugte er den Kopf so weit hinunter, dass er das Deckblatt wegpusten konnte; es glitt zur Seite und gab das Pergament frei.

Augustin hielt den Atem an und berührte den Bogen ganz leicht mit seinen seltsam bekleideten Fingern, bis er die ganze Seite im Blick hatte. *Oh Gott,* betete er im Stillen, *was für ein unglaubliches Privileg. Bitte, lass es wahr sein.*

Der Bogen war in klassischem Griechisch beschrieben, anscheinend aus der hellenistischen Zeit. Frühere Texte und auch noch einige aus dieser Epoche waren abwechselnd von rechts nach links und dann von links nach rechts geschrieben, sodass der Schreiber kaum die Hand vom Pergament nehmen musste. Dieses Schriftstück war von rechts nach links geschrieben und die Schrift war, wie Roger bereits gesagt hatte, bemerkenswert gut lesbar, angesichts des Alters, das das Dokument, wie er hoffte, hatte.

Ich, Saulus aus Tarsus, beginne diese Aufzeichnung meiner lebendigsten Erinnerungen mit der Anerkenntnis eines Vorfalls, der mein ganzes Leben entscheidend beeinflusst hat – selbst angesichts all dessen, was darauf folgte. Und wie man sehen wird, würde ich selbst all das, was darauf folgte, als Werk eines fantasievollen Geistes betrachten, hätte ich es nicht in eigener Person erlebt.

Augustin setzte sich zurück und atmete tief aus. Las er da tatsächlich Worte, die der Apostel Paulus eigenhändig geschrieben hatte? Die Vorstellung überwältigte ihn beinahe. Und meinte Paulus hier seine dramatische Bekehrung auf der Straße nach Damaskus? Oder etwas, das früher geschehen war? Augustin konnte es nicht erwarten, die Antwort zu finden.

14.55 Uhr

Augustin stapelte alles auf einem Beistelltisch in seinem Schlafzimmer, wobei er den dicken Papierstapel über die eine Originalseite schob.

Er hörte Schritte vor der Tür und trat näher, um zu lauschen. Sofias Stimme sagte: „Δήμος, θα μου δίνετε ένα λεπτό για να σας χαιρετάει αρραβωνιαστικός μου?“ Dimos, gib mir bitte einen Augenblick, um meinen Verlobten zu begrüßen.

Er öffnete die Tür auf ihr Klopfen hin. Sie schlang ihre Arme um seinen Hals und küsste ihn innig.

„Mein Herz“, sagte er.

Die Arme noch immer um ihn gelegt, sagte Sofia: „Ich möchte dir Dimos Fokinos vorstellen. Er arbeitet für meinen Vater. Und spricht ziemlich gut Englisch.“

Fokinos, der sich im Hintergrund gehalten hatte, tauchte auf. Die Männer tauschten ein paar Höflichkeiten aus; Augustin sagte, sein Ruf sei ihm schon vorausgeeilt. Sofias Kommentar über sein Englisch erwies sich als Untertreibung. Obwohl er mit starkem Akzent sprach, beherrschte er offensichtlich die Sprache. Er sagte: „Mr Trikoupis neigt zu Übertreibungen.“

Aber er hatte nicht übertrieben. Dimos war so, wie der Mann ihn beschrieben hatte: groß, schlank, mit länglichem, schwarzem, lockigem Haar. Er war fast so modisch gekleidet wie Sofia. Gute Manieren allerdings hatte er nicht. Während er Augustin die Hand gab, schlüpfte er an ihm vorbei in den Raum. „Oh, bitte, treten Sie ruhig näher“, sagte Augustin, aber die Ironie entging Fokinos offenbar.

Der Grieche ließ sein Jackett über die Sofalehne fallen und setzte sich.

„Wir müssen rasch zur Sache kommen. Euer Mann ist überall in den Nachrichten und es kann nicht mehr lange dauern, bis sie ihn verhaften.“

„Nicht, solange ich noch ein Wörtchen mitzureden habe“, sagte Augustin.

„Sie werden sich vorsehen müssen, wenn es Ihnen nicht genauso gehen soll. Wo ist er überhaupt?“

„Haben Sie ihn nicht unten in der Eingangshalle gesehen?“, fragte Augustin.

„Wenn ich ihn gesehen hätte, wüsste ich ja wohl, wo er ist, oder?“

„Seine Tarnung funktioniert, das ist alles.“

„Ich habe unten niemanden gesehen", sagte Sofia. „Bis auf Hotelpersonal war die Eingangshalle leer."

„Dafür haben wir jetzt keine Zeit", sagte Dimos. „Ihr Freund muss außer Sicht bleiben und wir müssen die Pergamente finden."

„Wir?", warf Augustin ein. „Sie sind Gast hier, Sir. Und unsere Priorität sind nicht die Dokumente, sondern das Leben eines Freundes."

„Das so gut wie erledigt ist, also spielen Sie doch keine Spielchen, Dr. Knox. Wir reden hier über ein Fundstück, das unbezahlbar ist, wenn ich nachweisen kann, dass es echt ist."

„*Sie* wollen die Echtheit dokumentieren?"

„Deswegen hat Mr Trikoupis mich mitgeschickt."

„Können Sie klassisches Griechisch, Mr Fokinos?"

„Ich dachte, das sei Ihr Part. Meine Aufgabe ist es, das Material zu untersuchen. Wann kann ich es sehen?"

„Alles schön der Reihe nach. Im Moment muss ich erst einmal Roger finden."

Fokinos war sichtlich verstimmt und begann, im Raum umherzugehen.

Augustin simste: „wo bist du? sie sind da."

Dimos zog sein Jackett über. „Wollen wir hier den ganzen Tag herumsitzen?"

„Was schlagen Sie vor, wohin sollen wir gehen?", fragte Augustin. „Ich verschwinde hier jedenfalls nicht eher, als bis ich ein Lebenszeichen von Roger habe."

„Dann beeilen Sie sich. Wenn Ihnen wirklich so viel an seinem Seelenheil läge, hätten Sie ihn gar nicht aus den Augen gelassen."

Augustin warf Sofia einen Blick zu. Sie war aschfahl. War es das schlechte Gewissen, weil sie Dimos von einem privaten Gespräch mit Augustin erzählt hatte? Oder hatte jemand ihr Handy abgehört?

28

Schwierigkeiten

Rom im ersten Jahrhundert nach Christus

Obwohl der Sommer fast vorüber war, war die Hauptstadt so heiß wie zur Zeit des großen Brandes. Es gab so viele Mitarbeiter der Regierungsbehörden zu behandeln, die unter Flüssigkeitsmangel litten, dass Lukas sich nicht um die Menschen aus dem Volk kümmern konnte, vor allem um die vielen Mütter mit ihren Kindern. Als die Sonne endlich unterging – was ein Segen war –, hatte Lukas noch keine Zeit gehabt, seine Lampe zu holen und etwas zu essen für Paulus zu besorgen. Er betete, dass Panthera die Möglichkeit gehabt hatte, Paulus zu besuchen und ihm ein wenig Nahrung und Licht zu bringen.

Aber als Lukas beim Gefängnis ankam, kontrollierte ein blonder junger Mann, der früher zur Mannschaft im Inneren gehört hatte, das Tor.

„Hat Primus frei?“, fragte Lukas.

„Nein, Medicus. Man hat ihn verwarnt und …“

„Weswegen?“

„… wenn die Götter mir wohlwollen, werden sie ihn entlassen und ich bekomme seinen Posten.“

„Was hat er getan?“

„Einen Gefangenen begünstigt, und du weißt ja, von wem ich spreche.“

„Also hat er nach Paulus gesehen. Was war daran so schlimm?“

„Weißt du, dass er dem Gefangenen auch zusätzliches Essen gebracht hat?“

„Ab und zu einen Happen. Na und?“

„Nein, schlimmer. Man hat auch beobachtet, wie er ihm ein Licht brachte. Es kann ihn seine Stellung kosten, Medicus. Fürs Erste ist er für eine Woche beurlaubt und bekommt keinen Lohn.“

„Das ist schlimm.“

„So sind die Vorschriften nun einmal.“

„Dann hat Paulus heute noch nichts gegessen – außer dem Haferbrei, meine ich?“

„Wohl kaum.“

Lukas ging rasch hinein und war überrascht, dass auch die Wachen, die an der Bodenöffnung postiert waren, völlig im Dunkeln standen. Im schwachen Licht konnte er kaum ihre Gestalten ausmachen.

„Sogar ihr musstet die Fackeln löschen?“, fragte Lukas.

„Befehl, Medicus“, sagte jemand. „Es fiel immer ein wenig Licht in das Verlies, und der Gefangene ist zu völliger Dunkelheit verurteilt.“

„Aber er hat schon seit Monaten dieses bisschen Licht haben dürfen.“

„Und niemand von uns hatte viel dagegen. Außer Gaius.“

„Gaius?“

„Du hast ihn am Tor gesehen. Er wollte nicht mehr zusehen, wie Primus die Privilegien seiner Position genoss, aber immer wieder gegen die Vorschriften verstieß, und er hat das wohl gemeldet. Man hat uns nachdrücklich ermahnt, die Bestimmungen einzuhalten, die das Urteil vorschreibt.“

„Warum deckt ihr die Öffnung nicht einfach ab? Ihr müsst doch nicht auch hier im Dunkeln stehen.“

„Morgen wird eine solche Abdeckung angebracht.“

„Muss ich meinen Patienten dann auch im Dunkeln besuchen?“

„Ich fürchte ja, Herr.“

„Was für eine Farce.“ Lukas trat näher. „Heißt das, ich kann ihm auch kein Essen mehr mitbringen?“

„Wenn du es diskret tust, werden wir nicht so genau hinschauen. Wir mögen den Gefangenen. Egal, ob er schuldig oder unschuldig ist – auf jeden Fall zweifelt niemand von uns daran, dass er es mit seiner Sache ernst meint.“

„Aber heute Abend habe ich nichts zu essen dabei.“

„Ich hätte dir gern etwas von meinem Proviant gegeben“, sagte der Wachmann, „aber wir haben gerade unsere Pause beendet – es ist nichts mehr da.“

„Die Wachen am Außentor haben erst in einer Stunde Pause. Vielleicht gibt einer von ihnen dir etwas.“

Lukas kniete sich an den Rand der Öffnung und steckte den Kopf hindurch. „Paulus!“

„Lukas!“, kam die raue Antwort. „Diese Dunkelheit ist furchtbar. Und ich habe Hunger. Komm, schnell.“

„Noch ein wenig Geduld, mein Freund. Ich bin bald bei dir.“

Lukas ging hastig zurück zu der neuen Wache am Tor. „Darf ich dich Gaius nennen?“

„So heiße ich.“

„Ich brauche etwas zu essen für meinen Freund. Ein wenig Brot, Käse, irgendwas.“

„Ich habe dir doch schon gesagt, dass es nicht erlaubt ist …“

„Wie hoch ist dein Preis?“

Gaius zögerte. „Willst du mich in dieselbe Lage bringen wie Primus? Was für ein Heuchler müsste ich sein?“

„Wer würde dich verraten?“

„Das würde niemand wagen.“

„Also – ein wenig zu essen?“

Gaius blickte sich um und sagte dann leise: „Wenn der Preis, wie du sagst, … sagen wir mal … angemessen ist. Aber lass keinen von den anderen wissen, woher du es hast.“

„Ich bin sehr wohl bereit, für das Leben meines Freundes meinen Teil beizutragen."

„Meinen Preis wirst du nicht zahlen können."

„Lass es doch drauf ankommen, Gaius. Du kannst sicher die eine oder andere Extra-Münze gebrauchen."

„Käme drauf an, woraus diese Münzen bestehen."

„Ich brauche nur heute Abend etwas Brot. Demnächst kann ich selbst etwas zu essen mitbringen."

„Dir etwas zu essen zu verkaufen, ist eine Sache. Aber zu ignorieren, dass du dem Gefangenen etwas zusteckst, eine andere."

„Dafür musste ich bisher noch nie zahlen."

„Erzähl mir doch nicht, dass Primus nie eine kleine Gegenleistung bekommen hat."

„Bitte. Wie viel?"

Gaius nannte eine unverschämte Summe, „für die ich einen Monat lang die Augen zudrücken könnte."

Lukas setzte die Hälfte der genannten Summe dagegen, „und das sollte für dein Schweigen bis zu seiner Hinrichtung reichen."

Gaius drückte Lukas verstohlen die Hand.

„Ich habe noch einen Vorschlag", fuhr Lukas fort. „Ich zahle den vollen Preis, den du verlangt hast, wenn du nicht gegen Primus aussagst."

„Aber ich habe ihn doch gemeldet! Ich bin der Hauptzeuge!"

Lukas zuckte die Achseln. „Wenn du das Geld nicht willst …"

„Ich will es ja. Aber wie sieht das dann aus?"

„Sag eben, die Suspendierung war eine angemessene Maßnahme für sein Vergehen, und dass du dir sicher bist, bei einem so zuverlässigen Mann wie Primus wird nichts dergleichen mehr vorkommen."

„Aber dann bekomme ich seinen Posten nicht."

„Würde er dir so viel mehr einbringen, als ich dir biete?"

„Nein. Außer den Privilegien und der Ehre."

Lukas war versucht zu fragen, was für eine Ehre einem Mann wohl zustehen sollte, der so leicht käuflich war. „Es ist deine Entscheidung."

„Und du zahlst sofort?"

„Morgen." *Und im Gegensatz zu dir halte ich mein Wort.* „Also, was hast du heute Abend für meinen Freund?"

„Kein Brot, aber Käse."

„Ich brauche noch mehr."

„Eine Handvoll Oliven."

„Wie steht es mit Obst?"

„Ein paar Weintrauben."

„Und wie komme ich an die Sachen?"

„Ich bringe sie dir nach meiner Pause. Ich werde irgendetwas erfinden, warum ich nach dem Gefangenen sehen müsse."

Lukas wollte sich eigentlich bei Gaius bedanken, aber er brachte die Worte nicht über die Lippen.

Im Verlies fand er Paulus auf dem Boden liegend, die Kette an seinem gefesselten Fuß war auf die äußerste Länge ausgespannt. „Ich versuche, so nah wie möglich an den kleinsten Schimmer heranzukommen, Lukas. Ich kann viel ertragen, aber nicht dieses ständige Dunkel. Ich weiß nicht, wie lange ich noch durchhalten kann."

Lukas versprach, er werde einen Weg suchen, wie er seine Lampe wieder mitbringen könnte. Wenn sie die Öffnung tatsächlich abdeckten, könnte er vielleicht das Licht entzünden, ohne dass die Wachen es bemerkten.

„Und heute kann ich dir auch erst dann etwas zu essen bringen, wenn die Wachen vorn ihre Pause beendet haben."

„Der, den sie Gaius nennen, ist nicht auf unserer Seite, Lukas."

„Sei unbesorgt. Ich habe uns seine Gunst erkauft."

Lukas half Paulus zurück auf die Steinbank. Der ältere Mann sagte: „Man kann ihm also dasselbe vorwerfen, was er Primus fälschlich angehängt hat. Heuchelei kennt doch keine Grenzen.

Es gefällt mir überhaupt nicht, dass er von meiner schwierigen Lage noch profitiert."

„Wir wissen doch beide, dass es sich am Ende für ihn nicht auszahlen wird", sagte Lukas.

„Beten wir für ihn, Lukas. Willst du das tun?"

„Es wird mir recht schwerfallen."

„Wie leicht war es für Jesus, für die zu beten, die ihn töten würden? Und doch bat er den Vater, ihnen zu vergeben."

„Gebe Gott mir dieselbe Gnade."

Eine Stunde später ließ Gaius sich geschickt zu ihnen ins Verlies herunter. „Komm näher, Medicus", flüsterte er. „Und sprich leise." Lukas tastete im Dunkel nach ihm und nahm das Essen in Empfang.

„Muss ich ebenfalls schweigen?", fragte Paulus.

„Du solltest besser nicht sprechen."

„Was sollte mir passieren? Kannst du eine Strafe verhängen, die schlimmer ist als die Hinrichtung?"

„Ich könnte dich auspeitschen lassen, dir noch weniger Grütze zuteilen. Und die Finsternis könnte dein engster Freund werden."

„Für das Evangelium kann ich alles ertragen."

„Ich weiß, ich weiß. Gibt es dir eine Art von Frieden oder fühlst du dich besser, wenn du das immer wiederholst?"

Paulus antwortete zwischen zwei Bissen: „Ich halte mich selbst für nichts, verglichen mit der unvergleichlichen Herrlichkeit meines Retters."

„Das habe ich alles schon öfters gehört."

„Warum soll ich dein Gesicht nicht sehen?", fragte Paulus.

„Du hast mich schon gesehen. Ich war schon früher hier unten."

„Du bist der Hellhaarige, der nie ein gutes Wort über seinen Oberen zu sagen wusste."

„Primus war nicht mein Oberer."

„Nein? Er stand nur im Rang über dir und gab dir Befehle."

„Und wo ist er jetzt? Auch er hatte Obere. Und die haben auf mich gehört."

„Ich möchte gern das Gesicht eines Mannes sehen, wenn ich mit ihm spreche. Und das kann ich in dieser Finsternis nicht."

Gaius seufzte und stellte sich unter die Deckenöffnung. „Reicht mir eine Fackel herunter."

„Das ist nicht erlaubt, Gaius. Man hat uns gesagt ..."

„Tut es einfach. Ich stehe dafür gerade. Ich muss prüfen, wie es hier unten aussieht."

Lukas und Paulus hielten sich die Hand vor die Augen, bis sie sich wieder an das Licht gewöhnt hatten. Lukas erschrak, als der Schein der Fackel, der viel heller war als der seiner kleinen Lampe, auf Paulus fiel.

Der Mann war nur noch ein schwaches Abbild seiner selbst. Seine dunklen Augen, die ihn aus einem hageren, abgezehrten Gesicht anstarrten, schienen durchdringender als je. Lukas fragte sich, wie lange die Fessel an dem so abgemagerten Knöchel noch Halt finden würde.

Plötzlich überfielen den Arzt Erinnerungen an einen jungen, kraftvollen Paulus, dem keine Reise zu weit war, wenn es darum ging, die jungen Gemeinden zu besuchen. Er war nie ein kräftiger Mann gewesen, aber doch muskulös und drahtig.

„Also, hier bin ich", sagte Gaius. „Was wolltest du?"

„Ich erinnere mich an dich", sagte Paulus. „Ein ansehnlicher junger Mann in der Blüte seines Lebens, und doch schon verloren in Verfehlungen und Sünden."

„Wie kannst du es wagen!"

„Wehr dich nicht gegen die Wahrheit, mein Sohn. Wir sind alle Sünder. Schon Jesaja sagt, dass wir alle, jeder Einzelne, unsere eigenen Wege verfolgen."

„Jesaja? Glaubst du, ich gebe etwas darauf, was irgendein Jude geschrieben hat?"

„Wie sieht dein Weg aus, Gaius? Glaubst du an die Götter?"

„Natürlich."

„Verehrst du sie? Befolgst du ihre Gebote? Oh, richtig, sie erteilen ja keine Befehle, sie stellen keine Ansprüche an dich. Aber bist du ihnen denn wichtig? Vergeben sie dir, sind sie für dich da? Würden sie für dich sterben?"

„Schweig! Du hast gesagt, du hättest ein Anliegen an mich. Also, was ist es?"

„Ich möchte dir gern beweisen, dass Gott dich liebt."

„Spar dir den Atem."

„Meine Botschaft lässt sich nicht zum Schweigen bringen."

„Deine Hinrichtung wird es schon schaffen."

„Ich glaube, da täuschst du dich. Die Botschaft wird mich weit überleben. Es ist die einmalige Geschichte von Vergebung, Erlösung, Heil. Ich bin nur ein Sprachrohr. Die Bewegung lebt bereits und sie wird nicht sterben, denn sie gehört zu dem, der den Tod besiegt hat."

„Niemand kann den Tod besiegen."

„Einer tat es bereits. Interessiert es dich nicht, mehr von ihm zu erfahren?"

„Nein, bestimmt nicht. Ich muss jetzt gehen."

„Mein Anliegen ..."

„Deine letzte Chance. Was willst du?"

„Ich bitte dich: Versprich mir, bei meiner Hinrichtung anwesend zu sein."

„Bei den Göttern, die möchte ich keinesfalls verpassen."

„Die Götter bedeuten mir nichts, aber wenn du sagst, du wirst da sein, dann genügt mir das."

„Ich werde am lautesten applaudieren."

„Gern – wenn du nur zuhörst."

29

Milliardenbeute

Rom

Sonntag, 11. Mai, 15.45 Uhr

„Ich werde mit Sofia nach Roger suchen“, kündigte Augustin an.

„Ganz wie Sie wollen“, schnappte Dimos Fokinos. „Ich hole meine Arbeitsgeräte aus dem Wagen und schaue mir schon einmal die Pergamente an.“

„Da wird es nichts anzuschauen geben, bis wir die Pergamente gefunden haben.“

„Aber die eine Seite ...? Hören Sie, wir ... Sie müssen die Dokumente finden, bevor das Antikendezernat es tut. Wenn die sie erst einmal haben, kriegen Sie sie nicht mehr in die Finger. Kein Blick mehr. Keine Chance, sie zu untersuchen. Keine Anerkennung für den Fund. Kein Geld.“

„Geld steckt da sowieso nicht drin“, sagte Augustin. „Wer die Schriften findet, muss sie der Polizei aushändigen.“

Fokinos schloss langsam die Augen und öffnete sie wieder. „Sind Sie wirklich so naiv? Wir ... Sie müssen aus der Sache herausholen, was nur immer möglich ist. Rücken Sie die Sachen stückweise raus und lassen Sie die anderen für das Vorrecht, immer wieder ein Schnipselchen zu sehen, zahlen.“

„So eine Art Lösegeld, was? Wir würden für den Rest unserer Tage im Knast landen.“

„Ihrem Freund blüht das sowieso schon! Sie könnten die Dokumente als Trumpfkarte einsetzen – Information gegen Straffreiheit.

Der Fund ist wie geschaffen dafür, eine hohe Belohnung einzuheimsen. Ihn einfach so aufzugeben, wäre das Letzte, was man täte."

„Vorausgesetzt, es handelt sich wirklich um das, was wir annehmen."

„Das könnte ich rasch für Sie herausfinden."

„Warum sollte ich das Pergament jemandem zeigen, der gerade versucht hat, mich zu einem kriminellen Akt zu verleiten? Was würde wohl Ihr Chef davon halten?"

Fokinos sah aus, als unterdrücke er ein Lächeln, dann setzte er sich und stützte die Ellenbogen auf die Knie. Sein Ton wurde ernst. „Hören Sie, Dr. Knox. Ich muss Ihnen nicht sagen, wie wertvoll dieser Fund ist."

„Richtig. Also verschonen Sie mich."

Fokinos hob eine Hand. „Nein, hören Sie mich an. Wir reden hier nicht von ein paar Millionen."

„Das ist mir klar."

„Nicht mal zig Millionen."

„Ist mir bewusst. Ich kenne mich auf diesem Gebiet aus."

„Hunderte von Millionen, Augustin – ich darf Sie doch Augustin nennen? Vielleicht Milliardensummen. Ich möchte keinesfalls Ihre Intelligenz beleidigen, aber Sie scheinen die volle Bedeutung dieser Entdeckung noch nicht begriffen zu haben."

„Wenn Sie mal die Luft anhalten, sage ich Ihnen, was ich begriffen habe."

„Tun Sie das, bitte."

„Sie scheinen andeuten zu wollen, dass der Dollarwert höher ist als jede ethische Norm oder sogar das Gesetz."

„Ich deute es nicht an, Augustin, ich sage es rundheraus. Sie schaden doch niemandem, sie betrügen niemanden persönlich. Im schlimmsten Fall brechen Sie eine Regel – noch dazu eine unfaire, die einfach festsetzt, dass die Antikenfunde in diesem Land Eigentum der Regierung sind. Nun, ich halte mich lieber an das Prinzip: Wer's findet, darf's behalten."

„Ein Wort über das, was sich hier gerade abspielt, zu meinem Vater", warf Sofia ein, „und Sie sitzen wieder in Ihrem alten Job."

Dimos breitete seine Arme auf der Sofalehne aus. „Wie kurzsichtig kann man sein!"

„Ich kenne meinen Vater."

Fokinos schnaubte. „Genau das tun Sie nicht. Glauben Sie wirklich, ich hätte nicht eben dieses Gespräch auch schon mit ihm geführt? Ist Ihnen nicht klar, dass er ebenso wie ich Beziehungen zum Denkmalschutz und zu jeder anderen entsprechenden Behörde rund um den Globus hat? Und dass wir uns schützen, indem wir auch jeden kennen, der auf dem Schwarzmarkt agiert, vom Raubgräber über die Mittelsmänner bis zu den Geldgebern?"

„Mein Vater ist der redlichste Antikenhänd..."

„Was glauben Sie wohl, wie er es schafft, diesen Ruf aufrechtzuerhalten, Sofia? Indem er enge Verbindung zu seinen Freunden hält, aber noch engere ..."

„... zu seinen Feinden, ja", unterbrach sie ihn, „ich kenne das Sprichwort. Aber Sie sehen ihn völlig falsch."

„Würden Sie Roger Michaels Leben darauf setzen? Ich bin mit einem Auftrag hier. Während Sie und Augustin ..."

„Er mag es hinnehmen, dass Sie ihn Augustin nennen", sagte Sofia scharf, „aber ich ziehe es doch vor, dass Sie ihn korrekt anreden."

„Wie Sie wollen. Während also Sie und Dr. Knox so tun, als ginge es Ihnen nur darum, Ihren Freund lange genug am Leben zu halten, um herauszufinden, wo er die Manuskripte versteckt hat – als hätten Sie sie nicht längst in den Fingern –, werde ich mal meine Kontakte aktivieren, damit wir den Profit maximieren können, wenn wir die Ware haben."

Augustins Augen verengten sich zu Schlitzen. „Sie wüssten nicht mal, wo Sie anfangen sollten."

Fokinos lächelte. „Sie haben ja keine Ahnung. Ich werde beim Antikendezernat anfangen. Ich stelle ihnen meine Dienste zur Verfügung – im Namen meines Arbeitgebers, der mich und mein Expertenwissen mit den besten Empfehlungen an sie ausleiht, um sie dabei zu unterstützen, den wertvollsten Antikenfund zu begutachten, den die Welt je gesehen hat."

Augustin schüttelte den Kopf. „Und mit seinem Segen verschaffen Sie sich Zugang zu allen, die Ihnen in Italien nützlich sein können."

„Allmählich begreifen Sie es."

Augustins Handy summte. Er schielte auf das Display und sprang auf.

„Roger!"

Ein kalter Schauer überlief ihn, als sich niemand meldete, aber das durfte er Fokinos nicht merken lassen. „Ja! Wir machen uns schon Sorgen um dich. Wir sind schon unterwegs."

„Gut, von ihm zu hören", sagte Sofia. „Wo steckt er denn?"

„Ungefähr zwanzig Minuten von hier", sagte Augustin und erfand einen Ort möglichst weit weg von dem Hotel, in dem Sofia und Dimos wohnten. Er wollte auf jeden Fall verhindern, dass Fokinos alles verdarb. „Und er ist hungrig. Gehen wir mit ihm essen."

„Keine gute Idee", sagte Fokinos. „Er soll herkommen und wir lassen uns was vom Zimmerservice bringen."

„Kommen Sie schon. Sie müssen ihn ohnehin kennenlernen."

„Ich bleibe ihm so weit vom Leibe, wie ich nur kann. Wenn Sie das Risiko eingehen wollen, bitte schön. Aber ich hab noch ein paar Dinge zu erledigen."

„Es ist Sonntag", sagte Sofia. „Begleiten Sie uns doch."

„Die Leute, die ich treffen will, haben keine festen Arbeitszeiten", gab Fokinos zurück. „Ich treffe Sie später wieder."

Sobald Fokinos verschwunden war, erklärte Augustin Sofia, dass das Gespräch am Telefon nur vorgetäuscht war und dass der Anruf und das anschließende Schweigen Ärger bedeuteten.

„Es war unvorsichtig von ihm, das Hotel zu verlassen, aber er ist ein erwachsener Mensch. Ich kann ihm nicht vorschreiben, was er zu tun oder zu lassen hat."

„Da braucht dich jemand", sagte sie. „Augustin, du musst wissen, ich habe kein Sterbenswörtchen zu Dimos gesagt ... über unser Gespräch über Rogers Seelenheil."

„Und hoffentlich auch nicht über die Originalmanuskriptseite."

„Natürlich nicht."

„Du weißt, was das heißt", sagte er.

„Er muss unsere SMS gelesen oder Gespräche mitgehört haben. Aber dein Handy ist sicher, ja?"

„Garantiert."

„Wer sollte ihm meine Nummer gegeben haben?"

„Ich mag es mir gar nicht vorstellen", murmelte Augustin.

„Oh, nein. Dad? Niemals."

„Wer sonst?"

„Ich rufe ihn auf der Stelle an", sagte Sofia.

30

Saulus' Entscheidung

Rom im ersten Jahrhundert nach Christus

„Er ist nicht da", flüsterte Primus' Frau verzweifelt, als Lukas spät in der Nacht zurückkam. „Er will nicht, dass seine Mutter oder die Kinder erfahren, was passiert ist. Er sagte, er wolle dich um Mitternacht treffen, und es ist fast so spät." Sie sagte ihm, er solle im Hinterzimmer einer Schenke in der Nähe auf Primus warten. „Ich hoffe, es macht dir nichts aus, ihn dort zu treffen. Sie haben bis spät in der Nacht geöffnet – für die Leute, die dann noch ihr Bier oder Honigwein brauchen. Du gehörst nicht dazu, das weiß ich ja."

„Nein, aber ich kenne die Schenke."

„Pass auf, dass er nicht zu lange bleibt. Oder zu viel trinkt."

Lukas lächelte. „Bitte, sorg dich nicht so. Dein Mann wird das überstehen. Friede sei mit dir."

Lukas ging rasch die Straße entlang und es ging ihm durch den Kopf, dass er zum ersten Mal seit Wochen den Eindruck hatte, er käme tatsächlich voran. Sein tägliches Arbeitspensum war mittlerweile zu bewältigen. Der Wiederaufbau der Stadt machte Fortschritte, wenn auch langsam, aber nach und nach konnten die Menschen wieder Wohnungen beziehen. Man war zwar dankbar, wieder ein Dach über dem Kopf zu haben, aber es gab viele Stimmen, die dem Imperator vorwarfen, er stecke hinter dem Brand. „Es ist doch nur gerecht, wenn er jetzt für mich und meine Familie sorgt", sagte eine Frau zu Lukas. „Es war sein Feuer, das uns auf die Straße gebracht hat."

Während Lukas seinen Weg zur Schenke fortsetzte, fragte er sich, was wohl der großzügige Onesiphorus davon halten würde, auf welche Weise er das kleine Vermögen einsetzte, das er für Paulus' Unterhalt zur Verfügung gestellt hatte. Lukas nahm an, alles, was Paulus das Leben ein wenig erleichtern konnte, würde seine Billigung finden – und wenn es Bestechung war.

Lukas bog in die Gasse hinter der Taverne ein und fand die Hintertür. Die Schankstube war gut besetzt mit Nachtschwärmern; die meisten waren schon zu den stärkeren Getränken übergegangen. Der Wirt reichte einer rundlichen Frau ein Tablett mit etlichen Karaffen und kam dann zu Lukas herüber. „Ich hatte nicht erwartet, dich zu so später Stunde hier zu sehen, Medicus", sagte er und führte ihn zu einem kleinen Tisch nahe bei der Schanktheke. „Ich vermute, dir steht nicht der Sinn nach Bier oder Met?"

„Nein, danke. Ich will mich mit einem Freund treffen. Er trinkt vielleicht gern einen Schluck, wenn er kommt."

Der Mann beugte sich zu ihm vor. „Ich habe einen guten alten Wein, den sich nur die wenigsten hier leisten können. Es wäre mir eine Ehre, dir eine Kostprobe zu bringen, mit den besten Empfehlungen."

„Das klingt wunderbar", stimmte Lukas zu.

„Wenn dein Freund da ist, bringe ich euch beiden einen Becher davon."

Lukas setzte sich mit dem Blick zur Tür und winkte zögernd, als Primus eintrat. Jemand stimmte ein Lied an, recht und schlecht von einer Flöte, Laute und Trommeln begleitet. Die Gäste begannen, mit den Schankmädchen zu tanzen. Primus schien das harmlose Vergnügen zu stören. Lukas konnte es ihm nicht verdenken – schließlich war seine Anstellung in Gefahr und er hatte eine Familie zu ernähren. Über die Tanzenden hinweg winkte der Kerkerwächter zu Lukas' Tisch hinüber.

„Hast du schon etwas gegessen?", erkundigte sich Lukas.

Primus nickte. „Die Kinder vermissen das Fleisch zum Glück nicht, solange sie noch Honig auf dem Brot haben."

Der Wirt brachte den Wein und lehnte ab, als Lukas zahlen wollte. „Ich sagte doch, es ist mir ein Vergnügen."

Primus nahm einen Schluck. „Ich habe schon lange nichts so Gutes mehr gekostet. Und es wird so bald wohl auch nicht wieder der Fall sein."

Lukas berichtete ihm von seiner Abmachung mit Gaius.

„Du weißt, dass man ihm nicht trauen kann", sagte Primus.

„Das ist mir klar. Aber ich glaube doch, dass er nicht gegen dich aussagen wird. Vielleicht hilft er dir sogar, deinen Posten zurückzubekommen."

Primus sah skeptisch aus, bis Lukas ihm verriet, was der Mann verlangt hatte.

„Das willst du für mich tun, Medicus?"

„Ein Heuchler sollte nie den Sieg davontragen."

„Ich bin auch nicht besser. Bis ich Paulus ein wenig kennenlernte, habe ich mir nichts dabei gedacht, deine kleinen Geschenke anzunehmen und dafür zu übersehen, was du für ihn getan hast. Ich bin Gaius zu ähnlich, als dass ich ihn hassen könnte."

Lukas hielt Primus eine geschlossene Faust hin und ließ einige Münzen in seine Hand fallen.

„Oh, nein. Das kann ich nicht annehmen."

„Du musst. Du kannst nicht den Lohn einer Woche entbehren. Betrachte es als Gefallen von Paulus selbst. Ein wohlhabender Freund sorgt gut für ihn."

„Ich tue es nur für meine Familie. Sonst würde ich das Geld nicht annehmen."

„Ich weiß, du wirst es klug verwenden. Jedenfalls sollst du es nicht schlechter haben als Gaius. Paulus wird sich freuen zu hören, dass wir ein wenig helfen konnten. Wann wird dein Fall verhandelt?"

„Übermorgen."

„Wir werden für dich beten."

Eine Stunde später saß Lukas in seiner Kammer in Primus' Haus. Es freute ihn, dass er Primus ein wenig hatte helfen können, aber Paulus und Primus so niedergeschlagen zu sehen, machte ihm das Herz schwer. Es war eine Befreiung, sich wieder in die Erinnerungen von Paulus zu vertiefen.

Wir trotteten zurück zu unserer Unterkunft und mein Vater schien mit jedem Schritt langsamer zu werden. „Diese beiden Schulmeister haben meine Geduld strapaziert", sagte er schließlich. „Rabbi Enosch mit seiner negativen Art, Rabbi Gamaliel mit seiner Großzügigkeit."

Wir betraten unsere Stube und setzten uns auf die Bettstellen.

„Wir sind strenggläubige Pharisäer", sagte mein Vater. „Dass Schammai ebenfalls strenggläubig ist, spricht mich an."

„Mich auch. Aber ich möchte auch mehr, als nur das Gesetz zu erlernen. Ich möchte Gott erkennen."

„Wenn man ihn erkennen kann", sagte mein Vater. „Sei vorsichtig, was du dir wünschst. Meine Sorge, wenn du bei Schammai studierst, wäre die, dass du ähnliche Charakterzüge entwickelst wie Enosch."

„Es ist mir gar nicht aufgefallen, bis wir Rabbi Gamaliel getroffen haben. Er ist auf jeden Fall sehr verständnisvoll."

„Ein Mann mit Charakter", sagte mein Vater. „Ich würde es nicht gerne sehen, wenn deine klare Auffassung des Gesetzes aufgeweicht würde, aber du könntest sicherlich einen schlechteren Weg einschlagen, als eine Geisteshaltung wie die seine zu entwickeln."

„Ich komme gewiss nicht zu meinem Vergnügen hierher", bemerkte ich, „aber ich glaube, bei Gamaliel zu lernen wäre viel angenehmer."

„Das sollte für dich nicht ausschlaggebend sein. Du musst mir versprechen, dass du dich, solange du in Jerusalem bist, mit ganzem Eifer deinen Studien widmen wirst. Wir entwurzeln unsere

ganze Familie und verlassen unsere Heimat, damit du die denkbar beste religiöse Ausbildung bekommst."

Ich legte mich auf meinem Lager zurück und verschränkte die Finger hinter meinem Kopf. „Hier studieren zu dürfen ist ein Geschenk, von dem ich nie zu träumen wagte."

„Du warst eifrig. Du hast es dir verdient."

„Ich möchte bei Gamaliel lernen", entfuhr es mir zu meiner eigenen Überraschung.

Mein Vater wandte sich um und sah mir forschend ins Gesicht. „Wirklich? Das wäre deine Entscheidung?"

Ich nickte. „Ich weiß, die Entscheidung liegt nicht bei mir, aber … ja."

„Ich weiß nicht, was Rabbi Daniel dazu sagen wird, aber auch ich neige eher zu Hillel. Du wirst mir natürlich berichten, wenn du irgendetwas hörst, das nicht der orthodoxen Lehre entspricht. Aber dass du zu Füßen von Gamaliel sitzen wirst, nun, diese Vorstellung gefällt mir."

31

Gejagt

Rom

Sonntag, 11. Mai, 16.10 Uhr

Sofia stellte ihr Telefon laut.

„Dad, wie viel hast du Dimos erzählt?“

„Nur das, was du mir gesagt hast. Gibt es ein Problem? Er ist ein zuverlässiger Mann.“

Sie warf Augustin einen Blick zu. „Vielleicht, vielleicht auch nicht. Jedenfalls weiß er Dinge, die ich weder dir noch ihm gesagt habe.“

„Was hast du mir denn verschwiegen, Liebes? Wie soll ich dir helfen, wenn ich nicht alles weiß?“

„Es geht da um Privates – Sachen, die sich erst seit unserem Gespräch ereignet haben.“

Die Pause war zu lang, um Augustin zu beruhigen. Und als Malfees Trikoupis weitersprach, tat er es so bemüht, als wollte er vermeiden, sich zu verraten.

„Privates? Und erst kürzlich? Und ... wie hätte ich ihm etwas erzählen sollen, was ich selbst nicht weiß?“

„Darum geht es ja gerade, Dad. Er taucht einfach auf und kann sich gar nicht bremsen vor Einsatzbereitschaft, aber jetzt ist er gestolpert. Er weiß zu viel. Roger ist nicht der Einzige, dessen Leben hier auf dem Spiel steht, und wir haben den Eindruck, wir sind von jemandem hintergangen worden, der eigentlich auf unserer Seite stehen sollte.“

„Er ist auf eurer Seite! Er ist doch in meinem Interesse mitgeflogen. Du weißt doch, ich würde nichts tun, was dich in Gefahr bringen könnte."

„Woher weiß er dann all diese Einzelheiten?"

„Und du bist dir sicher, er kennt Details aus deinen Privatgesprächen?"

„Ja, jedenfalls in zwei Fällen. Er muss irgendwie Zugang zu meinem Handy gehabt haben."

„Unmöglich. Wie denn?"

„Das habe ich dich gefragt."

„Bei meinem Leben, Liebling, ich würde doch nie …"

„Augustin und ich müssen der Sache auf den Grund gehen, bevor wir weiter mit Dimos zusammenarbeiten. Wenn er hier ist, um die Dokumente zu untersuchen und ihr Alter zu bestimmen, dann hat er im Moment hier noch nichts zu tun. Aber er ist schon dabei, alle möglichen Kontakte zu knüpfen."

„Ich habe Verbindungen, die für euch nützlich sein könnten, Sofia."

„Aber was, wenn Dimos den falschen Leuten ein bisschen zu viel erzählt? Warum beorderst du ihn nicht zurück nach Athen und wir melden uns, wenn wir ihn wieder gebrauchen können?"

„Nein, nein. Jetzt ist er schon mal da. Ich kann mit ihm sprechen, aber er soll ruhig schon mal Kontakt aufnehmen und …"

„Dann müssen wir ihn direkt zur Rede stellen. Wir müssen wissen, wie es ihm gelingen konnte, mein Handy auszuspionieren."

Eine lange Pause. „Dann solltet ihr aber sicherstellen, dass ihr ihn nicht anklagt, ohne dass er eine Chance hat, die Sache zu erklären. Vielleicht sind die Dinge nicht so düster, wie ihr glaubt."

„Was sagst du?"

„Nichts Wichtiges. Nur dass ich in meinem Alter schon jede Menge Missverständnisse erlebt habe. Man sollte keine voreiligen Schlüsse ziehen. Aber jetzt … konnte Dr. Knox schon herausfinden, wo das Manuskript sein könnte?"

Augustin schüttelte den Kopf. „Nein“, sagte Sofia. „Ich halte dich auf dem Laufenden.“

Sobald sie die Verbindung beendet hatte, sagte Augustin: „Ich will noch mal was anderes versuchen. In Dallas ist es jetzt ... wie viel früher ... sieben Stunden?“

Er rief Biff Dyer an.

„Augustin! Was ist los?“

„Ich hab dich hoffentlich nicht geweckt?“

„Ganz ehrlich? Doch. Aber wir müssen jetzt sowieso zusehen, dass wir mit den Kindern zur Kirche kommen. Hast du Michaels gefunden? Ist er okay?“

„Im Moment geht's uns allen gut, Biff. Ich brauche noch mal deine Hilfe. Wir glauben, dass jemand Sofias Handy abhört, und wir müssen wissen, wer. Hast du eine Idee, wie wir das rauskriegen können?“

„Wird nicht ganz leicht sein. Gib mir mal ihre Nummer und die Seriennummer ihrer SIM-Card; ich sehe zu, was ich tun kann.“

17.00 Uhr

Augustin sah immer wieder auf sein Handy, ob eine Nachricht von Roger darauf war. „Es hat keinen Sinn, dass wir losziehen, wenn wir keinen Hinweis darauf haben, wo wir ihn suchen sollen.“

„Vielleicht hat er vorhin nur aus Versehen deine Nummer gewählt.“

„Das lässt sich herausfinden.“ Augustin rief Roger an. Keine Antwort. Augustin simste ihm: „kommen sobald du sagst wo du steckst.“

Sie warteten weiter und Augustin zeigte Sofia die erste Seite des Manuskripts der Lebenserinnerungen von Paulus.

„Es kann doch nur echt sein, nicht?“, sagte sie. „Es muss einfach echt sein. Hat man schon jemals ein Dokument entdeckt, das älter war als das hier?“

„Die Qumran-Rollen. Und sogar ein paar Fragmente, die noch älter sind. Aber hier haben wir Hunderte von Seiten, die nicht beschädigt sind."

„Was ist in dem Umschlag?"

„Der ist an Roger adressiert. Er sollte ihn öffnen, falls Klaudios irgendetwas zustieße. Und ich soll ihn nicht öffnen, es sei denn, Roger passiert etwas. Er glaubt, in dem Umschlag ist ein Hinweis auf das Versteck des Originalmanuskripts. Der Karton enthält verkleinerte Kopien vom ganzen restlichen Dokument. Ich werde ziemlich lange brauchen, um alles durchzulesen. Ich muss es unbedingt tun, aber erst, wenn ich weiß, dass ich nicht gestört werde."

Augustins Handy meldete sich. „Von ihm. Ein Bild."

Sie betrachteten das Bild. „Eine Straßenecke", sagte sie. „Beide Straßennamen sind gut zu erkennen. Er ist an einem Sonntag mitten im Stadtzentrum? Ist das da nicht der Vatikan auf der anderen Seite des Tiber? Vielleicht versucht er, sich in der Menge zu verstecken."

Augustin schützte das Originalpergament wieder mit den Papierbögen. „Wir müssen zu ihm."

„Lass uns ein Taxi nehmen", sagte sie. „Ich würde ungern in diesem Verkehrschaos selbst fahren."

„Und wenn wir ihn irgendwo rasch herausholen müssen?"

„Das könnten wir ohnehin nicht mit dem Auto. Es sei denn, wir wären hier in einem James-Bond-Film."

Augustins Telefon zeigte eine Textnachricht an.

„bring die 9 mm."

„hat die polizei."

„bring meine. matratze."

Augustin fand die Pistole unter der Matratze in Rogers Schlafzimmer. Sie fühlte sich schwer genug an, um geladen zu sein, aber er überprüfte es, indem er das Magazin herausnahm und dann wieder einlegte.

„Bete, dass ich sie nicht benutzen muss“, sagte er.

„Ich werde beten, dass man dich nicht damit schnappt.“

Augustin zog seinen Gürtel durch das Halfter und positionierte die Waffe in seinem Rücken. „Wir können die Sachen nicht hierlassen“, sagte er, legte den Umschlag in den Safe und fand im Schrank einen Wäschebeutel, der groß genug war für das Pergament. Den Beutel hängte er auf einen Kleiderbügel, zog ein Hemd darüber, und sie machten sich auf den Weg zum Parkhaus. Augustin hängte das Hemd in seinen Mietwagen und verstaute Pergament und Kopien im Kofferraum.

Beim Haupteingang winkte der Portier ihnen ein weißes Auto mit einem Taxi-Schild auf dem Dach heran. Das Wappen auf der Wagentür trug die lateinische Abkürzung SPQR (*senatus populusque romanus* – Der Senat und das Volk von Rom). Augustin betrachtete das Foto auf seinem Handy und nannte dann dem Fahrer ihr Fahrtziel: „Erste Straße westlich von der Piazza Navona.“

„Meinst du, er ist auf der Flucht?“, flüsterte Sofia.

„Ich frage nach“, erwiderte Augustin. Aber bevor er den Text eintippen konnte, streckte Sofia den Arm aus und zog sein Handy zu sich heran. „Hier – das Bild ist von seinem Tablet aus gesendet worden. Warum nicht vom Handy, wie der ursprüngliche Anruf?“

„Keine Ahnung. Vielleicht ist die Qualität besser.“

Augustin tippte: „kommen. alles okay?“

Keine Reaktion.

„Könnten Sie schneller fahren?“, wandte Augustin sich an den Fahrer.

„*Perdono?*“

„*Potrebbe sbrighi, per favore?*“, übersetzte Sofia.

Minuten später hatte der Fahrer sich durch den dichten Verkehr geschlängelt, der in Richtung Vatikan floss, und hielt auf dem Seitenstreifen kurz vor der Piazza Navona. „Wir teilen uns besser auf“, schlug Augustin vor. „Du nach Norden und dann nach Osten, ich nach Süden und dann nach Osten. Wir treffen uns auf der anderen Seite der Piazza. Lass dir nicht anmerken, dass du nach jemandem Ausschau hältst. Besser, er entdeckt uns.“

Augustin rechnete nicht damit, dass ihn jemand erkennen würde, aber da sein Handy nach Rogers erstem Anruf ausspioniert worden war, konnten sie auch im Netz nach ihm gesucht und herausgefunden haben, wie er aussah. Wenn die Nummer zwei beim Antikendezernat wirklich hinter der ganzen Sache steckte, war es gut möglich, dass er Augustins Flug von Dallas nach Rom aufgespürt hatte.

Augustin musste alle Möglichkeiten in Betracht ziehen. Er hatte den Carabinieri am Bahnhof von Neapel seinen Pass gezeigt, dann noch dem Mietwagenverleiher und der Polizistin in der Nähe von Rogers Wohnung. Er hatte ihn vorgelegt, um im Hotel einzuchecken und um den Inhalt von Rogers Schließfach abzuholen. Er konnte nur hoffen, dass der Beamte, der sich mit der Smith&Wesson aus dem Staub gemacht hatte, keine Veranlassung gesehen hatte, über ihre Begegnung Bericht zu erstatten.

Sofias Handy war ebenfalls manipuliert worden. Soviel Augustin wusste, war das Antikendezernat ihnen seit ihrer Ankunft auf der Spur gewesen. Konnten sie beobachtet haben, wie er das kostbare Dokument in den Kofferraum gelegt hatte? Er wollte keinen Verfolgungswahn entwickeln, aber jemand in einer solchen Position wie Aldo Sardinia verfügte sicher über die technischen Möglichkeiten dazu.

Als Augustin sich auf der Ostseite der Piazza nach Norden wandte, vibrierte sein Handy. Er musste sich zwingen, gelassen zu bleiben, während er es aus der Tasche zog. Roger hatte geschrieben: „Mist gebaut. handy weg. bin beim hlg kreuz.“

Zum Glück hatte Augustin schon genügend Reisegruppen durch Rom geführt, um zu wissen, dass die Päpstliche Heilig-

Kreuz-Universität direkt nördlich von ihm lag. Als er Sofia am Ende der Piazza Navona um die Ecke biegen sah, gab er ihr ein Zeichen, dort zu warten. Als sei sie die geborene Spionin, blieb sie an einem Kiosk stehen und tat so, als betrachte sie, was dort ausgelegt war.

Augustin ging an ihr vorbei und flüsterte ihr zu: „Heilig-Kreuz." Als er die Ecke erreichte, an der das beeindruckende Universitätsgebäude stand, ging er langsamer, als bestaune er die Ausmaße der Anlage. Das Handy vibrierte zweimal. Nachrichten von Roger und von Biff Dyer in Dallas.

Er sah zuerst nach der von Roger. „seh euch. seid in 1 min bei mir."

Biff schrieb: „erfolg. kannst du sprechen?"

„Nein. bitte simse."

„Okay."

Noch einmal Roger. „bleibt im schatten."

Die Sonne stand schon tief, also begab sich Augustin zur Ostseite des Gebäudekomplexes, der seinen Schatten auf die Straße warf. Als er um die Ecke bog, bemerkte er Sofia hinter sich.

Auf dem Handy erschien ein weiteres Foto, ein Wegweiser zu einer winzigen Kneipe. Roger schrieb: „150 m li & nach unten."

Roger schien zu glauben, er habe, wer auch immer ihm auf den Fersen war, abgehängt und könne sich unterhalb des Straßenniveaus sicher fühlen. Augustin hätte höheres Gelände bevorzugt, aber er musste auch noch nie um sein Leben rennen.

Er blinzelte in den Himmel und hörte über sich das *wock-wock-wock* eines Hubschraubers. Die Aufschrift schien irgendetwas Amtliches anzuzeigen, Militär oder Polizei. Auf dem Handy erschien. „suchen mich. hast du die waffe?"

Augustin schrieb zurück: „kein witz?"

„hast du die 9mm?"

„zu voll hier."

„sei schussbereit."

„nicht auf ein flugzeug."

„beeil dich."

Augustin erschien es besser, dass man ihn nicht im Laufschritt wahrnahm, statt nach oben zu starren wie alle anderen auch, also ging er einfach weiter und sah in den Himmel. Der Hubschrauber drehte nach Süden ans andere Ende der Piazza ab. Einige Polizeiwagen bewegten sich in dieselbe Richtung, ebenso ein paar Uniformierte zu Fuß.

Nach geschätzten fünfzig Metern verlangsamte Augustin seinen Schritt und Roger schrieb: „geh nicht zu weit. wo ist der hubschrauber?"

„piazza, süden."

„puh."

Jetzt erblickte Augustin das Hinweisschild und trabte eine kurze Steintreppe hinab. Sofia, das wusste er, war dicht genug hinter ihm, um ihn sehen zu können. Der Raum war fast leer, die dunkle Holzvertäfelung machte ihn düster und die billigen Pseudo-Tiffany-Lampen warfen nur schwaches Licht. Roger saß in einer Sitznische hinten im Raum und spähte über den Rand einer Speisekarte.

Das Restaurant war abgelegen, aber Augustin fürchtete, dass sie hier zur leichten Beute werden könnten. Er schlüpfte in die Nische, fühlte sich aber mit dem Rücken zum Eingang äußerst unbehaglich.

„Hinter mir ist eine Tür", sagte Roger und wies mit dem Kinn auf eine rostige Tür unter einem Schild mit Pfeil und der Aufschrift: *Bagno*.

„Musst du?", fragte Roger.

„Nein, nein. Also, was ist passiert? Wie bist du hier gelandet?"

Roger zögerte und sah auf, als eine *camariera* an den Tisch kam und Augustin eine abgegriffene Speisekarte reichte. „*Caffè?*", fragte sie.

„Ja, gern. Und etwas Brot und Olivenöl."

Sie blieb unschlüssig stehen, also sagte Roger mit starkem französischem Akzent: „*Per favore e solo pane.*“ Und zu Augustin gewandt: „*Olio d'oliva* steht auf dem Tisch.“

Als die Kellnerin ging, bemerkte Augustin: „Ich möchte bloß wissen, wie du das hinkriegst.“

„Oh, es hilft, wenn man viele Sprachen spricht.“

Augustin hörte Schritte und sah, dass Roger Blickkontakt aufnahm, als Sofia hereinkam und in die Tischnische neben ihnen glitt. Sie wandte ihnen den Rücken zu, saß aber nah genug, um mitzuhören, was gesprochen wurde.

„Ich gehe also einfach spazieren“, begann Roger, „und ich will wieder im Terrazzo sein, wenn Sofia und der andere Kerl eintreffen. Aber dann überfällt mich der Gedanke, dass ich nicht mehr sehr viel länger unentdeckt bleiben werde, wo jetzt sämtliche Behörden nach mir Ausschau halten.“

„Da könntest du recht haben“, warf Augustin ein.

„Also schnappe ich mir ein Taxi und mache mich auf den Weg hierher. Denke, es wäre schön, die berühmtesten Stätten Roms noch mal zu sehen, wer weiß, vielleicht zum letzten Mal.“

„Du hast Mist gebaut, hast du geschrieben.“

„Und zwar gründlich.“

Roger verfiel in Schweigen, als die *camariera* das noch warme Brot servierte und dann zu Sofia ging, die einen Salat bestellte.

Roger nahm seinen Bericht wieder auf. „Du weißt ja, dass ich fast jeden Tag ein anderes Handy benutzt habe. Aber dann, während ich so umherschlendere, kommt mir der idiotische Gedanke, ob Sardinia vielleicht versucht hat, mich anzurufen. Er hat von mir nur die Nummer, auf die mein Anrufbeantworter geschaltet ist. Ich wähle den also an und höre eine Reihe von Nachrichten ab, Anfragen von Reiseveranstaltern und ein paar Anrufe von Leuten, die schockiert sind über das, was über mich in den Nachrichten kam. Schließlich ist da auch ein Anruf von Sardinia – ich solle besser zu ihm kommen, bevor er mich ausfindig macht, oder ich könnte es bereuen. Danke, sonst noch was Neues? Aber dann wird es mir schlagartig bewusst: Während ich diese ganzen Anrufe abhörte, war mein neues Handy angreifbar. Und natürlich würden sie meinen AB überwachen."

„Aber dein Notruf kam von diesem Handy."

„Und direkt danach hab ich's irgendwo südlich der Piazza Navona weggeschmissen. Ein paar Häuserzeilen vor mir hatte die Polizei einen Kontrollpunkt eingerichtet. Mit diesem Handy in der Tasche hätte ich ebenso gut eine Leuchtkugel abfeuern können. Also wählte ich kurz deine Nummer, warf das Handy weg und sah zu, dass ich mich aus dem Staub machte."

„Du hättest ein Taxi nehmen und ins Hotel zurückkommen sollen."

„Ich hätte viele Dinge tun sollen, Augustin, aber ich bin noch nie gejagt worden. Dieser Hubschrauber drehte nach Süden ab, weil sie mein Handy in dem Papierkorb geortet hatten."

„Sehr einfallsreich. Warum hast du's nicht in einen Gulli geworfen?"

„Wie schon gesagt, in diesem Spiel bin ich ein Amateur."

Augustins Handy summte; es war eine SMS von Biff. „nr, von der ST's gehackt wurde, unten." Augustin kannte die Nummer nicht und schob das Handy zu Roger rüber. „Gib das mal Sofia."

Roger reckte sich und reichte das Handy hinter dem Rücken an Sofia weiter. Sie hatte kaum einen Blick auf das Display geworfen, als sie herumwirbelte und Augustin entgeistert anstarrte.

32

Voller Erwartung

Rom im ersten Jahrhundert nach Christus

Am nächsten Abend hoben die Wachen den schweren Holzdeckel ab, der jetzt die Bodenöffnung bedeckte, und als Lukas sich hinunterließ, taumelte Paulus in Richtung des schwachen Lichtscheins wie eine Motte um die Flamme. Als der Deckel die Öffnung wieder verschloss, stöhnte Paulus leise auf.

„Geduld, mein Freund“, flüsterte Lukas. „Ich habe die Lampe.“

„Den ganzen Tag dieses undurchdringliche Dunkel – nur gegen Mittag ein paar Lichtstrahlen, als sie den verhassten kalten Haferbrei brachten.“

Lukas entzündete die Lampe und zog das mitgebrachte Essen aus den Taschen. Der Verurteilte seufzte und neigte den Kopf, um für das Essen zu danken. Einen Brotkanten in der zitternden Hand, sagte er: „Ich habe dreimal einen Schiffbruch überlebt, Steinigung, Auspeitschungen und Gefangenschaft, aber diese Dunkelheit … diese Schwärze ist schlimmer als das alles. Ich konnte es kaum fassen, als die Brüder, die mit dem Herrn umhergezogen sind, berichteten, Jesus habe davon gesprochen, dass einmal Menschen in die äußerste Finsternis hinausgestoßen würden … Jetzt schaudere ich allein bei der Vorstellung … Aber ich kann spüren, dass Christus bei mir ist, auch hier, wo ich diese Qual ertragen muss.“

Lukas streckte den Arm aus und wischte mit dem Saum seines Ärmels Tränen von Paulus’ Gesicht.

„Lukas, jeden Tag freue ich mich mehr darauf, bald bei Christus zu sein."

„Und weißt du, worauf ich mich jeden Abend freue? Auf deine faszinierende Geschichte. Und während ich lese, bete ich beständig für dich."

Ich schlief in dieser Nacht kaum, so sehr freute ich mich darauf, gleich früh am Morgen Rabbi Gamaliel die gute Nachricht zu überbringen. Beim Frühstück bestürmte ich meinen Vater mit tausend Fragen, wie es wohl in Beit Hillel sein würde – lauter Dinge, die auch er nicht wissen konnte.

Er lächelte nur. „Das Leben ist einfacher, wenn du die Dinge einfach nimmst, wie und wann sie kommen."

„Was soll ich auf dem Schiff tun, wenn wir nach Hause segeln?"

„Der Mannschaft nicht im Weg herumstehen, studieren, beten – und versuchen, nicht seekrank zu werden."

„Warst du jemals seekrank?"

„Einmal. Es war auf einer kurzen Fahrt zum Fischen und ich war nur wenig älter als du jetzt. Und dieses eine Mal hat mir gereicht. Ich hing über der Bordwand und spuckte Fischfutter ins Wasser, und jemand versicherte mir, dass ich nicht daran sterben würde. Aber nur die Hoffnung, dass ich doch sterben würde, hielt mich am Leben."

Ich lachte. „Das ist eine Geschichte, die du Rabbi Gamaliel erzählen musst."

„Nein, ganz sicher nicht. Und du auch nicht. Wahrscheinlich kennt er sie sowieso schon. Es ist ein alter Witz."

Den ganzen Weg zur Schule Hillels sprang ich herum, warf Steine und Stöckchen auf Bäume und pfiff sogar vor mich hin. Ich malte mir aus, wie es sein würde, wenn wir mit der ganzen Familie herkommen würden. Ich würde nicht mehr einfach mit einer Schar anderer Jungen in einem Klassenzimmer sitzen, auswendig lernen und das Gelernte wiedergeben und hin und wieder mal eine Frage stellen. Nein, ich würde mit einem der großen Gelehrten Gespräche führen und tief in den Sinn der Texte eindringen.

Gamaliel empfing uns in seinem Arbeitszimmer.

Mein Vater sagte: „Kannst du am Lächeln meines Sohnes ablesen, wie unsere Entscheidung ausgefallen ist?"

„Das freut mich sehr", sagte der Leiter der Schule. „Allzu oft kommen neue Schüler mit großen Befürchtungen zu uns, weil sie wissen, dass die Arbeit nicht leicht sein wird."

„Ich will gar nicht, dass es leicht ist", sagte ich. „Ich möchte, dass man mich fordert, und ich will alles lernen, was es zu lernen gibt."

„Du bist ein Schüler, wie ich auch einer war", lächelte Gamaliel. „Und ich bin es noch. Heute arbeite ich täglich mit den Mitgliedern des Sanhedrin. Sie glauben offenbar, weil sie nun eine gewisse Position haben, bräuchten sie nichts mehr zu lernen. Ich hoffe, du wirst so wie ich feststellen: Je mehr man weiß, umso mehr wird einem klar, wie viel man nicht weiß."

„Ich kann es kaum erwarten, hier anzufangen."

„Es wird mir eine Freude sein, dich zu unterrichten. Aber lass dich warnen. Du bist gescheit und nachdenklich, aber auch du wirst merken, dass wir das Beste aus unseren Schülern herauszuholen versuchen. Zu Hause magst du anderen deines Alters weit voraus sein. Aber hierher kommen die besten Schüler aus aller Welt. Und es mag auch andere Dinge geben, die dich ablenken. Erzähl mir, wofür kannst du dich sonst noch begeistern?"

„Er ist sehr sportlich", sagte mein Vater. „Aber sein Herz gehört dem Lernen."

„Und die Frauen? Würden sie dich nicht ablenken?"

„Bis gestern jedenfalls nicht", sagte mein Vater mit einem Lächeln.

Mein Gesicht brannte. Wie konnte er so etwas sagen, noch dazu im Beisein des Vaters des Mädchens?

Gamaliel sagte: „Es ist mir nicht entgangen, dass du von Naomi sehr angetan warst. Wenn du beginnst, dich für das andere Geschlecht zu interessieren, kann es sein, dass dein Lerneifer leidet. Aber wir werden alles dafür tun, dass deine Gedanken sich um deine Ausbildung drehen.“

Verlegenheit verschloss mir den Mund. Während Gamaliel und mein Vater weiterplauderten, saß ich da, studierte den Fußboden und hoffte, meine Beschämung würde sich legen.

Mein Vater muss es wohl bemerkt haben, denn er schnitt ein anderes Thema an. „Man sagte mir, es gebe hier einen guten Markt für hochwertige Zelte.“

Aber bevor Gamaliel darauf antworten konnte, ging an der offenen Tür jemand vorbei und er rief: „Oh, Nathanael, einen Moment bitte!“

Das war das erste Mal, dass ich den Mann zu Gesicht bekam, für den ich später, als Erwachsener, viele Jahre arbeiten würde. Er trug die Gewänder eines Priesters und hatte einen orangefarbenen Bart. Gamaliel stellte uns einander vor und sagte: „Nathanael ist Stellvertreter des obersten Richters im Hohen Rat. Wenn seine Zeit es erlaubt, unterrichtet er hier. Mein eigener Sohn Simeon, der erst vor Kurzem seine Bar-Mizwa begangen hat, gehört zu seinen Schülern.“

Ich muss verwundert ausgesehen haben, hatte ich Simeon doch gerade erst getroffen, denn Nathanael sagte: „Rabbi Gamaliels Sohn ist ein hübscher Bursche, aber er sieht jünger aus, als er ist. Und du“, er nickte mir zu, „bist zwar klein, aber wenn du einen Bart trügst, würdest du aussehen, als könntest du hier unterrichten.“

Die drei Männer lachten, aber ich fühlte mich plötzlich sehr deutlich wie ein dreizehnjähriger Junge – so gut wie erwachsen.

Vier Tage später erreichten mein Vater und ich den großen Hafen in Cäsarea. Ein prächtiges Schiff lag dort vor Anker, der Rumpf war mit Teer bestrichen, sodass es wie ein großes schwar-

zes Ungeheuer aussah. Ich schätzte die Länge auf mindestens neunzig Fuß. Der Matrose, der uns an Bord geleiten sollte, war barfuß und ungepflegt. Ich fand es schwer, ihn zu verstehen.

„Wie viele Menschen werden auf dem Boot mitreisen?"

„Nicht Boot. Schiff. Ungefähr dreihundert."

„Wie viel fasst das Boot … Schiff?"

„Angst, dass wir sinken?"

„Es interessiert mich nur."

„So etwa zweihundert Tonnen bei voller Ladung. Und läuft nur mit dem großen Focksegel am Hauptmast. Wenn wir erst in den Wind gedreht haben, trägt uns das direkt nach Tarsus."

Andere Passagiere und Ladung kamen an Bord und das Schiff schaukelte bereits auf den Wellen. Ich genoss diese leichte Bewegung. Die Betriebsamkeit auf dem Hauptdeck fesselte meine Aufmerksamkeit ebenso sehr wie das Schiff selbst. Die Reise würde ein Riesenvergnügen werden!

Als ich einem Matrosen, der sich bei den Seilen zu schaffen machte, eine Frage zu viel stellte, sagte er: „Soll ich dir beibringen, wie man diesen Knoten macht?" Es erwies sich als viel schwieriger, als es aussah, wenn er es machte. Meine Hände waren zu klein und meine Haut zu glatt, um die dicken Seile gut handhaben zu können.

Als ich endlich einen armseligen Knoten fertigbrachte, fragte er, ob ich den Kapitän kennenlernen wollte. Das musste er mich nicht zweimal fragen! Ich folgte ihm in eine enge Kabine, in der sich eine schmale Schlafkoje, ein paar Instrumente und eine Landkarte befanden.

Der Kapitän begrüßte mich an Bord und ich platzte heraus: „Kann das Schiff auch einem richtig starken Sturm standhalten?"

Das löste bei ihm eine Litanei seiner schlimmsten Erfahrungen auf See aus, die von Sturmböen über Sturzwellen bis hin zu schwersten Stürmen und Unwettern reichten. Er berichtete von

„Wellen höher als ein dreistöckiges Haus, die uns fast zum Kentern brachten".

„Hast du jemals Schiffbruch erlitten?"

„Nur einmal, da war ich noch längst kein Kapitän und auf einem viel kleineren Schiff. Gerieten in einen Sturm, der uns in Stücke schlug, kurz vor der Küste Ägyptens. Eine Mannschaft von zwölf Mann, und nur zehn von uns schafften es ans Ufer. Aber keine Angst, Junge. Um diesen Kasten hier in Gefahr zu bringen, bräuchte es einen heftigeren Sturm als alle, die ich je erlebt habe."

Wir legten schließlich am Spätnachmittag ab und ich war wie berauscht von der Seereise und der ganzen Idee der Schifffahrt. Das war das Leben! Ich genoss, was ich sah, die Gerüche, die Geräusche, einfach alles. Während das Schiff durch die Wellen pflügte, konnte ich es kaum erwarten, dass wir Tarsus erreichten und dann bald die Rückreise antreten würden, rechtzeitig zu meinem Unterrichtsbeginn. Ich konnte mir nicht vorstellen, dass ich als Rabbi viel Gelegenheit zu Schiffsreisen haben würde; aber ich hatte mir auch nie vorstellen können, dass mich das Reisen mit dem Schiff so begeistern würde. Jetzt konnte ich jedenfalls gar nicht genug davon bekommen.

33

Ausspioniert

Rom

Sonntag, 11. Mai, 18.00 Uhr

„Was ist, Schatz?“, fragte Augustin, unfähig, noch länger so zu tun, als seien er und Sofia einfach zwei Fremde an benachbarten Tischen.

Sie stand auf, warf ihm das Handy zu und lief in Richtung Eingang davon. „Wir sehen uns im Hotel.“

Roger flüsterte: „Sofia! Nimm den Hinterausgang.“

Sie drehte auf dem Absatz um.

„Was stimmt nicht?“, beharrte Augustin.

„Si vuole andare, signorina?“, fragte die *camariera*.

Sofia antwortete nicht. Sie war schneller durch die Hintertür verschwunden, als Augustin auf die Füße kam. Er holte sie in der Gasse draußen ein und nahm sie in die Arme. Sie zitterte. „Wer war es, Sofia? Dein Dad?“

„Es war die Nummer meiner Mutter! Warum sollte sie … wie … wie konnte sie nur …?“

„Ich weiß es auch nicht. Aber jetzt müssen wir erst mal Roger hier rausholen.“

Sofia zerrte ihr Handy aus der Handtasche und schleuderte es so heftig gegen eine Mauer, dass es zerbrach. Die Hände weit von sich gestreckt, als wolle sie das Gleichgewicht behalten, sagte sie. „Ich bin okay. Sag mir einfach, was ich tun soll.“

„Organisier ein Taxi und warte darin am Ende der Gasse. Sag

dem Fahrer, wir zahlen das Doppelte, wenn er den Kontrollpunkt umgehen kann."

Bis Augustin ins Restaurant zurückkam, hatte Roger bei der *camariera* ihre Rechnung beglichen und war auf dem Weg nach draußen. Sie sahen Sofia neben dem Taxi stehen und Augustin ergriff Roger beim Arm, um zu verhindern, dass er auf den Wagen losstürmte. „Wir sind Touristen. Kein Grund zur Eile."

Der Chauffeur erwies sich als junge Frau, die eifrig die Gelegenheit wahrnahm, ihr begrenztes Englisch in Anwendung zu bringen. „Banditen, wie?", sagte sie lachend. „Wollen den Checkpoint umgehen, weil sie eine Bank ausgeraubt haben."

Sie schoss kreuz und quer durch ein Gewirr von Nebenstraßen, bis sie den Fluss überqueren und nun wieder direkt Richtung Süden fahren konnte. Als das Taxi vor dem Terrazzo hielt, beschlossen die drei, es sei besser, wenn sie getrennt nach oben in ihre Suite gingen. Roger sollte den Anfang machen, während Sofia noch in der Eingangshalle warten würde, bis sie Augustin kommen sah, der erst einmal das Pergamentblatt und die Kopien aus dem Auto holen würde.

Als sie schließlich zu dritt in der Suite beisammen waren, sagte Sofia: „Ich muss meine Sachen holen. Ich werde nicht im selben Hotel bleiben wie Dimos. Ich kann es noch immer nicht glauben, dass er seine Karriere derart aufs Spiel setzt. Wenn ich meinem Vater erzähle …"

„Und du glaubst, deine Mutter steckt in der Sache drin?", fragte Augustin. „Mir ist an ihr nie etwas aufgefallen, was …"

„Nein! Es ergibt keinen Sinn. Sie hat alles, was sie sich nur wünschen kann, und braucht nicht die Hälfte von allem, was sie besitzt. Dimos muss seinen ganzen Charme eingesetzt haben, um sie rumzukriegen. Aber warum? Lass mich mal dein Handy benutzen, Augustin."

Er warf es ihr zu und wenig später begann sie ein lebhaftes Gespräch auf Griechisch, offensichtlich mit ihrem Vater. Augustin schnappte noch den ersten Satz auf. „Wir wissen jetzt, woher Dimos von unseren Privatgesprächen wusste."

Schließlich ließ sie sich aufs Sofa fallen. „Er wird versuchen herauszufinden, was da vor sich geht. Er klang entsetzt."

„Bist du sicher, dass du dein Hotel wechseln willst?", fragte Augustin.

„Ich bin sicher, dass ich mit Dimos fertig bin. Meinst du, ich sollte irgendwo anders bleiben als hier?"

„Nein. Ich frage mich nur, ob es für uns einfacher wäre, nicht aufzufallen, wenn wir getrennt unterwegs wären."

„Wenn sie hinter uns her sind", sagte Roger, „dann sind sie es sowieso schon. Aber sie wird ein Auto brauchen."

„Ich miete mir einen Wagen."

„Nein", widersprach Augustin. „Ich bring dich eben zu deinem Hotel. Und inzwischen, Roger, machst du niemandem die Tür auf."

19.30 Uhr

Im Auto sagte Sofia: „Du kannst es doch bestimmt kaum noch erwarten, endlich den Rest des Manuskripts zu lesen. Übersetz es für Roger. Vielleicht kommt ihr dann ins Gespräch."

Augustin berichtete ihr von seinem diesbezüglichen Versuch am Abend zuvor. „Und er hat die ganze Zeit süß und selig geschlafen."

Als sie bei ihrem Hotel ankamen, sagte sie: „Ich beeile mich. Nur rasch packen und auschecken."

„Warte mal. Check besser nicht aus. Wenn jemand deine Spur aufnimmt, soll er ruhig denken, du bist noch hier."

Augustins Handy klingelte und Sofia verharrte mitten im Aussteigen. „Dad?"

„Nein. Es ist meine Mutter."

„Grüß sie von mir“, sagte sie und eilte ins Hotel.

„August, ich bin schon ganz krank vor Sorge“, sagte seine Mutter. „Was ist mit Roger?“

„Er hat ein bisschen Ärger, aber im Augenblick ist er in Sicherheit.“

„Gott sei Dank! Ich habe für ihn gebetet. Und du – alles in Ordnung?“

Augustin sagte, er hoffe, er könne die Dinge hier rasch erledigen und bald wieder daheim sein.

„Gut“, sagte sie. „Denn es gibt Neuigkeiten. Dein Vater ist wieder bei Bewusstsein.“

„Nein! Wirklich?“

„Ich weiß nicht, ob er mich erkennt, aber Puls und Atmung sind deutlich kräftiger. Die Pupillen reagieren auf Lichtsignale und er folgt dem Finger des Arztes mit den Augen. Sie sagen, an der Prognose habe sich grundsätzlich nichts geändert, aber das ist jetzt sicher besser als das Koma, nicht?“

„Hört sich so an, Mom. Aber … mach dir auch nicht zu viele Hoffnungen.“

„Aber natürlich mache ich mir Hoffnungen, August. Ich ziehe jeden Funken Hoffnung aus dieser Entwicklung, den ich nur kriegen kann. Ich bete, dass er, bis du zurückkommst, wieder ganz der Alte ist.“

Ein Signalton sagte Augustin, dass ein anderer Anruf ankam: Malfees Trikoupis. „Mom, tut mir leid, aber ich muss einen anderen Anruf annehmen. Danke für die guten Nachrichten. Und … ich bete auch.“

„Also schön. Bis bald.“

„Mr Trikoupis!“

„Ja, Augustin. Ist Sofia da?“

„Sie ist jeden Moment zurück.“

„Das trifft sich gut, um ehrlich zu sein. Hören Sie, ich habe herausgefunden, was es mit dieser Telefonangelegenheit und ihrer

Mutter auf sich hat. Ich erzähle es Sofia später. Aber Sie verstehen, wo meine Prioritäten liegen, oder?"

„Bei Ihrer Tochter natürlich."

„Ich weiß, Sie ist bei Ihnen gut aufgehoben. Aber ich rede von dem Manuskript. Ich muss Ihnen nicht sagen, was es wert ..."

„Das ist mir nur zu bewusst", unterbrach Augustin ihn. „Aber, wenn ich fragen darf, wie würden Sie denn den Grund für Ihr Interesse daran beschreiben?"

„Wie bitte – machen Sie Scherze?"

„Wir sind da vielleicht nicht ganz derselben Meinung."

Mr Trikoupis schwieg. Dann fuhr er fort: „Nun, Sie ... ich – ich dachte, auch Sie seien der Meinung, dass, äh-hm, nun, ich muss Ihnen nicht sagen, in welcher Größenordnung der Wert ..."

„Verzeihung, Sir, aber dieser Wert gehört dem italienischen Staat."

„Sie haben mir nicht deswegen etwas davon gesagt, weil ich einer der bedeutendsten Antikenhändler auf dem Globus bin?"

„*Ich* habe Ihnen überhaupt nichts davon gesagt, Sir. Sofia hat es Ihnen vertraulich mitgeteilt und ich hoffe, außer Ihnen und Dimos weiß niemand etwas. Und selbst ihm hätten Sie es nicht sagen sollen."

„Oh, seien Sie beruhigt, wir verstehen, dass die Sache vertraulich ist. Wir wollen schließlich keine Konkurrenz auf den Plan rufen."

„Ich fürchte, ich kann nicht folgen."

„Augustin, Sie wissen doch, dass ich Sie beteiligen werde. Allein der Finderlohn für Sie ..."

„Sir, Sie müssen irgendeinen voreiligen Schluss gezogen haben."

„Augustin, hören Sie mir zu. Es ist doch kein Zufall, dass Sie dafür gesorgt haben, dass ich von der Sache erfahre. Wer sonst würde das Potenzial in einem antiken Fund wie diesem einschätzen können?"

„Einen Fund dieser Größenordnung gab es noch nie auf dem Markt."

„Seien Sie nicht naiv", sagte Mr Trikoupis.

„Es würde nie gestattet werden, die Dokumente aus Italien auszuführen. Selbst wenn Sie es irgendwie fertigbrächten, sie zu erwerben – Sie könnten es nie riskieren, irgendjemandem davon zu erzählen."

Mr Trikoupis sprach plötzlich leiser. „Natürlich kann ich sie nicht ins Schaufenster legen! Keine Sorge. Es wird niemand erfahren – außer ein paar Leuten, die auch mit solchen Waren handeln, und die werden ebenso gute Gründe haben zu schweigen wie ich."

„An so etwas könnte ich mich niemals beteiligen."

„Beleidigen Sie mich nicht, indem Sie andeuten, ich würde Sie verraten. Ich bin ebenso auf Ihre Verschwiegenheit angewiesen wie Sie auf meine."

„Mr T., ich möchte etwas klarstellen. Wenn ich das Glück haben sollte, dieses Manuskript zu finden, dann wird es ganz sicher nicht in Ihre Hände gelangen."

Trikoupis klang jetzt gönnerhaft. „Also schön, machen wir hier einen Punkt und schauen uns mal die Fakten an. Erstens: Ich weiß, dass Sie das Manuskript haben oder zumindest wissen, wo es ist."

„Sir …"

„Zweitens: Sie wissen, dass nur sehr wenige Menschen auf diesem Planeten in der Lage sind, die Rendite einer Kostbarkeit wie dieser zu optimieren. *Unbezahlbar* ist eben nur ein Wort. Diese Pergamente haben sehr wohl einen Preis. Sie mögen von etlichen Hundert Millionen ausgehen – wenn Sie mich ins Spiel bringen, ließe sich diese Summe um ein Vielfaches erhöhen. Und ein Prozent vom Gesamterlös für Sie würde reichen, um Sie und meine Tochter auf Generationen finanziell gut abzusichern."

„Es wird kein …"

„Ich würde nicht daran denken, Sie zu übervorteilen. Schon Ihr Schweigen wäre mir das wert."

Ganz offensichtlich – Sofias Vater war nicht der Mann, den Augustin in ihm zu sehen gelernt hatte. Und schon gar nicht der Mann, für den seine Tochter ihn hielt. Er war so versessen darauf, die paulinischen Erinnerungen in die Finger zu bekommen, dass er sich nicht einmal auch nur vorstellen konnte, Sofias Verlobter würde ihm das verweigern.

In diesem Moment entschloss sich Augustin, seine Strategie zu ändern. Er würde mitspielen. „Ehrlich, Mr Trikoupis, mir fehlen die Worte."

„Sie müssen mir nicht danken. Sie werden es sich verdienen. Um ehrlich zu sein: Es muss etwas wie hier auf dem Spiel stehen, damit ich richtig in Fahrt komme, und glauben Sie mir, ich war schon an ein paar unglaublichen Projekten dran. Wie dem auch sei, ich erwarte, dass Sie jetzt Ihren Beitrag leisten."

„Das verstehe ich durchaus."

„Zunächst einmal brauche ich Ihre uneingeschränkte Kooperation mit Dimos. Er befürchtet, offen gesagt, dass Sie das Gesamtbild noch nicht ganz verstehen."

„Wenn ich offen sein darf, Sir, dann scheint mir, Sie haben das Ausmaß dieser Sache viel besser im Blick als er."

„Das sollten wir ihm nicht zum Vorwurf machen. Er war immer ein kleiner Angestellter. Und auch wenn ich ihm ein Vielfaches von dem zahle, was er in seinem Job für die Behörden verdient hat – das ist nichts im Vergleich zu dem, was bei diesem Deal für ihn herausspringt."

„Ich verstehe."

„Also werden Sie seinen Vorschlägen folgen und davon ausgehen, dass er in meinem Namen agiert?"

„Sie dürfen sicher sein, ich werde ihm folgen."

„Ich wusste, dass ich auf Sie zählen kann."

„Oh, hier kommt Sofia."

„Danke, August. Ich werde Dimos berichten, dass wir diese kleine Unterredung hatten und dass wir einander verstehen."

„Tun Sie das, Sir."

Augustin stellte das Handy laut und reichte es an Sofia, nachdem sie ihr Gepäck auf den Rücksitz geschoben hatte.

„Sweetheart, es tut deiner Mutter furchtbar leid, dass sie hinter deinem Rücken gehandelt hat, aber sie hatte die besten Absichten. Sie hat sich Sorgen um dich gemacht, das ist alles. Ich denke, sie hat länger gebraucht als ich, um zu akzeptieren, dass du inzwischen erwachsen bist und es nicht mehr nötig hast, dass wir über jeden Schritt, den du tust, Bescheid wissen."

„Was hat das damit zu tun, dass sie mein Handy ausspi..."

„Sie hat Dimos nur gefragt, ob es eine Möglichkeit gäbe, dass sie dich im Auge behalten kann, und er schlug vor, eure Handys zu koppeln. Das würde ihr erlauben zu wissen, wo du bist und dass es dir gut geht."

Augustin konnte Sofia ansehen, dass sie gleich explodieren würde. „Spiel mit", raunte er. „Wir reden gleich."

„Und ihr ist bewusst", fuhr Sofia fort und kämpfte sichtlich mit dem Zorn, „dass Dimos damit meine Privatgespräche mithören kann?"

„Jetzt ja – und sie hat zugegeben, dass sie das nicht bedacht hat. Jedenfalls hat sie jetzt die Verbindung unterbrochen, du brauchst also keine Sorge mehr zu haben, dass noch einmal jemand in deine Privatsphäre eindringt."

Sofia rollte mit den Augen, aber Augustin mimte ein Lächeln. „Na schön", sagte sie, „das beruhigt mich ein wenig."

„Darf ich ihr sagen, du verstehst – und dass es ihr nicht peinlich sein muss, wenn ihr euch wieder begegnet?"

Sofia zögerte und Augustin wusste, dass sie gerade eine bittere Pille schluckte.

„Natürlich."

„So kenne ich meine Tochter. Wahrscheinlich ist es das Beste, du erwähnst die ganze Sache ihr gegenüber gar nicht mehr. Sie weiß, sie hat die rote Linie überschritten. Du brauchst es ihr nicht noch mal unter die Nase zu reiben, oder?“

„Nein, wohl kaum.“

Sie fuhren zurück zum Terrazzo und Sofia sagte plötzlich: „Halt mal an.“

Augustin bog in eine Seitenstraße ab und parkte am Rand.

„Was zum Teufel geht hier eigentlich vor?“

„Du wirst es nicht glauben.“

„Vielleicht ja doch, nach dieser Vorstellung. Ich habe noch nie erlebt, dass mein Vater jemanden belogen hat, und mich zuallerletzt. Aber ich wette – wenn ich jetzt meine Mutter anriefe, hätte sie nicht die leiseste Ahnung von der Telefongeschichte. So etwas hätte sie nie vorgeschlagen oder mitgemacht. Und deswegen will mein Vater, dass ich nicht mehr darüber rede.“

„Sofia, ich habe schon einmal erlebt, dass dein Vater die Unwahrheit sagte.“

Sie zuckte zusammen. „Im Ernst?“

„Ich habe es als kleine Notlüge abgetan, aber ...“

„Augustin, eine Lüge ist eine Lüge. Du hast nichts gesagt?“

„Es stand mir nicht zu, ihm eine Moralpredigt zu halten. Ironischerweise war es Dimos, den er belog – indirekt.“

„Also schön, ich bin ein bisschen durcheinander.“

Augustin erinnerte sie daran, wie ihr Vater versucht hatte, ihn für sein Geschäft zu gewinnen. „Fokinos rief an, während ich mit deinem Vater in seinem Büro saß. Er wies die Sekretärin an, sie solle sagen, er sei nicht im Haus. Ich weiß, das tut heutzutage jeder ...“

„Ich nicht.“

„Schön, ich auch nicht. Aber es ist gang und gäbe.“

Sie zuckte die Achseln. „Aber es macht ihn trotzdem zum Lügner. Und gerade eben hat er mich angelogen. Derselbe Mann, der mir von klein auf gepredigt hat, dass das Wort und der Ruf eines

Menschen das Entscheidende im Leben sind. Und ich hab's ihm geglaubt. Und unter anderem deswegen liebe ich dich."

„Sofia, vertraust du mir genug, um die Wahrheit zu hören?"

„Ja, Augustin. Wenn ich je Anlass hätte, an dir zu zweifeln, dann wäre ich aus deinem Leben verschwunden, bevor du bis drei zählen kannst."

„Das wird hoffentlich nie passieren, mein Herz."

„Nein, hoffentlich nie. Augustin, du sagst, dass du mich liebst, dass ich dein Leben bin. Ich habe mein Herz an dich verschenkt. Ich bin dabei, meine Familie zu verlassen, meinen Job, meine Heimat, mein Land – für dich. Ich würde dir ans Ende der Welt folgen. Meine Zukunft beruht darauf, dass ich dir vertraue."

Sie lehnte sich an ihn und er umarmte sie.

„Das ist gut zu wissen", sagte er. „Denn bevor wir ins Hotel zurückfahren, muss ich dir erzählen, was mir endlich klar geworden ist. Ich sagte, du wirst es nicht glauben – ich glaube es ja selbst kaum. Und du wirst es schon gar nicht glauben *wollen,* das weiß ich. Aber du weißt, ich würde dir so etwas nicht erzählen, wenn es nicht wahr wäre."

34

Bis zur Morgendämmerung

Rom im ersten Jahrhundert nach Christus

Die Erinnerungen von Paulus nahmen Lukas so gefangen, dass er beinahe die ganze Nacht hindurch las. Er wusste, dass er am Morgen erschöpft sein und so seinen Patienten wenig nützen würde, und er sagte sich immer wieder, er würde das Manuskript nach dem nächsten fesselnden Abschnitt beiseitelegen, nur um dann eine weitere Seite aufzuschlagen, begierig auf neue Entdeckungen.

Der Arzt studierte Paulus' Schilderung der Schiffsreise der Familie nach Cäsaraea und des anschließenden Landwegs nach Jerusalem, wo sein Vater sein Geschäft neu etablierte und nahezu auf Anhieb zum Lieferanten für jüdische ebenso wie römische Abnehmer wurde – vor allem für das Militär. Paulus schrieb auch darüber, wie seine Mutter sich in der neuen Umgebung einlebte und ihren Haushalt einrichtete, wie sie in der Synagogengemeinde aufgenommen wurden und wie Schoschanna allmählich zu einer jungen Frau heranwuchs.

Glaubte man dem, was Gamaliel Jonatan und Rivka vor den Ohren ihres Sohnes mitteilte, dann hatte der junge Saulus sich sehr rasch als der motivierteste Schüler erwiesen, dem der Rabbi in all den Jahren, in denen er nun schon junge Männer für das Rabbineramt ausbildete, begegnet war. Paulus beschrieb, wie begeistert er selbst gewesen war, wie begierig darauf zu lernen, sich zu beteiligen, zu diskutieren und debattieren. Er verschwieg nicht, wie es ihn beschämt hatte, dass Gamaliel ihn unter vier

Augen gemahnt hatte, „freundlich zu bleiben, wenn andere dir nicht zustimmen“, und „ihnen die Zeit zu lassen, auch ihre Argumente vorzubringen“.

Gamaliels Ankündigung, der junge Schüler werde vielleicht bald feststellen, dass er seinen Altersgenossen durchaus nicht so weit voraus war, erwies sich bald als unzutreffend. Aber schon in seinem ersten Jahr machte Paulus solche Fortschritte, dass er bald seine Position gegen ältere Schüler verteidigen konnte. Und bald hatte er genug Selbstvertrauen erworben, um sogar gegen Gamaliel anzutreten, besonders in Fragen, in denen der Lehrer den Sinn des Gesetzes mehr betonte als die Notwendigkeit, es streng zu befolgen.

Gamaliel versuchte ihn zu mäßigen. „Das Wort Gottes ist eine Leuchte, ein Licht; es ist eine Richtung und ein Weg. Wir dürfen nie vergessen, dass der Rabbi endlichen Menschen dient – schwachen und unvollkommenen Männern und Frauen.“

„Ich möchte dagegenhalten“, sagte Paulus, „dass unsere Pflicht darin besteht, selbst zur Vollkommenheit der Schrift zu stehen, sie in allen Einzelheiten zu kennen, damit wir dann unsere Gemeinde darin unterweisen können, nach ihren Maßstäben zu leben.“

Gamaliel, so beschrieb Paulus es, hatte Saulus wissen lassen, wie sehr er seinen Eifer schätzte, aber sich auch sehr bemüht, seine Rechtgläubigkeit durch Mitgefühl bekömmlicher zu machen. Das, gestand Paulus, hatte dazu geführt, dass der junge Saulus sich nur umso tiefer hinter der Mauer dessen verschanzte, „was ich als die reine pharisäische Lehre ansah. Ich war blind dafür, wie andere mich sahen. Wichtig war nur, dass Gott vollkommen war und dass es die Aufgabe eines Rabbis war, seine Gemeinde auf diesen Maßstab hinzuweisen.“

Während die Jahre, die Saulus zu Füßen von Gamaliel verbracht hatte, vor seinem inneren Auge vorbeizogen, sah Lukas den jungen Mann zu einem Erwachsenen mit außergewöhnlich scharfem Verstand heranwachsen, den ein fanatisches Vertrauen in die Richtigkeit seiner eigenen Sichtweise antrieb. Als Rabbi Gamaliel ihn einmal wissen ließ, er sei dabei, „ein Mensch zu werden, dem niemand in einer Debatte standhalten kann, ja der jeden, der ihn zu hinterfragen wagt, einschüchtert", betrachtete Saulus dies als das höchste Kompliment. „Dass mein Lehrer darin einen Charakterfehler sah und mir riet, umgänglicher zu werden, brachte mich nicht von meinem Weg ab. Ich fühlte mich bestärkt, da ich nun wusste, ich war im Recht, und vermochte meine Position mit solchem Nachdruck und solcher Geistesschärfe zu vertreten, dass niemand sich Hoffnungen machen konnte, sich gegen mich durchzusetzen. Ich verfolgte nun ein Ziel: Ich wollte der Jüngste in der Führungselite der Jerusalemer Juden werden."

Eine gewaltige Überraschung für Lukas war es, dass Saulus auch über eine junge Liebe berichtete; hatte Paulus doch nie erwähnt, dass er einmal kurz davor gewesen war zu heiraten. Seine Aufzeichnungen verrieten, dass er selbst sich in einem erbitterten Wettstreit befunden hatte – sowohl im Blick auf seine Studien als auch auf seine sportlichen Fähigkeiten –, und zwar sowohl mit Gamaliels Sohn Simeon, der ebenfalls ein hochtalentierter Schüler war, als auch mit einem anderen jungen Mann, Esra, dessen Ziel es war, Priester zu werden.

Diese drei, die ähnliche Ziele verfolgten und einander intellektuell ebenbürtig waren, hätten rasch Freunde werden sollen, aber es trat bald zutage, dass die beiden anderen Saulus nicht mochten und seine Gegenwart kaum ertragen konnten. Nicht nur, weil er in theologischen Debatten anmaßend war, sondern auch deshalb, weil er jedes harmlose Vergnügen, jedes sportliche Kräftemessen zu einem persönlichen Wettkampf machte. Und da er athletisch trainiert war und eine robuste Konstitution hatte, siegte er auch in jedem physischen Wettstreit.

Aus einer späteren Perspektive als Erwachsener hatte Paulus geschrieben: „Ich versäumte es nie, meine Überlegenheit gegenüber meinen Rivalen auszuspielen. Noch immer war ich Simeons Schwester, Gamaliels Tochter Naomi, sehr zugetan, und ich nutzte jede Gelegenheit, um in ihrer Gegenwart zu glänzen. Ich brach Diskussionen vom Zaun, in denen ich sie mit meinem Wissen beeindrucken konnte, und wenn sie uns bei sportlichen Unternehmungen beobachtete, gab ich mein Letztes, um zu siegen."

Einmal war es mir endlich gelungen, sie dazu zu bringen, den Kopf nach mir umzudrehen, weil ich ihrem Bruder und Esra davongelaufen war. Schüchtern kam sie näher, und ihre strahlenden Augen und ihre samtweiche dunkle Haut verschlugen mir ausnahmsweise die Sprache. „Kann ich mit dir reden", fragte sie, „wenn du Zeit hast?"

Ich wollte ihr und der ganzen Welt sagen, dass ich so viel Zeit hätte, wie sie nur wünschte, und dass mir nichts lieber wäre, als einen Vorwand zu haben, um sie eingehend zu betrachten.

Aber in meinem verzweifelten Bemühen, sie zu beeindrucken, sagte ich ruhig: „Wie wäre es jetzt gleich? Diese beiden Herren hier sind wohl müde; sie sind ohnehin keine wirklichen Gegner. Sie amüsieren sich sicher besser ohne mich."

Naomi setzte sich auf den Boden. „Darüber wollte ich gern mit dir reden."

Ich ließ mich neben sie sinken und lehnte mich auf die Seite. „Gefällt es dir, wie schnell ich bin? Was ich sonst alles kann?"

Sie schien befangen und schaute in die Ferne. „Saulus, du bist wirklich beeindruckend, egal, was du tust. Rennen, springen, reden, sogar wenn du einfach die Straße entlanggehst. Du tust alles mit einer Leidenschaft, als verfolgtest du ein großes Ziel."

„Das tue ich auch", versicherte ich ihr und wollte ihr von meinen Plänen erzählen. Sie sollte wissen, dass ihr Vater ebenso wie Nathanael, der Stellvertreter des Hohepriesters, mich bereits drängten, ich solle mein Leben als Rabbi in einer Verwaltungsaufgabe im Dienst des Sanhedrin beginnen.

„Simeon erzählt mir, dass du mehr Schrifttexte auswendig kennst als die meisten anderen Schüler", sagte Naomi, „selbst mehr als die, die schon jahrelang bei Hillel sind. Er sagt, es kommt vor, dass du einen Absatz sogar schneller zitierst als mein Vater."

„Die Wahrheit ist", sagte ich, „dass ich mehr Texte aus den Schriften auswendig kann als jeder andere hier. Und ich bin nicht nur manchmal schneller als dein Vater, wenn es darum geht, einen bestimmten Text zu zitieren. Ich bin immer schneller. Du kannst ihn fragen."

„Das bezweifle ich gar nicht. Vater ist von dir sehr beeindruckt, aber das weißt du ja."

Ich nickte. „Wenn ich ehrlich sein darf, Naomi ... ist es mir wichtiger, was du von mir denkst."

„Wirklich?", sagte sie und sah mir direkt in die Augen, was mich zwang, mich aufzusetzen. „Oder möchtest du nur wissen, dass du noch einen Bewunderer gefunden hast?"

In meiner Naivität ermutigte mich das seltsamerweise. Ich sagte: „Wenn du mich bewundern würdest, wäre mir alles egal, was andere denken." Gespannt hielt ich Ausschau nach Anzeichen, dass sie über diese Äußerung entzückt war.

Stattdessen bot sie mir eine Kampfansage. „Wenn ich den Anfang eines Abschnitts zitiere, könntest du ihn für mich beenden?"

Ich musste grinsen. Wie viel Zeit konnte eine Frau schon damit verbringen, das Wort Gottes auswendig zu lernen? „Was immer du weißt, weiß ich sicher auch. Versuchen wir's."

Naomi sagte: „‚Überlass es anderen ...'"

„‚... dich zu loben!'", rief ich. „Sprüche Salomos! ‚Überlass es anderen, dich zu loben! Es ist besser, ein Fremder rühmt dich, als du selbst!' Richtig?"

„Ja", sagte sie und stand auf, bevor ich ihr behilflich sein konnte.

Als ich endlich auf die Beine kam, blickte sie zu Boden und sagte ruhig: „Dass du die Worte kennst, aber die Weisheit nicht verstehst, die sie enthalten, überrascht mich nicht."

Sie hatte es noch einmal geschafft – es hatte mir die Sprache verschlagen. Ich war noch keine zwanzig Jahre alt, ich kannte die Geschichte des jüdischen Volkes, alle Könige und Königreiche, gute und schlechte Regenten. Ich wusste Bescheid über unsere Gebiete, unsere Opfer, Rituale und Gesetze, und zwar nicht nur ein wenig, sondern vollständig. Ich war bereits berechtigt, eine Gemeinde zu leiten und Menschen darin zu unterweisen, wie sie ihr Leben führen sollten. Und diese junge Frau, die mich fesselte, wagte zu sagen, ich verstünde die Worte, aber nicht die Weisheit darin?

Sie ging weg und ich stand wie versteinert da und fragte mich, was ein Mann tun muss, um einer Frau zu gefallen. Ich war schneller als ihr Bruder und sein Freund. Ich war der beste Schüler in Hillel. Ich hatte ihr Zitat erkannt, noch bevor sie vier Worte gesagt hatte. Und trotzdem beleidigte sie mich so? Ich konnte nur zusehen, wie Esra auf sie zulief und sie begrüßte. Er wirkte nervös und ein wenig kindisch. Aber als sie sich unterhielten, lächelte sie ihn an und strich ihm sogar sanft über die Schulter!

Ich ging nach Hause und während des ganzen Weges brodelte es in mir. Nicht das, was sie gesagt hatte – darauf hatte ich keinen weiteren Gedanken mehr verschwendet. Nein, es war ihre offensichtliche Zuneigung zu Esra! Ich konnte meine Gedanken nicht davon losreißen. Sicher, er war ein kompetenter Schüler, aber er war ungeschickt und selten ernst. Es war deutlich, dass er in Naomi verliebt war, aber wer wäre das nicht? Und sie war ihm entgegengekommen, hatte ihn ermutigt.

Vielleicht zum ersten Mal ließ ich es zu, dass etwas mich von meinen Studien abhielt. Naomi hatte meine Gedanken besetzt. Wieder und wieder durchlebte ich unser kurzes Gespräch, fassungslos, dass es mir nicht gelungen war, ihr zu imponieren.

Im Interesse der Genauigkeit muss ich zugeben, dass ich irgendwann nicht mehr wusste, wie oft ich in dieser Nacht unsere Begegnung innerlich wiederholt hatte, bevor ich endlich in den Schlaf sank. Ich wachte wie immer vor Morgengrauen auf und ein Gang durch die frische Morgenluft bewirkte, dass die Wahrheit des Wortes aus Salomos Weisheit zu mir durchdrang.

Ich war so darauf fixiert gewesen, dass es mir nicht gelungen war, bei Naomi Eindruck zu machen, und dann so gequält vom Gedanken daran, wie glücklich sie mit Esra zu sein schien, dass ich völlig übersehen hatte, worum es ihr ging – die Weisheit des Sprichworts, nicht nur die Worte, die ich wiedergegeben hatte.

„Überlass es anderen, dich zu loben! Es ist besser, ein Fremder rühmt dich, als du selbst."

Für Naomi war das nicht nur die Antwort auf ihre Aufgabe. Es war ihre Botschaft an mich! Wie war es nur möglich, dass ein so versierter Student wie ich sich so unwissend anstellte?

Noch wichtiger: Warum stand ich unter einem derartigen Zwang, mich selbst anzupreisen? Weil es so wenige andere taten? War Gamaliels Anerkennung nicht genug für mich?

Plötzlich überfiel mich Scham. Nicht nur, dass meine Mitschüler mich nicht zu meinen Erfolgen beglückwünschten, auch bei dem Ziel meiner Sehnsucht rief ich keineswegs Bewunderung hervor. Warum? Weil ich mich selbst anpries. Ich kannte das Wort Gottes und behauptete, dass ich es buchstabengetreu erfüllte, und doch hatte ich die markanten Lehren Salomos nicht auf mein Leben angewandt. Ich hatte sie eben nicht als Gesetz befolgt.

In meinem Morgengebet fragte ich Gott, ob dies der Grund dafür war, dass ich nicht die Freundschaft mit ihm erlebte, die die Patriarchen in der Schrift genossen hatten. War das der Grund, dass Gott nicht zu mir sprach? Ich glaubte, dass er alle meine Gebete hörte; aber warum hatte ich ihn nie gehört?

Auch an diesem Morgen hörte ich ihn nicht, obwohl ich um Vergebung dafür bat, dass ich das Gesetz übertreten hatte. Und ich beschloss, dass ich auch die Sprichwörter Salomos mit demselben Eifer befolgen würde, mit dem ich die Opfervorschriften einhielt. Erst jetzt, Jahre später, erkenne ich, dass ich keineswegs demütiger geworden war, auch nicht freundlicher, nachdenklicher oder mehr Mitgefühl entwickelt hatte. Ich wurde nur entschlossener. Ich würde mich nicht mehr selbst loben, aber nicht deswegen, weil das etwas über meinen Charakter enthüllt hätte, sondern weil die Schrift es verbot. Und weil Naomi mich beobachten würde. Ich konnte die letzte Hürde nehmen, die zwischen mir und ihrer Zuneigung stand.

Lukas stand auf und streckte sich. Es wäre sinnlos, jetzt noch zu schlafen. Außerdem wollte er erfahren, wie es seinem alten Freund und Naomi in den Jahren, die Saulus noch in Hillel verblieben, ergangen war.

Irgendwie, vielleicht aus reiner Willenskraft, war es dem jungen Rabbinerschüler gelungen, fortan über sich selbst und seine Leistungen Stillschweigen zu bewahren. Weiterhin war er stets der Erste, der eine Frage beantwortete, und er war nicht weniger aggressiv in Spiel und Sport, aber er hörte auf, seine Gegner zu verspotten und mit seinen Siegen zu prahlen.

Naomi bemerkte es. Einmal erzählte sie Saulus sogar, dass jemand anders sich lobend über ihn geäußert hätte. Saulus war außer sich vor Freude, aber er hakte nicht nach und wollte es nicht genauer wissen. Aber noch immer sah er Naomi und Esra häufig zusammen.

Gebannt las Lukas weiter.

Es war nicht leicht, um ihre Zuneigung zu ringen, während ich gleichzeitig den Teil in mir unterdrückte, der darlegen wollte, dass ich der bessere Mann war. Konnte sie das nicht sehen? Esra war sehr nett, ja, aber er war nicht weltgewandt. Wünschte Naomi sich etwa nicht die Aufmerksamkeit an der Seite des Man-

nes, den jeder kannte und über den jeder sprach – besonders jetzt, da ich nicht mehr über mich selbst redete?

Schließlich hatte ich Erfolg. Es war nicht leicht, mein Ziel aktiver und offensichtlicher zu verfolgen und dabei zugleich mein Ego zu zügeln, um dem Gesetz Genüge zu tun. Vielleicht sah Esra ein, dass er mit mir nicht konkurrieren konnte, und zog sich zurück. Warum auch immer, Naomi fand allmählich mehr Zeit für mich.

Es dauerte kein Jahr – als sich mein Studienabschluss näherte, waren wir ein Paar und alle wussten es. Viele sagten, die Beziehung sei gut für mich, machte mich ruhiger und weniger arrogant. Aber ich kannte die Wahrheit. Innerlich war ich ein kochender Kessel voller Missmut; ich kämpfte gegen mein wahres Wesen, um dem Gesetz gehorsam zu sein und Naomis Herz zu behalten. Ihr beruhigender Einfluss auf mich reichte nur so weit, dass ich alles tun würde, damit wir zusammenblieben.

Gamaliel selbst gestand zu, dass „die offensichtliche Schwärmerei für meine Tochter deine Studien nicht negativ zu beeinflussen scheint. Siehst du eine Zukunft mit ihr?"

„Es wäre eine Ehre für mich, Mitglied deiner Familie zu werden", antwortete ich ihm.

„Wir wollen den Dingen nicht vorgreifen, Saulus."

Aber ich sehnte mich danach, Naomi zur Frau zu nehmen. Sie war nicht nur schön, sie war auch eine Frau mit einem reifen Charakter – freundlich und bescheiden und darauf bedacht, für andere da zu sein, nicht weil das Gesetz es so verlangte, sondern weil es in ihrer Natur lag. Sie war zutiefst gottesfürchtig aus Gründen, über die ich nicht verfügte.

Ich brannte darauf, unsere Liebe leben zu dürfen, und der einzige Grund, der mich daran hinderte, nach meinem Studienabschluss in Beit Hillel offiziell um sie anzuhalten, war mein Ziel, mir unter den Pharisäern in Jerusalem einen Platz zu erobern. Inzwischen war der Marionetten-Hohepriester, Hannas'

Sohn, von Hannas' Schwiegersohn ersetzt worden, Josef Kaiphas. Hannas selbst blieb die graue Eminenz hinter geschlossenen Türen.

Gamaliel und Nathanael wetteiferten freundschaftlich um meine Dienste und ich genoss es, wie sie einander überboten, um mich für den jeweils eigenen Stab zu gewinnen. Es wäre wohl vorteilhafter für meinen Aufstieg in eine Position von einigem Einfluss gewesen, sofort für den Mann zu arbeiten, von dem ich annahm, er werde mein Schwiegervater werden; aber schließlich überlegten sowohl er als auch ich es uns anders. „Wir werden immer noch genug Zeit zusammen verbringen können, auch wenn du für Nathanael arbeitest", sagte Gamaliel, „und wir vermeiden jeden Verdacht von Günstlingswirtschaft."

Naomi war zu feinfühlig, um auf eine Heirat zu drängen, obwohl wir auf unseren einsamen Spaziergängen oft genug über unser künftiges Heim und unsere Kinder sprachen und auch meine Absicht diskutierten, Rabbi in einer großen und einflussreichen Synagoge zu werden. Ich glaube, ihr gefiel die Vorstellung, dass wir einmal an einem Ort sesshaft werden würden, denn meine Arbeit für Nathanael erforderte es, dass ich viel im Land umherreiste. Ich brachte es nicht über mich, ihr zu gestehen, was ich fast schon in der ersten Woche in meiner neuen Aufgabe erkannt hatte: dass ich nie damit zufrieden sein könnte, an einer Synagoge zu bleiben.

Am Großen Sanhedrin liebte ich einfach alles, vom Klang meiner Sandalen, wenn ich durch die langen dunklen Gänge schritt, zu den wunderbaren Harmonien der Männerchöre, deren Gesänge und Hymnen die Sonne beim Aufgang grüßten und den Sonnenuntergang ankündigten. Während des Tages übten sie, sodass der uralte Tempel und der Versammlungsort des Sanhedrin, die Quaderhalle, eigentlich immer vom Klang reicher, tief bewegender Melodien erfüllt waren, die zur Ehre des einzigen, wahren Gottes gesungen wurden.

Die eindringlichen Klänge hätten das tiefe Empfinden persönlicher Anbetung in mir wecken sollen. Aber inzwischen hatte ich mein Ziel aufgegeben, Gott persönlich zu kennen. Mein Vater und mein Rabbi aus Tarsus hatten recht. Ich durfte nicht hoffen, bei dem Gott Abrahams, Isaaks und Jakobs dasselbe Ansehen zu erfahren, das diese Patriarchen genossen hatten. Es würde kein Gespräch mit Ihm geben. Er war unerkennbar, und das Beste, was ich tun konnte, war, sein Wort zu ehren, sein Gesetz zu halten.

Als unbeliebter jugendlicher Student hatte ich hohe Ansprüche an die Rechtgläubigkeit gehabt, aber jetzt verschanzte ich mich dahinter. Es gab in meiner Lehre und Theologie kein Mittelfeld. Jedes Wort der Heiligen Schriften nahm ich wortwörtlich und forderte selbst die tolerantesten Schüler Gamaliels heraus, sie sollten mich widerlegen. Sie konnten es nicht; mir dagegen gelang es fast täglich, ihre Argumentation als wachsweich und selbstsüchtig zu brandmarken. Selbst Gamaliel wurde meiner radikalen Ansichten schließlich müde und warnte mich, es könne mir jede zukünftige Mitgliedschaft im Sanhedrin, die ich mir erhoffte, verbauen, wenn ich mich an so starre Positionen band.

Und dabei ging es nicht um den Kleinen Sanhedrin, das aus dreiundzwanzig Männern bestehende Gremium, das in jeder anderen Stadt Recht sprach. Nein, dies war der Große Sanhedrin, in dem sich neunundsechzig Mitglieder unter Gamaliel und seinem Stellvertreter Nathanael berieten. Um auch nur davon träumen zu dürfen, einmal diesem Gremium anzugehören, galt es, eifrig und erfinderisch zu sein, hart zu arbeiten und alle Mitglieder des Rates zu beeindrucken. Und ich müsste verheiratet sein. Dass meine Ausbildung und Leistungen mich überall empfahlen, war allseits bekannt.

Der Rat der Einundsiebzig traf sich, wenn Angelegenheiten von nationaler Bedeutung wie Krieg oder politischer Aufruhr oder auch eine Anfrage eines niederen Gerichtes zu regeln waren oder wenn der Kleine Sanhedrin kein Urteil zu fällen vermochte. Die Versammlungen fanden in der Quaderhalle statt, die in die Nordwand des Tempelbergs gebaut war, halb innerhalb und halb außerhalb des Heiligtums, und von der aus man sowohl in den inneren Tempelbereich als auch in die Vorhöfe gelangte. Ich hatte in Beit Hillel gelernt, dass dies der einzige Ort des inneren Tempelkomplexes war, der nicht für rituelle Zwecke genutzt wurde, und daher war er nur aus Steinblöcken erbaut, die man mit metallischen Werkzeugen behauen hatte.

Sowohl Gamaliel als auch Nathanael hatten einen Arbeitsraum in diesem Bereich und mir wies man eine kleine Nische nahe beim stellvertretenden Hohepriester zu. Während ich seine Aufträge ausführte, verbrachte ich allerdings kaum Zeit dort. Nathanael schickte mich nicht nur auf dem Tempelberg und in der ganzen Stadt herum, sondern auch kreuz und quer durchs ganze Land, um Informationen einzuholen, mit Menschen zu sprechen, Dokumente zu beschaffen oder was immer er sonst brauchte.

Ich hatte viel zu tun, war begeistert und ging ganz in meiner Aufgabe auf, vor allem, wenn Nathanael und zuweilen auch Gamaliel mich ins Vertrauen zogen und meine Meinung in einer Sache erfragten. Zwar ließen beide nicht ab, mich immer wieder vor allzu großer Striktheit zu warnen, aber sie baten um meine Meinung und folgten ihr oft. Wenn der Kleine oder auch der Große Sanhedrin berieten, suchte ich mir oft einen Platz außer Sicht-, aber in Hörweite und lächelte, wenn ich hörte, wie einer von beiden mich zitierte, ohne seine Quelle zu benennen. Das war ganz recht so. Mein Tag würde kommen.

Je mehr ich zu tun hatte, umso distanzierter wurde Naomi. Wenn wir dann zusammen waren, oft erst am Ende eines sehr langen Tages, konnte ich über nichts anderes reden als über meine Arbeit. Ich nahm wahr, dass sie traurig wurde, als die Monate vergingen und sich an unserer Situation nichts änderte. Meine eigene Schwester war längst verheiratet und hatte eine Familie ge-

gründet. Aber was konnte ich tun? Ich war Nathanael persönlich zur Hilfe zugeteilt und seine Wünsche und Bedürfnisse nahmen die erste Stelle in meinem Leben ein.

Diese Aufgabe nahm ich jahrelang wahr und verschaffte mir allmählich die Position dessen, an den man sich wenden musste, wenn etwa ein Mitglied des Sanhedrins Einfluss auf einen der beiden führenden Männer nehmen wollte. Ich war am leichtesten zugänglich und am besten über alles, was vorging, unterrichtet, und ich erwarb mir den Ruf, immer zur Stelle, fleißig und verlässlich zu sein. Meine Hingabe an die Sache des Gesetzes stellte niemand infrage.

Aber jeder, ihr Vater inbegriffen, stellte meine Hingabe an Naomi infrage – und diese Tatsache würde mein ehemaliger Rivale sich zunutze machen.

35

Verdeckte Operation

Rom

Sonntag, 11. Mai, 20.30 Uhr

Augustin hätte Sofia ebenso gut einen Schlag in die Magengrube versetzen können. Er sah es auf ihrem Gesicht geschrieben: Sein Bericht über sein Gespräch mit ihrem Vater hatte ihre lebenslange Verehrung für diesen Mann in den Grundfesten erschüttert.

Der Schmerz in ihren Augen ließ ihn wünschen, es wäre nicht nötig gewesen, ihr alles zu sagen. Sie sah aus wie eine Vierjährige, die gerade die Wahrheit über den Weihnachtsmann herausgefunden hat.

Trikoupis war für Sofia der Fels in der Brandung gewesen. Sie hatte oft davon gesprochen, dass sie ihn bewunderte, zu ihm aufsah, ihn als Vorbild an Klasse und Kultiviertheit und vor allem als Ehrenmann gesehen hatte. Sie hatte ihn angebetet.

„Gib mir mal dein Handy", sagte sie, während sie zum Terrazzo zurückfuhren.

Er wusste, sie würde ihn gegenüber ihrem Vater nicht bloßstellen, aber sie wählte eine Nummer, die sie nicht nachschlagen musste. Sie stellte das Handy auf Mithören.

„August?", meldete sich ihre Mutter.

„Nein, Mom, ich bin's. Hab mir nur sein Handy geborgt."

„Ist er in Griechenland, Sofia? Du hättest doch sicher etwas gesagt, wenn du in die Staaten reisen wolltest?"

„Wir haben uns in Rom getroffen."

„Rom! Wie schön! Warum hast du es uns nicht wissen lassen?"

„Daddy wusste es."

„Er hat kein Wort gesagt! Worum geht es? Eine Überraschung? Gibt es irgendwelche Neuigkeiten?"

„Was sollte es für Neuigkeiten geben, Mom? Du weißt ja, wir sind verlobt."

„Nein, ich dachte nur, ich wüsste nicht, dass ihr schon einen Termin festgelegt habt oder so. Sag mir nur, dass du nicht heimlich heiraten willst. Wir würden an jeden Ort der Welt reisen, um bei deiner Hochzeit dabei zu sein."

„Nein, ich wollte mich nur mal melden. Wollte dir nur sagen, dass mein Handy kaputt ist; wenn du mich brauchst, ruf auf Augustins an."

„Und was macht ihr in Rom?"

„Augustin ist geschäftlich hier und du weißt ja, für mich ist es ein Katzensprung nach hier, nur knapp zwei Flugstunden."

„Grüß ihn von mir."

Sofia beendete das Gespräch, beugte sich zu ihm und ließ das Handy in Augustins Hemdtasche gleiten. „Also, einer von euch dreien lügt", sagte sie. „Ich wette: Dad."

Das klang etwas zu schnodderig, wenn man bedachte, wie sehr Augustins Mitteilungen sie getroffen haben mussten.

Augustin sagte: „Dir ist klar, dass sie ihn fragen wird, warum er ihr nicht gesagt hat, dass du in Italien bist."

„Ja, das hoffe ich doch. Ich wüsste gern, was er darauf antwortet. Da soll er sich mal schön herausreden."

„Wow."

Sie sah elend aus. „Dimos ist alles egal, außer seinem Anteil, und meinem Dad ist völlig egal, was ich von der Sache halte. Nichts – nicht mal seine Liebe zu mir – wird ihn von diesem Deal abbringen."

Im Hotel buchte Sofia ein Zimmer drei Etagen tiefer als Augustins Suite und ging dann hinauf zu Augustin und Roger.

„Ich musste Dimos belügen“, sagte Roger. „Kurz nachdem ihr weg wart, ist er hier aufgetaucht.“

„Du solltest niemanden reinlassen.“

„Nicht mal ihn? Ich bin nicht gerade begeistert, dass er weiß, wie ich jetzt aussehe, aber er weiß schließlich auch, dass ich mit von der Partie war. Jedenfalls hat er gesagt, er wisse, dass ich die erste Seite des Manuskripts im Original und Kopien vom Rest habe und dazu noch einen Brief von Klaudios, der verrät, wo die Originaldokumente sind. Ich habe versucht, so zu tun, als hätte ich keine Ahnung, aber er hat es mir nicht abgekauft. Er kenne die Wahrheit, hat er gesagt, und ich solle mir nicht den Kopf darüber zerbrechen, woher.

Was hätte ich sagen sollen? Er hatte recht. Ich konnte ihn noch gerade davon abhalten, die Suite zu durchsuchen. Ich sagte ihm, die Sachen seien jetzt woanders versteckt. Aber er beharrte darauf, er müsse nur diese erste Seite untersuchen und dann wüssten wir alle, was wir da in der Hand haben. Idiotischerweise hab ich erwidert, ich hätte schon eine ziemlich gute Vorstellung davon, denn für nichts bringt man keine Leute um.

Er wollte mich beruhigen. Ich könne die Sache steuern, sagte er, mein Mann sei käuflich. ‚Mein Mann?‘, fragte ich. ‚Wer ist mein Mann?‘, und er sagte: ‚Was glauben Sie wohl, mit wem ich heute gesprochen habe?‘

Ich wollte ihn nicht merken lassen, dass mir fast die Nerven durchgingen, also hörte ich ihm weiter zu. Ich musste wissen, ob er tatsächlich mit Sardinia gesprochen hatte.“

„Gute Idee. Und …?“

„Er wollte nicht recht mit der Sprache heraus, aber er sagte, der Kerl habe schon früher in die eigene Tasche gewirtschaftet. Er macht seine Drecksarbeit zusammen mit den Tombaroli. Wenn Fokinos mir die Wahrheit gesagt hat, dann glaubt er ebenso wie dieser Kerl, dass letztlich jeder käuflich ist.“

„Darin sollten wir ihn bestärken“, sagte Augustin.

„Hab ich schon, Augustin“, sagte Roger. „Ich hab Fokinos erzählt, ich wäre froh, mit heiler Haut aus der Sache rauszukommen und natürlich auch noch ein kleines Sümmchen mitzunehmen. Er lachte und sagte: ‚Ein kleines Sümmchen? Sie werden ausgesorgt haben.‘ – ‚Und meine Freunde?‘, hakte ich nach und er sagte, es sei genug da für uns drei – ganz zu schweigen von …“ Roger zögerte und warf Sofia einen Blick zu.

„Auf mich musst du keine Rücksicht nehmen, Rogie. Ich bin ein großes Mädchen. Da gibt es noch meinen Vater.“

„Richtig. Dimos hat seinem Kontaktmann gesagt, er solle jeweils ein paar Millionen für euch beide und für mich einkalkulieren, aber wenn die Dokumente sich als echt erwiesen, würde dein Vater die Ware für mindestens das Fünffache dieser Summe kaufen …“

„Und uns drei damit abfinden“, warf Augustin ein.

„Richtig. Dich und Sofia und mich plus ein paar Dienstleistungen der Tombaroli. Dieser Kerl vom Antikendezernat würde so etwa dreißig Millionen kriegen und wir jeder zwei. Da kann man sich vorstellen, was diese Investition von sechsundreißig Millionen am Ende für Sofias Vater wert ist.“

„Wenn es Sardinia ist, wüsste der nicht, dass ich eigentlich einen Finderlohn bekommen sollte?“

Roger zuckte die Achseln. „Ich vermute ja nur, dass es Sardinia ist. Ich hab Fokinos gefragt, was denn für ihn drin ist, wenn wir drei zusammen sechs Millionen kriegen. Das müsse nicht meine Sorge sein, meinte er. Trikoupis habe ihm einen gewissen Prozentsatz garantiert – vom Gesamtgewinn, nicht von seinem Kaufpreis. Auf lange Sicht werde er ein größeres Stück vom Kuchen abkriegen als sein Kontaktmann beim Antikendezernat.“

„Und das Manuskript ist wirklich so immens viel wert?“, fragte Sofia.

„Wenn Fokinos recht hat, dann kann man damit eine runde Milliarde machen, wenn man es in kleinen Häppchen auf den

Schwarzmarkt bringt. Warum fragst du? Willst du sein Angebot annehmen?"

Augustin sah erfreut, dass sie endlich lächelte. „Ich hab nichts dagegen, ihn glauben zu lassen, dass wir interessiert sind", sagte sie. „Wenn es dich aus der Gefahrenzone bringt."

„Und dann?", fragte Augustin. „Wir ködern ihn und inszenieren eine Art verdeckte Operation?"

Sie nickte. „Irgendwas in der Art."

Roger schien Sofia zu studieren. „Dir ist klar, dass dein Vater der Käufer ist? Wenn wir irgendeine Falle stellen, wird er auch hineingehen."

Sie zuckte die Achseln.

„Er könnte den Rest seines Lebens im Gefängnis verbringen, Sofia", sagte Roger. „Könntest du denn damit leben?"

Sie seufzte. „Es würde mir das Herz brechen. Aber ... er hätte es sich letztlich selbst zuzuschreiben."

Augustin begann, im Raum hin und her zu gehen. „Wenn Sardinia tatsächlich dahintersteckt, dann war die Sache bisher viel zu einfach für ihn. Klaudios begeht den Diebstahl und führt ihn zu Roger. Dimos erscheint auf Sardinias Türschwelle und serviert ihm einen Käufer auf dem Präsentierteller, der nur auf seinen Auftritt wartet. Sardinia hat Aussicht auf die nette Summe von dreißig Millionen für einen geringfügigen Einsatz von sechs für uns und ein paar andere Spesen. Das nenne ich ein lukratives Einkommen für einen Staatsbeamten."

„Also, wie kriegen wir jetzt unsere Leute ins Netz?"

„Wir müssen ihnen etwas anbieten", sagte Roger.

„Etwas Echtes."

„Zum Beispiel?", fragte Sofia.

„Wir müssen Dimos erlauben, die Originalseite zu untersuchen."

„Aber er kann sie ja nicht wirklich genau untersuchen", sagte sie. „Sie gehört dem italienischen Staat. Es ist eine Sache, dass du sie in Gewahrsam nimmst, bis du sie den Behörden übergeben kannst. Aber Dimos könnte auf keinen Fall eine Probe für den Radiokarbontest entnehmen, und sei sie noch so winzig."

„Und das wäre nötig?", fragte Augustin.

„Ich bin da keine Expertin, aber ich weiß, dass mein Vater nur dann in jahrhundertealte Manuskripte investiert hat, wenn ihre Echtheit durch den Karbontest nachgewiesen war. Aber um den Test durchzuführen, mussten Proben von dem Pergament genommen werden."

„Gibt es einen einfacheren Weg? Irgendetwas, das die Originalseite nicht beschädigt, aber doch genügend Anhaltspunkte geben würde, bis die Behörden den Fund offiziell untersuchen können?"

„Das müsstest du Dimos fragen", sagte Sofia. „Wenn ich noch irgendetwas mit ihm hätte reden wollen, hätte ich mir kein neues Hotel gesucht."

„Er müsste es hier tun", sagte Augustin. „Ich will das Ding keinesfalls in der Gegend herumtragen. Morgen deponiere ich es in einem Bankschließfach."

Die drei saßen eine Weile schweigend da. „Soll ich ihn anrufen?", fragte Roger.

„Mach das", erwiderte Augustin. „Aber denk dran, wir tun nur so, als ob."

„Soll heißen?"

„Du darfst nicht zu interessiert klingen. Lass ihn für seinen Preis arbeiten. Und bring ihn dazu, sich irgendwo mit mir zu treffen."

„Ich dachte, du sagtest, es müsse hier sein."

„Das muss er aber nicht wissen, bis er mich irgendwo aufgabelt. Dann kann er auch sonst niemandem einen Tipp geben."

„Gute Idee", sagte Roger. „Ich würde es ihm und Sardinia durchaus zutrauen, dass sie versuchen, uns loszuwerden und sich die Manuskriptseite unter den Nagel zu reißen."

„Jetzt malst du aber den Teufel an die Wand, oder?“, sagte Sofia. „Was immer die eine Seite wert ist, das ganze Paket von ... wie viele ...?“

„Etwa fünfhundert Seiten.“

„... ist natürlich ein Vielfaches davon wert. Solange wir ihnen Klaudios’ Brief nicht geben, brauchen sie uns.“

Rogers Gesicht hellte sich auf. „Ich würde sagen, wir öffnen diesen Brief nicht, bis wir sie festnageln können. Dann können wir auch das Versteck nicht verraten, falls sie uns in die Mangel nehmen; wir kennen es ja selbst nicht.“

„Und vielleicht“, meinte Augustin, „schicken wir sie gezielt auf eine falsche Spur. Wenn sie sich erst einmal auf die Suche machen, können wir die Dokumente holen und den Behörden übergeben.“

„Und warum tun wir das nicht gleich?“, warf Sofia ein. „Das Leben wäre wesentlich leichter.“

„Das Problem ist“, sagte Roger, „dass das Antikendezernat bereits jeden unserer Schritte beobachten könnte. Personenüberwachung ist deren Spezialität. Sie würden uns bis zu den Dokumenten folgen und uns auf frischer Tat überführen. Und kein Mensch wird glauben, dass wir nicht gerade dabei sind, ein unschätzbares Artefakt zu stehlen.“

„Klaudios’ Umschlag ist im Safe“, sagte Augustin. „Wir müssen die Kopien der Dokumente irgendwo anders aufbewahren. Sie sind zwar an sich nicht viel wert, aber ich will nicht, dass sie in falsche Hände gelangen.“

„Wir müssen für Roger immer wieder mal einen anderen Unterschlupf finden, oder?“, fragte Sofia. „Leg die Kopien in den Safe in meinem Zimmer, solange Dimos heute Abend hier ist. Morgen kann Roger dort auf uns warten.“

„Könnte hinhauen“, sagte Roger.

Alle drei hockten sich vor das Zimmertelefon. „Er soll mich um zehn beim Keats-Shelley-House treffen“, teilte Augustin Roger mit.

„Fein“, bemerkte Roger. „Das dürfte ihn ganz verteufelt irritieren.“

Sobald Roger seinen Namen genannt hatte, sagte Dimos: „Sind Sie allein?“

„Dr. Knox ist bei mir.“

„Stellen Sie auf Mithören. Augustin?“

„Hi, Dimos.“

„Weiß jemand, wo Sofia ist? Sie geht nicht ans Telefon und sie ist nicht in ihrem Zimmer.“

„Nein, kann ich auch nicht sagen“, sagte Augustin und zwinkerte ihr zu. *So,* dachte er, *kann man auch täuschen, ohne zu lügen.* „Wir sind für morgen verabredet.“

„Also, Roger, worum geht's?“, fragte Dimos.

„Hab über ein paar Sachen nachgedacht, die Sie heute gesagt haben. Hätte da noch ein paar Fragen.“

„Ich hab's mir schon gedacht. Schön, schießen Sie los.“

„Erinnern Sie sich, dass ich sagte, ich sei mir sicher, wir hätten etwas Echtes in der Hand, weil jemand den äußersten Preis dafür bezahlt hat?“

„Ja, das sagten Sie. Aber weder mein Käufer noch mein Verkäufer wollen sich festlegen, bevor ich nicht wenigstens eine Originalseite untersucht habe.“

„Das ist viel verlangt.“

„Es ist unabdingbar, Roger. Wir sind handlungsunfähig, bis wir sicher sein können, dass die Papiere echt sind. Und Sie, das sollten Sie sich klarmachen, sind in Gefahr.“

„Ich weiß nicht, Dimos. Wie wollen Sie das Pergament testen, ohne die Ware zu beschädigen?“

„Hören Sie, ich habe alles, was ich brauche, um beide Parteien zufriedenzustellen – ein helles, unschädliches Licht und ein Rastersondenmikroskop. Ich verwende keine Flüssigkeiten und ich muss nicht schneiden. Käufer und Verkäufer werden das irgendwann tun müssen, aber dann wird das Manuskript ja nicht mehr in unseren Händen sein. Aber wenn es ist, was wir glauben, wird meine Untersuchung es mir ermöglichen, meinen Kontaktleuten ein Maß an Gewissheit zu bieten, das ihnen erlaubt, den nächsten Schritt zu tun."

„Und dann bin ich außer Gefahr? Ich bin es nämlich allmählich leid, so zu leben, wie ich es gerade tue."

„Sie werden nicht nur in Sicherheit sein, mein Freund, Sie werden ein gemachter Mann sein. Das gilt auch für Sie, Dr. Knox. Ich meine, falls Sie das verlockt."

„Sagen wir mal, ich bin offen", erwiderte Augustin.

„Schön. Und es muss kein Mensch je davon erfahren, dass Sie an der Sache beteiligt waren. Wie gefällt Ihnen das?"

„Sehr. Aber Roger ist noch nicht ganz überzeugt, und ich muss sagen, ich kann es ihm nicht verdenken."

„Er kann alles fragen, was er will."

„Okay", sagte Roger, „woher wissen wir, dass Sie nicht den falschen Leuten erzählen, wo wir sind, sobald Sie erst einmal sicher sind, dass die Ware echt ist?"

„Warum sollte ich das tun? Eine Seite ist schon etwas, aber wir wollen das ganze Dokument."

Roger rollte mit den Augen und sah Augustin an. „Wir müssen es uns überlegen. Wird ein paar Tage dauern."

„Roger! Heute wurde ein Fahndungsaufruf nach Ihnen veröffentlicht. An einem Sonntag! Glauben Sie, Sie überleben den Montag, wenn die gesamte Truppe wieder im Dienst ist? Die Zeit läuft! Es muss heute Abend sein, Mann."

Roger schwieg, als mache ihm dieser Gedanke Mühe. „Wenn wir Ihnen sagen, wo Sie uns treffen, werden Sie es niemandem erzählen. Und Sie kommen allein."

„Ehrenwort. Sorgen Sie nur dafür, dass wir Strom für die Lampe haben, wo immer wir uns auch treffen. Und ich werde beide Parteien erst über das Ergebnis informieren, wenn ich danach wieder in meinem Hotel bin. Wenn sich herausstellt, dass das Dokument echt ist, wird sich sehr rasch Ihre Unschuld erweisen, den Mord an Klaudios wird man den Tombaroli anhängen, und Ihnen wird man es sogar noch hoch anrechnen, dass Sie geholfen haben, deren Machenschaften zu verhindern. Und vor allem: Sie kriegen Ihr Leben zurück. Ganz zu schweigen von einem netten Taschengeld."

„Dimos", sagte Augustin, „warum sollte jemand mich in diesen Handel einbeziehen wollen?"

„Betrachten Sie es als Ihre Dienstleistung. Ihre erste Dienstleistung wird Ihr Schweigen sein. Dann werden wir eine Übersetzung brauchen, das ist Ihr Spezialgebiet. Aber Sie verstehen: Alles hängt daran, dass wir das ganze Originalmanuskript finden."

„Sie sagten, es hinge daran, dass Sie die erste Seite sehen", warf Roger ein.

„Nun, zunächst mal schon. Aber niemand erhält Geld, bevor Trikoupis nicht das ganze Dokument in den Händen hat."

„Wir wissen doch gar nicht, wo das ist."

„Ach ja, richtig!", sagte Dimos lachend. „Sie haben ja auch Klaudios' Instruktionen noch nicht gelesen."

„So ist es."

„Okay, amüsieren Sie sich ruhig. Wenn ich die Seite gesehen habe, sprechen wir über den Rest. Also: Wo und wann?"

„*Piazza di Spagna 26*, um zehn."

„Sie machen Witze. Das Museum an der Spanischen Treppe? Jetzt sagen Sie bloß nicht, Sie haben das Pergament … nein, das würden Sie nicht tun. Sonntags ist dort sowieso geschlossen."

„Genau dort werden Sie Dr. Knox treffen", sagte Roger. „Und er wird Ihnen sagen, wohin Sie gehen sollen."

36

Auseinandersetzung im Mondschein

Rom im ersten Jahrhundert nach Christus

An dem Tag, an dem Primus Paternius Pantheras Verhandlung stattfinden sollte, saß der Wachtposten in seiner besten Uniform und frisch rasiert beim Frühstück, aber er sah erschöpft aus.

Primus' Frau flüsterte: „Wir haben beide den Ausrufer die vierte Nachtwache ansagen gehört."

„Weil ihr noch so lange wach wart?"

Primus nickte. „Ich befürchte, dass der Mann nicht Wort hält. Er ist so ehrgeizig. Wenn es so kommt, bin ich meine Arbeit los und du hast ihn umsonst bezahlt und ..."

Lukas hob die Hand „Ich bin vielleicht neu in diesem Geschäft mit Gefälligkeiten, aber ich weiß doch genug, um erst zu zahlen, wenn die Dienstleistung erbracht wurde. Der junge Gaius sollte seine Optionen gut abwägen. Er kann dich den Wölfen zum Fraß vorwerfen und so vielleicht sein Gehalt ein wenig verbessern, oder er kann sein Versprechen mir gegenüber einhalten und sein Einkommen verdoppeln."

Primus erwiderte: „Es gab viele Abende, an denen ich Essen von dir angenommen habe, um die Augen zuzudrücken, wenn du den Gefangenen besuchtest. Ich war nicht besser als Gaius."

„Aber du hast nur untergeordnete Vorschriften verletzt", sagte seine Frau, „und das auch nur im Interesse anderer, nicht in deinem eigenen."

„Lukanus“, wechselte Primus das Thema, „diese Botschaft von Paulus … sie will mir nicht einleuchten, das muss ich zugeben. Aber euch beiden scheint sie so am Herzen zu liegen. Die Götter … nun ja, ich glaube nicht mehr recht an sie, falls ich es je tat. Aber mich jetzt so völlig auf die andere Seite zu stellen … Man kann ja nicht wissen … ich könnte mein Bürgerrecht verlieren, meine Arbeit, selbst meine Freiheit.“

„Vielleicht sogar dein Leben“, ergänzte seine Frau.

„Wenn du dich dem einen wahren Gott und Vater des Christus, der Sünden vergibt, anvertraust“, sagte Lukas, „dann solltest du es mit ganzem Herzen und ganzer Seele tun.“

„Was mich abhält, ist nicht Selbstsucht.“

„Angst?“

„Vielleicht auch. Aber auch … dass ich nicht wirklich überzeugt bin.“

Lukas lächelte. „Erzähl das Paulus, und wenn das nicht reicht, damit er dir von jemand anderem erzählt, der das auch gesagt hat, dann bitte ihn, dir zu berichten, wie er sich vor König Agrippa verteidigt hat.“

Primus erhob sich. „Ich muss gehen. Ich wünschte, ich hätte so viel Vertrauen, dass Gaius für mich sprechen wird, wie du.“

„Ich mache mir keine Illusionen“, entgegnete Lukas. „Aber ich bete, dass er das Richtige tut, und sei es auch aus den falschen Gründen. Aber was auch immer dieser Tag bringt, Primus, du sollst wissen: Ich und auch Paulus betrachten dich als Freund.“

Primus war offensichtlich gerührt. Seine Frau sagte: „Wenn wir alles verlieren sollten, sind wir immer noch reich an Freundschaft.“

Mittags wollte Lukas rasch zu Primus’ Haus laufen, da er wusste, dass seine Frau Neuigkeiten haben würde. Aber er kam nicht von seinen Patienten weg. Erst am Spätnachmittag kam er zurück, in einem solchen Tempo, dass er wusste, er würde es am nächsten Tag in den Knochen spüren.

Primus' Kinder liefen ihm entgegen, als er ankam. Und als seine Frau erschien, wusste er Bescheid. Die Neuigkeiten standen ihr ins Gesicht geschrieben. „Man hat ihm einen Verweis erteilt, aber ihn auf Bewährung wieder eingestellt. Er kann es kaum erwarten, dich zu sehen."

„Auf dem alten Posten?"

„Ja, genau dort."

„Gott sei Dank."

Gaius stand auf seinem üblichen Posten an der Ecke des Gebäudekomplexes, der das Gefängnis beherbergte. Lukas blieb stehen. „Ich möchte dir danken, dass du das Richtige getan hast."

„Ich habe es nicht getan, weil es das Richtige war. Ich hab es getan, weil es profitabel war. Du weißt, was du mir schuldest. Und ich weiß, was du versprochen hast. Meine ganze Familie ist dir dankbar."

Wohl eher die Bordelle und Schenken, dachte Lukas.

„Aber vergiss nicht, was du noch versprochen hast."

„Die Hinrichtung? Ich sagte ja schon, die würde ich um keinen Preis verpassen."

Als Lukas bei Primus ankam, lächelte er. „Gruß zuvor", sagte der Wachtposten förmlich. „Weise dich aus und erkläre, was dich herführt."

„Lucanus, Arzt des Verurteilten im Verlies."

„Deine *professio.*"

Lukas kramte sie aus der Tasche hervor und Primus studierte sie genau. „Ich bin verpflichtet, dich darüber in Kenntnis zu setzen, dass es nicht gestattet ist, dem Gefangenen Licht zu bringen, soweit es nicht für deine Untersuchung benötigt wird. Auch darfst du dem Gefangenen keine Nahrung zukommen lassen, außer es ist medizinisch notwendig."

„Ich verstehe. Ich danke dir."

Primus schnaubte. „Du dankst *mir?*"

Lukas flüsterte: „Ich brauche heute ein wenig mehr Zeit für die Untersuchung."

„Ich werde die anderen informieren. Verrichte deinen Dienst."

Lukas hatte es kaum erwarten können, Paulus von der Entwicklung der Dinge zu berichten, aber es stellte sich heraus, dass dieser bereits seit dem Vormittag Bescheid wusste. „Es gibt hier keine Geheimnisse, Lukas."

Spät in der Nacht tauchte Lukas wieder in die Lebenserinnerungen von Paulus ein.

Manchmal, wenn wir an einem einsamen Plätzchen hoch über Jerusalem Küsse tauschten, sagte ich Naomi, dass ihr mein ganzes Herz gehörte. Aber eines späten Abends trat zutage, dass sie das einmal zu oft gehört hatte. „Saulus, wir sind bald dreißig. Du hast einen Neffen und ein paar Nichten, die in ein paar Jahren heiraten werden. Mein Vater ist nicht glücklich. Und ich bin verletzt."

Das ging mir durch und durch. „Oh, Naomi, du weißt doch, wie mein Leben aussieht. Eines Tages …"

„Ich will dich nicht drängen, Saulus. Aber wenn du mich heute Abend fragen würdest, dann … würde ich Nein sagen."

Meinte sie das im Ernst? „Gibt es einen anderen?"

„Das sollte ich dich fragen", erwiderte sie.

„Du weißt, dass es nicht so ist!"

„Wann hast du denn jemals Zeit für mich?"

„Nun, jetzt bin ich bei dir."

„Und belügst mich doch."

„Naomi! Wie kannst du so etwas auch nur denken? Ich belüge niemanden und schon gar nicht dich." Ich wusste, dass ich nach Meinung der meisten Menschen rechthaberisch war, aber ein Lügner? Nein, das war ich gewiss nicht.

„Du belügst dich selbst. Ich weiß, du glaubst, dass du mich liebst."

„Das tue ich doch auch."

„Du begehrst mich, das kann ich sehen. Und ich begehre dich auch. Ich möchte dich lieben."

„Aber tust du das denn nicht?", hakte ich nach.

„Ich werde nichts mehr sagen, wenn du mir nicht zuhörst."

Ich hob ergeben die Hände.

„Du hast mir gerade gesagt, dass mir dein ganzes Herz gehört", fuhr Naomi fort. „Wenn du nicht siehst, dass das eine Lüge ist, dann täuschst du dich gewaltig."

Ich hatte Mühe, meine Zunge im Zaum zu halten.

„Was empfindest du, wenn du an deine Stellung im Sanhedrin denkst?"

Ich musste nicht nachdenken, bevor ich herausplatzte: „Das ist mein Leben. Das, wozu ich geboren bin. Wofür ich ausgebildet bin. Ich gehöre dem Sanhedrin ja noch nicht einmal an, aber jeden Tag erwartet man von mir meine Dienste, um die Wünsche des Rates auszuführen."

„Du liebst ihn von ganzem Herzen."

„Das tue ich. Aah, ich verstehe. Du hast mir eine Falle gestellt."

„Ich habe dich nur darauf gestoßen, die Wahrheit zu sagen. Mir gehört nicht dein ganzes Herz."

„Naomi! An erster Stelle muss für mich Gott stehen."

Sie legte mir sanft die Hand auf die Schulter. „Saulus, hör mir zu. Ich könnte nie eifersüchtig auf Gott sein. Wenn dein Herz wirklich ihm gehören würde, würde ich dich dafür nur umso mehr lieben. Aber das war gerade das erste Mal seit Ewigkeiten, dass du ihn überhaupt erwähnt hast."

„Was ich jeden Tag tue, ist doch Dienst für ihn."

„Nein, es ist ein Dienst für meinen Vater, für den Priester Nathanael, für den Rat."

„Das ist doch alles Gottes Werk."

„Aber du redest nicht von ihm. Du redest von Regeln und Vorschriften und Ritualen und Gehorsam. Und darin bist du so gut.

Das sagt jeder. Mein Vater ist voll des Lobes über dich. Man könnte meinen, deine erste Liebe gehört dem Gesetz. Aber vielleicht gehört deine erste Liebe deiner Position."

Ich schob heftig ihre Hand beiseite. „Dann bin ich also ein verblendeter Lügner, der sich selbst wichtiger nimmt als Gott."

Ich hatte sie zum Schweigen gebracht. Ich hatte sie nicht verletzen wollen, aber ich hatte mein Leben dem Ziel verschrieben, ein Pharisäer unter Pharisäern zu werden. Und das hatte mich zu dem Menschen gemacht, der ich war.

„Sag mir die Wahrheit, Naomi. Es gibt einen anderen, der um dich wirbt, ist es nicht so?"

Ihr Zögern traf mich tief. „Zurzeit nicht."

„Was heißt das?"

„Jemand hat meinen Vater gefragt, ob er weiß, welche Absichten du hast."

„Ich habe die Absicht, dich zu heiraten! Hatte ich immer! Was hat dein Vater geantwortet?"

„Er sagte, du habest noch nicht offiziell um meine Hand angehalten, aber er werde mich fragen, ob ich deine Pläne kenne."

„Nun kennst du sie."

„Und du kennst meine."

„Wer ist es? Wer würde um dich werben, wenn ich deinen Erwartungen nicht entspreche? Oder ist er so ein Feigling, dass er lieber anonym bleiben ..."

„Nein. Es wäre ihm sogar lieber, wenn du es weißt."

„Du bittest mich, dich aufzugeben?"

Wieder eine Pause, die mich vernichtete. „Ja, so ist es."

Ich hatte Mühe, meine Stimme wiederzufinden. „Und ... für wen?"

„Für Esra."

37

Die Prüfung

Rom

Sonntag, 11. Mai, 21.30 Uhr

Augustin saß auf den Stufen der fast dreihundert Jahre alten Spanischen Treppe, die auf drei Seiten von identischen dreistöckigen Gebäuden eingerahmt war. Das südlichste darunter war ein Museum, dessen zweite Etage den Werken von John Keats und Percy Bysshe Shelley und anderen Dichtern der Romantik gewidmet war. Die Treppe lag einen guten Kilometer entfernt von der Piazza Navona, wo er und Sofia am Vormittag nach Roger gesucht hatten.

Jetzt spürte er den kalten Stahl von Rogers Neun-Millimeter Smith&Wesson im Rücken.

Ein paar Minuten nach zehn hielt ein neuerer Sedan am Straßenrand. Augustin wollte nicht den Eindruck machen, ihm läge allzu viel an der Begegnung. Er ignorierte Dimos' Hupen und saß da, als betrachte er die Sehenswürdigkeiten. Schließlich senkte sich die Scheibe des Beifahrersitzes. „Gehen wir!"

Augustin griff in die Brusttasche seines Hemdes, als wolle er sicherstellen, dass er sein Handy dabeihatte, und schlenderte dann die Stufen hinab, wobei ihm ein großer schwarzer Koffer auf dem Rücksitz auffiel – vermutlich Dimos' Ausrüstung.

„Nur Sie?", fragte Dimos.

„Wen haben Sie noch erwartet? Jemand muss bei der Ware bleiben."

„Haben Sie Sofia gefunden?"

„Ich hab nicht nach ihr gesucht“, sagte Augustin. „Sie?“

Fokinos zuckte mit den Schultern. „Wohin?“, fragte er, während er startete.

Als Augustin ihm das Terrazzo nannte, stieg Dimos abrupt auf die Bremse. „Was? Das ist Ihr Hotel.“

„Und?“

„Warum haben wir uns nicht gleich dort getroffen?“

„Kleine Sicherheitsmaßnahme.“

Dimos sah Augustin an, als würden ihm gerade ein paar Dinge klar. „Sie trauen mir immer noch nicht.“

„Warum sollte ich auch? Ich habe Sie gerade erst kennengelernt.“

Dimos schüttelte den Kopf. „Ich bin der Typ, der Sie reich machen wird.“

„Eine Sekunde, mein Freund. Sie und Trikoupis hätten doch gar nichts von der Sache geahnt, wenn ich nicht da hineinverwickelt worden wäre.“

„Seien Sie nicht töricht“, gab Dimos zurück. „Das ist die Welt, in der wir leben. Früher oder später hätten wir es herausgefunden, und wer immer dann den Preis in den Händen gehabt hätte, hätte sich nach zahlungskräftigen Käufern umgesehen. Tatsache, Dr. Knox, Tatsache ist: Sie brauchen mich. Solange ich nicht beweise, dass er echt ist, ist Ihr unschätzbarer Fund nichts weiter als ein Gerücht.

Was also sollte dieses Zögern da hinten an der Treppe, Doc?“, fuhr Dimos fort. „Wollten Sie sichergehen, dass mir niemand folgte? Keine Sorge, niemand weiß etwas von uns. – Natürlich muss ich meinen Mann beim Antikendezernat morgen informieren.“

Das war ein Witz. Augustin wusste, dass Fokinos, sobald er das Hotel verlassen hatte, keine Sekunde warten würde, um Sofias Vater und Sardinia das Ergebnis seiner Untersuchung mitzuteilen.

„Sie haben Spion gespielt, Augustin. Mich mit Adleraugen beobachtet."

„Nein. Ich wollte nur sehen, ob Sie unbesonnen genug wären, meinen Namen auszuposaunen."

„Sie halten mich für einen Amateur, was?"

„Kommen Sie. Bis vor ein paar Monaten haben Sie noch bei einer griechischen Behörde gearbeitet, stimmt das nicht?"

Dimos grinste. „Jedenfalls steht das auf meiner Visitenkarte. Aber ich habe schon immer für mich selbst gearbeitet."

„Soll heißen?"

Fokinos schlängelte sich durch den Verkehr, als habe er viel Zeit am Steuer auf den verwirrenden Gassen und Straßen Roms verbracht. „Erinnern Sie sich? Vor ein paar Jahren hat das Antikendezernat Funde im Wert von etwa fünfzehn Millionen Euro konfisziert, die irgendwie ihren Weg in die Schweiz gefunden hatten."

„Vage."

„Na, Sie können's ja googeln. Ein japanischer Kunsthändler hatte das Zeug in Genf gehortet. Ich half, einen Großteil der Sachen zu prüfen, Stücke, die zwischen siebzehnhundert und dreitausend Jahre alt waren. Bekam eine nette Entschädigung vom Ministerium für Denkmalpflege, aber das war gar nichts im Vergleich zu dem, was der Händler mir zahlte."

„Er hat Sie bezahlt, obwohl Sie geholfen haben, dass Italien die antiken Funde zurückbekam?"

„Nun ja, da gibt es ‚die Fundstücke' und ‚alle Fundstücke', wenn Sie verstehen, was ich meine."

„Nein, tue ich nicht."

„Sagen wir, wir haben dafür gesorgt, dass unser japanischer Klient als ahnungsloses Opfer dastand und nicht als der Dieb, der er eigentlich war."

„Ich dachte, Sie haben für die Behörde für Kulturgüterschutz gearbeitet."

„Das dachte ich auch. Wir haben ihnen unsere Zeit in Rechnung gestellt, aber dann zahlte uns der Dealer deutlich mehr für unsere ... ähm, Beratung."

„Wer sind diese *wir,* von denen Sie immer sprechen?"

„Oh, das ist nicht Ihr Ernst. Sie testen mich noch immer, Augustin, wollen wissen, ob ich von meinen Landsleuten spreche. Tue ich nicht. Sagen wir mal, es handelt sich um ein ziemlich hohes Tier im Antikendezernat, mit tadellosem Ruf, der den Colonello – ich meine, den Chef der Abteilung da – an den Fäden hat wie eine Marionette."

„Also wohl ziemlich lukrativ für Ihren Kontaktmann?"

„Natürlich! Glauben Sie, er hätte Zahlungen an den sogenannten Kunstsammler und an mich veranlasst, ohne selbst gehörig geschmiert worden zu sein? Und denken Sie bloß nicht, er hätte nicht auch noch seinen Anteil von dem ganzen Zeug bekommen, das offiziell nicht mehr gefunden wurde."

„Und Sie vermutlich auch."

„Versteht sich von selbst."

„Warum haben Sie eigentlich den Job bei Tri-K angenommen, wenn Sie aus solchen Geschäften Kapital schlagen können?"

„Na, ganz bestimmt nicht, um Touristengruppen in Thessaloniki zu empfangen und ihnen noch ein paar Souvenirs aufzuschwatzen, so viel kann ich Ihnen verraten."

22.40 Uhr

„Ihr seid also Profis, ja", sagte Dimos, während er seinen Koffer zum Eingang der Suite rollte. Ein „Bitte-nicht-stören"-Schild hing an der Klinke. „Lassen Sie mich raten. Die Tür ist verschlossen, verriegelt und mit Sicherheitskette gesichert."

„Das hoffe ich", flüsterte Augustin. „Sie wissen ja, was da drin ist."

„Warum verkünden Sie es nicht gleich über die Sprechanlage im ganzen Hotel?"

„Das Schild ist übertrieben?“

„Ich sage nur, tun Sie nicht so besorgt. Hier geschieht nichts Besonderes, also sollte es auch so aussehen. Jetzt verraten Sie mir den Code. Sie haben doch einen, stimmt's?“

„Sie sind gut.“ Augustin klopfte dreimal. Sie hörten, wie Kette und Riegel gelöst wurden, und Roger ließ sie ein.

„Okay“, sagte Dimos und schob den Koffer durch die Tür. „Schließen Sie die Tür wieder ab, aber nehmen Sie das idiotische Schild ab.“

Sie folgten Roger in Augustins Schlafraum, wo der Pergamentbogen auf dem Tisch lag, noch geschützt durch die säurefreien Deckblätter. Dimos rieb sich die Hände und sah sich um. „Okay. Nehmen Sie die Lampe vom Tisch und lassen Sie die Jalousien herunter. Diffuses Licht stört mich nur. Und ziehen Sie den Radiostecker raus. Lassen Sie mich den Schreibtischstuhl nutzen. Und wenn ich so weit bin, machen Sie das Licht aus.“

Während Augustin und Roger alles so arrangierten, wie Dimos es wollte, hievte er den Koffer aufs Bett und entnahm ihm ein Stativ, das er rechts von seinem Stuhl aufbaute. Er platzierte einen großen konischen Apparat darauf, der mit einem elastischen Stoff abgedeckt war. Als er den Stoff abnahm, erschien eine Lampe mit riesigem Scheinwerfer. Dimos montierte ihn auf dem Stativ und kroch dann mit einem extrastarken Stromkabel unter den Schreibtisch.

Als Nächstes hob er ein monströses Mikroskop mit einem ungewöhnlich großen Objekttisch aus dem Koffer. Das Objektiv saß auf einer Art kleinem Rollwagen, sodass man es über das Objekt schieben konnte, ohne das Dokument zu bewegen. Er stellte den Stuhl ein und setzte eine Schutzbrille mit Lichtfilter und eine Art Schirmmütze mit extrabreitem Schirm auf. Schließlich grub er noch im Koffer nach einem Paar Stoffhandschuhe. Während er sie anzog, sagte Augustin: „Sie hätten nicht noch ein Paar über, oder?“

„Sicher, bedienen Sie sich. Und holen Sie mir die Pinzette. Sieht ein bisschen überdimensioniert aus, die Greifer sind mit Stoff gepolstert."

„Davon könnte ich auch eine gebrauchen", sagte Augustin.

„Nein. Ist leider genauso teuer, wie sie aussieht. Import aus Russland."

Dimos legte die Pinzette rechts neben das Dokument. „Deckenlicht aus, bitte." Augustin drückte den Schalter, und der Raum wurde dunkel. „Sie sollten Ihre Augen schützen, meine Herren", sagte Dimos. Er schaltete den Scheinwerfer an und der Raum war in ein intensives Weiß getaucht.

„Wird der nicht zu heiß werden?", fragte Augustin.

„Nein", erwiderte Dimos. „Ein Spezialfilter verteilt die Hitze. Das Pergament ist vollkommen sicher." Mit einer Hand schob er das Deckblatt vom Pergament, nahm den Bogen dann mit der Pinzette auf und dirigierte ihn neben den Fuß des Mikroskops. Dann bog er das obere Achtel der Seite hoch, sodass es auf dem Objekttisch zu liegen kam.

Für etwa zwanzig Minuten saß Dimos da, bewegte die Objektive langsam über das Sichtfeld, als studiere er jedes einzelne Molekül. Augustin versuchte zu verstehen, was er vor sich hinmurmelte.

„Hm-mh. Vermute gespaltenes Ziegenleder. Hat man entwickelt, als Papyrus knapp wurde. Jahrhundertelang konnte man Papyrus nur aus Alexandria beziehen. Als die Preise stiegen oder die Produktion nachließ, mussten die Leute etwas anderes erfinden. Pergament war die Antwort."

Noch immer über das Objektiv gebeugt, das er langsam über den hochgebogenen Teil der Seite wandern ließ, sagte er: „Ich konnte mal einen Blick auf das berühmte Fragment werfen, das besagt, dass Jesus verheiratet war. Aber das war sahidisches Koptisch auf Papyrus, und ich stimmte der Datierung auf das vierte Jahrhundert zu."

Augustin flüsterte: „Dies muss doch sicher das am besten erhaltene, ursprünglichste Teil des ältesten lesbaren Manuskripts sein, das je gefunden wurde, oder?“

„Ich habe schon Pergamentfragmente gesehen, die aus dem zweiten Jahrtausend vor Christus stammen. Aber das sind kaum lesbare Fetzen von zerfallenden Fragmenten. Ich werde meinem Käufer und Verkäufer sagen, dass dies hier das älteste lesbare Manuskript ist, das bisher gefunden wurde. Man wird es noch einmal mit Radiokarbon datieren, aber ich habe keinerlei Zweifel, dass das die Echtheit bestätigen wird. Wie dieses Blatt zweitausend Jahre lang unbeschädigt bleiben konnte, und das unter der Erde – Pergament ist wasserempfindlich –, ist mir ein Rätsel. Muss die perfekten Bedingungen gehabt haben – kaum Feuchtigkeit und die richtige Temperatur.“

„Also ist das, was Sie da gerade vor sich sehen, ein Wunder?“

„Was ich gerade vor mir sehe, ist der größte Zahltag, den ich je erleben werde.“

„Also wirklich“, sagte Augustin. „Es berührt Sie gar nicht, dass Sie da gerade ein Dokument in den Händen haben, das der Apostel Paulus eigenhändig geschrieben hat?“

Dimos legte den Kopf schief. „Wenn Sie es so formulieren – tja, dann ist es wohl schon was Besonderes.“

„Es ist viel mehr als das, Mann“, bemerkte Roger.

Augustin fühlte sich plötzlich schäbig, dass er zuließ, dass ein Mann wie Dimos Fokinos das Pergament in die Finger bekam. Aber Dimos ging natürlich davon aus, dass Augustin und Roger ebenso begierig darauf waren, ihre Millionen einzuheimsen, wie er selbst.

„Ich denke, das genügt“, sagte Dimos ein paar Minuten später und begann, seine Gerätschaften einzupacken. „Ich bin sehr zufrieden. – Mir ist klar, dass Sie wissen, wo der Rest des Manuskripts ist. Vermutlich haben Sie es sogar schon in Ihren Besitz gebracht.“

„Möglicherweise“, sagte Augustin.

„Also nur damit Sie es wissen: Genau da steckt das Geld. Ich rede heute Abend mit meinen Leuten und wir sprechen uns morgen wieder.“

Mitternacht

Als die Luft rein war, kam Sofia zu Augustin und Roger hinauf und warf Roger ihren Ersatz-Zimmerschlüssel zu.

„Ich will, dass das Blatt in ein Schließfach kommt, sobald die Bank morgen früh öffnet“, sagte Augustin. „Und dann, Rogie, kannst du es dir in Sofias Zimmer bequem machen, während sie und ich der Piazza Sant' Ignazio einen Besuch abstatten.“

„In der Zentrale des Antikendezernats?“, fragte Roger. „Und wenn Sardinia da ist?“

„Und wenn schon. Er kennt uns nicht.“

„Das wollen wir mal hoffen.“

„Wenn doch, hätte er uns schon längst aus dem Weg geräumt. Wir geben uns als Touristen aus. Wir erkundigen uns nach einer Führung und sehen mal, was wir herausfinden können.“

„Du bist verrückt.“

„Ich weiß. Aber heute Abend war meine einzige Vorsichtsmaßnahme auch nur deine Neun-Millimeter.“

28

Festgefahren

Rom im ersten Jahrhundert nach Christus

Als die Sonne immer früher unterging, fand Lukas Wege, mehr Stoff in Paulus' Verlies hineinzuschmuggeln. Wenn er das Gefängnis abends verließ, war es jetzt schon kühl und sein eigener Mantel reichte kaum aus, um ihn zu wärmen. Wenn der Winter kam, würde es noch schlimmer werden.

Eines Nachts winkte Primus ihn beiseite und flüsterte: „Ihr müsst diese Extra-Decken tagsüber verstecken. Es gibt schon wieder einige Wachen, die etwas von Sonderbehandlung murmeln."

Lukas' Unterkiefer spannte sich. „Ich würde gern mal sehen, wie einer von denen auch nur eine Stunde auf dem gleichen Niveau an Bequemlichkeit lebt wie Paulus jetzt."

„Ich weiß. Seid einfach vorsichtig."

„Wo soll ich da unten irgendwas verstecken, Primus? Es gibt keinen Raum hinter der Bank. Und das schwächste Licht irgendeiner Wache würde enthüllen, wenn etwas Ungewöhnliches im Verlies läge."

„Ich gehe morgen hinunter und sehe mich um."

In dieser Nacht las Lukas fast hundert Seiten von Paulus' Manuskript und erfuhr dabei mehr, als er geahnt hatte, darüber, wie schmerzlich sein Freund den Verlust von Naomi empfunden hatte. Aus den Schriftstücken sprach eine Verzweiflung, die Paulus sein ganzes Leben lang verfolgt hatte, wie es schien, bis auf diesen Tag.

Zu meiner Schande sehnte ich mich nach Naomi, bis ich fürchtete, es werde mich umbringen. Ich vermisste ihren Anblick, ihre Berührung, ihre Stimme. Als sie heiratete, fühlte ich mich wie ein Narr. Keine andere Frau hat mich auch nur aufmerken lassen, seit ich meine eine wahre Liebe vernachlässigt hatte. Ich schaue zurück und frage mich, wie ich mir einbilden konnte, es werde anders ausgehen, nachdem ich sie so behandelt hatte. War ich so verliebt in mich selbst, dass ich mir nicht vorstellen konnte, ihre Gefühle könnten sich je ändern?

Selbst Jahrzehnte später, nachdem ich Tausende von Meilen im Dienst des Evangeliums auf Reisen verbracht habe, kommen mir oft am Ende eines Tages die Tränen. Manchmal bitte ich Gott, er möge mich von dieser Sehnsucht nach einer Frau befreien, die längst ihre Wahl getroffen hat. Sie ist inzwischen Mutter und Großmutter und noch immer sehe ich ihr Gesicht vor mir. Mein Gewissen verurteilt mich für mein Verlangen nach einer verheirateten Frau und manchmal kann ich nichts anderes tun, als mein altes Wesen Gott zu überlassen und darauf zu vertrauen, dass er mir hilft, auf dem richtigen Weg zu bleiben.

Mein einziges Heilmittel seither bestand darin, mich ganz und gar in seinen Dienst zu stellen, immer bestrebt, zu meiner ersten Liebe zurückzukehren: zu Christus, zu seinem Heil, seiner Botschaft, seiner Wahrheit, seiner rettenden Gnade. Naomi wird nie erfahren, wie aus dem Stolz, der sie abstieß, eine Entschlossenheit wurde, mich täglich ganz und gar dem Herrn hinzugeben.

Dass ich schließlich Christus folgte, musste in ihren Augen wie Blasphemie erscheinen. Jahrelang suchte ich nach einem Grund, sie aufzusuchen und sie zu bitten, denselben Weg in Erwägung zu ziehen. Aber da ich nie fähig war, meine eigenen Motive in der Tiefe zu ergründen, konnte ich mir diese Mission nicht gestatten. Also konnte ich nur beten – für ihre Seele und dass Gott selbst in seiner Gnade ihr den richtigen Menschen in den Weg stellen würde, um ihr die Wahrheit deutlich zu machen.

All dies hat dazu geführt, dass in mir lebenslang ein Krieg tobte; aber die bitterste Zeit war früh angebrochen, als bekannt wurde, dass wir nicht länger ein Paar waren, und wenig später Esra ihr Verlobter wurde. Ich wollte ihn hassen und ich tat es auch lange. Aber es war nicht sein Charakter oder sein Handeln, was ich verabscheute. In dieser Hinsicht war er nicht verwundbar. Ich hasste ihn, weil er meinen Platz eingenommen hatte.

Ich muss damals eine seltsame Figur gemacht haben, kurz und drahtig, mit krummen Beinen und schon mit dreißig recht wenig Haar auf dem Kopf. Mein Gesicht ließ diesbezüglich auch wenig zu wünschen übrig – Freunde neckten mich immer mit meiner Hakennase, den buschigen Augenbrauen, die in der Mitte zusammenwuchsen, und hellgrauen Augen, die im Kontrast zu meiner rötlichen Haut standen. Naomi hatte einmal gesagt, meine Augen hätten ein ausgleichender Zug an mir sein können, „wenn sie nicht ständig Funken sprühen würden".

Nun, wenn ich schon in Flammen stand, bevor sie mich verließ, war ich nun bald ein tosendes Inferno. Sowohl Feinde als auch Verbündete sagten, ich spräche doppelt so laut, als es nötig wäre, um mir Gehör zu verschaffen, und meine Gesten seien so aggressiv, dass ich öfters den einen oder anderen unter meinen Zuhörern traf, ohne es zu bemerken.

Derartige Reaktionen hatten keine mäßigende Wirkung. Ich wollte nichts weniger, als mir in ganz Judäa einen Namen als gesetzestreuester Pharisäer unter den Lebenden zu machen. Ich vertrat die strengste Fraktion meiner Religion, und selbst darin wollte ich mich noch durch besondere Strenggläubigkeit hervortun.

Kein Anliegen, keine Debatte, kein Gesprächsthema war mir wichtiger als irgendein anderes. Ob es darum ging, dass ein Mitglied des Sanhedrin sich skandalös verhalten hatte, oder nur darum, dass die Sandalen eines Kindes zu laut in unseren heiligen Gängen widerhallten, ich reagierte mit gleicher Heftigkeit. Jede

Übertretung, egal, wie sie aussah, versetzte mich in Zorn. Ich war dafür bekannt, dass ich die Ungläubigen verfluchte, den Zorn des Himmels auf sie herabrief, sogar beim bloßen Gedanken an ihre Vermessenheit meine Kleider zerriss.

Manche fragten sich besorgt, ob ich den Verstand verloren hatte, und mehr als einmal nahm Nathanael mich beiseite und bat mich, vernünftig zu sein. Oft rief er noch Gamaliel hinzu, den Mann, dessen Großherzigkeit und Selbstbeherrschung einmal der Maßstab gewesen waren, dem ich selbst nacheifern wollte. Aber jetzt erschien er mir als jemand, der kapituliert hatte, als schwach und unentschlossen, immer bereit, beide Seiten anzuhören und einen vermittelnden Standpunkt zu finden, der allen gerecht wurde. Oft ging ich lange, nachdem die anderen ihren Arbeitstag beendet hatten, nach Hause, lief durch meine Räume, vergaß zu essen und redete laut mit mir selbst, überzeugt davon, dass ich allein mit meinem Urteil recht hatte.

Stellt euch meine Empörung vor, als plötzlich aus dem Nichts ein weiterer Mystiker auftauchte und die Fantasie der Massen gefangen nahm. Was waren sie doch für Kinder! Was für Schafe! Wie viele Scharlatane hatten wir nicht schon in Judäa gesehen, die ihre eigenen Lehren erfanden und die Massen überzeugten, dass nun endlich der Erwählte erschienen war?

Dieser ist anders, sagten sie. Dieser tut Wunder. Dieser redet in Gleichnissen und Gegensätzen. Selbst einige aus dem Sanhedrin waren beeindruckt. Ich verlangte Beispiele. Jemand sagte mir, der Mann predige, wer groß sein wolle, müsse zuerst ein Dienender werden; dass man sein Geld verschenken müsse, um reich zu werden, und dass man die Feinde lieben und denen, die einen hassen, Gutes tun solle, sogar für die beten, die einen übel behandelten. Was für ein Wahnsinn!

Viele wollten mich bewegen, diesen Jesus von Nazareth selbst zu hören, den sie inzwischen Rabbi und Meister nannten. Ich weigerte mich rundheraus. Ich wusste, dass es ihm ergehen würde wie anderen vor ihm. Wenn er so weitermachte, würde sich das ganze Getue um ihn bald legen.

Aber als sein Ruhm wuchs und die Berichte von seinen Wundern sich so verbreiteten, dass man sie nicht mehr überhören konnte, schickte der Sanhedrin Schriftgelehrte und Pharisäer zu ihm, die über ihn berichten sollten. Sie forderten ihn heraus und er antwortete in Rätseln. Er arbeitete am Sabbat. Und obwohl es nicht verboten war, dass Laien im Tempel redeten, war es doch nicht gern gesehen. Er tat es, ohne zu zögern und ohne Scham.

Manche glaubten, er könne der lang ersehnte Messias sein. Damit hatten sie meine Aufmerksamkeit gewonnen! Der Mann war ja recht rasch von einem Sonderling zum Gotteslästerer geworden. Als einer seiner Anhänger ihn fragte, ob er wirklich der Messias sei, stritt er es nicht ab.

Ich muss zugeben, ich wurde neugierig und wollte gern insgeheim einen Blick auf diesen Mann werfen, der zumindest ein beachtlicher Selbstdarsteller war. Aber ich hatte es mir zum Grundsatz gemacht, einer der wenigen religiösen Lehrer in Jerusalem zu sein, die sich nicht den Heerscharen der Leute anschlossen, die ihn hören wollten. Und nun hielt mich mein Stolz davon ab. Ich sagte jedem, der es hören wollte, dass man ihn schließlich entlarven würde. Irgendwann würde er die, die ihm jetzt so begeistert folgten, enttäuschen. Irgendetwas würde das Ende dieses Scharlatans heraufbeschwören.

So überraschte es mich nicht, dass es schließlich die waren, die ihm am nächsten gestanden hatten, die ihn verrieten und im Stich ließen, und er selbst mit Rom in Konflikt geriet. Man zog ihn vor den Hohepriester und den Sanhedrin. Er hatte das falsche Publikum für seine Behauptung gewählt, er sei der König der Juden.

Obwohl ich es vielleicht gern mit angesehen hätte, weigerte ich mich dezidiert, dem Debakel beizuwohnen, und ließ selbstgefällig jeden wissen, dass ich es ja schon die ganze Zeit gewusst hatte.

Er wurde am Kreuz hingerichtet wie ein gewöhnlicher Verbrecher. Meiner Ansicht nach hatte der Mann nur einem einzigen Zweck gedient – meine Position als scharfsichtigster Pharisäer in ganz Jerusalem zu untermauern.

Der Tod dieses Nazareners bedeutete das Ende eines Ärgernisses.

39

Der Einsatz wird höher

Rom

Montag, 12. Mai, 0.10 Uhr

Augustin und Sofia verabschiedeten sich am Eingang zur Suite mit einem Gutenachtkuss. Sie barg ihren Kopf an seiner Brust. „War kein guter Tag für mich heute."

„Ich hoffe einfach, dass dein Vater klug genug ist, sich aus der Sache herauszuziehen, wenigstens deinetwegen."

Sie schüttelte den Kopf. „Zu lukrativ. Wenn ihm wirklich etwas an mir läge, hinge er nicht bereits so tief drin. Dir einen Finderlohn anzubieten ... also wirklich."

„Ich denke, ich habe ihn überzeugt, dass ich mitspielen würde. Vielleicht hilft dir das, dich ein wenig besser zu fühlen."

„Nein. Ebenso wenig wie dein Plan für morgen. Roger hat recht. Dimos muss dieser Nummer zwei dort alles über uns erzählt haben, sonst hätte er ja nicht zugestimmt, uns auszuzahlen. Und das allein ist beunruhigend, findest du nicht? Wenn er erst mal hat, was er will, sind wir so entbehrlich, wie dein Freund aus dem Vatikan es war."

„Und darum müssen wir jetzt das Spiel bis zum Ende mitspielen. Wir geben ihnen nichts, solange wir kein Geld sehen; und dann verwenden wir das Geld als Beweis gegen sie."

„Aber irgendjemand bei den Behörden muss davon wissen, im Voraus. Wenn sie uns verhaften, ist es zu spät, um zu behaupten, dass wir die anderen überführen wollten."

„Dann muss ich mich an den Oberboss wenden, Colonello Emmanuel“, sagte Augustin.

„Ohne dass Sardinia etwas davon erfährt? Wie denn?“

„Ich wünschte, ich wüsste das, Sofia. Man muss sich fragen, wie viel Emmanuel weiß. Wahrscheinlich nur so viel, wie Sardinia will.“

„Wenn sie uns tatsächlich anhand unserer Ausweise auf der Spur gewesen sind, dann hat Sardinia seinem Chef vermutlich schon erzählt, dass du ein Freund des Kerls bist, der Klaudios umgebracht hat. Wie willst du beweisen, auf welcher Seite wir stehen, bevor alles auffliegt?“

„Zunächst mal müssen wir die Originalseite in Sicherheit bringen. Roger sagt, die Bank öffnet um kurz nach halb neun. Das wird unsere erste Aktion. Dann gehen wir direkt ins Antikendezernat und legen dar, wo wir stehen.“

„Wie sicher bist du, dass dieser Emmanuel sauber ist, Augustin?“

„Glaub nicht, ich hätte mich das nicht auch schon gefragt. Aber Dimos sagt, sein Kontaktmann dort lässt den Colonello an seinen Fäden tanzen wie eine Marionette. Wenn er mich nur beeindrucken wollte, warum hätte er nicht sagen sollen, er habe das ganze Dezernat in der Tasche?“

„Ich hoffe nur, meine Mutter wird mich im Gefängnis besuchen“, sagte Sofia.

„Schlechter Witz. Aber du steckst noch nicht in der Sache drin, Sofia. Du kannst jederzeit aussteigen und niemand wird dir etwas vorwerfen.“

„Nein, vielen Dank. Was richtig ist, ist richtig. Wenn du und Roger und ich dabei untergehen, dann nur gemeinsam.“

Sofia ging ohne einen weiteren Kuss, aber keine fünf Minuten später klingelte Augustins Telefon. „Ich bin ein Idiot“, sagte sie. „Ich habe eine Tasche im Schrank im anderen Hotel gelassen.“

„Dann komm, wir holen sie."

„Das kann warten. Ich habe ja zum Glück noch nicht ausgecheckt. Können wir morgen früh etwas früher starten, sodass ich die Tasche holen kann, bevor wir zur Bank gehen?"

„Dein Hotel liegt auf dem Weg von der Bank zum Antikendezernat. Zuerst zur Bank, dann zum Hotel, dann zum Dezernat, in Ordnung? Und bring die Fotokopien mit. Die sollten vielleicht auch besser im Schließfach liegen."

Sie verabredeten, sich um acht Uhr in der Lobby zu treffen.

Augustin lag im Dunkeln auf dem Rücken, die Hände hinter dem Kopf verschränkt. Von der anderen Seite der Suite hörte er Roger, der ebenfalls im Bett lag: „Bist du noch wach, Augustin?"

„Ja."

„Glaubst du, Fokinos hat schon Bericht erstattet?"

„Klar. Diese Kerle können nichts anderes sehen als die Dollars. Vermutlich schlafen sie auch nicht."

„Fokinos ist überzeugt, dass wir den Rest des Manuskripts schon haben. Ich sterbe fast vor Neugier zu erfahren, wo Giordano es versteckt hat, aber ich bin froh, dass wir den Umschlag nicht angerührt haben. Solange sie glauben, wir wüssten, wo es ist, brauchen sie uns. Ich hoffe nur, was immer auch passiert, dass es bald passiert. Wenn ich den ganzen Tag nur in Sofias Zimmer warten soll, drehe ich durch."

„Wenn ich erst einmal das ganze Manuskript zu Gesicht bekomme, wird sich alles gelohnt haben. Hör mal, Rogie, wenn der Rest des Originals so gut lesbar ist wie die erste Seite, was heißt das dann für dich? Würde es dir etwas bedeuten, wenn die Texte beweisen, dass Paulus tatsächlich der Verfassser all dieser Briefe im Neuen Testament ist?"

„Du fragst dich, ob ich dich gestern Nacht gehört habe."

„Wie bitte?"

„Jedes Wort."

„Du hast nur so getan, als ob du schläfst?“

„Hab ich wohl. Ich bin noch nicht so weit, darüber zu reden.“

„Mehr kann ich nicht verlangen.“

Augustin war schließlich eingeschlafen – wie lange, wusste er nicht –, als sein Handy klingelte. Er blinzelte auf das Display. *Oh nein!*

„Mom! Wie spät ist es bei euch?“

„Kurz nach halb sechs. Ich wollte dich nicht wecken.“

„Ist Dad okay?“

„Ja, es geht ihm in der Tat gut.“

Das war eine Erleichterung. Augustin hoffte darauf, dass er noch einmal Gelegenheit haben würde, mit seinem Vater zu sprechen, aber bisher war das nicht sehr wahrscheinlich erschienen. „Gut zu hören. Ich hoffe, ich bin bald wieder da. Aber jetzt muss ich noch ein wenig Schlaf kriegen, denn morgen …“

„Jemand möchte dich sprechen, August. Bleib dran.“

„Mom, ich …“

„Augustin?“

„Dad?“

„Ich wollte nur deine Stimme hören.“

„Dad …“

„Es ist schon lange her, Junge. Länger, als ich ahnte.“

„Du … klingst gut, alles in allem.“

„Ich bin erstaunt, dass du mich überhaupt hören kannst. Deine Mutter muss das Telefon für mich halten.“

„Dad, ich bin so froh, dass du wieder bei uns bist …“

„Wohl nicht mehr sehr lange, das ist mir klar.“

„Also, ich wusste ja nicht, ob ich überhaupt noch Gelegenheit haben würde, mich zu verabschieden, Dad. Ich versuche, möglichst bald zurück zu sein. Dann können wir reden.“

„Das würde mich freuen.“

„Tatsächlich?“

„Hör auf, so überrascht zu tun, Augustin. Noch bin ich nicht tot."

„Ich bin einfach froh. Es gibt ein paar Dinge, die ich dir sagen möchte, sagen muss."

„Nichts muss gesagt werden, Junge. Ich bin jedenfalls glücklich, dass ich noch einmal mit dir sprechen konnte."

Noch einmal mit dir sprechen? Wann haben wir denn je miteinander gesprochen? Augustin wollte rechtzeitig zu Hause sein, um sich ohne Bitterkeit zu verabschieden. Der Schmerz eines ganzen Lebens würde nicht durch ein letztes Gespräch mit seinem Vater ausgelöscht werden, aber es wäre schon ein Gewinn, zumindest eine relativ normale Unterhaltung mit seinem Vater gehabt zu haben. „Ich freue mich darauf, dir von meiner Reise zu erzählen", sagte Augustin.

„Ähm-mh", antwortete sein Vater, offensichtlich bereits kurz davor, wieder einzudämmern. „Deine Mutter sagt, du bist in Rom. Der einzige Ort, an den ich gern gereist bin. Michaels lebt dort, du weißt doch, der Reiseführer, der ..."

„Ich bin bei Roger, Dad."

„Ich glaube, ich schlafe gleich wieder ein, Junge. Grüß ihn von mir, ja?"

Augustin hörte ein Rascheln und dann war seine Mutter wieder dran. „Pass auf dich auf. Und komm rasch heim, August."

„Mom, wie kam das eben?"

„Ich weiß. Ich glaube, es ist ein Geschenk Gottes, speziell für uns."

8.40 Uhr

Augustin durchquerte die geräumige Eingangshalle der Bank und fühlte sich, als ruhten aller Augen auf ihm. Sicher konnte man die Neun-Millimeter unter seinem Jackett erkennen.

Mehr als ein Kunde sah auf, als er und Sofia vorübergingen,

aber Augustin erkannte rasch, dass die Augen der Männer an Sofia hingen.

Sie saßen am Schreibtisch einer Frau Mitte vierzig gegenüber, die ihnen die Optionen für ein Bankschließfach erläuterte. Augustin bemerkte, dass er weiche Knie hatte, und machte sich klar, dass niemand wusste, was da in der Tasche auf seinem Schoß lag.

„*Dimensione?*“, fragte sie schließlich.

„Oh“, stotterte er, „groß genug hierfür?“

Die Bankangestellte zog ein winziges Maßband hervor und kam um den Tisch herum, um die Tasche auszumessen. „*Quarantatre da trentotto centimetri*“, stellte sie fest.

Augustin sah Sofie an. Sie übersetzte es ihm in amerikanische Maße.

Die Angestellte überflog eine laminierte Karte. „*Centocinquanta euro all'anno.*“

„Hundertfünfzig Euro im Jahr.“

„Das sind gut zweihundert Dollar“, sagte Augustin. „Wie viel würde es für ein paar Tage kosten?“

Sofia übersetzte und die Frau schüttelte den Kopf. „*Un anno è il minimo.*“

„Ein Jahr ist das Minimum, Augustin.“

„Das ist doch Straßenräuberei.“

Sofia beugte sich zu ihm hinüber. „Schatz, wir haben keine Wahl. Denk doch mal dran, ob es das wert ist.“

Sie erledigten die Formalitäten und die Angestellte führte sie in den Tresorraum, wobei sie erklärte, die Bank würde Augustins Fach nicht öffnen, es sei denn, er zahle die nächste fällige Jahresgebühr nicht. Augustin fühlte sich besser, als sie mit dem Schlüssel in der Tasche wieder im Taxi saßen.

9.45 Uhr

Als das Taxi sich Sofias ursprünglichem Hotel näherte, packte sie Augustin am Arm. Auf dem Parkplatz drängten sich blauweiße Autos mit der Aufschrift *polizia* neben einem weißen *ambulanza*-Kastenwagen mit orangen Streifen.

„Nicht zum Vordereingang", sagte Augustin. „Fahren Sie da hinten ran."

Sofia übersetzte und der Fahrer hielt am hinteren Seiteneingang.

Der Rücksitz drückte Augustin die Waffe in den Rücken, als er aus dem Wagen stieg und sich die leere Ledertasche über die Schulter warf. Er und Sofia schützten die Augen mit den Händen vor der gleißenden Sonne und beobachteten vom anderen Ende des Parkplatzes, was vor sich ging. „Ich will da nicht reingehen", sagte sie. „Was, wenn sie nach mir suchen?"

„Warum sollten sie? Jemand hatte einen Herzanfall, das ist alles."

„Und warum dann so viele Carabinieri? Jemand hat uns verraten, Augustin. Wir sollten Roger warnen."

„Nicht bevor wir wissen, was hier los ist. Sie können ja nicht das ganze Hotel abriegeln. Versuch, in dein Zimmer zu kommen."

„Bitte, komm mit."

Augustin folgte ihr bereits, blieb jedoch stehen, als sein Telefon klingelte. Sofia sah sich nicht um.

Er erkannte die Nummer nicht. „Knox", sagte er.

„Augustin, Roger hier. Fahrt nicht in Sofias Hotel."

„Wir sind grade da."

„Verschwindet auf der Stelle. Es war in den Nachrichten. Fokinos wurde tot in seinem Zimmer aufgefunden, Zweiundzwanziger-Schuss durch die Schläfe. Jetzt suchen sie nach seiner Reisebegleitung, der Frau, die mit ihm eingecheckt hat. Sofias Bild läuft übers Fernsehen. Sie werden ihre Ausweisnummer abgleichen und direkt da sein. Ich verschwinde hier auch. Wir treffen uns bei …"

„Muss dich zurückrufen, Rogie."

„Ich habe kein Han…"

Augustin steckte das Handy ein und rannte ins Hotel, spurtete einen langen Gang entlang, ignorierte das Klingeln in seiner Hemdtasche und traute sich nicht, laut nach Sofia zu rufen.

Als der Gang im rechten Winkel abbog, blieb er stehen, spähte nach links und dann nach rechts. Er hatte keine Ahnung, wo ihr Zimmer war. Bei der nächsten Abbiegung tat er dasselbe. Ein gutes Stück weiter unten stand Sofia in einem Korridor, der von Carabinieri wimmelte. Die Beamten hatten sie umringt und legten ihr gerade Handschellen an.

Augustin griff nach seiner Smith&Wesson und erstarrte. Was sollte er tun? Gegen die *polizia* antreten und seine Verlobte retten? Alles in allem war sie bei der Polizei im Moment sicherer als irgendwo sonst. Augustin wusste nicht, ob er sich selbst verzeihen könnte, wenn er Sofia zurückließ, aber wenn er zu Protokoll gäbe, wer er war, würde er wohl kaum eine Chance haben, sich aus der Sache wieder herauszureden.

Während er nach draußen hastete, erinnerte Augustin sich daran, dass Sardinia noch immer brauchte, was nur er hatte. Es gab nur ein Problem: Sardinia hatte jetzt Zugriff auf den einzigen Trumpf, der Augustin dazu bringen könnte, den Schlüssel des Bankschließfaches herauszurücken.

40

Bis aufs Äußerste

Rom im ersten Jahrhundert nach Christus

„Ich kann diese Dunkelheit fast nicht mehr ertragen“, ließ Paulus Lukas wissen. „Deine Besuche erleichtern mir meine Situation hier sehr, aber es gibt nichts Entmutigenderes, als wenn man nichts sehen kann.“

Lukas war nur ein paar Minuten im Verlies gewesen, als ein lautes Schaben anzeigte, dass der Holzdeckel von der Deckenöffnung weggezogen wurde. Primus ließ sich in die Zelle herab und eine der anderen Wachen reichte ihm eine Fackel. „Ich bin offiziell hier, um zu überwachen, dass der Arzt sich an die Vorschriften hält, Paulus. Wir müssen flüstern. Dann kann ich euch sagen, was ich heute herausgefunden habe, während du schliefst.“

„Ich wusste, dass jemand hier war“, sagte Paulus. „Aber ich hatte nicht genug Kraft, mich auch nur aufzusetzen. Was hast du hier gemacht?“

„Sieh selbst.“

Lukas und Paulus folgten ihm, bis Paulus das Ende seiner Kette erreicht hatte. „Schon seit Längerem habe ich mir diesen Tuffsteinblock da betrachtet“, sagte Primus. „Seht ihr, wie der Mörtel dazwischen schon wegbröckelt? Schaut her.“ Er kniete sich hin und bewegte den Steinblock ein wenig hin und her, bis es ihm gelang, ihn ganz von seinem Fundament herunterzuschieben. „Man musste nur ein wenig nachhelfen. Aber jetzt hast du da deinen kleinen Stauraum. Verstau deine Extradecken morgens hier, bevor die erste Wache Anlass hat, einen Blick hereinzuwerfen, und schieb den Stein wieder in Position."

„Ich glaube nicht, dass meine Kraft dazu reicht", sagte Paulus, beugte sich langsam herunter und drückte seine Finger gegen den Stein. Der glitt so rasch heraus, dass Lukas Paulus auffangen musste, bevor er auf seine Sitzbank fiel. „Wie hast du das gemacht, Primus?"

„Ein bisschen Erfindungsgeist", sagte der Wachtposten. Er hob ein Ende des Steins an und zog ein kleines Rundholz darunter hervor. „Ich habe etliche davon unter den losen Stein gelegt. Ihr müsst nur aufpassen, dass die Pflöcke an ihrem Platz bleiben, und der schwere Block lässt sich ganz leicht bewegen. Wenn man ihn flach in die Wand presst, sieht es aus, als sei alles dicht, aber es ist doch ein wenig Raum dahinter."

„Großartig", sagte Paulus.

„Ich möchte nur nicht, dass einer von uns dreien wieder in Schwierigkeiten gerät", sagte Primus.

Als Lukas an diesem Abend seine Lektüre wieder aufnahm, musste er unwillkürlich einen Vergleich anstellen. Wie wenig doch der gebrechliche alte Mann in seinem Verlies dem unerbittlichen Gewissen des Sanhedrin von vor fünfunddreißig Jahren glich.

Als ich zuerst die Gerüchte hörte, der Wundertäter aus Galiläa sei aus seinem Grab auferstanden, war ich weder erregt noch empört. Stattdessen brach ich in Lachen aus. „Diese bedauernswerten, verblendeten Untertanenfiguren können ihn einfach nicht loslassen", rief ich und konnte mich vor Lachen kaum halten. „Manche wollen ihn gesehen, mit ihm gesprochen und …", ein Lachen unterbrach mich, „… sogar mit ihm gegessen haben! Seit wann haben Geister denn Hunger! Na schön, und wo ist er jetzt? Warum besucht er uns nicht? Warum nur die, die ihn gekannt haben? Die sind doch völlig unglaubwürdig. He, Zauberer, zeig dich doch mal einem Zweifler. Überzeug irgendwen."

Tagelang fand ich großes Vergnügen daran, die Anhänger dieses Jesus, der entschlossen zu sein schien, seine Bewegung am Leben zu erhalten, lächerlich zu machen. Zu Gamaliel sagte ich: „Du hast öfter als ich gesehen, wie schon andere ganze Heerscharen von Leichtgläubigen begeistert haben, nur damit ihre Sache verblasste und verflog, sobald sie nicht mehr unter den Lebenden waren."

„Das ist wahr", sagte der Nasi. „Diese Dinge haben so eine Art, sich von selbst zu erledigen."

Nicht sehr viele Wochen später musste aber selbst ich eingestehen, dass die Truppe von Schülern, die Jesus um sich geschart hatte, seit seiner Kreuzigung noch gewachsen war. Das ergab überhaupt keinen Sinn. Jetzt gab es Gerüchte, dass diese Leute ebensolche Wunder vollbrachten, wie Jesus sie getan hatte. Und mit ihrer Anzahl, so schien es, wuchs auch ihr Mut. Nicht nur, dass sie im Land herumzogen und unverschämt das Evangelium dieses Jesus predigten, nein, sie brachten diese Irrlehre sogar bis auf den Tempelberg.

Schon bald fand ich die Sache nicht mehr amüsant. Sie waren inzwischen mehr als nur ein Ärgernis. Sie ignorierten unsere Gesetze, setzten sich darüber hinweg und missachteten sogar den ausdrücklichen Befehl des Kaiphas, der ihnen verbot, weiter im Namen dieses Jesus zu predigen.

Einige aus unseren Reihen – darunter sogar Priester – wechselten die Seiten und wurden Anhänger dieses Jesus. Allein an einem Tag schlossen sich Tausende von Jerusalemer Bürgern den Reihen seiner Schüler an. Einer ihrer Anführer, der unübersehbare und ungebildete Fischer aus Galiläa mit dem Namen Petrus, entkam sogar aus dem Gefängnis.

War ich nur neidisch auf ihre Beliebtheit und ihren Einfluss? Nein, das war ich gewiss nicht. War ich besorgt darüber, welchen Einfluss sie auf meine jüdischen Brüder und Schwestern hatten? Selbstverständlich war ich das. Aber vor allen Dingen war ich außer mir darüber, dass sie sich weigerten, dem Sanhedrin zu gehorchen. Als sich ihre Zahl praktisch jeden Tag vermehrte, musste etwas getan werden. Jesus war mehr als nur ein Märtyrer geworden. Ohne die geringste Verlegenheit behaupteten sie, er sei der Sohn Gottes, der Messias, er sei von den Toten auferstanden und dann Dutzenden von ihnen erschienen und schließlich sogar vor ihren eigenen Augen in den Himmel aufgenommen worden.

Ich schleppte sie vor den Rat und berichtete Hannas und Kaiphas, dass diese Männer in ungeheuerlicher Weise deren direkte Anweisung missachtet hatten. Kaiphas sprang auf und sagte: „Haben wir euch nicht streng verboten, jemals wieder von diesem Jesus zu reden? Und doch spricht inzwischen ganz Jerusalem davon. Ihr wollt uns sogar für den Tod dieses Menschen verantwortlich machen!"

Petrus gab zur Antwort: „Man muss Gott mehr gehorchen als den Menschen. Der Gott unserer Vorfahren hat Jesus, den ihr ans Kreuz geschlagen und getötet habt, von den Toten auferweckt. Gott hat ihn durch seine Macht zum Herrscher und Retter erhoben, damit das Volk Israel zu Gott umkehren kann und ihm seine Sünden vergeben werden. Das werden wir immer bezeugen und auch der Heilige Geist, den Gott allen gibt, die ihm gehorchen."

Mehr brauchte ich nicht zu hören. Diese Männer hatten den Tod ebenso verdient wie ihr gotteslästerlicher Anführer. „Man sollte sie auf der Stelle töten", sagte ich.

Als Gamaliel sich erhob, wusste ich, dass er meinen Vorschlag mit irgendeinem schwächlichen, versöhnlichen Appell an die Vernunft niederschlagen würde. Er ordnete an, dass man diesen Petrus und die anderen kurz aus dem Raum bringen sollte, und sagte dann: „Ihr Männer von Israel, seid vorsichtig und überlegt euch genau, was ihr gegen diese Leute unternehmt. Ich rate: Lasst diese Männer in Ruhe! Wenn es ihre eigenen Ideen und Taten sind, für die sie sich einsetzen, werden sie scheitern. Steht aber Gott dahinter, könnt ihr ohnehin nichts dagegen unternehmen. Oder wollt ihr als Leute dastehen, die gegen Gott kämpfen?"

Und wie üblich nickten die anderen Mitglieder des Sanhedrin feierlich. Schließlich rief man die Jesusleute wieder herein und bestrafte sie für ihren Ungehorsam mit Schlägen. Man verbot ihnen noch einmal, weiterhin im Namen von Jesus zu sprechen, aber dann ließ man sie frei.

Das war ein schwerer Fehler. Denn in den folgenden Tagen verkündigten sie überall im Tempel und in den Häusern von Jerusalem, dieser Jesus sei der Christus.

Ich meldete dem Sanhedrin jeden einzelnen dieser Vorfälle und arbeitete unermüdlich daran, Beweismaterial zu sammeln, das eine drastische Aktion gegen diese Leute rechtfertigen würde. Die religiösen Führer Jerusalems mussten dem Treiben einfach ein Ende machen. Daran führte kein Weg vorbei.

41

Telefonkonferenz

Rom

Montag, 12. Mai, 9.50 Uhr

Augustin rannte zum Taxistand des Hotels, bereit weiterzurennen, falls er keinen Wagen bekam. Seinen Studenten hatte er immer wieder gesagt, an Gott zu glauben sei keine Garantie, dass die Dinge immer glattlaufen würden. Er betete schweigend: *Herr, dein Wort sagt, dass Menschen nicht ohne Schwierigkeiten durchs Leben kommen. Aber du versprichst auch, dass du bis zum Ende bei mir sein willst. Ich hoffe, Herr, dass das Ende heute noch nicht kommt. Zeig mir, was ich tun soll.*

Augustin kam nicht aus einer religiösen Umwelt, in der man selbstverständlich davon ausging, dass Gott hörbar zu seinen Leuten redet. Er hatte immer geglaubt, er solle Gott von ganzem Herzen vertrauen und im Übrigen seinem Gewissen folgen. Aber in diesem Moment hätte er etwas deutlichere Anweisungen sehr zu schätzen gewusst.

Als sein Wagen vorfuhr, hechtete er auf den Rücksitz und sagte: „Piazza Sant' Ignazio."

Der Fahrer verstellte den Rückspiegel, sodass er Augustin in die Augen sehen konnte. „Das ist ein Polizeigebäude", sagte er. „Polizisten haben Sie doch hier auch genug."

„Bitte, schnell."

Augustins Handy piepte mit zwei Nachrichten von Roger. „kam grad noch raus. hörte fahrstuhl + sprang 2 treppen höher.

Polizei vor hotel. ich durch seiteneingang. kannst du mich aufgabeln?“

„bleib wo du bist“, schrieb Augustin zurück. „rufe wieder an.“

„Sofia?“

„geschnappt. polizei.“

„wo bist du?“

„antikendez.“

„besser nicht. gefahr.“

„muss es probieren. später.“

Das Antikendezernat war in einem viergeschossigen lachsfarbenen Gebäude mit Stuckverzierungen untergebracht. Unter den Fenstern im dritten Stock und direkt über dem Eingang wehten zwei Flaggen. „Schön, nicht?“, bemerkte der Fahrer. „Fast dreihundert Jahre alt. Steht unter Denkmalschutz. Ich kann Sie nicht bis zum Haupteingang fahren. Diese Pflanzen dort in den Betonkübeln sind in Wirklichkeit Barrikaden.“

Augustin stieg auf der anderen Straßenseite aus und fand dort einen schattigen Platz mit Tischen und Stühlen. Er musste einige Telefonate erledigen, bei denen er keine Zuhörer brauchte, und er konnte auch nicht einfach so ins Polizeidezernat hineinspazieren. Er stellte seine leere Tasche auf einen schmiedeeisernen Tisch und setzte sich, sorgfältig darauf bedacht, dem Gebäude gegenüber den Rücken zuzukehren, da sein Gesicht den Behörden inzwischen wohl bekannt sein durfte. Er rief Malfees Trikoupis an.

„Dr. Knox“, rief der Mann erfreut. „Ich wollte Sie gerade anrufen, um ein Treffen für heute Abend zu organisieren. Schön, Ihre Stimme zu hören. Sind Sie ebenso begeistert wie ich über Dimos’ Schlussfolgerungen? Bald genießen wir beide die ungeheu…“

„Sie haben es also noch nicht gehört, Sir?“

„Alles, was ich gehört habe, waren gute Nachrichten. Er rief kurz nach Mitternacht an und …“

„Fokinos ist tot, Sir. Und Sofia wurde verhaftet.“

Trikoupis' Stimme verlor ihren Überschwang. „Was erzählen Sie mir da?"

„Fokinos wurde in seinem Hotelzimmer ermordet; daher wollte die Polizei mit der Frau reden, die mit ihm aus Griechenland angereist war."

„Der Mann, den Sie heute Abend treffen sollen, kann die Angelegenheit sofort klären."

„Ist er einflussreich genug, um in einer so großen Sache weiterzuhelfen?"

„Selbstverständlich. Ich rufe ihn an und verbinde Sie und dann werden Sie weitersehen. Aber Sie müssen den Mund halten. Ich garantiere, dass sie sehr bald wieder frei ist."

„Ist es das wert, Mr Trikoupis? Ihre Tochter zu belügen, Ihren Mitarbeiter umbringen zu lassen ..."

„Ich hatte damit nichts zu tun! Augustin, hören Sie mir zu: Je weniger Leute an der Sache beteiligt sind, umso wertvoller wird das Projekt für diejenigen von uns, die verbleiben."

„Fokinos war in Ihrem Interesse hier, Sir, er handelte aufgrund Ihrer Zusagen. Und sein Tod ist für Sie noch nicht mal ein Ärgernis?"

Plötzlich klang Trikoupis wieder wie er selbst, kaum erregt, obwohl sein Mitarbeiter ermordet und seine Tochter verhaftet worden war. „Ja, es ist traurig. Aber es ist auch eine Chance, August. Das sehen Sie doch sicher ein?"

„Aber wenn man Dimos aus dem Weg räumen konnte, kann Sofia leicht das Gleiche passieren."

„Das lasse ich nicht zu. Sie werden sehen. Geben Sie mir Ihre Nummer, dann verbinde ich Sie direkt."

Oh nein, ganz sicher nicht.

„Sie brauchen meine Nummer nicht. Ich bleibe dran, während Sie Ihren Mann in der Leitung haben."

„Sie werden beeindruckt sein."

Als die Verbindung stand, hörte Augustin: „Malfees Trikoupis für den stellvertretenden Direktor Sardinia."

„Guten Morgen, Sir. Er ist nicht im Haus. Möchten Sie den Colonello sprechen?“

„Nein, ich versuche es über sein Handy.“

Sekunden später hörte Augustin Sardinias Stimme zum ersten Mal. Es war klar, wer anrief. „Hallo, mein Freund“, sagte er.

„Kannst du reden, Aldo?“

„Nicht so gut. Wie geht es dir?“

„Im Moment gar nicht erfreulich. Meine Tochter wird nicht zum Kollateralschaden werden, wenn du irgendein längerfristiges Interesse an unserer Abmachung hast.“

„Da kannst du ganz beruhigt sein.“

„Es sieht so aus, als sei der einzige Weg, am Leben zu bleiben, der, dass man für dieses Projekt unverzichtbar ist.“

„Ich hoffe, das ist klar“, sagte Sardinia.

„Vergiss nur nicht, dass ich dein Käufer *und* dein Verkäufer bin. Das willst du sicher nicht von einem Behördenbüro aus managen.“

„Glaub mir, du bist nicht in Gefahr.“

„Beweise es, indem meine Tochter auf der Stelle freikommt.“

„Bin schon unterwegs. Aber bis wir die Ware in Empfang nehmen, ist alles andere vom Tisch.“

„Es dauert nicht mehr lange, Aldo. Der Mann, der Zugang zur Ware hat, gehört demnächst zu meiner Familie. Und jetzt, da wir einen Teilhaber weniger haben, wird mehr als genug für ihn übrig bleiben. Was unternimmst du wegen des Südafrikaners?“

„Der Reiseführer? Das ist nur noch eine Zeitfrage. Heute Morgen hatten wir ihn fast.“

„Und das Ziel ist nicht, ihn zu verhaften, richtig?“

Der Polizeivize lachte leise. „Nein, eine bloße Festnahme ist nicht unser Ziel.“

Als Sardinia auflegte, sagte Augustin: „War das für mich bestimmt, Mr T.? Die Ermordung von Michael Rogers vor meinen Ohren zu diskutieren? Wollen Sie mir so drohen?“

„Sie sind ein kluger Kerl, Augustin. Sie haben gehört, was Sie hören mussten. Ihnen ist ja wohl klar, wie ich annehme, wenn Sofia nicht so viel an Ihnen läge, dann ... Sehen Sie es von der positiven Seite – Sie beide werden für den Rest des Lebens ein schönes Auskommen haben. Zwingen Sie mich nicht, etwas zu tun, was ihr das Herz brechen würde."

„Und wenn ich nicht weiß, wo das Manuskript ist?"

Trikoupis lachte. „Michaels hätte Sie nicht so sehr gedrängt, nach Rom zu kommen, wenn er sein Geheimnis nicht mit Ihnen hätte teilen wollen."

„Falls Sie sich irren, könnten Sie es für angebracht halten, Sardinia zurückzupfeifen, bevor der die letzte Hoffnung vernichtet, die Dokumente zu finden."

„Sie beeindrucken mich, Augustin. Ein einfallsreiches Manöver, um Ihren Freund zu schützen. Ich wünschte, ich hätte einen Freund, um den ich mich so sorgen würde."

„Ich wünschte, Sie hätten eine Tochter, um die Sie sich so sorgen würden."

„Beleidigungen sind unter Ihrer Würde. Jetzt sage ich Ihnen, wie es weitergeht. Heute Abend um acht treffen Sie sich mit Signore Sardinia und Sie werden so kooperativ sein, wie Sie nur können. Sie kennen ja die Belohnung – und auch die Alternative. Werden Sie das für mich tun? Für Sofia?"

„Wie es aussieht, habe ich keine Wahl."

„Jetzt verstehen wir uns. Er kommt ins Terrazzo."

„Was?"

„Glauben Sie etwa, er weiß nicht, wo Sie eingecheckt haben?"

Augustin hatte Mühe, die Fassung zu wahren. Das Einzige, was ihn am Leben hielt, war die Tatsache, dass Sardinia und Trikoupis glaubten, dass er das kostbare Manuskript entweder selbst in Händen hielt oder wusste, wo es war.

„Okay. Aber unter einer Bedingung."

„Das ist nicht Ihr Treffen, Augustin."

„Hören Sie zu. Ich werde Signore Sardinia alles sagen, was ich weiß, aber nur, wenn Sie auch da sind."

„Sie wollen, dass ich nach Rom komme? Unmöglich. Ich …"

Klick.

42

Die Steinigung

Rom im ersten Jahrhundert nach Christus

Aus den Lebenserinnerungen des Paulus

Ich war es schon immer gewohnt, früh aufzustehen, aber nun erwachte ich jeden Tag schon vor dem Morgengrauen und ging nur selten vor Mitternacht zu Bett. Ich war erfüllt von meiner Mission. Das Verhalten der Jesusanhänger schlug allem ins Gesicht, was man mich je gelehrt hatte. Diese Leute waren Feinde Gottes, Feinde seines Gesetzes, Gotteslästerer, die die äußerste Strafe verdienten.

Ich belagerte Nathanael täglich, bis er es leid wurde und ich ihn überreden konnte, mir eine persönliche Audienz beim Hohepriester Kaiphas zu verschaffen. Als sie gewährt wurde, bat ich Kaiphas, mich mit der Autorität des Sanhedrin auszustatten. „Solange diese Leute einen Toten als Messias verkünden, werde ich nicht ruhen, bis man sie zur Rechenschaft zieht. Welcher Erlöser würde wohl auf so schmachvolle Weise zu Tode kommen? Es war richtig, dass du sie für ihren Ungehorsam auspeitschen ließest, aber es hält sie nicht davon ab, weiterzumachen wie bisher. Ihr gotteslästerliches Tun weitet sich sogar immer mehr aus."

Kaiphas war auffallend ruhig, aber ich spürte, dass mein Eifer Eindruck auf ihn machte. „Ich müsste das erst mit meinem Schwiegervater besprechen", sagte er und meinte den von den Römern abgesetzten Hannas, der, wie jeder wusste, der eigentliche Hohepriester war. „Es wäre höchst ungewöhnlich, dir eine Autorität zu verleihen, die weit über deinem Stand ist. Aber da du in deinen Diensten für dieses Gremium so unermüdlich bist, betrachte ich dich schon beinahe als Mitglied. Sag mir, ist dir bewusst, dass die Synagoge der Freigelassenen deine Ansichten teilt?"

Natürlich war mir das bewusst. Viele der griechischen Juden dieser besonders gesetzestreuen Gemeinde kamen aus meiner Heimatprovinz Zilizien, und da ich keine Gelegenheit verstreichen ließ, mich selbst als römischen Bürger aus Tarsus zu bezeichnen, wussten sie, dass ich einer der ihren war. Obwohl diese Männer Griechen waren, betrachteten sie mich als ihren Landsmann.

„Offen gesagt", berichtete ich Kaiphas, „gefällt mir die Einstellung dieser Männer. Sie sind auch der Meinung, dass der Rat eindeutig gegen diese Abweichler Stellung nehmen muss, damit ihnen nicht täglich noch mehr Menschen zulaufen."

„Die Freigelassenen sind besonders ergrimmt über den Erfolg eines Anführers der neuen Bewegung", sagte Kaiphas. „Du weißt sicher, von wem ich spreche?"

„Natürlich. Die Synagoge ist mit ihren Versuchen gescheitert, diesen Mann mundtot zu machen, von dem die Aufrührer behaupten, er besitze großen Glauben und außerordentliche Vollmacht."

„Stephanus", sagte Kaiphas. „Er ist ein gewandter und erfolgreicher Redner."

„Und vermag Wunder, Zeichen und große Taten zu vollbringen, glaubt man seinen Anhängern."

„Ich hatte gehofft, der Tod dieses Jesus würde diesem Unsinn ein Ende machen", seufzte Kaiphas. „Jetzt frage ich mich, wie viel das Leben dieses Stephanus für ihre Sache bedeutet."

„Die Freigelassenen haben eine Reihe von Beweisen gegen ihn gesammelt."

„Wir brauchen mehr", sagte Kaiphas. „Wir brauchen einen Grund, den Mann wegen grober Gotteslästerung zu steinigen."

„Rom wird uns nicht gestatten, ihn zu töten", wandte ich ein.

„Woher sollen sie wissen, ob es mit Vorsatz geschah? Vielleicht können wir beweisen, dass wir ihm jede Vergünstigung gewährt haben, ihm erlaubt haben zu sagen, was immer er wolle – solange er unsere Autorität respektiert."

Einem so wortgewaltigen Redner beim Hohen Rat selbst Gehör zu verschaffen, schien riskant, aber ich würde alles unterstützen, was einen dieser Männer dem Zorn des Sanhedrin ausliefern konnte. Ich sagte also Kaiphas, es sei eine glänzende Idee. Er bat mich, am nächsten Morgen wiederzukommen und mich mit ihm und seinem Schwiegervater Hannas zu treffen.

In dieser Nacht schlief ich kaum.

Hannas war ganz anders als Gamaliel oder auch Kaiphas. Er war ein Mann der Tat und stets darauf aus, den Römern eins auszuwischen. Sicher, in der Vergangenheit hatte ihn dies seinen offiziellen Titel gekostet, aber das rächte sich an Rom, denn bis zu diesem Tag geschah im Sanhedrin nichts, was Hannas nicht entweder angestoßen oder zumindest gutgeheißen hatte.

„Saulus", sagte er, „du bist genau der Mann, den wir brauchen, um dieses Vorhaben voranzubringen. Du solltest mit den Freigelassenen zusammenarbeiten. Sprich mit jedem möglichen Zeugen. Sammle Beweise gegen Stephanus und liefere uns, was wir brauchen, um diese gefährliche Bewegung endgültig auszulöschen."

In früheren Jahren hätte ich angesichts einer solchen Gelegenheit, vor den Augen des Rates zu glänzen, triumphiert, aber inzwischen waren mein Scharfsinn und meine Fähigkeiten allseits bekannt. Schon jetzt wurden die schwierigsten Aufgaben meist mir zugeteilt.

Dieses Mal würde ich meinen Auftrag aus den reinsten Motiven ausführen. Niemand war mehr als ich davon überzeugt, dass die neue Sekte mit dem Allmächtigen und Ewigen selbst verfeindet war. Der Fischer Petrus war wohl der Anführer, aber Stephanus entwickelte sich mehr und mehr zu ihrem Helden. Der Zeit-

punkt war gekommen, ihm und all seinen Bewunderern zu zeigen, wer in Jerusalem tatsächlich die geistliche Macht in Händen hielt.

Es brauchte wenig Überredung in der Synagoge der Freigelassenen, um Männer zu finden, die beschwören würden, Stephanus habe verkündet, der auferstandene Jesus würde den Tempel zerstören und sogar die Ordnungen ändern, die uns von Mose her überliefert sind. Sie waren bereit zu bezeugen, dass Stephanus fortwährend unsere heiligen Stätten und unser Gesetz beleidigte.

Wenige Tage später ergriffen einige aus der Synagoge Stephanus und schleppten ihn vor den Hohen Rat. Während die Zeugen ihre schwerwiegenden Anklagen vorbrachten, geschah etwas Merkwürdiges. Stephanus' Gesicht begann zu leuchten wie die Sonne am Mittag. Ich konnte meinen Blick nicht von ihm abwenden. Zu welcher Art von Zauberei war dieser Mann denn noch fähig?

Kaiphas war wie gebannt und blinzelte in das leuchtende Antlitz des Angeklagten. Hannas flüsterte ihm etwas zu, und Kaiphas sagte: „Du hast jetzt Gelegenheit, uns zu sagen, ob diese Anschuldigungen wahr sind."

Wäre es nicht die erklärte Absicht von Hannas und Kaiphas gewesen, sich gegenüber den Römern herauszureden, indem sie Stephanus unbegrenzte Redezeit zugestanden, hätte ich die Länge der Rede, die Stephanus nun hielt, nicht ertragen. Er sprach so lange, dass ich begann, unter den Ratsmitgliedern herumzuwandern und sie zu fragen, wie sie einer solchen Unverschämtheit tatenlos zusehen konnten.

Stephanus begann bei Abraham und dem Bund Gottes und erzählte die ganze Geschichte über Isaak, Jakob, die zwölf Erzväter, Josefs Verkauf in die Sklaverei nach Ägypten, Mose, den brennenden Dornbusch, die Gebote bis hin zu König David und den Propheten.

„Wie kann er es wagen?“, zischte ich, während ich mich unter die Ratsmitglieder mischte. „Soll er euch über eure eigene Geschichte belehren dürfen?“

Aber es kam noch schlimmer. Nach seinem langen Vortrag beleidigte er den Hohen Rat direkt. „Ihr seid wirklich unbelehrbar!“, rief Stephanus. „Ihr habt eure Ohren für Gottes Botschaft verschlossen und auch euer Herz gehört ihm nicht. Wie eure Vorfahren widersetzt ihr euch ständig dem Heiligen Geist.“

Ich sprang auf. „Wie kann er es wagen?“, wiederholte ich laut. „Wie lange wollt ihr das noch ertragen?“

Die Mitglieder des Rates machten finstere Mienen und zogen ihre Gewänder enger um sich, aber Stephanus war nicht zum Schweigen zu bringen. „Nennt mir einen einzigen Propheten, den eure Vorfahren nicht verfolgt haben. Sie haben alle umgebracht, die vom Kommen eures Retters sprachen. Ihr aber seid die Verräter und Mörder dieses Unschuldigen!“

„Verräter?“, rief ich. „Und Mörder?“

Wie ein Mann erhoben sich die Ratsmitglieder, schäumend vor Zorn. Als sie auf ihn zustürmten, blickte er zum Himmel auf, als sehe er durch die Decke hindurch auf etwas anderes. „Schaut“, rief er aus, „ich sehe den Himmel offen und Jesus, den Menschensohn, auf dem Ehrenplatz an der rechten Seite Gottes stehen!“

„Er lästert Gott!“, brach es aus mir heraus, und jetzt schrien auch die anderen ihn nieder, hielten sich die Ohren zu, um seine Worte nicht länger hören zu müssen, stürzten sich auf ihn und zerrten ihn aus der Stadt. Ich lief voraus und führte den Zug zu einem Feld, das mit großen Steinen übersät war. „Nicht dort in die Mulde“, rief ich, „und nehmt auch keine großen Steine, die ihm die Knochen brechen! Dies darf nicht wie eine Hinrichtung aussehen, sondern wie eine Bestrafung, die unvorhergesehene Folgen hatte.“

Während die Männer Stephanus ins offene Gelände zwangen, das ihm keinen Schutz bot, nahm ich ihre Obergewänder entge-

gen und wies auf die Steinhaufen. Fast siebzig Männer, jung und alt, begannen, Steine auf Stephanus zu werfen. Es brauchte nicht lange, bis die Geschosse ihr Ziel fanden. Als erst einer, dann ein weiterer Stein ihn an Leib und Brust trafen, betete er laut: „Herr Jesus, nimm meinen Geist zu dir." Dann kniete er nieder und rief: „Herr, vergib ihnen diese Schuld."

Bald lag er im Staub, sein Kopf in einer Blutlache. Als feststand, dass er tot war, hob ich beide Fäuste, dann begann ich, jedem einzelnen der Männer die Hand zu schütteln. Wir hatten einer gerechten Sache gedient. Es war ein großer Tag gewesen.

In dieser Nacht schlief ich zum ersten Mal seit Monaten wieder tief und fest.

43

In der Höhle des Löwen

Rom

Montag, 12. Mai, 11.00 Uhr

Augustin wusste genau, was Trikoupis tun würde. Versessen darauf, zu erfahren, wo das kostbare Manuskript war, würde er umgehend Sardinia anrufen und ihn anweisen, Sofia wissen zu lassen, dass ihr Vater bald hier eintreffen würde. Da Sofia kein Handy mehr hatte und Augustin seine eigene Nummer nicht herausgab, war dies der einzige Weg, Augustin wissen zu lassen, dass er seine Bedingung erfüllen würde.

Das war die Lösung. Alle Hauptdarsteller würden ihre Position einnehmen. Wenn Augustin ihn überreden konnte, würde auch Roger da sein. Er drehte sich zum Polizeigebäude um und schrieb Roger: „sei 20.00 uhr in der suite."

„lebensmüde?"

„ich bin deinetwegen hier, rog."

„du sollst mich am leben halten, nicht umbringen."

„vertrau mir, sei da."

„muss dich sprechen. rufe an."

„nein. bin beschäftigt.

Augustins Handy klingelte. „Ich rufe von einer Telefonzelle aus an", sagte Sofia, „und ich muss schnell machen, falls sie mir folgen. Ich habe Sardinia getroffen. Glatt und liebenswürdig, nicht wie diese Typen, die mich festnahmen. Mitten in der Vernehmung klingelt sein Handy, er geht ran und dann sagt er, ich könne gehen, wenn ich dir eine Nachricht weitergebe. ‚Ihr Wunsch wird erfüllt.' Sagt dir das irgendwas?"

„Ja. Sag mir nur rasch, dass du nicht verletzt bist."

„Sie wollten mich nur einschüchtern. Nach allem, was ich weiß, haben sie mich gehen lassen, damit mich jemand umbringt."

„Du weißt, ich hätte dich nie im Stich gelassen ..."

„Ja, ich weiß. Ich fürchtete nur, du würdest ihnen auch in die Falle gehen. Bin froh, dass es nicht so war. Wo bist du jetzt?"

Augustin sagte es ihr und ließ sie wissen, dass er vorhatte, Colonello Emmanuel zu treffen, sobald sie ihr Gespräch beendeten, „und solange Sardinia noch nicht im Büro ist."

„Tu es bitte nicht, Schatz", sagte sie. „Sie verhaften dich auf der Stelle."

„Das Risiko muss ich eingehen. Und du musst nichts anderes tun, als dich tagsüber bedeckt zu halten und dich heute Abend um acht mit mir und Roger in der Suite zu treffen."

„Nein! Sie beobachten uns. Sie wissen, dass ich das Hotel gewechselt habe und dass Roger bei dir ist. Wahrscheinlich haben sie ihn schon."

„Er konnte grad noch entwischen."

„Augustin, bitte, finde heraus, wer Roger seine neue Identität verpasst hat, tarn dich, besorg dir falsche Papiere und sieh zu, dass du aus Italien rauskommst. Ich versuche, dich in den Staaten zu treffen."

„Sofia, vertraust du mir?"

„Ich komme nicht wieder ins Hotel."

„Glaubst du, ich würde dich auch nur für eine Sekunde in Gefahr bringen?"

„Das nicht, aber ..."

„Dann sehen wir uns um acht. Pass auf dich auf. Ich liebe dich."

„Augustin ..."

Als er hinter den Pflanzenkübeln vorbeiging, erblickte Augustin hinter einem Zaun auf dem Dach einen Scharfschützen, der etwas in ein Funkgerät bellte. Augustin erreichte den Eingang, lehnte sich mit dem Rücken an die Wand und tippte eine Nummer in sein Handy. Ein Wachmann tauchte auf. „*Stato prego il vostro business, sir. Non posso avere te vagabondaggio qui.*"

Augustin hielt die Hand über das Mikrofon des Handys. „Sorry. Englisch?"

„Nennen Sie mir Ihr Anliegen, Sir. Sie können hier nicht einfach so herumstehen."

„Sobald ich meinen Anruf beendet habe, komme ich herein."

„Heute gibt es keine Führungen mehr."

„Keine Führung. Geschäftlich. Vielen Dank für Ihre Geduld."

Er wandte sich wieder dem Handy zu.

„Augustin, was zum Teufel ... Es ist hier mitten in der Nacht."

„Biff, hör zu, ich würde dich nicht wecken, wenn es nicht lebenswichtig wäre." Augustin sagte ihm, was er brauchte, und das veranlasste Biff, auf der Stelle in sein Büro an der Hochschule zu fahren.

„Da schuldest du mir aber ganz schön was, Knox."

„Nur mein Leben. Ich weiß, mein Handy hat genug Kapazität, aber wie lange wird der Download dauern?"

„Erst muss ich mal sehen, ob es da ist."

„Schick 'ne SMS, sobald du's weißt."

„Soll ich dir auch noch das Frühstück bringen?"

„Im Ernst, Biff. Du bist der Beste."

„Wem sagst du das? Du hast ein Ladegerät dabei, ja?"

„Ja, hab ich."

„Wie viel Ladung hat dein Gerät jetzt noch?"

„Etwas mehr als halb voll."

„Lade es auf, sobald du kannst."

Der Wachmann folgte Augustin, als er zur Rezeption ging. „Englisch?", fragte er. Das Mädchen am Schalter nickte. „Ich muss Colonello Emmanuel sprechen."

Die Frau warf einen Blick in einen Kalender. „Ich kann nachsehen, ob nächste Woche noch ein Termin frei ist."

„Nein, jetzt."

„Ohne Termin? Tut mir leid."

„Es ist dringend. Ich bin mir sicher, er wird wissen wollen ..."

„Sir", sagte der Wachmann und packte Augustin am Ellbogen. „Machen Sie einen Termin aus oder gehen Sie."

„Ich weiß, dass er da ist und mich empfangen wird. Sagen Sie ihm, Dr. August A. Knox aus Dallas, Texas, ist hier. Und dass es um den Mord an Klaudios Giordano geht."

Das Mädchen wurde blass und der Wachmann hatte jetzt Handschellen in der Hand. „Rufen Sie an", sagte er. „Hände auf den Rücken. Sie tun das Richtige, indem Sie sich stellen."

„Es gibt keinen Grund, mich zu fesseln."

„No, Signore", sagte die Rezeptionistin, *„egli non sembra pericoloso."*

Sie hielt die Hand vor den Hörer. „Dr. Knox, ich sagte ihm, dass Sie nicht gefährlich aussehen, aber er will wissen, ob Sie bewaffnet sind."

„Ja."

Der Wachmann legte ihm die Handschellen an, griff nach seiner eigenen Waffe und drückte einen Knopf an seinem Funkgerät. *„Hai bisogno di aiuto nella lobby prega, immediatamente!"*

„Sie brauchen keine Unterstützung anfordern", sagte Augustin. „Es ist eine Neun-Millimeter, auf dem Rücken unter meinem Hemd."

Während der Wachmann die Pistole herauszog, stürzten zwei weitere Beamte mit vorgehaltenen Revolvern herein. „Also wirklich", sagte Augustin, als der Wachmann ihn filzte, „ich bin harmlos."

Die Rezeptionistin lehnte sich zurück. „Sagen Sie ihm, er hat eine Pistole abgegeben", wies der Wachmann sie an.

„Ha ceduto una pistola, colonnello ...", sagte sie in den Hörer. *„Va bene, sì, Signore."*

Kreidebleich und mit zittriger Stimme wandte das Mädchen sich an den Wachmann. *„Il colonnello dice di portarlo nella stanza sicura e lui sarà là voi in pochi minuti.“*

„Sie bringen mich in eine Arrestzelle?“, fragte Augustin.

„Nur in einen abhörsicheren Verhörraum. Sieht so aus, als bekämen Sie Ihre Audienz.“

Während der Wachmann ihn zu einem Fahrstuhl führte, läutete das Telefan am Empfang noch einmal. *„E mi troverete nell'armadietto file sotto Knox?“*

„Was war das gerade?“, fragte Augustin, als der Wachmann den Knopf für die vierte Etage drückte.

Der Mann zuckte die Achseln. „Der Colonello will die Akte Knox.“

„Es gibt bereits eine Akte?“

Als sie den Verhörraum erreichten, nickte der Wachmann in Richtung eines Stuhls auf einer Seite eines einfachen Holztisches. Augustin sagte: „Könnten Sie bitte mein Handy und das Ladegerät aus meiner Tasche nehmen und einstecken?“

Der Wachmann schüttelte den Kopf.

Colonello Emmanuel erschien in elegantem Anzug. Mit zwei Aktenordnern unter dem Arm, von denen einer schon vergilbt war, sah er aus wie ein Mann, der sich von ganz unten hochgearbeitet hatte. Er sprach auf Italienisch mit dem Wachmann und Augustin stellte fest, dass Emmanuel eine überraschend leise Stimme hatte. Der Wachmann ließ ihm den Schlüssel für die Handschellen da und nahm zu Augustins Überraschung die Waffe des Vorgesetzten mit.

Emmanuel legte die Akten sorgfältig auf den Tisch, daneben stellte er ein kleines Aufnahmegerät. Noch immer stehend, schaltete er es an und fragte: *„Italiano o in inglese?“*

„Texanisch“, sagte Augustin.

Emmanuel schien nicht amüsiert. Sein Englisch war akkurat und förmlich und er sprach mit starkem Akzent. „Ich denke, Sie werden sich benehmen, wenn ich Ihnen die Handschellen abnehme."

„Versprochen."

Der Colonello trat hinter ihn und nahm ihm die Fessel ab.

„War das gerade eine Smith&Wesson, was Sie da trugen?", fragte Augustin. „Eine Neun-Millimeter?"

Emmanuel sah überrascht auf. „Eine achtunddreißiger Beretta. Warum?"

„Reine Neugier. Das ist ja alles Neuland für mich. Übrigens, ich müsste dringend mein Handy aufladen. Haben Sie was dagegen? Ich stelle es stumm."

Der Mann kniff die Augen zusammen und nahm Augustin gegenüber auf einem Stuhl Platz. Schließlich nickte er in Richtung einer Steckdose. Augustin steckte das Ladegerät ein, und als er sich wieder setzte, sagte der Direktor: „Sie scheinen erstaunlich aufgeräumt, wenn man die Umstände bedenkt. Sehen Sie die Namen auf diesen Akten?" Er schob sie zu Augustin hinüber.

„Knox und Knox. Schön, Sie haben meine Aufmerksamkeit."

„Und Sie die meine, Doktor. Sie haben an der Rezeption gesagt, Sie seien aus Dallas. Sind Sie nicht viel mehr aus Arlington?"

„Schon, aber die meisten Leute kennen nur die großen Städte und …"

„Und Ihr Beruf?"

„Professor am Arlington Theological Seminary."

Emmanuel zog eine Fotokopie aus dem neueren Ordner und legte sie Augustin vor. „Würden Sie bestätigen, dass dies eine Kopie Ihres Passes ist?"

„Selbstverständlich."

Emmanuel legte den älteren Ordner obenauf. „Wer ist Dr. Edsel Knox?"

Augustin zuckte zusammen. „Das … das wäre mein Vater, Sir."

„Das hatte ich vermutet. Wie geht es ihm?"

„Wie es ihm geht? Gerade nicht sehr gut. Warum?"

„Wir sind uns einmal begegnet."

„Sie sind ihm *begegnet?*"

Emmanuel lehnte sich zurück und erzählte, wie man ihm als jungem Beamten als einen seiner ersten Fälle die Angelegenheit eines Touristen in einer der Reisegruppen von Dr. Knox zugewiesen hatte, der in einer der historischen Stätten eine antike Münze gefunden und sich geweigert hatte, sie den Behörden zu übergeben. „Ihr Vater war überaus gewissenhaft und korrekt. Wäre er nicht gewesen, hätte sein Reisegast das Land leicht verlassen können, ohne entdeckt zu werden."

„Das klingt ganz nach meinem Vater, ja."

„Was unsere Angelegenheit umso erstaunlicher macht", sagte Emmanuel.

„Unsere Angelegenheit?"

„Dass Sie in Verdacht stehen, einen Antikenraub begangen zu haben, ganz zu schweigen von zwei Morden."

„Und dass ich trotzdem aus freien Stücken zu Ihnen komme, um Ihnen alles zu erzählen. Ich bitte Sie nur, sich meine Version anzuhören."

Emmanuel schenkte ihm ein verkniffenes Lächeln. „Schön, Ihrem Vater zuliebe. Aber Sie müssen sich darüber im Klaren sein, dass man Sie erst entlassen wird, wenn Sie von ein paar sehr schweren Beschuldigungen entlastet sind. Während wir hier reden, ermittelt meine Abteilung in Ihrem Fall durch Interpol und unsere eigene Regierung, mit Unterstützung des FBI. In der Zwischenzeit gewähre ich Ihnen, zu Ehren des Charakters Ihres Vaters, die Freundlichkeit, Ihnen zuzuhören. Aber Ihnen sollte bewusst sein, dass jede Ihrer Aussagen, die nicht mit unseren Ermittlungen übereinstimmt, Sie noch stärker belastet."

Augustin konnte sehen, wie Emmanuel seine Stellung erworben hatte. „Das ist nur fair. Aber ich muss Sie auch über etwas in Kenntnis setzen: Indem Sie mir die Freundlichkeit erweisen, mich anzuhören, riskieren Sie es, Dinge über Ihre eigene Abteilung zu erfahren, die Sie überraschen könnten."

Emmanuel blickte skeptisch. „Bevor wir beginnen, muss ich Sie fragen: Möchten Sie sich durch einen Anwalt vertreten lassen?"

„Nein."

„Sie haben das Recht, es sich jederzeit anders zu überlegen, aber inzwischen wird alles, was Sie sagen, aufgezeichnet und kann gegen Sie verwendet werden."

„Verstanden."

„Also: Haben Sie eine offizielle Erlaubnis, die Waffe zu tragen, die wir konfisziert haben?"

„Nein. Und, um genau zu sein, haben Sie die Waffe nicht konfisziert. Ich habe sie ausgehändigt und ich trug sie nur, weil ich Anlass hatte zu glauben, dass ich in Lebensgefahr bin."

Colonello Emmanuel stützte die Ellbogen auf den Tisch und legte die Hände mit gespreizten Fingern aneinander. „Erzählen Sie mir, was Sie in Italien machen, angefangen von Ihrem Entschluss zu kommen über Ihre Ankunft, den Erwerb der Waffe, wen Sie getroffen haben und welches Anliegen Sie verfolgen. Ich werde Sie nicht unterbrechen."

Augustin nickte, sich voll darüber bewusst, dass Emmanuel ihm gerade das Seil anbot, an dem er sich aufhängen konnte.

„Zunächst eine Frage", sagte Augustin. „Ihr Aufnahmegerät. Dürfte ich wissen, wie viel Speicherkapazität es hat?"

„Zwölf Stunden. Wollen Sie mich so lange aufhalten, Doktor?"

„Oh, nein. Aber Sie werden noch sehen, warum ich frage. Wenn ich noch kurz mein Handy checken könnte, wäre ich bereit."

Emmanuel zögerte, zuckte aber schließlich die Achseln. Augustin schielte auf das Display. *Antworte nicht, bis der Download abgeschlossen ist. Dauert keine Stunde mehr. Kann nicht GLAUBEN, wo du dich da hineingeritten hast. Versprich mir alle Einzelheiten.*

Biffs Konstruktion hatte über Tausende von Kilometern hinweg funktioniert und könnte sich als der Hammer erweisen, der sowohl einen dreckigen Carabiniere als auch einen Schwarzmarkthändler zerschmettern konnte, der sich als respektabler Geschäftsmann ausgab.

Aber ebenso gut konnte sie Augustin das Leben kosten.

Emmanuel sah Augustin direkt in die Augen und deutete an, dass ihm die Bühne gehörte.

„Ich bin in Italien, um einem Freund zu helfen. Am vergangenen Mittwoch, den 7. Mai, wollte ich gerade die Aufsicht beim Abschlussexamen einer meiner Seminarklassen antreten, als Roger Michaels mich per SMS bat, ihn sofort anzurufen. Er fügte noch hinzu, er sei verzweifelt. Ich traf Roger zum ersten Mal ..."

Für mehr als eine Stunde saß Emmanuel fast bewegungslos da, beobachtete Augustin und entschlüsselte vermutlich seine Körpersprache. Augustin tat dasselbe. Er konnte sehen, dass der Colonello sowohl Malfees Trikoupis als auch Dimos Fokinos kannte.

Als Augustin Fokinos Behauptung zitierte, sein einflussreicher Kontaktmann im Antikendezernat lenke seinen Chef wie eine Marionette, kniff Emmanuel die Lippen zusammen. Wollte er widersprechen? Oder fand er es schlicht unglaublich?

Emmanuels Gesichtsausdruck änderte sich noch einmal, als Augustin das Telefongespräch zwischen Trikoupis und Sofia wiedergab. Augustin fragte sich, ob er versuchte, die Möglichkeit abzuschätzen, dass Sardinia tatsächlich kriminell war.

Als Augustin das Ende seiner Geschichte erreicht hatte, stand Emmanuel auf. Er ließ Augustin einige Einzelheiten wiederholen und sagte dann: „Und Sie erwarten im Ernst, dass mein Stellvertreter Direktor Sardinia und Malfees Trikoupis sich heute Abend mit Ihnen treffen?"

„Das tue ich, Sir."

„Vielen Dank, Dr. Knox. Ich muss sagen, ich war fasziniert, wenn auch nicht ganz überzeugt. Geben Sie mir Zeit zu erfahren, was meine Leute inzwischen über Interpol und das FBI herausgefunden haben. Ich werde auch die Aufnahme auswerten lassen. Wenn Sie also noch irgendetwas hinzuzufügen oder zu korrigieren haben, wäre jetzt der geeignete Zeitpunkt dafür."

„Ich stehe zu jedem einzelnen Wort."

„Wenn Sie irgendetwas benötigen, während ich fort bin – etwas zu trinken oder wenn Sie die Toilette benutzen müssen –, kann ich jemanden zu Ihrer Begleitung abordnen. Andernfalls ..."

„Vielen Dank, ich habe alles", sagte Augustin, während Emmanuel die Akten und das Aufnahmegerät in den Arm klemmte. „Aber da ist noch etwas."

„Ja?"

„Ich kann beweisen, dass Dimos Fokinos die Äußerung über seinen Kontaktmann bei Ihnen tatsächlich gemacht hat."

„Sie können es beweisen?"

„Ich kann auch beweisen, dass ich korrekt wiedergegeben habe, was Sardinia Mr Trikoupis am Telefon gesagt hat."

„Um eine mündliche Äußerung zu beweisen, Dr. Knox, müssten Sie alle Beteiligten dazu bringen, einzugestehen, dass sie sich tatsächlich so geäußert haben."

„Nein. Ich habe beide Gespräche aufgezeichnet."

Der Mann schüttelte den Kopf, als versuche er, einen Sinn in dem zu finden, was er gerade gehört hatte. „Sie haben sie *aufgezeichnet?*"

Augustin angelte nach seinem Handy. „Möchten Sie es hören?"

Emmanuel kehrte langsam zu seinem Stuhl zurück und schaltete sein eigenes Aufnahmegerät wieder an, während Augustin die entsprechende Datei auf seinem Display suchte. Man hörte Straßengeräusche, dann schlug eine Autotür.

Nur Sie?

Wen haben Sie noch erwartet? Jemand muss bei der Ware bleiben.

Haben Sie Sofia gefunden?

Ich hab nicht nach ihr gesucht. Sie?

„Erkennen Sie die andere Stimme, Sir?“

Emmanuel nickte, aber sein Gesichtsausdruck veränderte sich nicht, bis sich das Gespräch wieder dem Geschäftlichen zuwandte.

Sie trauen mir immer noch nicht.

Warum sollte ich auch? Ich habe Sie gerade erst kennengelernt.

Ich bin der Typ, der Sie reich machen wird.

Eine Sekunde, mein Freund. Sie und Trikoupis hätten doch gar nichts von der Sache geahnt, wenn ich nicht da hineinverwickelt worden wäre.

Seien Sie nicht töricht. Das ist die Welt, in der wir leben. Früher oder später hätten wir es herausgefunden, und wer immer dann den Preis in den Händen gehabt hätte, hätte sich nach zahlungskräftigen Käufern umgesehen. Tatsache, Dr. Knox, Tatsache ist: Sie brauchen mich. Solange ich nicht beweise, dass er echt ist, ist Ihr unschätzbarer Fund nichts weiter als ein Gerücht.

Emmanuel wurde eine Spur blasser, als Fokinos von dem japanischen Kunsthändler sprach, der angeblich alle italienischen Artefakte zurückgegeben hatte, die er ahnungslos gekauft haben wollte.

Als die Aufnahme schließlich an den Punkt kam, an dem Fokinos Sardinia ins Spiel brachte, starrte Emmanuel Augustins Handy inzwischen an, als stinke es. Er strich sich über die Augen und seine Finger zitterten. Als er das Gespräch zwischen Trikoupis und Sardinia verfolgte, faltete er die Hände im Schoß und ließ das Kinn auf die Brust sinken. „Wenn ich es nicht besser wüsste, Dr. Knox, würde ich sagen, diese Aufnahmen sind fingiert.“

„Aber Sie wissen es besser, nicht wahr?“

„Sehr bald“, sagte der Colonello. „Geben Sie mir ein paar Minuten. Ich bin gleich wieder da.“

44

Von Haus zu Haus

Rom im ersten Jahrhundert nach Christus

Aus den Lebenserinnerungen von Paulus
Nur wenige außerhalb des Sanhedrins wussten von meiner Rolle bei der Hinrichtung von Stephanus. Anders als heute bezeichnete ich sie damals nicht als Mord, denn selbst der Anblick des zerplatzten Fleisches vor meinen Augen und der entsetzliche Klang des Aufpralls der Steine auf dem Körper hatten meine Überzeugung nicht erschüttern können, dass wir ein Urteil vollstreckten, das Gott selbst gesprochen hatte.

Ich kannte die Gebote; ich wusste, dass es Sünde war, dem einen Gott andere Götter vorzuziehen. Die Jesusleute, die begonnen hatten, sich selbst „Anhänger des Neuen Weges" zu nennen, besaßen die Unverfrorenheit, Jesus den Rang eines Christus zuzusprechen, eines Gesalbten – des Messias. Und trotz seines Ablebens verehrten sie Stephanus nun, der anscheinend dieselben Wunder heraufbeschwören konnte wie Jesus, sich am Ende aber als sterblich erwiesen hatte.

Würden sie jetzt ihren Anführer anbeten, diesen galiläischen Fischer Petrus, der vielleicht nicht so wortgewandt war wie Stephanus, aber doch überzeugend genug, um Tausende dazu zu bringen, sich dem Neuen Weg anzuschließen? Oder würden sie ihre Verehrung auf Johannes' Bruder Jakobus richten oder einen anderen Jakobus aus ihren Reihen, der ein Bruder von Jesus war? Vielleicht würde auch der junge Johannes der neue Favorit – alle waren sich einig, dass er der Lieblingsschüler von Jesus gewesen war.

Nun, das war für mich nicht von Belang. Ich hatte diese Aufgabe in der Überzeugung ausgeführt, dass ich im Auftrag Gottes handelte. Aber es kam mir nicht ungelegen, dass er auch dazu diente, meine Position in den Augen von Hannas und Kaiphas und damit auch denen der meisten Mitglieder des Sanhedrins zu festigen. Ich sage, der meisten Mitglieder; denn während Nathanael stolz auf mich war, schlossen sich doch einige – sehr wenige, um genau zu sein – der Meinung des wie immer zurückhaltenden Gamaliel an, dass der Sanhedrin mit der Steinigung des Stephanus zu weit gegangen sei.

Gamaliel versuchte mich dazu zu bringen, dass ich in Zukunft helfen solle, derartige Handlungen zu verhindern. Sein Rat traf auf taube Ohren. Er hatte meine Achtung verloren. Seine Anerkennung bedeutete mir nichts mehr, anders als lange Jahre zuvor.

Aber Stephanus' Tod hatte nicht die beabsichtigte Wirkung auf die Anhänger des Neuen Weges. Weiterhin beharrten sie darauf, dass Jesus von den Toten auferstanden und daher kein Märtyrer war, und so wurde Stephanus zum ersten Blutzeugen für die Sache ihres Christus. Und statt sich nun aus Angst vor einem ähnlichen Schicksal furchtsam zu verkriechen, sprachen manche sogar davon, dass sie Stephanus um das Privileg – man stelle sich das vor! – beneideten, um der Sache dieses Jesus willen verfolgt worden zu sein.

Stephanus' gewaltsamer Tod schien niemanden davon abzuhalten, an seine Stelle zu treten – weder die jungen Männer, die der Sekte angehörten, noch selbst ihre Mütter. Nur Tage nach seinem Begräbnis schienen zahllose begeisterte Gläubige entschlossen, seinem Beispiel zu folgen. Ihre neuen Anführer traten mutiger auf, ihre Reden wurden lauter, ihre Entschlossenheit fester. Schlimmer noch, sie begannen jetzt umherzureisen, um ihre Lügen und umstürzlerischen Absichten im ganzen Land und darüber hinaus zu verbreiten.

Die täglichen Aufgaben und Aufträge, die ich seit dem Ende meiner Schulzeit nun schon jahrelang für Nathanael ausführte, fesselten mein Interesse nicht mehr – so herausfordernd und für meine Ausbildung förderlich sie auch einmal gewesen sein mochten. Ich nahm es persönlich, dass es dem Sanhedrin und den Freigelassenen nicht gelungen war, das weitere Anwachsen des Neuen Weges zu verhindern. Ich hatte Blut geleckt und ich mochte den Geschmack. Hier, sagte ich mir, ging es nicht um Gewalt um der Gewalt willen; hier ging es um die höchste Form von Gerechtigkeit, die je geübt worden war. Wenn der einzige Weg, die Ausbreitung dieser Irrlehre zu verhindern, darin bestand, diese Leute zu verhaften, einzukerkern oder umzubringen – nun, dann musste ich eben das tun.

Noch bevor eine Woche vergangen war, besuchte Kaiphas – zweifellos mit Zustimmung seines Schwiegervaters – Nathanael eines Nachmittags in seinem Arbeitszimmer und bat mich ebenfalls dazu. Als ich eintraf, teilte er Nathanael mit, dass er mir eine neue Aufgabe zuweisen wollte.

„Nathanael", sagte er, „ich weiß, wenn ich es dir überließe, würdest du ihn nie gehen lassen."

„Das ist wahr", sagte Nathanael. „Aber er hat jede Position, die du ihm übertragen möchtest, wohl verdient, und ich gebe ihn gern in deine Dienste."

Der Hohepriester wollte mich zu seiner persönlichen rechten Hand machen und mit der Autorität und Amtsgewalt seiner Position ausstatten. „Ich will, dass der Neue Weg aus Jerusalem verschwindet. Ihre Lehre ist ungesetzlich. Ihre Versammlungen sind ungesetzlich. Ihren Glauben zu verbreiten ist ungesetzlich. Und du hast dich als fähig und unserer Sache verpflichtet erwiesen."

„Das bin ich", bestätigte ich, begierig darauf, mit der neuen Aufgabe zu beginnen. „Ich will mit Stolz deine Autorität vertreten. Was die Amtsgewalt angeht, so brauche ich die Mittel dazu. Männer, Waffen, Pferde."

„Mach mir eine Auflistung", sagte Kaiphas, „und betrachte sie als genehmigt."

Ich setzte mich unverzüglich an mein Schreibpult und begann, eine Liste von Männern und sonstiger Ausrüstung zusammenzustellen, die ich brauchen würde. Dann legte ich Kaiphas meine Bitte um zehn Männer mit Pferden, Seilen, Peitschen und Ketten vor. Alles sollte mir am folgenden Tag zur Verfügung stehen, sagte er. Bis spät in der Nacht saß ich an meinem Schreibpult und feilte an einem Plan für mein Vorgehen. Von den Freigelassenen wusste ich, in welchen Häusern die Anhänger des Neuen Weges sich trafen, bevor sie auszogen, um ihre Irrlehre zu verbreiten.

Ich gestehe, ich fragte mich, ob man mir die Elite der Tempelwachen oder einfache Soldaten, für die es sonst keine Verwendung gab, zuteilen würde. Man kann sich vorstellen, wie erfreut ich war, als am nächsten Morgen eine Truppe von stämmigen Reitern erschien. Jeder von ihnen schien wohl doppelt so groß wie ich, aber sie hatten gut verstanden, wer die Operation leitete.

Am nächsten Tag und noch für etliche weitere Wochen unternahm ich mit meinen Männern Hausdurchsuchungen. Wir zogen vor Sonnenaufgang aus und umstellten ungehört das Haus eines wohlhabenden Jesusnachfolgers. Dann stürmten wir durch alle verfügbaren Eingänge hinein, wobei ich den Angriff durch den Haupteingang anführte. Wir riefen den Zorn Gottes über ihnen aus, gaben allen, die zu fliehen versuchten oder Gegenwehr leisteten, die Peitsche, fesselten sie dann und banden sie an unsere Pferde, um sie zum Kerker zu schleifen.

Wenn ich heute an diese Tage voll leidenschaftlichen Einsatzes denke, erinnere ich mich, dass mich etwas erfüllte, was ich für gerechten Zorn hielt, ein gottgefälliger Hass auf diese Feinde der Schriften. Meine Männer und ich waren gnadenlos, schnell und grausam. Angst in den Augen meiner Gefangenen oder die flehentlichen Bitten von Müttern, sie nicht von ihren Kindern zu trennen, beeinflussten mich nicht.

Dies war die Sache, für die ich geboren war; dafür war ich ausgebildet und befähigt. Ich fühlte mich der Aufgabe in jeder Hinsicht gewachsen.

Der gesamte Rat wusste von den vielen Gefangenen, die ich gemacht hatte, und viele gratulierten mir zu meinem Erfolg. Nur Gamaliel schien an meinem Vorgehen Anstoß zu nehmen. Eines Tages bat er darum, mich sprechen zu dürfen, und ich war sicher, dass selbst er mir seine wenn auch zögernde Anerkennung aussprechen wollte.

Er gab zu, er sei beeindruckt von den Auswirkungen meines Vorgehens, aber dann fragte er freundlich: „Lässt dir diese Aufgabe jemals Zeit zum Innehalten? Wird sie dir nicht auch manchmal schwer?"

Es wäre ein Leichtes gewesen, mein Ansehen in seinen Augen aufzubessern, wenn ich gesagt hätte: „Natürlich, niemand hat wirklich Gefallen daran, anderen Gewalt antun zu müssen." Aber Tatsache war: Ich tat meine Arbeit gern. Ich war kein Tyrann, der die Macht um ihrer selbst willen liebte. Ich führte aus, was Gottes Wille war. Gab es eine noblere Berufung?

Ich antwortete also: „Nasi Gamaliel, ich fühle mich so lebendig und erfüllt, als machte ich das Beste aus meinem Leben, indem ich den Namen des Höchsten verteidige und ihm Ehre verschaffe."

Er sah mich traurig an und gestand mir zu: „Wenn der Hohepriester oder vielmehr sein Schwiegervater diese Leute aus der Stadt Davids vertreiben will, dann konnte er keinen geeigneteren Mann finden, um dieses Vorhaben auszuführen."

Ich dankte ihm aufrichtig. In meiner Naivität – das sehe ich heute – nahm ich seine Worte als höchstes persönliches Kompliment, das er mir je gezollt hatte. Ich hatte mir zum Ziel gesetzt, alles nur Erdenkliche zu tun, um den Namen Jesus von Nazareth auszulöschen. Ich stimmte vielen Todesurteilen zu, in Jerusalem ebenso wie in anderen Städten.

Als ich erfuhr, dass viele Anhänger des Neuen Weges sich nach Judäa und Samaria verstreut hatten und ihr Einfluss sogar bis nach Damaskus reichte, suchte ich Kaiphas auf, erfüllt von grenzenlosem Hass gegen die Jesusleute. Ich bat ihn um ein Empfehlungsschreiben an die Synagoge in Damaskus. „Ich bringe alle Anhänger von Jesus, die ich dort aufspüre, in Ketten nach Jerusalem."

Der Hohepriester schien erfreut. „Damaskus untersteht nicht dem römischen Recht", sagte er. „Du wirst dort also freie Hand haben."

Als er mir das Schreiben überreichte, sah ich beglückt, dass nicht nur er, sondern auch Hannas es unterzeichnet hatten. Mit meiner Truppe von Gesetzesvollstreckern machte ich mich auf die gut zweihundert Kilometer lange Reise in den Norden, zu der Stadt, die mich als Kind so einzigartig beeindruckt hatte. War dies nun die Erfüllung dieser tiefen Faszination? In jenen Tagen hatte ich mir nicht vorstellen können, welche Rolle diese Stadt in meinem Leben wohl einmal spielen könnte. Ich sollte es bald herausfinden.

Vier Tage lang saßen wir zumeist im Sattel. Wir hatten den Jordan ein paar Meilen nördlich des Steppenmeers überquert und schließlich den See Genezareth hinter uns gelassen. Meine Aufregung wuchs, als wir uns Kaukab näherten, knapp zwanzig Kilometer südlich der befestigten Mauern von Damaskus. Dies war der Wegabschnitt, auf dem mein Vater und ich auf unserem Weg nach Süden in so große Hitze geraten waren, dass wir uns fragten, ob wir in der Lage sein würden, die Reise fortzusetzen.

45

Köder

Rom

Montag, 12. Mai, 13.30 Uhr

Georgio Emmanuel kehrte in den Vernehmungsraum zurück, beladen mit Aktenordnern, Roger Michaels Neun-Millimeter, einer ausgebeulten fettigen Papiertüte und zwei großen Pappbechern.

„Mir ist der Appetit vergangen, Mr Knox. Aber wir brauchen beide eine kleine Stärkung. Bis acht Uhr gibt es noch jede Menge zu tun."

„Bis acht Uhr?"

Emmanuel lud alles auf dem Tisch ab, griff in die Tüte und reichte Augustin ein dickes fleischbepacktes Sandwich und einen Becher Espresso. Er stellte seine eigene Mahlzeit vor sich hin, setzte sich und bekreuzigte sich, bevor er hineinbiss.

„Sie sind religiös?", fragte Augustin.

„Hätte ich es vermeiden können – bei meinem Namen?"

Augustin schickte ein Dankgebet zum Himmel. Beim ersten Bissen spürte er, wie die Angst bis jetzt seinen Hunger überlagert hatte. „Schönen Dank hierfür, Colonello."

„Ich schulde Ihnen ebenfalls Dank, Dr. Knox. Aber Sie werden verstehen: Was Sie mir da in die Hand gegeben haben, ist nicht nur der Traum eines Juristen; es ist auch sein Albtraum. Alle Hinweise, denen ich in den letzten Monaten hätte nachgehen sollen, ergeben plötzlich ein Bild. Erst gerade eben, als ich die Ergebnisse unserer Ermittlungen abrief, meine Aufnahme unseres Gesprächs analysieren ließ und versuchte, Ihnen einen Waffenschein zu besorgen, ging mir auf, dass ich vor langer Zeit beschlossen hatte, einem Kollegen zu vertrauen, den ich anscheinend nie wirklich gekannt habe. Es ist, als sei ein Freund gestorben."

„Das tut mir leid."

Emmanuel nahm einen großen Bissen und sprach dann mit vollem Mund weiter. „Neue Erkenntnisse können wehtun, aber wir müssen unsere Lektionen annehmen." Er zog sich eine Serviette über die Lippen und stürzte den Kaffee hinunter.

„Jedenfalls: Sie scheinen tatsächlich der zu sein, der Sie zu sein behaupten. Außer ein paar Strafzetteln für zu schnelles Fahren ist der einzige Makel in Ihrer Akte, wie es aussieht, illegaler Waffenbesitz im Ausland. Aber hier, der Schein erlaubt Ihnen jetzt, die Pistole bei sich zu tragen. Zum Glück hatte Mr Michaels sie registrieren lassen."

Hm. Aber nicht die, die er für mich besorgt hatte.

„Sie geben mir die Pistole zurück?"

„Es könnte sein, dass Sie sie brauchen."

„Es könnte sein ...?"

„Heute Abend um acht."

„Sie wollen dieses Treffen stattfinden lassen?"

Emmanuel schob ein Blatt über den Tisch. „Dr. Knox, der Rekorder, mit dem ich unser Gespräch aufgenommen habe, ist von einer Qualität, die meine Leute *estrema fedeltà* nennen – extreme Wiedergabetreue. So lässt sich jede Nuance Ihrer Stimme analysieren, sogar Ihr Atmen. Man kann mit erstaunlicher Genauigkeit Ihre *veridicità versus inganno* bestimmen – Wahrhaftigkeit versus Täuschung. Sie haben nahezu keinerlei Anzeichen für Täuschung gezeigt. Die Männer, deren Gespräche Sie aufgenommen haben, zeigten dagegen hohe Werte für Täuschung. Sie haben Sie belogen und auch einander. Jeder von beiden würde den anderen aus dem Weg schaffen, wenn er dafür den größeren Teil der Beute bekäme."

„Das ist wohl kaum eine Überraschung."

„Nennen Sie mich Georgio. Und die Überraschung – die werden wir ihnen heute Abend bereiten."

„Ich bin in diesen Dingen nicht sehr erfahren."

Der Colonello schenkte ihm ein trauriges Lächeln. „Dass Sie hier ohne Anwalt aufgetaucht sind, hat das wohl mehr als bewiesen. Aber Sie werden es schon hinkriegen. Und Mr Michaels und Ihre Verlobte können ebenfalls eine wichtige Rolle spielen."

„Wenn sie aufkreuzen."

„Ich bin mir ebenso sicher, dass sie kommen werden, wie Sie es waren, dass Mr Trikoupis kommt. Er hat bereits einen Flug gebucht."

„Aber ich habe Ihnen ja gesagt, sie haben beide kein Handy. Ich kann Roger per SMS erreichen, aber wenn Sofia nicht von sich aus anruft …"

„Vielleicht können Sie sie sogar vor dem Treffen noch kurz allein sprechen."

„Georgio, was passiert, wenn Sardinia mich hier sieht?"

„Er ist kaum je in seinem Büro, aber ja, wir sollten jetzt gehen." Er zog ein winziges Funkgerät aus der Tasche und sagte: *„Ho bisogno di un auto con autista all'ingresso posteriore, per favore."* Dann wandte er sich wieder an Augustin und erklärte, er habe gerade ein Auto mit Fahrer zum Hintereingang bestellt.

„Wohin fahren wir, Sir?"

„Folgen Sie mir." Emmanuel führte Augustin eine Hintertreppe hinab. „Es ist höchste Zeit, dass wir uns Klaudios' Botschaft an Mr Michaels ansehen. Ich weiß nicht, wer sonst auf diesem Planeten der Versuchung so lange widerstanden hätte."

Sie traten hinaus in die Nachmittagssonne und Emmanuel flüsterte: „Erwähnen Sie Sardinia nicht vor dem Fahrer." Sie setzten sich auf die Rückbank des neutralen Sedans und Emmanuel stellte ihn dem Beamten hinter dem Steuer vor. „Bitte sagen Sie ihm, er soll zur Bank fahren."

Augustin tat es, fügte aber leise für Emmanuel hinzu: „Ich bin mir immer noch nicht sicher, dass wir Post öffnen sollten, die nicht für uns bestimmt ist."

„Ich teile Ihre Bedenken nicht, Dr. Knox. Meine oberste Priorität ist, dafür zu sorgen, dass nicht noch jemand stirbt für das, was diese ganze ... diese ganze ... ah, *loschi* ausgelöst hat. Ich komme nicht auf das englische Wort ..."

„Betrügerei", sagte der Fahrer.

„Genau", stimmte Georgio zu. „Dr. Knox, es ist an der Zeit, dass wir den Schatz in Verwahrung nehmen. Die Welt hat ein Recht darauf, einen solchen Fund untersuchen zu dürfen. Und das Dokument selbst ist es wert, dass die Republik Italien es schützt. Sie verstehen, dass Sie eine beträchtliche Belohnung erwarten dürfen, wenn Ihre Bemühungen dazu führen, dass wir das Manuskript erhalten."

Augustin grinste. „Daran hab ich noch nicht gedacht. Aber ich würde sicher nicht ablehnen."

Wie viel mochte es sein? Vielleicht könnte er seiner Mutter den Vorschuss zurückzahlen, Rajiv Patels Studiengebühren reduzieren oder einen Verlobungsring für Sofia kaufen, ohne sich zu verschulden.

Unterwegs quetschte Emmanuel Augustin nach Einzelheiten über die Hotelsuite aus und machte sich eifrig Notizen.

In der Bank führte man sie in den Tresorraum, aber als Augustin die große Metallbox aus dem Fach zog, warf er Emmanuel einen vielsagenden Blick zu. „Fühlt sich viel zu leicht an", sagte er und stellte die Box auf einen Tisch unter der Deckenlampe. Als er den Deckel aufmachte, blickte ihm vom Boden der Box sein eigenes Spiegelbild entgegen.

„Man sagte mir, niemand sonst hätte Zugang zum Schließfach", sagte Augustin und spürte, wie ihm die Röte ins Gesicht schoss. „Ich werde darauf bestehen, dass die Dame, die mir das Schließfach vermietet hat ..."

„Warten Sie“, sagte Georgio und hob eine Hand. „Beruhigen Sie sich.“

„Sie hat die Sache zu verantworten …“

„Hören Sie mir zu, mein Freund? Bitte, setzen Sie sich.“

Augustin ließ sich auf einen Holzstuhl fallen.

„Dr. Knox, in meinem Beruf führt Zorn zu Eile und Eile ist der Feind der Logik. Lassen Sie uns die Sache durchdenken. Wir wissen beide, wer sich hier Zutritt verschafft hat. Stellen Sie die Box zurück und lassen Sie mich meine Arbeit tun.“

„Der einzige Ort, von dem ich glaubte, er sei sicher …“

Emmanuel legte einen Finger auf die Lippen und führte Augustin zurück in die Eingangshalle.

„Wer hat Sie bedient?“

„Groß, dunkle Haare, rotes Kleid“, flüsterte Augustin.

Georgio trat zu der Frau, lächelte und zeigte ihr seinen Dienstausweis.

„Solo il controllo per assicurarsi che il mio popolo era dato accesso a ciò che avevano bisogno di.“

„Sì, Signore. I documenti erano in ordine e abbiamo accordato il vostro ufficiale completa cooperazione.“

„Mille Grazie.“

„Schön, Sie sehen mich verwirrt“, sagte Augustin, während er Emmanuel hinaus zum Auto folgte.

„Lächeln“, sagte der Colonello. „Ich habe ihr gesagt, ich wollte nur überprüfen, ob man meinen Leuten Zugang zu etwas gewährt hat, das sie brauchten. Sie bejahte und sagte, der Durchsuchungsbefehl meines Beamten sei in Ordnung gewesen, also hat sie seine Wünsche erfüllt.“

„Das war’s dann also?“, fragte Augustin, als sie ins Auto stiegen. „Ihr Mann klaut meine Sachen und Sie lächeln und sagen Danke?“

„Ich habe mir nur bestätigen lassen, was ich vermutete. Ihr Problem sind jetzt nicht die gestohlenen Sachen. Wir wissen, wer sie hat. Das Problem entsteht erst dann, wenn sie ihn tatsächlich zu dem Artefakt führen. Dann werden alle anderen Beteiligten überflüssig."

„Roger, Sofia und ich."

„Selbst Mr Trikoupis."

„Braucht Sardinia ihn nicht, um die Pergamente auf den Markt zu bringen?"

„Er brauchte ihn für schnelles Bargeld. Aber wenn Sardinia der Einzige ist, der an die *merce,* die Ware, kommt, kann er sie auch über die Tombaroli an den Mann bringen. Das dauert länger, aber er muss den Gewinn mit niemandem teilen."

„Also findet unser Treffen heute Abend nicht statt."

„Nicht unbedingt. Unser *schema* wäre gewesen, dass Sie drei vorgeben würden, man hätte Sie überzeugt – entweder durch Drohungen von Trikoupis oder durch die Aussicht auf einen Riesendeal –, die anderen zur Ware zu führen."

„Aber jetzt braucht Sardinia uns nicht mehr."

„Aber alle, die ihn mit der Sache in Zusammenhang bringen könnten, werden dort sein."

Augustin legte den Kopf schief. „Und wenn alle fein beieinander sind, schickt er jemanden, um uns alle umzulegen."

„Und lässt die Tombaroli dafür sorgen, dass es wie ein Mord mit anschließendem Selbstmord aussieht, ja", bestätigte Emmanuel. „Ihrem Freund Dr. Michaels hat man bereits die zwei anderen Morde angehängt. Von den Carabinieri in die Enge getrieben, tötet Roger alle anderen, dann sich selbst – und das Manuskript bleibt unentdeckt."

„Bis es – in kleinen Stücken – auf dem Schwarzmarkt auftaucht."

„Jetzt fangen Sie an, wie ein Carabiniere zu denken."

„Aber, Georgio, heißt das, dass wir dieses Treffen nur als Köder inszenieren?"

„Ja, so sieht es aus, aber darüber reden wir besser bei mir im

Büro." Emmanuel sprach per Funkgerät mit seinem Assistenten. Als sie das Polizeigebäude erreichten und die Hintertreppe hinaufstiegen, sagte er: „Sardinia lässt ausrichten, dass er heute Abend außer Haus arbeitet und nicht vor morgen im Büro sein wird. Ich habe meinen Assistenten angewiesen, vier Kollegen zu bitten, sich um drei mit mir im Vernehmungszimmer zu treffen und sich darauf einzustellen, dass sie wenigstens bis Mitternacht im Dienst sein werden.

„Meinen Sie, vier reichen?"

„Nein. Jeder wird eine kleine Abteilung führen."

Emmanuel sah plötzlich viel älter aus, als er war, die Schultern herabgefallen, der Gang ein wenig schwankend.

„Das wird ein schwieriges Gespräch, Georgio, stimmt's?"

Der Colonello schwieg, während jemand vier Klappstühle hereinbrachte, die zusammen mit dem Tisch wenig Platz für irgendetwas anderes in dem kleinen Vernehmungsraum ließen. „Ich muss diesen Leuten die harte Wahrheit über einen Menschen sagen, den sie über Jahre bewundert und geachtet haben. Stellen Sie sich darauf ein, Ihre Aufnahmen abzuspielen, damit es keine Fragen gibt."

Augustin setzte sich, während Emmanuel seine Notizen durchging. „Ich werde für Sie beten, Georgio."

Emmanuels Stimme klang rau. „Vielen Dank, *sinceramente. Molto significa.*" Die Beamten des Antikendezernats erschienen gemeinsam, drei Männer Mitte bis Ende vierzig und eine junge Frau, die etwa in Sofias Alter sein musste. Alle trugen gedeckte dunkle Anzüge und einen erwartungsvollen Gesichtsausdruck.

Emmanuel sagte: „*Telefoni cellulari di largo per favore*", und alle schalteten ihre Handys aus. „*Grazie per essere venuti.*"

„*Abbiamo una scelta?*", fragte einer und alle, sogar Emmanuel, lachten. Er wandte sich an Augustin. „Ich habe mich bedankt, dass sie gekommen sind, und er fragte, ob sie eine Wahl gehabt hätten."

Augustin hatte Mühe, das Italienisch zu verstehen, in dem Emmanuel die Situation zusammenfasste. Als Georgio Aldo Sardinias Namen in einem Satz mit Klaudios Giordano und Dimos Fokinos *homicide* erwähnte, las Augustin auf den Gesichtern der Beamten ungläubiges Erstaunen und dann Zorn. Er wusste, dass sein Einsatz in diesem Treffen gleich kommen musste, als Emmanuel die Worte *prove incontorvertibili* äußerte.

Die Aufnahmen besiegelten Sardinias Schicksal. Die Beamten schrieben in ihre schwarzen ledergebundenen Notizbücher und konnten nicht verbergen, wie erschüttert sie waren. Ein Freund, ein Vorgesetzter war von einer Sekunde auf die andere als Haupttäter in einem Verbrechen entlarvt worden, und dieses Verbrechen verhöhnte ihre gesamte Abteilung – das *Comando Carabinieri per la Tutela del Patrimonio Culturale,* die erste polizeiliche Spezialeinheit der Welt, die Kunst- und Antikenraub verfolgte.

Als Emmanuel seine Mitarbeiter schließlich entließ, kamen alle nacheinander zu Augustin und jeder murmelte seine Version von „*Grazie mille per il vostro aiuto.*" Georgio erklärte, dass sie ihm für seine Mitarbeit dankten.

Als nur noch Augustin und Emmanuel im Raum waren, sagte dieser: „Sie werden keinen von uns mehr zu Gesicht bekommen, bis Sie uns brauchen." Er sah auf die Armbanduhr. „Noch dreieinhalb Stunden. Wollen Sie bis dahin noch etwas essen?"

„Ich könnte nichts herunterbringen."

„Ich auch nicht, mein Freund", sagte Georgio. „Sind Sie bereit, Ihre Rolle zu spielen?"

„Müssen wir wirklich selbst dort sein? Könnte ich nicht einfach sagen, ich werde kommen, und dann nehmen Sie und Ihre Leute die Kerle fest, die Sardinia schicken wird, um uns aus dem Weg zu räumen?"

„Das ist der Plan. Wir müssen den bezahlten Killer entdecken, bevor er an Sie herankommt. Und ihn dann dazu bringen, dass er Sardinia mitteilt, der Job sei erledigt. Wir müssen sehr aufmerksam sein, denn sie haben vermutlich irgendein Passwort vereinbart, ein kleines Wörtchen, das signalisiert, dass alles in Ordnung ist, und ein anderes, das das Gegenteil andeutet. Wenn Sardinia erst einmal überzeugt ist, dass ihr alle aus dem Weg geräumt seid, wird er sich in Sicherheit wiegen und wir werden ihn festnehmen können. Wenn er aber davon Wind bekommt, dass etwas nicht richtig läuft, wird er untertauchen."

„Georgio, die Sache gefällt mir ganz und gar nicht. Roger, Sofia und ich hätten besser so tun sollen, als spielten wir mit, und ihnen Klaudios' Brief vor die Nase halten sollen, bis Sardinia und Trikoupis sich selbst verraten hätten ..."

„Aber jetzt ist Aldo bereits im Besitz dessen, was in Ihrem Schließfach lag, also müssen wir auf Plan B umschwenken. Im Moment sind wir dabei, Abhörgeräte in Ihrer Suite anzubringen und in den angrenzenden Zimmern unsere Männer zu postieren ..."

„Diese Räume sind belegt."

„Das waren sie vielleicht. Diese Gäste wurden in andere Zimmer verlegt, wegen eines vermuteten Wasserschadens. Wenn Sie, Sofia und Roger Ihre Suite betreten, werden wir alles an Ort und Stelle haben. Sie müssen mir vertrauen, Dr. Knox. Keiner von Ihnen wird in Gefahr sein. Und im Übrigen sind Sie der Theologe; ich bin nur ein Laie. Aber ich kenne den Vers, der uns aufruft: ‚Lasst uns ablegen alles, was uns beschwert, und die Sünde, die uns ständig umstrickt, und lasst uns laufen mit Geduld in dem Kampf, der uns bestimmt ist.'"

„Hebräer 12", sagte Augustin. „Gehört zu meinen Lieblingsstellen: ‚... und aufsehen zu Jesus, dem Anfänger und Vollender des Glaubens, der, obwohl er hätte Freude haben können, das Kreuz erduldete und die Schande gering achtete und sich gesetzt hat zur Rechten des Thrones Gottes'." [1]

---

[1] Zitate aus: Revidierte Lutherbibel 1984/1999, © Deutsche Bibelgesellschaft Stuttgart

„Amen“, bekräftigte Emmanuel und bekreuzigte sich zum zweiten Mal, seit Augustin ihm begegnet war.

Die Zeit, die noch bis acht Uhr blieb, verbrachte Augustin im Gebet. Er betete um Mut für sich selbst, um Sicherheit für Sofia und er betete für Rogers Seele. Wenn Sofias Vater durch dieses Vorgehen für sein Tun zur Rechenschaft gezogen würde und Roger zum Glauben käme, wäre es die ganze Sache mehr als wert.

46

Grundstürzende Wende

Judäa im ersten Jahrhundert nach Christus

Aus den Lebenserinnerungen des Paulus

Während wir unterwegs waren nach Damaskus, wanderten meine Gedanken zurück zu jener Reise mit meinem Vater, die nun schon mehr als zwanzig Jahre zurücklag. Wir waren auf demselben Weg wie damals, nur in umgekehrter Richtung; dem Weg, auf dem wir das Gefühl gehabt hatten, wir seien wie Schadrach, Meschach und Abed-Nego in einen Glutofen geworfen worden.

Meine Männer und ich legten etwas mehr als dreißig Meilen am Tag zurück und ich fand Gefallen daran, sie etwas besser kennenzulernen. Einige hatten mich zuerst durchaus misstrauisch betrachtet. Ich bekam mit, wie einer zu einem anderen bemerkte, er habe noch nie zuvor unter dem Kommando „so eines kleinen Stubengelehrten" gedient.

Aber irgendwie hatte ich sie für mich gewonnen. Die Reise gab uns ein paar Tage Abstand davon, Abtrünnige aus ihren Häusern zu zerren, und bei den Mahlzeiten und in den Rastpausen oder abends in den Unterkünften lachten wir viel. Diese Männer waren fromme Juden und daher weder für Trinkgelage noch für unziemliche Prasserei zu haben. Viele von ihnen waren Familienväter. Wir vergnügten uns mit Ringkämpfen und Wettrennen. Ich war kein Gegner für diese viel jüngeren Männer; allerdings konnte mich keiner von ihnen im Wettlauf besiegen. Sie zogen mich damit auf, dass Geschwindigkeit meine beste Verteidigungswaffe sei.

Bei unserem letzten Halt, bevor wir Damaskus erreichen sollten, spürte ich, dass die Männer ungeduldig auf ihren Einsatz warteten. Sie begannen, untereinander damit zu prahlen, wie nachdrücklich sie Jerusalem und die Beschlüsse des Hohen Rates vertreten würden, falls wir in Synagogen von Damaskus Abtrünnige finden sollten.

Als wir wieder in die Sättel stiegen, wies ich voraus in die Ferne, wo die Straße sich auf einen Höhenzug emporschlängelte. „Von dort oben können wir am Horizont Damaskus sehen", sagte ich. „Aber lasst euch nicht täuschen. Es wird so aussehen, als seien wir praktisch schon dort, aber die Stadt ist noch fast eine halbe Tagesreise entfernt." Ich wandte mich um, um zu prüfen, ob alle im Sattel saßen. „Dann also voran!"

Ich hatte die Aufregung meines Trupps gespürt und musste mich selbst dazu zwingen, mein Pferd zu zügeln, während die Sonne sich dem Zenit näherte. Als wir den Bergrücken fast erreicht hatten, rief ich: „Bleibt wachsam, Männer." Ich wollte sicherstellen, dass sie die Mauer, die Damaskus umgab, wahrnahmen – jene Mauer, die ich als Dreizehnjähriger erstiegen hatte.

Plötzlich traf uns ein Lichtstrahl, der so hell war, dass mein Pferd sich aufbäumte und ein durchdringendes Wiehern von sich gab. Während ich herabglitt, hielt ich die Zügel fest in der Hand. Auf einmal befand ich mich ein gutes Stück über dem Boden. Mein ganzes Gewicht hing an jenen Lederriemen. Ich war gerade noch geistesgegenwärtig genug, die Zügel loszulassen; sonst hätte sich mein Pferd rücklings überschlagen und das hätte es umgebracht.

Im Fallen hörte ich das Wiehern der anderen Pferde und die Rufe der Männer, die ebenfalls zu Boden stürzten. Ich kam hart auf der Erde auf und mir blieb die Luft weg. Ich lag mit geschlossenen Augen da und presste mein Gesicht in den Staub der Straße. Aber selbst das schützte mich nicht vor dem plötzlichen blendenden Glanz, der mich nicht nur von oben traf, sondern von allen Seiten umgab.

Ich hörte, wie die Männer wieder auf die Beine kamen und versuchten, ihre Pferde zu beruhigen. Vergeblich versuchte ich, mich zu bewegen; ich war gelähmt vor Angst. Plötzlich fragte eine laute Stimme auf Hebräisch: „Saul, Saul, warum verfolgst du mich?“

Ich war zu bestürzt, um ein Wort herauszubringen. Schließlich ächzte ich: „Wer bist du, Herr?“

„Ich bin Jesus von Nazareth, den du verfolgst.“

In diesem Augenblick brach meine Welt zusammen. Mit meinem ganzen Sein war ich davon überzeugt gewesen, dass Jesus ein Hochstapler gewesen und inzwischen tot und begraben war. Es gab keine Zeit, mich zu wundern, keine Zeit zu fragen, keine Zeit, irgendeinen Sinn in dem zu finden, was da gerade geschah. Jesus sprach zu mir. Der Glanz war der Glanz Gottes und er drang durch bis in jede Pore meiner Seele. Ich stammelte: „Herr, was willst du von mir?“

„Steh jetzt auf; denn ich bin dir erschienen, damit du mir dienst. Du sollst bezeugen, was du heute erlebt hast und was ich dir in Zukunft zeigen werde. Ich will dich vor deinem Volk und vor den Völkern, die nichts von mir wissen, behüten. Zu ihnen sende ich dich. Du sollst ihnen die Augen öffnen, damit sie sich von der Finsternis dem Licht zuwenden und aus der Herrschaft des Satans zu Gott kommen. Dann werde ich ihnen die Sünden vergeben. Jetzt geh nach Damaskus. Dort wird man dir sagen, welche Aufgabe du übernehmen sollst.“

Während ich mühsam aufstand, kamen meine Männer mir zu Hilfe. „Habt ihr das gesehen?“, fragte ich.

„Ja! Wir sind zu Tode erschrocken. Die Pferde sind immer noch außer sich.“

„Habt ihr die Stimme gehört?“

„Ja. Aber gesehen haben wir niemanden.“

„Sie sprach zu mir, diese Stimme. Die Stimme Gottes. Ich muss so schnell es geht nach Damaskus. Aber ich kann nichts sehen.“

Zwei nahmen mich bei der Hand, führten mich zu meinem Pferd und halfen mir in den Sattel. „Halt dich gut fest", sagte einer. „Wir führen dein Pferd und reiten langsam."

Etliche Stunden später verrieten die Geräusche städtischen Lebens mir, dass wir angekommen waren.

„Wohin sollen wir dich bringen, Saulus?"

„Bringt mich ins Haus von Judas in der Geraden Straße."

Drei Tage blieb ich in Judas' Haus. Ich verspürte weder Hunger noch Durst. Und ich blieb blind. Alles, was ich tun konnte, war beten, aber ich wusste kaum, wie ich das anfangen sollte. Es war also tatsächlich wahr. Jesus von Nazareth war lebendig. Und ich war unter allen Sündern der größte.

Plötzlich sah ich vor meinem inneren Auge, wie ein Mann mit Namen Hananias vor mir stand und meine Augen heilte. Wenig später traf tatsächlich ein Mann mit diesem Namen ein und fragte nach mir. Später erfuhr ich, dass er ein gewissenhafter Befolger des Gesetzes war und bei allen Juden in Damaskus hohes Ansehen genoss.

Hananias berichtete mir, dass auch zu ihm Gott geredet hatte. „Er rief mich beim Namen und ich antwortete: ‚Ja, Herr, hier bin ich.' Und der Herr sagte: ‚Geh zur Geraden Straße in das Haus des Judas und frag dort nach einem Saulus von Tarsus.'

‚Aber Herr', wandte ich ein, ‚ich habe schon von so vielen gehört, wie grausam dieser Saulus deine Gemeinde in Jerusalem verfolgt. Außerdem haben wir erfahren, dass er eine Vollmacht der Hohepriester hat, auch hier alle gefangen zu nehmen, die an dich glauben.' Aber der Herr sprach zu mir: ‚Geh nur! Ich habe diesen Mann dazu auserwählt, mich bei allen Völkern und Herrschern der Erde, aber auch bei den Israeliten bekannt zu machen. Dabei wird er erfahren, wie viel er um meinetwillen leiden muss.'"

Dann legte Hananias mir die Hände auf. „Lieber Bruder Saulus", sagte er, „Jesus, der Herr, der dir unterwegs erschienen ist, hat mich zu dir geschickt, damit du mit dem Heiligen Geist erfüllt wirst und wieder sehen kannst." Mir fiel es wie Schuppen von den Augen und ich konnte Hananias vor mir stehen sehen. Der fuhr fort: „Der Gott unserer Vorfahren hat dich erwählt, seinen Willen zu erkennen, seinen Sohn zu sehen und ihn zu hören. So wirst du vor allen Menschen sein Zeuge sein, weil du ihn selber gesehen und gehört hast. Zögere also nicht länger! Lass dich taufen und von deinen Sünden reinigen, indem du zu Jesus, dem Herrn, betest."

Ich nahm wieder Nahrung zu mir und kam bald zu Kräften. Etliche Tage verbrachte ich bei den Gläubigen in Damaskus; schon bald drängte man mich dazu, ich solle in der Synagoge predigen und verkünden, dass Jesus der Sohn Gottes ist. Meine Predigt erstaunte alle, die mich hörten, und die Leute sagten: „Ist das nicht der, von dem alle in Jerusalem, die sich zu Jesus bekennen, so erbarmungslos verfolgt wurden? Und ist er nicht gekommen, um auch die Gläubigen in Damaskus zu verhaften und an die Hohepriester in Jerusalem auszuliefern?"

Aber ich bewies immer überzeugender, dass Jesus der versprochene Retter ist. Schließlich konnten die Juden in Damaskus keine Einwände mehr gegen meine Botschaft vorbringen.

Wenige Wochen später erreichten mich Gerüchte, dass sich einige Juden verschworen hätten, mich zu töten. Wie es schien, war inzwischen in Jerusalem bekannt geworden, dass ich zu den Christen übergelaufen war, und man hatte den orthodoxen Juden in Damaskus die Erlaubnis erteilt, mir aufzulauern. Sobald wir davon hörten, brachten die Anhänger des Neuen Weges mich in der Nacht auf die Mauer. Ich konnte mich aus meiner Kindheit noch gut daran erinnern, dass es unmöglich war, diese Mauer von außen zu erklimmen oder daran hinabzusteigen. Aber sie steckten mich in einen großen Korb und ließen mich mit Seilen hinunter, sodass ich entkommen konnte. Nie wieder werde ich darüber klagen, dass ich so klein von Gestalt bin!

47

Was das Verstehen übersteigt

Rom

Montag, 12. Mai, 19.15 Uhr

Der letzte Zweifel an Emmanuels Glaubwürdigkeit, der Augustin noch beschlichen hatte, wurde ausgelöscht, als Georgio ihm Rogers Neun-Millimeter geladen zurückgab und ihm einen zeitlich befristeten Waffenschein überreichte, der ihm gestattete, die Waffe auch verdeckt zu tragen. Augustin gab Emmanuel seine abhörsichere Handynummer und legte damit sein eigenes Leben und das seiner Verlobten und seines besten Freundes in die Hände dieses Mannes.

Augustin sollte mit dem Taxi zum Terrazzo fahren und sich dort in der Lobby aufhalten, wo er für Trikoupis gut sichtbar sein würde.

Er saß da und schickte eine Nachricht an Roger, in der er ihn bat, ebenfalls ins Hotel zu kommen. Dann schloss er mit: „bete Sof kommt auch."

Roger simste zurück: „komme, wenn sie kommt."

„nehm dich beim wort. bleib in kontakt."

Schließlich klingelte Augustins Handy; das Display zeigte eine örtliche Nummer, die er nicht kannte.

„Du willst das also wirklich durchziehen?", fragte Sofia.

„Wie schnell kannst du hier sein?"

„Ich bin nicht weit weg, aber ich komme nicht."

„Hör mir nur zwei Minuten zu, bevor du dich entscheidest."

„Ich habe mich schon entschieden.“

„Niemand in der Welt liebt dich so sehr wie ich und du kannst mir nicht einmal zwei Minuten schenken?“

Nach einem langen Schweigen gab sie nach: „Zwei Minuten.“

Augustin berichtete kurz alles, was inzwischen geschehen war; von der Entdeckung, dass Emmanuel seinen Vater kannte, über die Aufnahmen, die Waffe, den Besuch bei der Bank bis zu solchen Details wie dem, dass Georgio aus der Bibel zitiert hatte. Er versicherte ihr, dass das Hotel von Carabinieri in Zivil nur so wimmeln würde.

„Das waren mehr als zwei Minuten“, sagte sie. „Aber es ist in der Tat unglaublich. Ich kann nicht gerade behaupten, dass es ein Leichtes sein wird, dabei zu sein, wenn mein Vater erfährt, dass man ihn hereingelegt hat.“

Augustin verfasste umgehend eine SMS an Roger. „Sof bald hier, komm.“

Roger traf zuerst ein und suchte sich einen Platz neben Augustin. Dort ließ er sich mit verschränkten Armen nieder, zog seine Kappe in die Stirn und lauschte Augustins Bericht. Als Sofia erschien, erinnerte Augustin sie daran, dass Plan A – so zu tun, als spielten sie mit, bis der Wind sich drehte – leider gescheitert war, weil der Inhalt des Schließfachs gestohlen worden war.

„Ich schätze also, jetzt ist Plan B angesagt“, murmelte Roger. „Aber was immer es auch kostet …“

Augustins Handy zeigte eine Nachricht von Emmanuel an. „alle da?“

„Schaut euch das an“, sagte Augustin und zeigte Sofia und Roger die Nachricht des Leiters des Antikendezernats. „Glaubt ihr immer noch, dass sie uns nicht genau im Blick haben?“

„Sag ihm, wir sind hier, aber wir sind nervös“, gestand Roger zu.

Augustin tippte das ein und Emmanuel antwortete. „ich auch. *Filippesi* 4,6-7.“

„Philipperbrief", sagte Sofia. „Hast du eine Bibel-App auf deinem Gerät?"

„Honey, für diese Stelle brauche ich keine App. Du kennst sie bestimmt auch: ‚Macht euch keine Sorgen! Ihr dürft Gott um alles bitten. Sagt ihm, was euch fehlt, und dankt ihm! Und Gottes Friede, der all unser Verstehen übersteigt, wird eure Herzen und Gedanken im Glauben an Jesus Christus bewahren.'"

„Ich fass es nicht", stöhnte Roger. „Ein Top-Bulle, der Bibelsprüche schickt? Ist mal ganz was Neues."

Sofia legte eine Hand auf ihre bebenden Lippen und flüsterte durch ihre Finger: „Frieden in dieser Situation – das würde *in der Tat* unser Verstehen übersteigen."

Roger blies die Backen auf und atmete tief aus. „Ich hab's genau gehört."

„Wir vertrauen jetzt einfach auf diese Zusage", kommentierte Augustin. Und simste an Georgio: „berufung verfehlt, pater."

„sobald Trikoupis kommt, geht mit ihm in die suite. wen immer Sard. geschickt hat – er beobachtet euch sicher, wartet ab, bis alle da sind. keine angst. er kriegt euch nicht, dafür sind wir da."

Die drei saßen da, die Köpfe nur Zentimeter auseinander. „Dieses Schauspiel inszenieren wir nur für deinen Vater", sagte Augustin.

„Das wird ihm ein lange Zeit im Knast einbringen, Sofia", bemerkte Roger. „Kannst du damit leben?"

„Rate, wer mir beigebracht hat, dass Entscheidungen Folgen haben."

„Das kommt mir doch sehr bekannt vor", ertönte eine vierte Stimme.

Die drei wirbelten herum und sahen Trikoupis auf sie zukommen. Er trug einen luxuriösen Aktenkoffer aus Leder. *Genauso groß wie nötig,* dachte Augustin. Trikoupis strahlte, während er sich setzte und Sofia einen Arm um die Schulter legte, was sie ignorierte. „Mr Michaels?", fragte er.

„Das dürfte ich sein“, sagte Roger und zögerte einen Moment, bevor er Malfees ausgestreckte Hand ergriff.

„Ich hätte Sie nicht erkannt.“

„Nun, das war sozusagen auch die Absicht“, gab Roger zurück.

„Aber nicht mehr nach diesem Abend! Sie werden nicht länger auf der Flucht sein. Und ihr werdet alle für den Rest eures Lebens ausgesorgt haben.“

„Klar doch, Junge“, murmelte Roger.

Der Mann nahm seinen Arm von Sofias Schulter und tätschelte seinen Aktenkoffer. „Die Ware kommt rein, die Barschecks kommen raus.“

„Jetzt sind wir im Gespräch“, sagte Augustin und zwang sich zu einem Lächeln.

Trikoupis gab ihm eine Faust. „So kenne ich dich, Junge.“

Augustin führte die kleine Gruppe zum Fahrstuhl. Als sie die Suite betraten, sah Sofias Vater auf die Uhr und flüsterte: „Wir haben fünfzehn Minuten. Er kommt nie zu spät.“

Augustin blieb zurück, um die dreifache Türverriegelung anzubringen.

„Erwarten wir noch jemanden außer meinem Partner?“, fragte Trikoupis.

Augustin schüttelte den Kopf. „Man kann nicht vorsichtig genug sein.“

„Seien Sie nicht so schreckhaft. Wie wäre es inzwischen mit einem kleinen Vorausblick auf …“

„Ich ziehe es vor zu warten, bis …“

„Vielleicht nur die erste Seite?“

Schöner Partner. Hat ihm nicht mal gesagt, dass er die Seite gestohlen hat.

„Nein.“

Malfees Trikoupis verzog das Gesicht. „Ich gönne Ihnen das Vergnügen zu glauben, dass Sie hier das Sagen haben, Augustin. Aber es wird bald Zeit, dass Sie liefern.“

„Oh, das werde ich. Wie Sie deutlich gesagt haben, habe ich keine andere Wahl."

Trikoupis grinste und klopfte Augustin auf die Schulter.

Um 19.55 Uhr, als sich Augustin gerade zu seinem zukünftigen Schwiegervater, Sofia und Roger an den Tisch gesellte, summte sein Handy. Eine Nachricht von Emmanuel: „zurück zu plan A. erbitte bestätigung."

Was war hier los? Jetzt sollten sie also doch zum Schein mitspielen? Augustin schrieb zurück. „okay warum?"

„A. S. ist hier. vorsicht."

Es klopfte an der Tür, und als Trikoupis eilig aufstand, um zu öffnen, zeigte Augustin Sofia und Roger schnell die Nachricht. Sofias Vater rauschte mit Sardinia herein. „Wenn ich vorstellen darf …"

„Nicht nötig", sagte Sardinia lächelnd. „Ich habe Ihre schöne Tochter bereits heute Morgen getroffen – noch einmal Entschuldigung für das Missverständnis und mein Beileid zum Verlust Ihres Freundes."

„Vielen Dank."

„Und Mr Michaels kenne ich selbstverständlich auch, obwohl er ein wenig anders aussieht als damals, als ich ihn zuletzt sah. Es wird Sie freuen zu hören, dass Ihre Maskerade mit dem heutigen Abend zu Ende geht."

Das wird sie ganz bestimmt, dachte Augustin.

„Und Sie müssen Dr. Knox sein! Freut mich sehr, Sie kennenzulernen."

Augustin antwortete, indem er auf den Tisch wies. Alle nahmen Platz, Trikoupis links von Sardinia, dann Sofia, Augustin gegenüber von Sardinia und Roger rechts von ihm.

„Ich würde gern direkt zu unserem Geschäft kommen", begann Sardinia. „Mr Trikoupis ist darauf eingestellt, die Ware direkt zu übernehmen und die Entschädigung zu überreichen; wir können also alles mit Handschlag besiegeln und dann jeder unserer Wege gehen. Miss Trikoupis, außer den zwei Millionen Euro für Sie als Zeichen unseres guten Willens darf ich darauf hinweisen, dass ich Sie heute Morgen aus einer unangenehmen Situation befreit habe – als kleine Gefälligkeit für Ihren Vater und in Anbetracht der Tatsache, dass Ihr Verlobter uns über diesen Fund informiert hat. Dr. Knox, ich nehme an, ein Finderlohn von einem Prozent des Gesamterlöses, den der Fund einmal einbringen wird, ist akzeptabel."

„Sicherlich."

„Sehr vernünftig. Und Mr Michaels, ich darf davon ausgehen, Sie sind sich darüber im Klaren, dass Ihre zwei Millionen damit abgegolten sind, dass ich Sie nicht verhafte und für den Rest Ihres irdischen Lebens in unserem Justizsystem schmoren lasse."

Roger nickte. „Mein Leben wiederzubekommen, ist mir fast so viel wert wie das Geld."

Das brachte ihm ein Lachen von Sardinia ein. *„Fast so viel!* Das ist gut. Also schön, wenn es sonst nichts mehr zu klären gibt ..."

Augustins Handy vibrierte und er schielte auf eine weitere Nachricht von Emmanuel. „alles gehört. schicken sie ihn zu ihrem ‚bevollmächtigten' an adresse unten, aber erst, wenn er Giordanos brief ausgehändigt hat."

„Dr. Knox?", lächelte Sardinia. „Wir sind uns also über die Bedingungen einig. Jetzt, wie man so schön sagt, sind Sie am Zug."

„Es gibt da noch ein Problem", erwiderte Augustin.

Sardinias Lächeln verschwand. „Die Zeit für Verhandlungen ist vorbei, wie Sie verstehen werden."

„Es gibt Komplikationen."

„Dies ist ein klarer Deal, in dem eine Menge Geld den Besitzer wechselt. Wenn das hier irgendein Trick ist ..."

„Sie hatten vor, sich das Manuskript ohne uns zu beschaffen."

„Ich weiß nicht, wovon Sie ..."

„Sie haben Klaudios Giordanos Brief gestohlen, in der Hoffnung, er werde sie zum Original der Dokumente führen und uns überflüssig machen."

„Sie beschuldigen mich des ..."

„Sie sind der Einzige, der wusste, was es war und wo es war, und der die Autorität hatte, den Brief in Gewahrsam zu nehmen. Aber der Brief hat Ihnen nicht verraten, was Sie wissen müssen, stimmt's? Denn wenn es anders wäre, wären Sie jetzt nicht hier. Wir wären ebenso verzichtbar geworden wie Klaudios und Dimos."

„Was wollen Sie, Dr. Knox?"

„Sie sagten, die Zeit für Verhandlungen sei vorbei, Mr Sardinia. Aber das stimmt nicht, oder? Bevor ich Ihnen und Mr Trikoupis übergebe, wofür Sie kamen, will ich den Brief."

Sardinia schien nachzudenken. „Zwei Menschen sind in dieser Sache schon gestorben. Es ist nur verständlich, dass Sie sich selbst schützen wollen. Ich respektiere das. Ich habe den Brief in der Tasche. Sie haben recht, er hat sich als wertlos für uns erwiesen und es erleichtert mich zu wissen, dass Sie ihn dechiffrieren konnten. Ich bin bereit, den Brief als Teil unserer Transaktion herauszugeben."

„Und welche Garantien haben wir, dass uns nicht das gleiche Schicksal trifft wie die anderen?"

„Sie werden Mr Trikoupis' Geld haben, Dr. Knox."

„Das unsere Sicherheit inwiefern garantiert?"

„Es versichert uns Ihres Schweigens. Wie glaubwürdig wären Sie, wenn Sie versuchen würden, mich anzuzeigen, nachdem Sie für Ihren Beitrag zu diesem Diebstahl bezahlt worden sind? Dr. Knox, meine Wertschätzung für Sie ist gestiegen. Ich nahm an, Sie seien nichts weiter als ein weltfremder Professor, den ein Freund in Panik in diese Sache hineingezogen hat."

„Und nun fehlt nur noch, dass Sie mir den Brief übergeben."

„Erzählen Sie mir wenigstens, wie Sie ihn entschlüsselt haben, Doktor. Er hat etliche Experten für Decodierung zur Verzweiflung gebracht. Sie konnten mir nichts anderes sagen als das, was ich selbst nach einem flüchtigen Blick bereits erkannt hatte. Die ersten beiden Zeilen der ersten Strophe eines alten katholischen Hymnus, der auf ein Gedicht eines Bernhard von Cluny aus dem zwölften Jahrhundert zurückgeht."

Augustin versuchte sich den Anschein zu geben, als sei ihm das alles bereits längst bekannt und als wüsste er auch, wo Klaudios das Originalmanuskript aufbewahrt hatte. „Wenn ich den Brief wieder in meinen Händen halte, sage ich Ihnen, was ich weiß."

Sardinia zog einen Umschlag aus der Innentasche seines Jacketts und schob ihn über den Tisch. Augustin entnahm dem Umschlag ein einzelnes weißes Blatt Papier, auf dem in lavendelfarbener Tinte geschrieben war:

Daily, daily sing to Mary,
Sing, my soul, her praises due.

Alle Tage sing und sage
Lob der Himmelskönigin.

„Wir wissen, dass Klaudios in Griechenland gewesen ist", sagte Sardinia. „Aber wir hatten keine Ahnung, wo er das Dokument versteckt haben könnte. Selbst in den kürzesten Biografien von Bernhard gibt es so viele potenzielle Hinweise, dass wir Monate gebraucht hätten, um dahinterzukommen. Tun Sie mir also einen Gefallen. Wie konnte dieser Brief Sie zu dem Manuskript führen?"

„Es tut mir leid. Habe ich gesagt, dass er das tat?"

„Irgendetwas muss Sie auf die Spur gebracht haben."

Roger warf ein: „Vielleicht hat der alte Mann mir schlicht und einfach gesagt, wo das Dokument zu finden ist, und dieser Brief war einfach eine Finte für den Fall, dass er Ihnen je in die Hände fallen sollte."

„Nicht dumm, Mr Michaels."

„Wir sollten doch bitte nicht aus den Augen verlieren, dass Klaudios mein Freund war", betonte Roger.

„Und meiner ebenfalls", schloss sich Augustin an.

„Sein Tod geht also zu Ihren Lasten, Sir", fuhr Roger fort.

Sardinia schien ein Lächeln zu unterdrücken. „Vielleicht wird Ihr Scheck Ihre Trauer beschwichtigen."

„Und die seiner Familie?"

„Fühlen Sie sich frei, in aller Großzügigkeit mit ihnen zu teilen."

Roger wandte angewidert den Blick ab.

„Okay, Dr. Knox. Können wir jetzt wieder zur Sache kommen?"

„Sie wären uns alle nur allzu gern los, Aldo, stimmt's? Mr Trikoupis eingeschlossen."

„Woher wollen Sie das wissen?"

„Man sieht es Ihnen förmlich an."

Malfees Trikoupis wurde stutzig. „Er würde wohl kaum ohne mich auskommen."

„Wenn er erst einmal die Ware hat, braucht er auch Sie nicht mehr, Sir", sagte Augustin.

Sofia schüttelte den Kopf. „Es wäre dir also egal, Dad, wenn er uns drei ausschaltet, solange er dich im Spiel lässt?"

„Oh, Liebling, du weißt ..."

„Ja, Dad, ich weiß."

Augustin schielte wieder auf sein vibrierendes Handy. Emmanuel schrieb. „kommt zum punkt."

„Sagen Sie mir nur, was Sie dem Brief entnommen haben, Doktor. Ich mag keine Rätsel, die ich nicht lösen kann."

Das Wort *Rätsel* brachte Augustin auf eine Idee.

„Ich habe keine Ahnung", sagte Augustin. „Ich habe Klaudios Brief gerade eben zum ersten Mal gesehen."

„Schön, schön! Übergeben Sie mir das Manuskript und Sie erhalten alle Ihren Anteil."

„Was lässt Sie vermuten, ich hätte das Manuskript hier?“

„Um ehrlich zu sein, hatte ich gehofft, ich würde es in der Bank finden. Also, wo ist es?“

Augustin notierte die Adresse, die Emmanuel ihm gesimst hatte, und gab Sardinia den Zettel. „Mein Bevollmächtigter erwartet Sie.“

„Das ist ja direkt nebenan. Wie – ein Café? Sie wollen mir doch nicht sagen, jemand sitzt mit einem unschätzbaren antiken Dokument in der Tasche einfach so in einem Café herum! Sie sind in der Tat neu in diesem Geschäft! Okay. Malfees bleibt hier, ich rufe an, wenn ich das Dokument in der Hand habe, und dann teilt er Ihnen Ihre Anteile aus.“

Augustin lachte. „So neu bin ich nun auch wieder nicht. Was sollte Sie davon abhalten, zu verschwinden und Mr T. auf seiner Geldtasche sitzen zu lassen?“

„Das ist lächerlich“, warf Malfees ein. „Wir sind Partner. Er müsste uns alle umbringen, wenn er das versuchen wollte.“ Plötzlich veränderte sich sein Gesichtsausdruck, als habe er Sardinias Plan schließlich durchschaut. „Wir gehen alle zusammen.“

Während sie zum Fahrstuhl gingen, erhielt Augustin eine weitere Nachricht von Emmanuel, die ihn instruierte, wohin genau er Sardinia schicken sollte. *Und dann haltet euch so fern wie möglich von ihm und Trikoupis.*

Das Café lag kaum fünfzig Meter vom Hotel entfernt. Mit wem auch immer Emmanuel und seine Leute zusammenarbeiteten, es war ihnen gelungen, den Raum in der Nähe der Toiletten und des Büros frei zu halten. Die fünf setzten sich dort in eine Sitznische und sagten der Kellnerin, sie bräuchten noch ein paar Minuten Zeit.

Sardinia sagte: „Also, was jetzt?“

„Klopfen Sie zweimal an die Bürotür dort drüben“, sagte Augustin und nickte in Richtung der Tür.

„Das hat Stil. Hoffe, er hat die Ware fertig verpackt daliegen.“

„Sie sollten sich mehr Gedanken darüber machen, ob unsere Schecks in Ordnung sind."

Sardinia näherte sich der Bürotür, und als er die Hand hob, um zu klopfen, sagte Augustin ruhig: „Sofia, Roger, folgt mir, sofort."

Sie glitten aus der Nische und eilten in Richtung Eingang. Trikoupis bellte: „Wo wollt ihr hin? Aldo! Eine Falle!"

Augustin stieß die Tür auf, hielt sie für Sofia und Roger auf und blickte zurück. Die Tür zum Büro ging auf und Beamte des Antikendezernats stürmten heraus. Einige umringten Trikoupis, der wie angewurzelt auf seinem Platz saß, während Sardinia auf den Hintereingang zuschoss und eine Waffe zog. Er sprintete ums Haus herum zum Vordereingang des Cafés und traf dort auf Roger und Sofia, die gerade herauskamen. Er richtete seine Waffe auf sie und befahl ihnen, niederzuknien.

Augustin beobachtete von der Tür aus, wie ein weiteres Dutzend Beamte aus allen Richtungen heranstürmte. „Alle stehen bleiben!", schrie Sardinia. „Ich hab sie! Haltet euch zurück!" Er konnte zwar nicht wissen, dass sowohl Augustins Mitschnitte seiner Gespräche als auch das Gespräch in der Suite, das mitgehört worden war, ihn bereits überführt hatten, aber er musste wissen, dass ihm kaum noch Optionen offenstanden.

Als Augustin hinter dem knienden Paar auf die Straße trat, die Hand an der Neun-Millimeter in seinem Rücken, rief Sardinia: „Sie auch, Knox! Auf die Knie!" Sardinia wies kurz mit der Waffe auf den Boden und in diesem Moment stürzten Roger und Sofia sich auf ihn. Er zielte auf Sofia, aber Augustin war zu schnell. Aus kaum drei Metern Entfernung traf das Hochgeschwindigkeits-Hohlzylindergeschoss Sardinia in der Schulter, und er stürzte mit dem Hinterkopf aufs Pflaster.

Im nächsten Moment waren Carabinieri über ihm, während andere sich um Sofia, Roger und Augustin kümmerten. „Wir sind darauf trainiert, nicht in eine Menge zu schießen", sagte jemand.

„Schön, ich bin nicht darauf trainiert und er war dabei, meine Verlobte umzubringen."

Augustin spürte eine Hand auf seiner Schulter, und als er sich umdrehte, sah er Emmanuel hinter sich.

„Ich werde diese Smith&Wesson für eine Weile beschlagnahmen müssen", sagte er.

„Ich habe einen Waffenschein."

„So, haben Sie jetzt einen?"

Sofia stolperte auf Augustin zu und schlang ihre Arme um seine Taille.

„Bist du verletzt?", fragte sie.

„Nein, mir geht's gut."

„Mir auch – dank deines Einsatzes."

Augustin drehte sich zu Georgio um. „Ich würde Sie auch umarmen, Colonello, aber ich habe da meine Prioritäten."

„Und Ihren guten Geschmack. Ich habe viel über Sie gehört, Madam", wandte er sich an Sofia.

„Ich über Sie ebenfalls."

Roger, der noch auf Händen und Füßen am Boden gehockt hatte, bis man Sardinia abgeführt hatte, gesellte sich zu ihnen. „Sieht so aus, als habe er es überlebt und müsse sich verantworten."

„Es wird vermutlich kein großes Verfahren geben", sagte Emmanuel. „Wir haben noch nie so viele Beweise für den Staatsanwalt gehabt, wie wir hier gegen ihn und Trikoupis haben. Wir haben sogar die erste Originalseite und die Kopien im Kofferraum von Sardinias Wagen gefunden. Er kann mir fast leidtun."

„Augustin sollte Ihnen leidtun", warf Roger ein. „Da zerre ich ihn von der anderen Seite der Welt hierher, um meinen Hals zu retten, und wir sind dem Originaldokument nicht einen Schritt näher als an dem Tag, an dem Klaudios es irgendwo versteckt hat."

„Seien Sie beruhigt“, erwiderte Emmanuel, „meine Abteilung wird die Suche nicht aufgeben. Und inzwischen kann die erste Seite untersucht und verifiziert werden. Und dass die Fotokopien das echte Manuskript zeigen, können Sie bezeugen.“

„Nein, nein“, warf Augustin ein. „Klaudios wollte Roger doch nicht in die Irre führen. Es gibt Hinweise in dem Brief. Wir müssen nur herausfinden, welche.“ Er sah auf die Uhr. „In den Staaten ist es jetzt früher Nachmittag. Ich werde jemanden anrufen, der uns vielleicht helfen kann.“

Augustin wählte die Krankenhausnummer seines Vaters.

48

Das unaussprechliche Geschenk

Rom im ersten Jahrhundert nach Christus

Aus den Lebenserinnerungen des Paulus

Seit der Zeit meiner wunderbaren Bekehrung bin ich der Berufung gefolgt, das Evangelium von Christus zu predigen und in meinen Schriften zu verteidigen. Und trotzdem muss ich bekennen, dass es mir schwerfällt, in Worte zu fassen, wie es mir zu jener Zeit erging. In all den Jahren, seit ich die Stimme des Christus hörte, habe ich mich täglich gemüht, allen Menschen das Evangelium zu predigen, vor allem aber den Heiden – denn dazu wurde ich in dem Moment berufen, in dem ich zum Glauben fand. Aber in dieser ganzen Zeit habe ich niemals eine Bekehrung erlebt, die mit meiner eigenen vergleichbar wäre.

Ich weiß, dass alles das Werk des Heiligen Geistes ist; und doch fühle ich mich privilegiert, dass ich daran beteiligt war, viele Männer und Frauen zum Licht des Glaubens zu führen. Aber um meinen eigenen Verstand und mein Herz zur Umkehr zu bewegen, hat Gott keine der Methoden angewendet, mit denen ich versuchte, Menschen zu überzeugen. Ich war tot in meinen Übertretungen und Sünden; ich war so tief hineinverstrickt, dass ich sie nicht einmal als das erkannte, was sie waren. Ich war tatsächlich vollkommen von meiner eigenen Gerechtigkeit überzeugt. Obwohl ich bis zu diesem Zeitpunkt nie die Art Beziehung zu Gott gefunden hatte, nach der ich mich sehnte, hätte ich doch nicht belesener und hingebungsvol-

ler und strenger in der Beachtung des göttlichen Gesetzes sein können.

Es brauchte ein Wunder, damit das Alte vergehen und alles für mich neu werden konnte. Niemand hätte mich nämlich mit Worten überzeugen können. Ich verließ ein Leben, in dem ich Gott zu dienen glaubte, indem ich Menschen verfolgte, die an Jesus als den Messias glaubten, und tauschte es ein gegen eines, in dem ich durch Christus selbst überzeugt wurde, dass er in Wahrheit der Sohn Gottes ist. Ich brach als eine bestimmte Person nach Damaskus auf und kam dort als ein völlig veränderter Mensch an.

Wenn das schon die Menschen, die meinen Ruf kannten, verblüffte und verwirrte, kann man sich leicht vorstellen, wie es für mich war. Heute stürmte ich in die Synagogen, um die herauszuzerren, die an Jesus glaubten, und am nächsten Tag ging ich dorthin, um selbst Jesus als den Messias zu verkünden.

Als Drohungen gegen mein Leben mich aus Damaskus vertrieben, konnte ich auch nicht wieder in mein Zuhause zurückkehren. Wenn ich in Damaskus schon zur Zielscheibe geworden war, war ich in Jerusalem ein toter Mann. Es hätte seinen Reiz gehabt, mich nachts heimlich in die Stadt zu stehlen und die ersten Schüler von Jesus wissen zu lassen, dass ich einer der ihren geworden war. Aber warum hätten sie mir glauben sollen? Selbst als ich das, Jahre später, versuchte, waren sie skeptisch. Nein, andere würden für mich sprechen müssen und es würde Monate, wenn nicht Jahre dauern, bis ich mir das Vertrauen der Christen verdient hatte. Und das ganz zu Recht.

Inzwischen wurde mir klar, dass Gott die Drohung gegen mich und mein Leben gebrauchte, um mich nach Arabien zu schicken, wo er mir seinen Sohn am besten offenbaren konnte. Während der fast drei Jahre, die ich dort verbrachte – und über die ich zum ersten und einzigen Mal Einzelheiten niederschreiben werde, wenn ich diese Gedanken hier abgeschlossen habe –, schenkte Gott mir die Erkenntnis der entscheidenden Wahrheiten, die mei-

nen späteren Dienst bestimmen würden. Es gab einen Punkt, an dem ich allein und ins Gebet versunken jene beseligende Gemeinschaft mit Gott genoss, die die Erzväter erfahren hatten – und die für mich so unerreichbar gewesen war, als ich noch ein fanatischer Religionsbeamter gewesen war. An diesem Punkt wurde mir ein so überwältigendes Vorrecht zuteil, dass ich es nicht wage, es im Einzelnen zu beschreiben. Nur so viel will ich sagen: Ich wurde in den dritten Himmel entrückt und hörte Dinge, von denen ich nicht zu sprechen wage.

Ich bin inzwischen überzeugt, dass Gott mir diese übernatürlichen Einblicke gewährte, weil er in seiner unendlichen Weisheit die Kämpfe und Versuchungen bereits kannte, die ich später für ihn würde ertragen müssen. Er hatte mich zu einem Leben in beständigem Einsatz und immer neuer Selbstaufopferung berufen, und wenn da nicht die Erinnerung an jenes unaussprechliche Geschenk gewesen wäre, hätte ich dieses Leben vielleicht nicht überlebt.

Ich habe viele Verfolgungen erfahren und am Ende werde ich mein Leben für die Sache des Christus hingeben. Und irgendwie hat Gott mich auf all das vorbereitet, indem er mir diese einzigartige Offenbarung zuteilwerden ließ. Seither trage ich in mir ein Wissen um die himmlische Welt, aus dem ich das Vertrauen und die Zuversicht schöpfe, dass ich die Wahrheit verkündige und dass ich am Ende meiner Tage an diesen Ort unvergleichlicher Schönheit zurückkehren werde.

Damaskus habe ich noch einmal kurz besucht, bevor ich schließlich doch für fünfzehn Tage nach Jerusalem ging, um mich dort mit Petrus zu treffen. Außer Jakobus, den Bruder des Herrn, traf ich keinen von den Aposteln. Danach führte mich mein Dienst nach Syrien und Zilizien. Jahrelang kannten mich die Gemeinden in Judäa, die dem Herrn dienten, nicht von Angesicht zu Angesicht. Sie hatten nur von mir gehört: „Der Mann, der uns früher verfolgt hat, ruft jetzt selbst zu dem Glauben auf, den er einst so erbittert bekämpfte." Und sie priesen Gott für mein Glaubenszeugnis.

Es war schließlich Barnabas, der mich den Aposteln vorstellte und ihnen erklärte, dass ich den Herrn selbst gesehen und er zu mir gesprochen hatte und dass ich in Damaskus furchtlos im Auftrag Jesu die rettende Botschaft verkündet hatte. Nun erst wurde ich von der Gemeinde in Jerusalem herzlich aufgenommen. Ich ging bei ihnen aus und ein und predigte unerschrocken im Namen des Herrn. Mit den Griechisch sprechenden Juden führte ich Streitgespräche und bald trachteten auch sie mir nach dem Leben. Als die anderen Gläubigen davon erfuhren, brachten sie mich nach Cäsarea, von wo ich in meine Heimatstadt Tarsus reiste. Die Gemeinden in Judäa, Galiläa und Samarien hatten nun Frieden, wuchsen und lebten in Ehrfurcht vor Gott und ließen sich vom Heiligen Geist leiten.

Dieselbe Leidenschaft, die mein früheres Leben bestimmt hatte, brachte ich von nun an für das Evangelium von Christus auf, das ich, so hatte ich beschlossen, verkünden wollte, solange der Herr mir das Leben schenkte. Viele Einzelheiten, die ich in meinen Briefen an die verschiedenen Gemeinden nur gestreift habe, möchte ich nur allzu gern hier niederschreiben.

49

Die Lösung des Rätsels

Rom

Montag, 12. Mai, 21.30 Uhr

„August", sagte seine Mutter. „Edsel, es ist Augustin!"

„Ich ahnte so etwas, als du seinen Namen riefst, Marie."

„Deine Mutter wird mir jedes Wort in den Mund legen, das ich sagen soll, Augustin."

„Nun sei mal nett, Dad. Sie ist einfach aufgeregt."

„Das kannst du wohl sagen."

Augustin konnte es kaum fassen, dass sein Vater sich anhörte, als ginge es ihm deutlich besser. Er schien etwas Mühe zu haben, die einzelnen Worte verständlich herauszubringen, aber was er sagte, ergab Sinn. „Wie fühlst du dich, Dad?"

„Als ob ich im Koma gelegen hätte. Wie steht's in Rom? Hast du Michaels getroffen?"

„Ja, ich hab dir ja schon gesagt, dass ich bei ihm bin. Hör zu, Dad, bist du fit genug für ein Rätsel?"

„Ich hätte nichts gegen ein Kreuzworträtsel oder ein Anagramm, aber ich kann keinen Stift halten."

„Ein Freund von mir hat etwas versteckt, das Roger und ich finden sollen, und er hat uns einen Hinweis gegeben, mit dem wir nichts anfangen können. Lass Mom mal mithören, dann kann sie es für dich aufschreiben." Augustin hörte, wie seine Mutter Papier und Stift zurechtlegte. Er beschrieb ihr das einfache weiße Blatt und die violette Tinte und dann las er ihr die handgeschriebenen Gedichtzeilen vor. „Es stammt aus einem Gedicht aus dem …"

„Weiß schon", sagte sein Vater. „Bernhard von Cluny, um 1100. Jemand hat danach ein Marienlied gedichtet."

Edsel Knox' unglaubliches Wissen versetzte Augustin immer wieder in Erstaunen.

„Es könnte einfach sein, wenn der Autor der Schlüssel ist", sagte sein Vater. „Er ist besser bekannt als Bernhard von Clairvaux. Franzose. Er war Abt, man nannte ihn auch einen ‚Arzt der Kirche'. Hat auch mal die Kandidaten für den Papstthron begutachtet und betrachtete Papst Eugenius als seinen besten Freund. Heute schätzen ihn die Protestanten, weil er die unbefleckte Empfängnis Marias mit Skepsis betrachtete und ein früher Befürworter der Rechtfertigung war. Hilft das irgendwie weiter?"

„Ich schreibe alles mit, Dad. Irgendwie muss ich das noch weiter eingrenzen."

„Ich werde darüber nachdenken."

„Vielen Dank, das weiß ich zu schätzen. Brauchst du ein konkretes Ziel, etwas, worauf du zuleben kannst? Ich werde Sofia fragen, ob sie mich heiratet. Im August in Texas."

„Diese Dinge regelt man anders, Augustin. Ihr Vater wird die Hochzeit bezahlen, also wirst du, wie ich vermute, wohl doch in Griechenland auftauchen müssen."

„Aber wenn wir doch in Texas heiraten, möchte ich dich gern dabeihaben."

„Wem liegt schon etwas daran, ob ich dabei bin?"

„Ich habe dir gerade gesagt, wem."

Dienstag, 13. Mai

Die Bombe platzte in der italienischen Presse und bis zum späten Vormittag war die Nachricht von dem Skandal bereits um den Globus gereist. Dass Sofias Vater in die Sache verstrickt war, schien ganz Griechenland unter Schock zu stellen und der Staatsanwalt lachte nur über den Versuch seines Verteidigers, eine Strafminderung zu erreichen, wenn Trikoupis gegen Aldo Sardinia aussagen würde. Zu Emmanuel bemerkte er: *„Se avessi qualsiasi ulteriori prove contro Mr Sardinia, mi sentirei colpevole per l'eccesso."* („Wenn ich noch mehr Beweise gegen Mr Sardinia hätte, würde ich mich wegen erdrückender Beweislast schuldig fühlen.")

Sofia flog umgehend nach Griechenland, um ihrer Mutter beizustehen. Diese hatte alle Mühe, sich gegen die Geier zu verteidigen, die bereits über dem Geschäft schwebten. Augustin hatte sie frühmorgens zum Flughafen gebracht und angeboten, sie zu begleiten, aber Sofia hatte darauf bestanden, dass er bei Emmanuel und Roger blieb, bis sie das Dokument gefunden hatten.

„Glaubt deine Mutter, dass die Anklage zutrifft, Sofia? Oder wird dein Vater sie davon überzeugen können, dass man ihm da etwas anhängen will?"

„Dafür ist es zu spät. Das Erste, was sie zu mir sagte, war: ‚Es ist wahr, oder?' Sie vertraute mir an, sie habe gewusst, dass sein guter Ruf eines Tages in sich zusammenbrechen würde. Sie hat eine Zeit lang seine Bücher geführt."

Georgio Emmanuel sagte, Malfees würde in einem italienischen Gefängnis landen. Wenn das passieren sollte, hoffte Augustin, Mrs Trikoupis überzeugen zu können, zu ihrer Tochter in die USA zu ziehen. Aber so weit war es noch nicht.

Roger kehrte umgehend in seine Wohnung zurück und beschloss sofort, Haar und Bart wieder sprießen zu lassen. Er verschickte massenweise Online-Nachrichten an Reiseagenturen, in denen er mitteilte, dass er wieder im Geschäft war. Die Presse verfolgte ihn; jeder wollte ein Interview und er schlug nur wenige aus.

Augustin rief Les Moore an, um ihn wissen zu lassen, dass er nun doch ein paar Tage zu spät für den Sommerkurs zurückkommen würde. Er hatte eine Drohung oder zumindest eine Gardinenpredigt erwartet. Aber Les sagte: „Die Nachrichten hier sind voll von dir. Als wärst du unser Indiana Jones! Komm bloß nicht ohne dieses Manuskript zurück."

Augustin lachte. „Vermutlich komme ich überhaupt nie mehr aus Italien raus. Aber ich bin zurück, sobald ich kann."

Mindestens einmal pro Tag rief Augustin seine Eltern an. Er wollte sie nicht drängen, aber er wollte auch möglichst schnell erfahren, ob sein Vater mit der Lösung des Rätsels vorangekommen war. In der Zwischenzeit arbeitete er mit fünf Analysten zusammen, denen man Emmanuels Büro zur Verfügung gestellt hatte. Sie hatten über Giordanos Brief gebrütet und listenweise mögliche Zielorte identifiziert, die sich aufgrund all der Details aus dem Leben von Bernhard von Clairvaux anboten, die sie nur ausfindig machen konnten.

Obwohl der Colonello sich selbst an den Bemühungen beteiligt hatte, hatten sie nur wenig erreicht. In Italien wurden die Rufe danach lauter, dass man das Artefakt endlich aufspüren sollte, und die Spekulationen darüber, worum es sich eigentlich handelte, reichten vom Heiligen Gral bis zur Bundeslade.

Freitag, 16. Mai, 10.05 Uhr

Colonello Emmanuel hielt gerade einen Aufmunterungsvortrag für Augustin und die Analysten, in dem er ihnen nahelegte, sich auf Griechenland zu konzentrieren, „denn trotz all der anderen Möglichkeiten, die die Verbindung zu Bernhard von Clairvaux nahelegt, ist das Einzige, was wir genau wissen, die Tatsache, dass Giordano am Tag nach dem Diebstahl dorthin und auch wieder zurückgeflogen ist."

Augustin hatte vergessen, sein Handy stumm zu schalten; als es klingelte, ging er hinaus auf den Flur.

„Mom, wie spät ist es bei euch?"

„Drei Uhr morgens“, antwortete sie, „aber dein Vater besteht darauf, er müsse dich sprechen. Ich musste Licht machen und meine Notizen hervorholen. Er hat das Gedicht völlig ignoriert und mir lauter Fragen über alles andere gestellt, was ich notiert hatte.“

„Lass mich selbst mit Augustin sprechen.“

„Schon gut, Edsel. Beruhige dich. Hier.“

„Philippi“, sagte Augustins Vater. „Was ihr sucht, werdet ihr in Philippi finden.“

„Wie um alles in der Welt bist du darauf gekommen?“

„Dieser Bursche, der das geschrieben hat, von wo stammt er?“

„Von hier. Er ist Italiener.“

„Und trotzdem hat er diese Zeilen in Englisch geschrieben. Das ist wichtig. Du sagst, er schrieb mit farbiger Tinte. Denk mal drüber nach und beachte besonders die ersten beiden Worte, dann wirst du sehen, dass es nur in Englisch funktioniert. Dann wird dir ein Licht aufgehen.“

„Dad, sag's mir einfach. Ich habe mir jetzt schon tagelang den Kopf zerbrochen.“

„Keine Sorge, du kommst schon drauf.“ *Klick*.

Augustin stürmte zurück in Emmanuels Büro. „Verzeihung, Colonello, aber vergessen Sie den Autor. Konzentrieren Sie sich auf die Tatsache, dass Klaudios das auf Englisch und mit farbiger Tinte geschrieben hat. Wir sollen dadurch irgendwie auf Philippi kommen.“

„Wo in Philippi?“

„Angeblich liegt das auf der Hand, aber ich habe nicht den Schimmer einer Ahnung.“

Eine junge Frau an einem Laptop fing an zu sprechen, als dächte sie laut nach. „Farbe. Lavendel. Lila. Purpur.“

„Das ist es!“ Augustin schrie es fast und schlug sich mit beiden Händen vor den Kopf.

„Gebt mir ein Anagram für *Daily* …“

Georgio kam als Erster drauf. „Lydia."

Augustin ließ sich in einen Stuhl fallen. „Der Apostel Paulus traf Lydia von Thyatira, eine Purpurhändlerin, am Flussufer in Philippi. Sie war die erste Europäerin und die erste Frau, die sich zum Christentum bekehrte."

Georgio entließ die anderen und sagte zu Augustin: „Wenn wir Klaudios mit Philippi in Verbindung bringen können, werden wir das Manuskript finden."

„Roger kannte ihn besser", bemerkte Augustin und tippte Rogers Nummer ein.

Augustin hatte ihm kaum von der Lösung des Rätsels berichtet, auf die sein Vater gekommen war, als Roger auch schon sagte: „Ich weiß genau, wo wir hingehen müssen, um das Manuskript zu finden. Erinnerst du dich an die schöne Kapelle in Philippi, die an einem kleinen Bach liegt und das Baptisterium der heiligen Lydia enthält?"

„Sicher."

„Und an die entzückende kleine griechisch-orthodoxe Kirche St. Lydia auf demselben Gelände – an den Wänden gibt es jede Menge sehr alter Fresken?"

„Ich bin oft dort gewesen."

„Bist du je diesem drahtigen kleinen Burschen begegnet, der aussieht, als sei er zweihundert Jahre alt, der dort Infoblätter verteilt?"

„Ja, aber er spricht kaum ein Wort."

„Genau, das ist er. Und jetzt halt dich fest. Er ist irgendwie mit Klaudios verwandt."

„Ach komm! Ich dachte, die ganze Familie sei katholisch."

„Ich sage dir, sie kabbeln sich wie Brüder, aber sie sind verwandt. Wir müssen diesen Burschen finden – ich versuche, mich an seinen Namen zu erinnern, irgendwas mit Z –, und ich garantiere, dass wir dann auch das Manuskript finden."

„Sagen Sie Roger, wir holen ihn ab", warf Georgio ein. „Wir

werden Klaudios' Witwe einen Besuch abstatten und dann fliegen wir drei nach Philippi."

Irgendwie brachte Emmanuel seine Vorgesetzten dazu, dass sie ein Privatflugzeug benutzen konnten und dass sich auch jemand daranmachte, eine angemessene Belohnung für die beiden Männer festzusetzen, denen man es zu verdanken haben würde, wenn Italien schließlich in den Besitz des wertvollsten Antikenfunds der Geschichte gelangen sollte.

Es war fast Mittag, als Mrs Giordano bestätigte, dass Juri Zodiates, Hausmeister der Kirche St. Lydia in Philippi, Klaudios' Onkel war. „Der größte Teil der Familie wollte nichts mit ihm zu tun haben, aber Klaudios mochte ihn und besuchte ihn immer, wenn er in Philippi war. Sie werden sehen: Er glaubt auch nicht, dass Klaudios je einen Diebstahl begehen würde."

Auf dem Weg zum Flughafen sagte Emmanuel: „Ich wollte das Bild, das sie von ihrem Mann hat, nicht zerstören. Ganz tief innen muss sie es wissen. Trotzdem: Klaudios hätte vor Gericht gestellt, nicht ermordet werden sollen."

„Von Philippi nach Thessaloniki sind es knapp hundertfünfzig Kilometer", bemerkte Augustin. „Ich möchte Sofia ungern außen vor lassen, wenn sie schon so nah dran wohnt. Ich weiß allerdings nicht, ob sie ihre Mutter für eine Weile allein lassen würde ..."

„Mir ist das sehr recht", sagte Georgio. „Sie kann uns an dem kleinen Landeplatz in Alexandros abholen und uns so ein paar Euro sparen. Sie hat es verdient dabei zu sein."

Wenige Stunden später begrüßten die drei Männer Sofia und folgten ihr zu einem Mercedes-Viertürer neuester Bauart.

Sobald sie auf der Straße waren und auf den Fuß des Orbelos-Höhenzugs zusteuerten, sagte Georgio: *„L'ironia non è perso su di me."*

„Das ist nicht fair", protestierte Augustin. „Sprechen Sie Englisch."

Roger mischte sich ein. „Er meinte, er sei sich der Ironie der Situation durchaus bewusst. Ich wette, wir finden das letzte Puzzleteil in diesem Spiel direkt in Trikoupis' eigenem Wagen."

„Das stimmt wohl", seufzte Sofia.

Als sie ankamen und am Baptisterium der heiligen Lydia vorbei auf die Kirche zugingen, kam ihnen eine Gruppe von Touristen entgegen, die gerade die kleine Außenkapelle verließen. Augustin sagte: „Bin gleich wieder bei euch", und blieb stehen, um den billigen Schmuck zu betrachten, den eine ältere Dame anbot. Er gab ihr drei Euro für einen Ring mit Ichtys-Symbol, kaum stärker als ein Silberdraht, und beeilte sich dann, die anderen einzuholen.

Die drei warteten an der Treppe, die zu einem dreibogigen Eingangsbereich führte. Nacheinander betraten sie die Vorhalle, die ein Gemälde des *Hagios Paulos* (des heiligen Paulus) beherrschte, auf dem er in der einen Hand ebendiese Kirche und in der anderen eine weiße Bibel hielt. Neben einem Marmorregal, in dem Kerzen zum Verkauf angeboten wurden, saß ein winziger Priester in Schwarz. Das lange, strähnige Haar, das unter einer Art Zylinder hervorquoll, hatte er im Nacken zusammengebunden, und er trug einen ungestutzten, lückenhaften weißen Bart zur Schau. Er saß so regungslos da, dass man ihn für eine Statue halten konnte.

Roger kniete sich vor ihm auf den Boden. „Juri, kennst du mich noch?"

Der alte Mann blinzelte. „Die Stimme", hauchte er.

„Ja! Du erkennst meine Stimme! Jetzt stell dir noch meinen kräftigen grauen Bart dazu vor."

Juri konzentrierte sich und lächelte schließlich. „Klaudios sagte mir, dass du kommen würdest", brachte er heraus und bekreuzigte sich von rechts nach links. „Friede seiner Seele. Ich werde Hilfe brauchen, wenn wir nach unten gehen."

Juri akzeptierte Rogers ausgestreckte Hand und zog sich langsam hoch. Die vier folgten ihm eine enge Treppe hinab in ein kleines Arbeitszimmer, wo er ein Schränkchen aufschloss, in dem eine grob gezimmerte Holzkiste von etwa fünfzig mal sechzig Zentimeter Größe sichtbar wurde. Auf den Deckel waren in lavendelfarbener Tinte die Initialen *RM* geschrieben.

„Wir sollten sicher sein, dass es das ist, bevor wir die Kiste hier rausschleppen", sagte Emmanuel. „Mr Zodiates, haben Sie einen Schraubenzieher oder einen Hammer hier?"

Juri kramte in einem alten Eisentisch und fand schließlich eine überdimensionale Schere.

Roger hievte die Kiste aus dem Schränkchen und Emmanuel ging vorsichtig mit der Schere am Deckel zu Werke. Schließlich konnte er ihn abheben; dann nahm er äußerst behutsam einen in Luftpolsterfolie gewickelten Stapel von vielleicht fünfhundert antiken Pergamentbögen heraus.

„Bitte", flüsterte Augustin, „bitte nicht berühren."

Wie auf ein Stichwort griffen alle, selbst der alte Priester, zu ihren Handys und begannen, Fotos zu machen.

Schließlich bemerkte Georgio: „Das ist zwar nicht das übliche Verfahren, aber … sollte nicht jemand ein Gebet sprechen?"

Die fünf fassten sich an den Händen und Augustin betete: „Vater, wir sind überwältigt. Wir fühlen uns unwürdig und doch über alle Maßen beschenkt. Wenn wir an den Mann denken, der diese Seiten beschrieben hat, erinnert uns das daran, was dein Sohn für uns erlitten hat. Mit dem Apostel Paulus, der diese Worte an die Gemeinde hier in dieser Stadt schrieb, sprechen wir: ‚Seid so unter euch gesinnt, wie es auch der Gemeinschaft in Christus Jesus entspricht: Er, der in göttlicher Gestalt war, hielt es nicht für einen Raub, Gott gleich zu sein, sondern entäußerte sich selbst und nahm Knechtsgestalt an, ward den Menschen gleich und der Erscheinung nach als Mensch erkannt.

Er erniedrigte sich selbst und ward gehorsam bis zum Tode, ja zum Tode am Kreuz. Darum hat ihn auch Gott erhöht und hat ihm den Namen gegeben, der über alle Namen ist, dass in dem Namen Jesu sich beugen sollen aller derer Knie, die im Himmel und auf Erden und unter der Erde sind, und alle Zungen bekennen sollen, dass Jesus Christus der Herr ist, zur Ehre Gottes, des Vaters.‘

Wir danken dir im Namen Jesu, des Christus, unseres Herrn und unseres Erlösers. Amen.“

Auf dem Weg zum Auto trug Roger, dem Tränen über die Wangen liefen, die Kiste. Während des Rückflugs informierte Georgio seine Vorgesetzten per Satellitentelefon, dass es gelungen war, das Manuskript sicherzustellen. Für den nächsten Vormittag wurde eine Pressekonferenz angekündigt. Dort präsentierte Roger offiziell ganz Italien den wertvollsten Antikenfund, der je gemacht worden war.

Roger und Augustin erhielten jeder einen Scheck über zweihundertfünfzigtausend Euro.

50

Der letzte Akt

Rom im ersten Jahrhundert nach Christus

Als der Frühling zu Ende ging, hatte Lukas zwei seiner wichtigsten Aufgaben erfolgreich ausgeführt: die rühmlichste – er hatte Paulus geholfen, seine Aufzeichnungen abzuschließen – und die ihm am meisten verhasste – er hatte seinen Freund am Leben erhalten, einzig für den Zweck, dass man ihn nun hinrichten würde.

Während Lukas über den Hunderten von Seiten brütete, auf denen so viele Ereignisse beschrieben waren, die er persönlich miterlebt hatte, gaben sie ihm Einblicke, die ihn immer wieder erstaunten. Sein Freund war ein Denker von unbestechlicher Logik, wie er nie einen anderen getroffen hatte. Paulus hatte so eine Art, auch in jedem noch so belanglosen Ereignis Wahrheit aufzustöbern. Und das, was Gott selbst ihn gelehrt hatte, vor allem in den drei Jahren der Einsamkeit unmittelbar nach seiner Bekehrung, schlug sich in Erkenntnissen nieder, die er in vielen seiner Briefe an die Gemeinden entfaltet hatte.

Aus diesem Grund bestand Lukas – sehr zu Paulus' Verdruss – darauf, dass jedes Wort des Manuskripts bis auf die letzte Seite, die die Geschichte bis auf den jetzigen Tag zu Ende führte, eigenhändig von Paulus selbst geschrieben sein müsste. Der alte Apostel protestierte, dass das doch niemanden interessieren würde. „Sie werden schon erkennen, dass es meine Gedanken sind und dass du, mein Freund, am Ende mein Sekretär gewesen bist."

„Das werde ich nicht sein“, widersprach Lukas. „Dies ist ein wichtiges Dokument und die Brüder werden es umso mehr schätzen, wenn sie wissen, dass es von deiner eigenen Hand stammt.“

„Aber meine Handschrift ist zitterig; ich schreibe nachlässig.“

„Das macht es umso bedeutungsvoller und authentischer.“

Und so schleppte Lukas jeden Abend Teile des Manuskripts in den Kerker und wieder zu Primus’ Haus. Er machte Vorschläge für Kürzungen oder Ergänzungen, aber diese niederzuschreiben überließ er dem alten Apostel. Lukas befragte Paulus und drängte ihn dazu, jede Einzelheit aufzuschreiben, an die er sich aus den frühesten Tagen mit den Jüngern von Jesus erinnern konnte.

Als das Manuskript fertiggestellt war, empfand Lukas Stolz. Paulus dagegen – wie nicht anders zu erwarten – hielt das Ganze für „verpfuscht“. „Und selbst wenn es am Anfang noch einiges von Bedeutung und Gewicht enthält – die Leser werden sich am Ende nicht mehr daran erinnern, weil sie sich an Tintenklecksen und an der unleserlichen Handschrift eines alten Mannes gestört haben.“

Inzwischen stand der Termin für die Hinrichtung fest – es waren noch drei Tage bis dahin. Deswegen brachte Lukas an diesem Abend das gesamte Manuskript mit – einen unhandlichen Stapel von Pergamentbögen in einer Tasche. Ausgestattet mit einem reichlichen Ölvorrat für die Lampe ging er mit Paulus die letzten Abschnitte Seite für Seite durch.

„Ich bin nach wie vor dagegen, dass ich selbst schreibe“, knurrte Paulus.

„Inzwischen musst du wissen, dass ich dir gar nicht mehr zuhöre.“

„Oder dass dir nichts mehr an mir liegt.“

„Sag das nicht noch einmal“, empörte sich Lukas, plötzlich den Tränen nahe. „Nicht im Spaß, nicht im Zorn, nicht einmal, um zu provozieren. Das Ende ist zu nahe, um so etwas auch nur anzudeuten.“

Paulus stand auf und breitete die Arme aus. „Verzeih mir, mein Freund. Du weißt, ich neige dazu, zu übertreiben."

Während der Arzt Paulus in die Arme schloss und ihn an seine Brust zog, verspürte er den innigen Wunsch, sein Freund möge bald die Herrlichkeit der himmlischen Welt in einem erneuerten Leib erfahren, wie es ihm verheißen worden war. Paulus war nur noch ein Schatten seiner selbst. Lukas wusste nicht, wie er überhaupt noch gehen oder sich auf den Beinen halten konnte. Gar nicht daran zu denken, wie er auf der Straße nach Ostia meilenweit aus der Stadt heraus zu seiner Hinrichtung gehen sollte.

„Ich kann dir nie genug danken, Lukas, jedenfalls nicht auf dieser Seite der Ewigkeit. Dort werde ich nach dir Ausschau halten und dich erwarten und vielleicht werde ich da, in jenem Reich der Schönheit, auch fähig sein, dir zu sagen, was du mir bedeutet hast."

„Hör auf", unterbrach Lukas ihn. „Du wirst mir so sehr fehlen, als sei ein Teil von mir mitgestorben."

„Ich *bin* ein Teil von dir, mein Freund, denn wir sind enger miteinander verbunden als Brüder. Wir sind eins in Christus."

Lukas hörte das Schaben von Holz, als die Abdeckung der Deckenöffnung beiseitegezogen wurde. Erleichtert sah er, dass es Primus war, der sich in das Verlies herunterließ.

„Versteckt das Manuskript", flüsterte der Kerkerwächter drängend. „Die Hinrichtung soll bereits morgen stattfinden. Sie werden gleich hier sein und dich in eine Zelle weiter oben verlegen."

„Du musst die Bögen an dich nehmen", sagte Paulus. „Wir können nicht riskieren, dass sie bei einem von uns gefunden werden."

„Ich kann sie nirgends verstecken, Paulus", widersprach Primus. „Ich stehe immer noch unter Verdacht. Ich habe schon vor geraumer Zeit dafür gesorgt, dass ich am Tag deiner Hinrichtung frei haben würde, aber ...

„Danke, mein Freund."

„... aber als der Termin geändert wurde, habe ich darum gebeten, dass mein freier Tag vorverlegt wird. Man wollte wissen, warum es so wichtig für mich ist, dass ich ausgerechnet morgen frei habe."

Lukas hörte Stimmen, die sich näherten. „Da sind sie schon."

„Gib mir das Manuskript", drängte Primus.

Lukas steckte die Bögen hastig in die Stofftasche. „Was wirst du damit tun?"

„Erst einmal verstecke ich es in der Mauernische. Sobald ich kann, komme ich zurück und nehme es mit nach Hause; dann erhältst du es zurück."

Während die Wachen über ihnen sich daranmachten, sich in das Verlies hinabzulassen, verschob Primus eilig den lockeren Stein, legte die Tasche in die Nische und schob den Stein wieder an seinen Platz. Lukas kam es so vor, als wäre die Mauer nicht so ebenmäßig geschlossen wie vorher, aber niemandem schien etwas aufzufallen. Paulus wirkte erleichtert, als man ihm die Fußfessel abnahm, aber als drei Männer ihn auf seine Beine stellten und dann durch die Öffnung hinaufzogen, sah er sehr hinfällig aus.

Lukas folgte ihm in eine Zelle, die nur etwa ein Zehntel so groß war wie das Verlies; aber es gab Fackeln, die Paulus etwas Wärme und vor allem Licht spendeten. Paulus begann wie üblich, das Gespräch mit den Wachen zu suchen, und natürlich sprach er vom Evangelium. Als einer der Männer ihn grob zum Schweigen bringen wollte, sagte er: „Freund, bitte. Gewiss kannst du es einem Verurteilten erlauben, mich so auf morgen vorzubereiten, wo ich zu allen sprechen werde, die sich das Spektakel anschauen wollen."

Bei den Hinrichtungen von römischen Bürgern gab es normalerweise kein großes öffentliches Interesse. Der Verurteilte wurde vor die Tore der Stadt geschleift und ein Schwertkämpfer vollstreckte das Urteil, sobald man an eine geeignete Stelle kam.

Aber die Prozession, die am nächsten Morgen um elf Uhr das Gefängnis verlassen sollte, würde von Menschenmengen begleitet sein. Schon seit Wochen ließ der Kaiser das Ereignis überall in der Stadt ankündigen, wobei den Bürgern versichert wurde, dass niemand enttäuscht sein würde. „Nero hat die Schlange am Kopf gepackt. Diese Hinrichtung wird außergewöhnlich sein!", hieß es. Der kräftigste Mann in Neros Armee würde den Apostel mit einem mächtigen Schwert enthaupten.

Man würde Paulus fesseln und ihn die Straße entlangstoßen bis zu einem Ort, wo ein kleiner Hügel Sitzmöglichkeiten und eine gute Sicht auf das Geschehen bot. Selbst diejenigen, die nichts davon gehört hatten, was da vor sich ging, würden allein durch das Schauspiel von Neros Männern in Paradeuniform angelockt werden.

Lukas kam bei Morgengrauen und fand seinen Freund mit geschlossenen Augen ins Gebet versunken vor. „Hat Primus dir das Manuskript mitgebracht?", erkundigte sich Paulus.

„Nein, noch nicht. Er sagte, das Verlies war in der Nacht noch nicht frei. Man hat es wohl für den nächsten Gefangenen vorbereitet."

„Vorbereitet?", schnaubte Paulus mit einem traurigen Lächeln. „Neue Gardinen und Bettdecken? Und vielleicht eine Schale Obst als Willkommensgruß? Nein, ich weiß schon. Wohl eher eine Extraportion Schimmel an den Wänden ..."

„Egal, was sie da gemacht haben, Primus wird hingehen, sobald er kann. Aber, Paulus, ich habe schlechte Nachrichten."

Paulus lächelte schief. „Ach Lukas! An meinem Todestag – kann es da schlechte Nachrichten geben?"

„Es tut mir so leid. Aber es bleibt keine Zeit, Timotheus oder Markus zu benachrichtigen. Sie wollen übermorgen hier eintreffen, aber dann ..."

„... dann werde ich bereits nicht mehr unter euch sein. Sag

ihnen, ich weiß ja, dass sie kommen wollten. Und ich tröste mich damit, dass ich euch alle wiedersehen werde."

Lukas sah auf. Von draußen drang Lärm in die Zelle. Er trat auf den Gang und bemerkte, wie einige Männer Ziegel und Mörtel durch die Bodenöffnung in das Verlies hinabließen. Alarmiert fragte er Gaius, den er unter den Männern entdeckte, was da vorging.

„Man hat Risse im Mauerwerk entdeckt", antwortete er. „Und statt einzelne Steine zu ersetzen, verstärken sie die Mauer einfach mit einer zusätzlichen Wand ringsherum. Die Steinbank wird auch erneuert. Und die Kette. Alles neu, sozusagen. Das Verlies wird auf jeder Seite einen Fuß Raum verlieren."

Lukas lief sofort los, um Primus zu suchen, der soeben eingetroffen war. Er trug Zivilkleidung. „Du musst hinunter, bevor sie das Manuskript für immer dort einmauern!"

Primus eilte nach drinnen und sprang in das Verlies hinab. Als er wenig später wieder auftauchte, war seine Miene ernst. „Es ist bereits geschehen", berichtete er Lukas. „Die Nische ist solide vermauert."

Lukas schloss die Augen. „Paulus darf es nicht erfahren! All die Arbeit umsonst! Was für ein Verlust!"

„Aber Lukas", rief Primus, „du kannst es doch noch einmal schreiben. Du hast ein exzellentes Gedächtnis und du weißt auch, wie Paulus sich ausdrückt."

Lukas wusste, dass er niemals etwas verfassen könnte, was dem Original auch nur annähernd gleichkäme. Nur die Sorge darüber, was seinem Freund bald widerfahren würde, hielt ihn davon ab, sich in die Bestürzung über den Verlust des Manuskripts hineinzusteigern. Als er zu Paulus zurückkam, sagte der alte Mann: „Du hast dein Versprechen gehalten und mich für diesen Tag gesund erhalten. Versprich mir nur noch einmal, dass du nicht zulassen wirst, dass das Manuskript in die falschen Hände gerät."

Lukas studierte seinen erwartungsvollen Blick. „Ich werde alles tun, was in meiner Macht steht."

„Ja, ich weiß, das wirst du tun."

Eine halbe Stunde bevor sich der Zug in Bewegung setzen sollte, drang der Lärm von ankommenden Truppen und einer großen Menschenmenge in die Zelle. Lukas konnte seinen Abscheu für das inszenierte Spektakel nicht verbergen.

„Du hörst Anzeichen eines Spektakels, das du nicht genießen kannst", sagte Paulus. „Ich höre eine erwartungsvolle Menge. Wenn ich ihre Aufmerksamkeit erregen kann, kann ich auch ihre Gedanken erreichen und, mit Gottes Hilfe, auch ihre Herzen."

Der ewige Optimist, dachte Lukas. Er versuchte, dafür zu beten, dass Paulus' Vorhaben Erfolg haben würde, aber er spürte Tränen in den Augen und einen Kloß im Hals.

„Du solltest dich jetzt verabschieden, Medicus", sagte Gaius. Er traf zusammen mit dem Schwertkämpfer ein, der die Hinrichtung vollziehen würde. „Du wirst Paulus ab jetzt nur noch aus der Entfernung sehen."

Lukas' Gesicht zuckte, als er sich seinem Freund zuwandte. „Gute Reise, mein Freund!", flüsterte er mit bebenden Lippen. „Ich bete, dass es rasch und schmerzlos geht. Und dass du in der himmlischen Welt erwachst."

„Oh, Lukas! Um Letzteres brauchst du nicht zu beten, denn das ist gewiss. Bete darum, dass man mir gestattet, noch einmal zu reden, und dass das Schwert dann schnell ist."

„Paulus, meine Liebe gehört dir."

„Das hast du unzählige Male bewiesen, mein Freund. Sei jetzt nicht verzagt. Ermutige die Brüder, tröste die Niedergeschlagenen, aber vor allem verkünde die Gute Nachricht: Jesus Christus gestern und heute und derselbe auch in Ewigkeit."

„Es ist Zeit", sagte Gaius. „Doktor, bitte komm jetzt. Paulus, dies ist Quintus."

Lukas umarmte Paulus herzlich. Ganz gewiss hätte er niemals so lange durchgehalten, hätte Lukas ihm nicht jeden Tag eine Extraration an Essen gebracht. Was für ein Hohn, dass Nero aus seinem Tod so ein Spektakel machte.

Lukas verließ die Zelle und der riesige Soldat trat ein und nahm neben Paulus Platz. Der Arzt war schockiert angesichts der sanften Stimme und der freundlichen Art des Mannes, der Paulus töten würde.

„Der Weg wird schwierig sein", begann er. „Leider hat man die Berittenen angewiesen, die Menge nicht zu behindern, falls jemand dir nahekommen will. Man wird dich vielleicht mit üblen Dingen bewerfen oder sogar schlagen. Versuch einfach, weiterzugehen.

Aber nun zum Todeshieb. Du sollst wissen, dass ich ihn schon häufig verabreicht habe und daher weiß, wie du es dir selbst am leichtesten machen kannst. Wenn du niederkniest, wird es dir vielleicht schwerfallen, ganz ruhig zu bleiben, aber das musst du. Ich werde dich nicht quälen, indem ich den Hieb hinauszögere. Die Klinge ist so schwer, dass selbst ich sie nur mit Mühe handhaben kann, und sie ist so scharf, wie sie nur sein kann. Ich möchte, dass du eines weißt: Ich habe kein Interesse daran, dies hier schwerer für dich zu machen, als es sein muss."

„Du bist sehr freundlich."

„Hast du noch Fragen?"

„Nur noch eine Bitte. Wenn ich vor dir knie, werde ich zur Menge sprechen. Ich erwarte nicht, dass du mir lange Zeit gibst, meine Rede zu beenden, aber würdest du mir gestatten, einen Gedanken zu Ende zu führen, wenn ich gerade mitten darin bin?"

„Um so etwas bin ich noch nie gebeten worden. Aber ja, wenn ich kann, lasse ich das zu. Ich muss sagen, die meisten Männer in deiner Situation, mit denen ich gesprochen habe, waren zu verzweifelt, um nur ein Wort herauszubringen, ganz zu schweigen davon, noch Abmachungen zu treffen."

Der Todesmarsch war schlimmer, als Lukas befürchtet hatte. Das Ereignis, mit dem Nero prahlte, er habe nun einen seiner größten Gegner geschlagen – denn Paulus sei, so behauptete er, der eigentliche Drahtzieher der Brandstiftung gewesen, die einen so großen Teil der Stadt vernichtet hatte –, hatte Tausende angelockt.

Man stieß und schubste Paulus herum, bohrte ihm Stöcke in die Seite, bewarf ihn mit Steinen und beschimpfte ihn auf dem ganzen Weg. Lukas konnte nicht verstehen, woher er die Kraft nahm, sich auf den Beinen zu halten. Er konnte nur vermuten, dass sein Freund so lange auf diesen Tag zugelebt hatte, dass er nun entschlossen war, ihn nicht dadurch zu verderben, dass er zusammenbrach.

Lukas betete darum, dass die Menge sich beruhigen würde, wenn der Zug den Hinrichtungsplatz erreichte, aber dass sein Gebet erhört wurde, verblüffte ihn doch. Die Leute suchten sich Plätze am Abhang und hielten sich tatsächlich dazu an, leise zu sein. Vielleicht wollten sie einfach nur den Moment nicht verpassen, in dem Paulus vom Leben zum Tod befördert würde; warum auch immer – in den Minuten, die es brauchte, bis alle einen Sitzplatz gefunden hatten, hörte man kaum etwas anderes als das Wiehern und Stampfen von Pferden.

Man zwang Paulus auf ebenem, staubigem Boden in die Knie. Es schmerzte Lukas zu sehen, wie sein Freund, an Händen und Füßen gefesselt, hart aufschlug und auf die Seite fiel. Er versuchte vergeblich, sich wieder aufzurichten, bis Quintus seinen Arm ergriff und ihn auf die Knie zog.

Der Soldat zog das gewaltige Schwert feierlich aus der Scheide und erhob es, sodass die Klinge in der Sonne glänzte. Die Menge schrie auf, aber als er das Schwert sinken ließ, verebbte der Lärm wieder.

Zur allgemeinen Verwunderung hielt Quintus jetzt in seinem Tun inne. Er sah Paulus an, setzte die Spitze des Schwertes auf den Boden und ließ seine Hände auf dem Heft ruhen. Paulus dankte ihm, hob den Kopf und begann.

Lukas konnte zuerst nicht glauben, wie kräftig seine Stimme klang. Es war, als sei der Paulus, der er vor zwanzig Jahren gewesen war, zurückgekehrt. Kniend, die Hände auf dem Rücken gefesselt, fand er doch die Kraft, so laut zu sprechen, dass alle ihn hören konnten.

„Obwohl ich in einer verzweifelten Situation bin, knie ich hier vor euch und danke meinem Gott für das unaussprechliche Vorrecht, euch das Evangelium von seinem Sohn, Jesus, dem Christus, zu verkünden. Ich gebe euch weiter, was ich selbst empfangen habe: Christus ist für unsere Sünden gestorben. Das ist das Wichtigste und so steht es schon in der Heiligen Schrift. Er wurde begraben und am dritten Tag vom Tod auferweckt. Ich bin der unbedeutendste unter den Aposteln und eigentlich nicht wert, Apostel genannt zu werden; denn ich habe die Gemeinde Gottes verfolgt. Aber Gott hat mir seine Gnade nicht vergeblich geschenkt.

Ich schäme mich nicht für die rettende Botschaft. Sie ist eine Kraft Gottes, die alle befreit, die darauf vertrauen.

Gott sei gelobt! Er gibt euch Kraft und Stärke durch die rettende Botschaft von Jesus Christus. Diese Botschaft lässt euch erkennen, was seit ewigen Zeiten verborgen war. Schon die Propheten haben in den Heiligen Schriften davon gesprochen und nach dem Willen des ewigen Gottes sollen nun Menschen aus allen Völkern die rettende Botschaft hören, Gott vertrauen und tun, was ihm gefällt. Dem allein weisen Gott, den wir durch Jesus Christus kennen, ihm gehören Lob und Ehre in alle Ewigkeit."

Paulus sah jetzt Quintus direkt an, beugte den Kopf und verharrte völlig regungslos. Der große Mann hob das gewaltige Schwert, baute sich breitbeinig auf und holte schnell zu einem wuchtigen Schlag aus. Lukas konnte das Geräusch des Luftstroms hören, das dem grausigen dumpfen Aufprall voranging, der Paulus das Haupt vom Rumpf trennte.

Die Menge hielt den Atem an, während der Körper des Apostels der Völker in den Staub sank.

Selbst als sich die Menge verstreute, hielt das Schweigen an. Lukas hatte kein bestimmtes Ziel mehr und nur wenig Überlebenswillen. Bald holte Primus ihn ein und legte ihm die Hand auf die Schulter.

„Einen Mann wie ihn sieht die Welt vielleicht nie wieder", stammelte Lukas, Wangen und Bart tränennass.

„Er hat einen würdigen Nachfolger, Medicus."

„Nein, nein. Ich bin nicht würdig, in einem Atemzug mit ihm genannt zu werden."

„Aber du bist in der Lage, seine Botschaft zu erklären, oder?"

„Das will ich ganz bestimmt auch weiterhin tun."

„Dann solltest du Rom nicht verlassen, nur weil dein Freund uns verlassen hat."

„Ich fürchte, man wird mich zu den Gemeinden rufen, mein Freund."

„Nicht, bevor du zu Ende gebracht hast, was Paulus begonnen hat, mich zu lehren."

„Hast du bedacht, was es dich kosten wird?"

„Ich habe gerade gesehen, was es kosten kann", erwiderte Primus.

„Dann stehe ich dir zur Verfügung."

Epilog

Texas, im 21. Jahrhundert

Augustin und Sofia heirateten im August in der Kapelle des Arlington Theological Seminary. Roger Michaels übernahm gleich zwei Rollen: Er war sowohl Brautführer als auch Trauzeuge des Bräutigams und reichte Augustin den Ehering – jenen Silberdrahtring, den er in Philippi gekauft hatte.

Biff Dyer und Rajiv Patel waren ebenfalls Trauzeugen.

Die Mutter der Braut – die demnächst nach Amerika übersiedeln würde – wurde von Colonello Emmanuel in die Kirche begleitet, dessen Frau ebenfalls als Gast gekommen war.

Der Brautvater war in Form einer handgeschriebenen Karte aus dem Rebbibia-Gefängnis in Rom vertreten. Später übersetzte Sofia für Augustin: „Vielleicht kommt einmal die Zeit, in der Du mir glauben kannst, dass ich alles zutiefst und ehrlich bereue. Aber ob Du mir verzeihen kannst oder nicht – ich wünsche Dir und August nur das Allerbeste. In Liebe, Dein Vater."

Die Mutter des Bräutigams schob einen Rollstuhl durch den Mittelgang, in dem ihr Mann in einem zu weiten Frack saß. Beim anschließenden Empfang würden er und Dr. Les Moore die beiden ersten Toasts ausbringen.

Das Hochzeitsgeschenk von Ehepaar Knox senior bestand darin, dass sie Augustin ihr Haus überließen und selbst in seines zogen, das deutlich kleiner war.

Mit dem Einverständnis seiner Braut überreichte Augustin dem Arlington Theological Seminary eine Spende von einhunderttausend Dollar; in der Bibliothek wurde eine Lesenische nach seinem Vater benannt und so umgestaltet, das sie einmal die erste exquisite Reproduktion der Lebenserinnerungen des Apostels Paulus beherbergen konnte, die noch vor den Weihnachtsferien eintreffen und mit entsprechendem Zeremoniell der Öffentlichkeit präsentiert werden sollte.

Inzwischen vertiefte sich Augustin in jeder freien Minute – die es angesichts seiner Lehrverpflichtungen, des sich verschlechternden Gesundheitszustands seines Vaters und seiner jungen Ehe selten genug gab – in ein intensives Studium der Fotokopien des Originalmanuskripts von Paulus. Das erwies sich als mühsam, da er jeden Satz sorgfältig analysierte und sich eine Fülle von Notizen machte. Es war nicht ungewöhnlich, dass er spätabends noch etliche Stunden am Schreibtisch saß, in denen er aber kaum ein halbes Dutzend Seiten durcharbeitete.

Nachdem er bereits ein paar Hundert Seiten durchgearbeitet hatte, stieß Augustin auf ein paar Zeilen, bei denen ihn ein Schauer der Vorfreude überlief. Im Blick auf die Zeit, die er in Arabien verbracht hatte, hatte Paulus geschrieben: *Während der fast drei Jahre, die ich dort verbrachte – und über die ich zum ersten und einzigen Mal Einzelheiten niederschreiben werde, wenn ich diese Gedanken hier abgeschlossen habe –, schenkte Gott mir die Erkenntnis der entscheidenden Wahrheiten, die meinen späteren Dienst bestimmen würden.*

Wenig später, als er über seine verschiedenen Reisen schrieb, hatte er hinzugefügt: *Viele Einzelheiten, die ich in meinen Briefen an die verschiedenen Gemeinden nur gestreift habe, möchte ich nur allzu gern hier niederschreiben.*

Augustin musste sich zwingen, nicht vorzublättern. Er brauchte alle Selbstbeherrschung, die er aufbringen konnte, um den Bericht in der Reihenfolge zu studieren, in der Paulus ihn verfasst hatte.

Einen Monat später war Augustin fast am Ende des Manuskripts angelangt und war noch immer nicht auf die Inhalte gestoßen, die Paulus angekündigt hatte. Dann erhielt er die Nachricht, dass sein Vater gestorben war.

Um bei der Beerdigung von Dr. Edsel Knox dabei zu sein, reisten Roger Michaels und Georgio Emmanuel noch einmal aus Rom an. Als der Pastor, der die Zeremonie leitete, Gelegenheit für persönliche Nachrufe gab, meldeten sich nur wenige. Die beiden Letzten, die zum Mikrofon gingen, waren Augustin und Roger.

Augustin begann seine Ansprache: „Noch vor sechs Monaten hätte ich nichts davon geahnt, dass ich heute Tränen vergießen würde ..."

Rogers einleitende Worte waren: „Noch vor sechs Monaten war ich ein Mensch ohne Glauben ..."

Augustin kümmerte sich um seine Mutter, half ihr bei der Regelung des Nachlasses und bereitete alles für den Häusertausch vor. Währenddessen ruhte die ihn so bereichernde Aufgabe, das wertvolle Manuskript gründlich zu studieren und einen Kommentar dazu zu verfassen.

Als er sich schließlich wieder den Kopien widmen konnte, wurde aus seiner Beunruhigung ein Erschrecken angesichts der Tatsache, dass nur noch wenige Seiten verblieben und Paulus noch immer keine Einzelheiten über seine Zeit in Arabien erwähnt hatte, die er angekündigt hatte. Schließlich schlug Augustin eines Nachts, weit nach Mitternacht, die letzte Seite um und sank in seinem Stuhl zusammen. Noch einmal las er sorgfältig die Zeilen, die mehr Einzelheiten versprachen, und achtete diesmal nicht nur auf die Worte, sondern auch auf die Handschrift.

Der Absatz, der dem Hinweis auf weitere Einzelheiten folgte, war ganz offensichtlich von einem deutlich älteren Paulus geschrieben worden. Es erschien ihm kaum möglich, dass Paulus etwas so Wichtiges einfach ausgelassen haben könnte. Augustin lief eine Weile im Dunkeln in seinem Arbeitszimmer hin und her, bis er schließlich die Treppe hinaufstieg und sich auf die Kante des Ehebetts sinken ließ. Er seufzte.

„Was ist los, Schatz?", murmelte sie.

„Sorry, Liebling. Ich wollte dich nicht ..."

„Sag mir, was los ist, Augustin."

„Wie spät ist es in Rom?"

Sie schielte auf den Wecker. „Fast zwei bei uns ... das heißt kurz vor neun Uhr vormittags dort. Warum?"

Er langte nach dem Telefon. „Ich muss Georgio anrufen."

Sofia setzte sich auf. „Augustin ..."

Kaum hatte Augustin den Leiter des italienischen Antikendezernats an der Leitung, als der auch schon sagte: „Es ist wunderbar, von Ihnen zu hören, Dr. Knox, aber noch wichtiger ist: Wie geht es meiner Lieblingsadoptivtochter?"

„Sie sitzt hier neben mir und es geht ihr bestens. Und sie mag Sie sehr, Sir."

„Es muss bei euch weit nach Mitternacht sein, Augustin. Gibt es ein Problem?"

Augustin berichtete ihm, was er festgestellt hatte. „Ich kann nur hoffen, dass Klaudios beim Kopieren ein paar Seiten übersehen hat. Wie viele Seiten hat das Original?"

„Fünfhundertundvier."

Augustin stöhnte. „Und genauso viele Kopien habe ich auch, Georgio. Das Manuskript ist unvollständig."

„Du glaubst, Klaudios hat einen Teil zurückgehalten?"

„Ich habe keine Ahnung, wer das getan hat oder wann es geschah. Ich weiß nur eines: Es fehlen Seiten."